김경수

서울에서 태어났다. 서강대학교 국어국문학과와 동 대학원을 졸업하고, 현재 서강대학교 국어국문학과 교수로 재직 중이다. 저서로는 『현대소설의 유형』(솔출판사, 1997), 『염상섭 장편소설 연구』(일조각, 1999), 『염상섭과 현대소설의 형성』(일조각, 2008), 『한국 현대소설의 형성과 모색』(소나무, 2014) 등이 있으며, 역서로는 『영화와 소설의 서사구조』(민음사, 1990), 『소설구성의 시학』(현대소설사, 1992) 등이 있다.

한국 현대소설의 문학법리학적 연구

이 저서는 2014년 정부(교육부)의 재원으로 한국연구재단의 지원을 받아 수행된 연구임
(NRF-2014S1A6A4025905).

서강대학교
인문과학연구소
인문연구전간
57

한국 현대소설의 문학법리학적 연구

김경수
지음

일조각

Humanities Monographs No. 57
Research Institute for Humanities
Sogang University

The Literary Jurisprudence of the Modern Korean Fictions

by

Kim Kyung-Soo

ILCHOKAK
Seoul, 2019

머리말

이 책은 한국 근현대소설을 '문학법리학'적 시각에서 해석한 책이다. '문학법리학'이란 용어는 '법과 문학' 운동에서 파생된 말로서 '법과 문학'의 학제적 전망을 문학작품의 해석에 원용한 방법론을 지칭한다. 한국문학 연구에서는 낯선 이 용어의 개념 정립 가능성에 대해서는 이 책의 서론에서 고찰하고 있으므로, 여기서는 일단 "법과 문학의 본질적인 상보적 관계에 주목하여 문학작품을 해석하는 방법론" 정도로 소개해두고자 한다.

문학연구자로서 저자는 법을 본격적으로 공부한 적이 없고, 그래서 법에 대해 잘 모른다. 그럼에도 불구하고 나름대로 '거창한' 용어를 표방한 이런 문학연구서를 내게 된 데에는 그럴 만한 계기와 이유가 있다. 문학연구자로서 발을 내디디기 시작할 즈음부터 문학을 둘러싼 몇 가지 근본적인 갈증을 느껴왔다. 문학을 왜 공부해야 하는지, 문학이 대학에서 가르칠 가치가 있는 것인지, 어째서 소설을 읽어야 하고 또 그것은 현실적으로 어떤 효용이 있는지와 같은 물음이 그것이었는데, 아마도 이런 물음은 어떻게 하면 문학을 배우는 학생들에게 적절한 동기를 부여할 수 있을까 하는 문학교사로서의 갈증과도 맞닿아 있었을 것이다.

여러 문학원론 책을 보아도 쉽게 해소되지 않았던 이런 갈증은 우연한 기회에 마사 누스바움Martha C. Nussbaum의 책을 접하면서, 그리고 '법과 문학' 운동을 알게 되면서 비로소 해소되기 시작했다. 문학이론의 자장 안에서만 문학을 이해하려고 했던 저자에게 인간 삶의 다양한 제도 속에서 문학의 자리를 타진하는 '법과 문학'이란 학제적 연구는 신선한 충격이었다. 문학의 존재 의미를 묻는 원론적인 탐색이 법과대학이나 로스쿨에 소속되어 있는 학자들에 의해 이루어지고 있었다는 사실을 발견했던 그즈음의 놀라움과 궁금증은 지금도 생생히 기억한다. 그리고 몇몇 '법과 문학' 이론가의 저서를 거쳐 인간 삶에 있어서 이야기가 갖는 효용을 선명히 밝혀주고 그로부터 문학과 법의 존재 이유와 역할을 설명했던 제롬 브루너Jerome Bruner의 책을 접했을 때의 기억도 그렇다. 시대적 환경 탓에 이른바 '미학주의'에 함몰되었던 저자가 제도로서의 문학의 자리를 상대화하고 이야기라고 하는 인간문화의 맥락 속에서 비로소 문학을 생각할 수 있게 된 것은 이런 과정을 통해서였다.

이 책에 수록된 글들은 이런 일련의 과정을 경험하면서 집필한 글들이다. 하지만 그렇다고 모든 글이 이 책의 서론에서 피력한 방법론적 전망 아래에서 집필된 것은 아니다. 문학법리학에 대한 개괄적인 이해 위에서, 그리고 문학법리학의 정립에 일조할 만하다고 여겨지는 주제들에 우선적으로 집중하는 과정에서 각 장과 같은 주제들이 먼저 선정되고 집필되었으며, 서론은 그때 작동시켰던 나름의 시각을 종합하여 가장 나중에 쓴 것이다. 목차에서도 드러나듯이, 이 책은 현대소설에 대한 공시적이고 통시적인 고찰을 동시에 겨냥하고 있다는 인상을 주기는 하지만, 각 시대를 대표하는 여러 작가와 작품이 망라되어 있다고 보기는 어렵다. 하지만 그럼에도 불구하고 개화기의 신소설에서부터 21세기의 과학소설에 이르기까지 다양한 소설작품에 대한 해석은, 개화기 이래 오늘날에 이르기까지 우리 문학이 법과 관련하여 어떤 문학적 상상력을 작동시켰고 또 어떤 대안적 세계를 탐색해왔는지를 개괄적으로 살펴보기에는 충분할 것이다.

저자 자신의 이런 변화과정을 돌이켜볼 때 한 가지 적어두어야 할 사실이 있다. 모교로 부임한 이후인 2003년경 그 전부터 친하게 지낸 정호웅, 서경석 교수를 통해 참여연대에서 일하고 있던 차병직 변호사를 알게 되었고, 네 사람은 이후 역삼동의 한 작은 지하카페에서 거의 매일 만나 많은 이야기를 나누었다. 변호사이면서도 문학에 조예가 깊었던 차 변호사는 당시 서울대학교에서 '법과 문학' 강좌를 담당하고 있었는데, 해당 교과목은 안경환 교수가 국내에서 처음 개설한 교과목이었다. 그런 까닭에 그곳에서 나눈 많은 대화 내용이 법과 문학이었던 것은 아주 자연스러운 일이었는데, 저자가 '법과 문학'에 관심을 갖게 된 것과 그때의 만남의 선후관계는 알 수 없으나, 차 변호사의 주선으로 이때 만나게 되었던, 안경환 교수를 비롯한 여러 법조인과의 대화가 저자의 공부에 큰 자극이 되었던 것만은 사실이다. 어쨌든 그 이후로 4~5년은 이어졌던 그 아지트에서의 경험은 지금도 유익하고 즐거웠던 기억으로 남아 있다. 이 자리를 빌려 정호웅 교수와 서경석 교수와 차병직 변호사께 감사의 말씀을 전한다. 그리고 일일이 이름을 밝히지는 못하지만 그때 그 자리에 참석해 많은 조언을 해주었던 변호사들에게도.

문학법리학에 대한 저자의 관심이 꼭 저자 개인사의 흐름이라고만 단정하기도 힘들다. 연구자들이라면 다 알고 있듯이, 1990년대 후반부터 여러 대학이 기왕의 미학주의를 넘어서는 사회적 실천으로서의 문학연구에 나섰다. 검열연구가 그렇고 다양한 문화연구와 미시사적 문학연구가 그런 예들이다. 기존의 좁은 문학연구의 영역을 벗어나 다양한 영역을 개척하려는 이런 일련의 운동들은 약속한 것은 아니었지만, 미학주의에 함몰된 문학연구로는 더 이상 사회적으로 의미를 지니지 못할 것이라는 위기의식의 산물이라고 생각된다. 그런 의미에서 이제 문학법리학이라는 이름으로 선보이는 이 책 또한 동시대의 여러 연구자의 개인적이거나 집단적인 모색과 문제의식을 공유한다고도 할 수 있을 텐데, 이 점에서 이 책에 드러나건 드러나지 않건 간에 이 책의 성과 또한 저간의 다양한 연구방법론에 일정 부분 빚지고 있다고도 말할 수 있을 것이다. 저자의 작업이 그 정도만이라도 시대의 흐름에서 뒤처지지 않았다는 점에서 스스로 내심 안도한다.

예정대로라면 한두 해 전에 나왔어야 할 이 책의 출간에 도움을 준 모든 분께, 특히 낯선 길을 함께 묵묵히 걸어가 준 몇몇 제자에게 뒤늦은 고마

움을 전하며, 세 번째로 책의 출간을 책임져준 일조각에도 감사의 말씀을 드린다. 그리고 법에 대한 기초적인 궁금증이 일 때마다 단지 법대에 진학했다는 이유로 수시로 질문받이가 되어야 했던 아들 중건에게도 고맙다는 말을 전한다. 아직은 말할 수 없지만 문학법리학을 공부하는 과정에서 새로 발견한 몇몇 연구과제를 실천에 옮길 수만 있다면 문학법리학이란 용어가 시민권을 획득하고 안 하고의 여부는 그리 문제가 되지 않을 것이라고 생각한다. 연구자들의 질정을 바란다.

2019년 1월

서강대 정하상관 연구실에서

저자 씀.

차례

수록 논문 출처 및 수정 내용

이 책에 수록된 글 중 제1장부터 제11장까지의 본론 글들은 국내 여러 학술지에 발표했던 글들이며, 서론과 결론은 단행본 출간을 위해 새로 쓴 글이다. 11개 장 글들이 처음 발표될 당시의 제목은 아래와 같은데, 제3장과 제10장은 원래 글을 대폭 수정한 것이며, 나머지는 뜻이 분명치 않은 부분을 조금 손보거나 약간의 보완을 거친 정도임을 밝혀둔다.

제 1 장 「근대법의 수용과 신소설」,《서강인문논총》 제43집, 2015년 8월.
제 2 장 「김동인 소설의 문학법리학적 연구」,《구보학보》 제16호, 2017년 6월.
제 3 장 「한국현대소설의 문학법리학적 연구」,《현대소설연구》 제38호, 2008년 8월. 전면개고.
제 4 장 「일제의 문학작품 檢閱의 실제-압수소설 세 편을 중심으로」,《서강인문논총》 제39집, 2014년 4월.
제 5 장 「근대소설과 『죄와 벌』- 수용사 개관을 겸하여」,《서강인문논총》 제45집, 2016년 4월.
제 6 장 「일제강점기의 模擬裁判劇 연구」,《어문연구》 제44권 제4호, 2016년 12월.
제 7 장 「일제말기 徵用體驗의 소설화 - 박완의《제삼노예》에 대하여」,《구보학보》 제10호, 2014년 6월.
제 8 장 「이병주 소설의 문학법리학적 연구」,《한국현대문학연구》 제43권, 2014년 8월.
제 9 장 「1970년대 노동수기와 근로기준법」,《우리말글》 제77권, 2018년 6월.
제10장 「소설의 정치학」,《우리말글》 제24권, 2002년 전면개고.
제11장 「복거일 소설의 법리적 상상력」,《서강인문논총》 제49집, 2017년 8월.

서론
문학법리학이란 무엇인가

'문학법리학literary jurisprudence'이란 용어는 문학과 법리학의 합성어다. 일반적으로 법은 인간 공동체의 질서유지를 위해 마련된 처방적인 규율로, 공동체의 합의에 의해 그 권위를 보장받는 자족적 체계를 뜻하며, 법리학은 그런 법의 본질 및 법체계에 대한 이해를 목적으로 하는 연구를 뜻한다. 그리고 문학은 널리 알려져 있듯이 사람들이 경험이나 상상의 세계를 탐구하고 그것에 형태를 제공하는 문화적 실천의 하나로 이해되고 있다. 시, 소설, 드라마와 같은 특정한 장르들이 우리가 통상 문학이라고 부르는 것의 구체적인 형상들이다. 이런 외적 특성들로만 보자면, 문학과 법은 서로 별개의 영역이자 제도로서 존재할 뿐 그 둘 사이에 어떤 밀접한 관계가 있으리라고 생각하기란 쉽지 않다. 하지만 세계문학사는 역사적으로 문학과 법이 오랜 세월 동안 역동적으로 교섭해왔다는 것을 증거하고 있다. 가까운 예로 도스토옙스키의 『죄와 벌』과 『카라마조프가의 형제들』,

카프카의 『심판』, 카뮈의 『이방인』 같은 작품들은 모두 법과 정의의 문제를 탐구하고 있다. 또한 셰익스피어의 『리어 왕』과 『베니스의 상인』 같은 희곡작품들이라든가 소포클레스의 『안티고네』를 위시한 고대 그리스의 수많은 서사시와 비극도 인간과 당대 사회의 (법)제도와의 길항을 본질적인 주제로 삼고 있는데, 이는 인간문화의 초기시대부터 법에 대한 관심이 시작되었다는 것을 알려준다.[1]

법과 문학의 이런 교섭은 오늘날까지도 지속되고 있는데, 이처럼 오랜 세월 동안 많은 문학작품이 법의 문제와 씨름해온 것은 문학과 법이 그 발생론적 측면에서 긴밀한 상보적 관계를 맺고 있기 때문이다. 법과 문학이 맺고 있는 이런 본질적 관계에 대한 본격적인 이론적 탐구는 일반적으로 1970년대 미국에서 시작된 '법과 문학' 운동에 뿌리를 두고 있는 것으로 이해되고 있다. 이 글에서 시험적으로 탐구하고 제안하고자 하는 문학법리학 또한 그런 '법과 문학' 운동 내에서 산출된 연구결과에 일정 부분 빚지고 있다. 따라서 제대로 된 논의를 위해서라면 '법과 문학' 운동의 전개과정이라든가 그 분야에서 이루어진 중요한 성과가 일목요연하게 정리되어야 하지만, 그 전체를 망라하는 것은 이 책에서 굳이 필요하지도 않고 또 저자의 능력을 벗어나는 일이다. 따라서 여기서는 문학법리학의 이해에 필요한 최소한의 한도 내에서 '법과 문학'의 기본적 시각들만을 살펴보고 그다음의 논의를 이어가기로 한다.[2]

---

1 서구문화 초기의 법과 문학의 역사적 관계를 고찰한 대표적인 개론서는 Kieran Dolin, *Fiction and the Law: Legal Discourse in Victorian and Modernist Literature*(Oxford U. P., 2009) 및 Theodore Ziolkowski, *German Romanticism and It's Institution*(Princeton U. P., 1990)을 들 수 있다. 이 두 편의 저서는 플라톤과 아리스토텔레스로 대표되는 그리스의 법에 대한 강박이 근대 유럽에서 어떤 경로를 거쳐 문학적으로 전개되었는지를 자세하게 설명하고 있다.

2 학문으로서의 '법과 문학'에 대한 국내의 관심이 저조한 탓에 '법과 문학' 운동의 전개 및 학문적 논의 과정을 한국어로 소개한 글이나 저서는 그다지 많지 않다. 몇 예를 들면 다음과 같다. 안경환, 「미국에서의 법과 문학운동」(《서울대학교법학》 제39권 제2호, 1999), 최경도, 「법을 넘어서: 문학 속의 법의 술어」(《현대영미소설》 제1집, 2000), 이상돈 · 이소영, 『법문학』(신

'법과 문학' 운동은 일반적으로 1973년 제임스 보이드 화이트James Boyd White의 『법적 상상력The Legal Imagination』이 간행되면서 시작된 것으로 받아들여지고 있다. '법과 문학' 운동은 처음에는 미래의 법률가들이 법률텍스트를 보다 잘 해석할 수 있도록 하기 위해 문학작품 및 문학작품을 해석하는 데 동원되는 비평의 기술들을 활용하자는 취지에서 시작되었다. 여기엔 법조문 또한 문학과 마찬가지로 언어로 구축되어 있는 만큼, 문학텍스트를 해석하기 위한 다양한 방법론이 법률텍스트에도 동등하게 적용될 수 있다는 전제가 깔려 있다. 화이트의 제안은 "문학비평의 기술들을 법적 텍스트에 적용시키는 것"[3]으로 요약되는데, 화이트로 대표되는 초기 '법과 문학' 운동의 시각은 "문학이 법률가들에게 더 효과적으로 읽고 말하고 쓰는 방법을 가르침으로써 더 나은 법률가들을 생산하는 데 도움을 줄 수 있다는 견해"와 "문학이 법률가들에게 위대한 작품들에 묘사된 인간조건의 복잡한 본성에 대한 감각을 제공함으로써 그들을 더 나은 사람으로 만들 수 있다는 인간주의적 신념"을 동시에 견지하고 있는 것이다.[4]

그런데 또 다른 '법과 문학' 운동의 이론가인 리처드 바이스버그Richard Weisberg는 화이트로 대표되는 방법적 시각을 '문학으로서의 법law as literature'이라고 명명하면서도 그와는 조금 생각을 달리한다. 즉, 화이트가 텍스트로서의 법에 초점을 맞추는 데 반해, 바이스버그는 법률가들에게는 (법 해석을 위한) 문학이론보다 실제 문학텍스트가 더 중요하다고 주장하는 것이다. 그는 "문학텍스트들은 그것들이 함축하고 있는 사회적이고 정치

영사, 2005). 또한 현대소설작품을 대상으로 법문학적 해석을 시도한 글로 이소영의 「포스트모던적 사유의 법학적 수용-법사회사와 법문학의 영역을 중심으로」(고려대 박사학위논문, 2010)를 참조할 만하다. 이상돈과 이소영이 사용하고 있는 '법문학'이라는 용어와 관련해서는 아래에서 다시 논하기로 한다.

3 Ian Ward, *Law and Literature: Possibilities and Perspectives*, Cambridge U. P., 1995, p. 3.

4 Maria Aristodemou, *Law and Literature: Journeys From Her To Eternity*, Oxford U. P., 2007, p. 5.

적인 맥락 때문에, 그리고 문학텍스트들이 설명하고자 하는 상황 때문에 법적 연구에서 정당화된다고 주장"[5]하면서, 화이트와 달리 법학 연구에서 문학의 자리를 긍정한다. 그리하여 그는 "법에 관한 소설들, 그리고 특히 '재판소설'들이 인간 이해의 지름길"[6]이라고까지 말한다.

바이스버그는 이런 문제의식의 연장선상에서 "윤리시학poethics"이라는 용어를 사용하는데, 그는 이런 '문학으로서의 법law as literature'적 접근법이 문학 고유의 시학적 기능과 법의 윤리적 기능의 융합을 탄생시킨다고 주장한다. 키런 돌린Kieran Dolin은 바이스버그의 입장을 "문학적 텍스트들이 법과 정의의 관계, 법률가들의 자기 이해와 법제도하의 소수자들의 지위 간의 관계에 대한 독특한 직관을 제공한다."[7]는 입장에서 해석한다. 더 나아가 돌린은 "법은 그 출발에서부터 언어를 통해 현실을 구조화하는 형식화된 시도로서 문학과 연관된다는 '근본적인 상동성fundamental homology'과 더불어 (법과 문학의) 연구가 시작된"[8] 것이라고 평가하면서 다음과 같이 부연 설명한다.

> 법 또는 문학에서, 언어는 경험과 실체 사이의 투명한 중개자가 아니라 현실이 구성되는 어휘를 제공한다. 우리가 우리 자신을 주체로서 이해하고 구성하는 것은 언어를 통해서다. 언어는 우리 자신과 세계에 대한 우리의 이해를 규정하고, 우리의 꿈을 표현하고, 개혁을 마주하는 우리의 능력, 그리고 우리의 사고에 구속을 가한다.[9]

---

5 Ian Ward, 앞의 책, p. 8.

6 Richard Weisberg, 'Coming of Age Some More: "Law and Literature" Beyond the Cradle', *Nova Law Review* vol. 13(1988), Ian Ward, 앞의 책, p. 9에서 재인용.

7 Kieran Dolin, *Fiction and the Law: Legal Discourse in Victorian and Modernist Literature*, Oxford U. P., 2009, p. 9.

8 Kieran Dolin, 위의 책, p. 8.

9 Maria Aristodemou, 위의 책, p. 11.

법과 문학이 언어를 통해 현실을 구조화하고 또 그런 현실을 이해하는 방식을 구조화한다는 위 글은, 법과 문학이 공히 언어에 의해 구축된 허구fiction라는 것을 알려준다. 말하자면 그것은 실재하는 것이 아닌, "사회적 현실로부터의 임의적 일탈"[10]인 것인데, 예를 들면 '법인法人'이라든가 '사회계약', 혹은 '신神'이라든가 '인권' 같은 개념들이 그런 허구에 속하는 것들이다. 또한 우리 자신과 세계에 대한 이해를 규정한다는 말에서 알 수 있듯이, 법과 문학은 공히 인간과 사회를 바라보는 일종의 패러다임paradigm이기도 하다. 그러니까 법과 문학은 인간과 인간이 꿈꾸는 사회의 모양새를 언어적으로 선취하는 역할을 담당하는 셈인데, 이 점에서 법과 문학은 그것이 없이는 인간의 자기이해나 현실인식이 불가능한 일종의 모형 역할을 하고 있는 것이다.

하지만 여기서 법과 문학은 동일한 허구이면서도, 인간이해의 방향과 기능이 근본적으로 다르며 또한 대척적이기까지 하다는 점을 간과해서는 안 된다. 일반적으로 법은 인간 사회에서 통용되는 예절이나 윤리의 최소한으로서, 인간 삶의 어떤 형태를 규정한다. 말하자면 법이란 인간 공동체의 유지와 존속을 위해 인간이 어떤 행위를 하면 안 되고 또 해도 되는지를 원칙적으로 규정하는, 다분히 처방적prescriptive이고 규범적인 것이다. 하지만 문학의 인간이해와 그 방향은 법과는 아주 다르다. 즉, 상상력의 소산으로서 문학은, 인간이 추구해야 할 삶은 어떤 것인가를 끊임없이 묻고 또 그런 삶을 위해서는 어떤 인식의 전환이 수반되어야 하는지를 탐색하면서 인간에 대한 새롭고도 확장된 이해의 지평을 개척하기 때문이다. 법과 비교하자면 이런 문학의 성격은 기술적descriptive이라 할 수 있는데, 이

10 허구는 남을 속일 의도가 없다는 점에서 거짓말과 구분되며, 바로 그 점에서 하나의 제도나 장르가 된다. 이 점에 대해서는 구루스 사부로來栖三郎, 『法とフィクション』, 東京大學出版會, 1999, p. 6을 참조하라.

렇게 방향이 다른 법과 문학은 서로 긴밀히 결합함으로써 인간 삶을 규정한다. 그래서 미국의 심리학자이자 교육학자인 제롬 브루너Jerome Bruner는 이 두 세계에 대한 통찰을 망각할 때 우리의 삶은 편협해질 수밖에 없다고까지 말하고 있는 것이다.[11]

법과 관련하여 문학의 효용을 이야기하고 있는 브루너의 논의를 좀 더 살펴보기로 하자. 브루너는 인간의 오랜 문화인 이야기, 곧 내러티브를 "공동체적 삶에 내재하는 예측 가능한 것과 예측 불가능한 것 사이의 불균형을 취급하는 (문화적) 수단"[12]의 견지에서 이해한다. 그는 어떤 상황에서 어떤 목적을 달성하기 위한 수단을 사용해 행위를 하는 행위주체를 이야기의 5원소로 간주한 케네스 버크Kenneth Burke의 이론을 인용하면서, 이런 5원소들 사이의 부적합이 이야기를 추동시킨다고 말한다. 그러니까 어떤 목적을 지향하는 주체에게 적절한 수단이 없는 경우라든지, 목적이 설정되고 그에 맞는 수단이 마련된 상황에서 주체의 행위가 뒷받침되지 못하는 경우 등이 그런 부적합의 예인데, 버크는 이런 부적합을 '곤경trouble'이라고 부른다. 이런 버크의 논의에 기대어 브루너는 곤경의 이야기, "궤도를 이탈한 인간의 계획, 실패한 기대의 이야기"가 인간의 경험을 위한 거푸집으로 작용하는 것으로서 "인간의 실수와 경이를 순화하는 한 방법"[13]이라고 말하고 있는 것이다. 그러면서 그는 문학의 서사(이야기)와 법적인 서사를 다음과 같이 비교한다.

> 법률-이야기는 구조상으로는 내러티브이며, 정신적으로는 대항적이며, 목적에 있어서는 본질적으로 수사적인 것으로, 의심하는 것이 정당하게 인정된

---

11 Jerome Bruner, *Making Stories: Law, Literature, Life*, Harvard U. P., 2002, p. 102.
12 Jerome Bruner, 위의 책, p. 93.
13 Jerome Bruner, 위의 책, p. 31.

다. 법률-이야기는 자신들에게 우호적인 평결이 나온 과거의 소송들을 모델로 한다. 그리고 마지막으로 법률-이야기는, 소송에 연루된 양측이 그 결과에 의해 직접적으로 영향 받기 때문에 정말로 중요한 것이다. 그러니까 법률-이야기는 내러티브적이고 대항적이며, 수사적이면서 회의적인 것이다![14]

법의 친족인 문학은 전혀 다른 삶을 영위한다. 어떤 작가나 극작가든, 자신의 작업이 가능성을 상상하고 탐험하는 것이라고 말할 것이다. 하지만 그렇게 하기 위해서는 먼저 친밀한 "현실"을 창조하지 않으면 안 된다. 그들의 사명은 그렇게 창조된 현실로부터 벗어나는 것, 그로부터의 상상된 일탈이 그럴듯해 보일 만큼 충분히 이질적인 것으로 만드는 것이다. …(중략)… 문학적 내러티브의 도전은 겉으로 보이는 실제 세계의 현실성을 감소시키지 않으면서 가능성을 여는 것이다. 내러티브는 관습적인 문학 장르에 그려져 있는 상황의 현실성을 존중하면서도 그것을 변주하는 것이다.[15]

위 인용문을 통해 우리는 법적 허구와 서사적 허구(문학)가 맺고 있는 관계를 분명히 알 수 있다. 브루너는 "가능세계를 지향하는 서사적 허구는 현실적인 것, 규범적인 것을 인지하는 우리의 습관을 변화시키는 힘을 갖고 있다."[16]고 말한다. 그러니까 법과 대비적으로 정의한다면 문학은 이른바 '가능세계possible world'라는 맥락에서 인간에 대한 기술적 이해를 지향하는 열린 허구의 양식이라 할 수 있다. 또한 브루너는 인간은 (법으로 대표되는) "준엄하지만 잘 규정된 패러다임적 세계"와 "어렴풋이 도전적인 내러티브의 세계"를 살아간다고 말하면서 문학적 서사의 법으로의 침투에 대해 다음과 같이 말한다.

---

14 Jerome Bruner, 위의 책, p. 43.
15 Jerome Bruner, 위의 책, p. 48.
16 Jerome Bruner, 위의 책, p. 94.

소설은 가능한 세계를 창조하지만, 그 가능한 세계는 그것이 아무리 우리가 알고 있는 세계를 초월한다고 해도, 결국은 우리가 알고 있는 세계로부터 추출된 세계다. 가능성의 기법은 모험적인 기법이다. 그것은 우리가 알고 있는 삶에 유념해야 하지만, 동시에 우리가 그 삶을 넘어서서 대안적 세계를 생각하도록 권유할 만큼 충분히, 우리를 그 삶으로부터 소외시켜야 한다. 가능세계는 그것이 우리를 위안해주는 만큼 우리에게 도전한다. 결국 그 가능세계는, 어떤 것이 현실이고 어떤 것이 규범적인 것인지에 대한 우리의 사고의 습관을 변화시키는 힘을 가지고 있는 것이다. 그것은 심지어, 규범적인 현실을 구성하는 법의 명령까지도 잠식해 들어갈 수 있다.[17]

브루너의 첫 번째 인용문에 나온 법률-이야기legal-story란 법정에서 원고와 피고 및 검사와 변호사들 사이에서 진실 규명을 두고 행해지는 모든 이야기를 일컫는 것으로, 법정을 문학적으로 재현한 이야기와는 대척적인 것이다. 우리가 법과 문학을 서사적 허구로서 함께 논의할 수 있는 근거는 바로 여기에 있는데, 이를 통해 우리는 문학법리학을 보다 분명하게 정의할 수 있게 된다. '법과 문학'의 다양한 접근법 속에는 이야기라는 전망에서 법을 보는 시각과 법적 허구라는 전망 속에서 이야기를 해석하려는 시각이 있다. 일반적으로 전자의 경우를 '서사적 법리학narrative jurisprudence'이라고 부르고 있으므로, 후자의 경우를 '문학법리학literary jurisprudence'으로 부르는 것이 가능하다. 서사적 법리학은 "이야기라는 전망에서 법을 보는 노력을 총칭한다."고 할 수 있는데, 돌린의 말을 빌리면 다음과 같이 설명될 수 있다.

서사 또는 이야기하기는 법과 문학의 교차점들 가운데 하나를 구성한다. 이

17 Jerome Bruner, 위의 책, P. 94.

야기가 소설, 자서전, 영화 및 다른 문화적 형식들에서 갖는 중요성은 쉽게 확인된다. 하지만 한 편의 설득력 있는 이야기를 구성하고 말하는 능력은 또한 재판에 임하는 변호사의 수사적 도구의 핵심적 부분이기도 하다. 재판은 어떤 트라우마적 분쟁사건에서 서로 대립하는 해석들 사이의 경합으로 볼 수 있다. 고백과 같은 특정한 종류의 서사는, 학문적 경계를 가로질러, 문학적, 법률적 그리고 다른 맥락들 속에서 수행된다.[18]

서사적 법리학이 서사라는 문화 형식 속에서 기존의 법리에 의문을 제기하고 대안적 법리탐구에 초점을 맞추는 방법론적 시각임은 위 인용문에서 분명히 드러난다. 그런데 문학법리학은 이런 서사적 법리학과 달리 문학에 초점을 맞추는 것으로, 문학을 사실과 가치 사이의 관계를 탐구하는 하나의 수단으로 사용하는 것이다. 이 용어를 제안한 멜라니 윌리엄스 Melanie Williams는 "문학적 재료들이 법적 '사실'의 세계뿐만 아니라 법적 담론에 대한 주장을 바라보는 새로운 직관들을 제공할 수 있다."[19]고 하면서 문학법리학을 다음과 같이 설명한다.

'법과 문학'이라는 일반적인 유類개념으로부터, 우리는 하나의 구별되는 종種으로서 '문학법리학'이란 용어를 주장할 수 있을 것이다. 법리학 자체에서처럼, 여기서는 법의 '사실들'뿐만 아니라 '사실'과 '가치' 사이의 관계에 대한 관심이 발견될 것이다. 즉, 물질적 세계와 개념—곧, 우연적인 물리적 세계—과 선과 악과 같은 것을 선택할 수 있는 우리의 능력을 중재하려는 원리, 도덕, 윤리와 같은 가치들과 같은 비물질적 영역으로부터 우리가 구축하는 세계 사이의 연관 말이다.[20]

18 Kieran Dolin, 앞의 책, pp. 29-30.

19 Melanie Williams, *Empty Justice: One Hundred Years of Law and Literature and Philosophy*, Cavendish Publishing Ltd, London, 2002, p. 10.

20 Melanie Williams, 위의 책, p. 10.

멜라니 윌리엄스의 이런 설명은 문학작품이 그 자체로 법리탐구의 원천이 될 수 있다는 것을 분명히 하고 있는 것으로, 앞서 살펴본 것처럼 문학이 지배적인 가치를 문제 삼는 문화적 장르라는 것을 다시 상기시켜준다. 그러니까 서사적 법리학이 법이 구현되는 형식으로서 서사에 중점을 두고 있다면, 문학법리학은 문학의 서사가 법리의 구축과 이해를 확충하는 가능성에 보다 중점을 두고 있는 것이다. 따라서 문학법리학의 대상이 되는 것은 구체적으로 개별적인 문학작품이 될 수밖에 없는데, 이 점 또한 과거의 판례를 중심으로 하는 법률적 서사물을 대상으로 하는 서사적 법리학과 문학법리학을 구별해주는 특성이라 할 만하다. 이 점에서 서사적 법리학은 '문학으로서의 법'적 연구이며, 문학법리학은 '법으로서의 문학' 연구라고 구분할 수도 있을 것이다. 그리고 멜라니 윌리엄스도 지적하고 있듯이, 이 둘은 '법과 문학'이라는 연구 분야에서 비롯된 쌍생아로서 상호 보족적 관계를 맺고 있음은 물론이다.[21]

이상의 논의를 정리하면 문학법리학은 다음과 같이 정의될 수 있을 것이다. 즉, 문학법리학은 법적 허구와 길항함으로써 새로운 인간이해를 증진시키는 문학적 허구를 보다 심층적으로 이해하는 것을 목적으로 한다. 문학법리학은 우리 시대의 지배적인 가치들을 문제 삼는 문학의 문제제기적 성격에 주목하며, 나아가 대안적 법리를 개진할 문학의 가능성에도 주목한다. 문학법리학의 대상이 되는 작품은 소재 차원에서 법제도와 관련된 인간 삶의 드라마에 초점을 맞추는 서사문학이지만, 암시적으로 정의, 분배, 인권, 행복 등과 같이 인간의 사적 삶의 의미를 확충하고자 하는 주제를 지닌 작품들도 연구 대상이 될 수 있으며, 나아가 법과 문학의 상관관계를 고찰하는 철학적 작품들도 포함될 수 있을 것이다.

---

21 문학작품에 대한 검열이나 저작권 문제를 고찰하는 '문학에 관한 법law of literature'적 연구 또한 이런 시도들과 더불어 법과 문학에 대한 보다 심층적인 이해에 도움을 준다.

이런 고찰에서도 알 수 있듯이, 문학법리학은 기본적으로 법적 허구와 길항하는 서사의 힘에 주목하는 만큼 다양한 허구적 서사문학을 그 대상으로 삼으며, 그중에서도 특히 소설 장르에 초점을 맞춘다. 그 이유에 대해서는 미국의 법철학자인 마사 누스바움Martha C. Nussbaum의 견해가 적절한 도움이 된다. 브루너가 말하듯이 이야기는 "인간존재의 경이와 기이성과 타협하기 위해" 만들어진, 인류의 오래된 민간 예술이다. 여기에는 민간전승을 비롯한 다양한 장르가 포함되는데, 그중에서도 누스바움은 특히 소설의 형식에 주목한다. 주지하는 것처럼 소설은 인간이 창조해낸 많은 서사양식 가운데 가장 뒤늦게 출현한, 그러나 오늘날 그 어느 장르보다 가장 역동적인 장르인데, 누스바움은 이 소설 장르가 역사상 수많은 서사양식 가운데서도 유일하게 살아 있는 형식으로, "우리 문화에 대해 여전히 도덕적인 진지성을 지녔으면서도 대중적인 우리 문화의 허구 형식"[22]이라는 점에서 주목하는 것이다.

인간의 상상력을 "역지사지易地思之"라는 말로 명쾌하게 정의하는 누스바움은, 문학적 상상력, 그중에서도 특히 소설적 상상력을 공공의 상상력public imagination이라고 부른다. 그녀의 말을 빌리면 소설은 "일반적인 인간적 열망과 그러한 열망을 가능케 하거나 방해하는 특별한 사회적 삶의 형식들 사이의 상호교섭을 주제"로 하는 장르라는 것이다. 이런 맥락에서 누스바움은 소설이 고대 그리스의 서사시와 비극이 담당했던 역할을 그대로 이어받고 있다고 말하면서, 소설을 통해 구현되는 "문학적 상상력이야말로 우리 시대에 요청되는 시민정신의 이론과 실제에 본질적인 것"[23]이라고 주장하고 있는 것이다. 그녀는 다음과 같이 말한다.

---

22 Martha C. Nussbaum, *Poetic Justice: The Literary Imagination and Public Life*, Beacon Press, 1995, p. 6.

23 Martha C. Nussbaum, 위의 책, p. 52.

> 비극의 관객들처럼, 소설의 독자들도 인물들에게 일어난 일을 그들의 관점에서 경험하면서 인물들의 곤경에 공감할 뿐만 아니라 인물들의 불행이 실제로 심각하며 그들의 과오로부터 발생한 것이 아니라는, 방관적 판단을 담고 있는 공감을 넘어서는 연민을 갖게 된다. …(중략)… 서사시와 비극에 대해 요구했던 고대의 연민의 전통은 이제 소설에 요구되고 있다. 이러한 복합적인 정신의 투사야말로 다른 사람들의 고통과 역경을 완전히 측정하기 위해 필수적이며, 그리고 이러한 감정은 완전한 사회적 합리성을 위해 반드시 필요하다.[24]

소설 장르를 그리스 시대의 서사시와 비교하여 총체성이 사라져버린 시대의 서사시라고 말한 루카치의 견해[25]를 상기시키는 누스바움의 위와 같은 견해는, 문학이 제공하는바 타인에 대한 인간적인 동정과 연민 없이는 법의 집행이 맹목일 수밖에 없다는 것으로 이어진다. 말하자면 불의에 대한 분노 없이는 정의라는 이름에 합당한 처벌을 할 수 없으며, 힘없고 억눌린 사람들에 대한 연민의 감정 없이는 평등과 같은 사회정의를 온전히 구현할 수 없다는 것이다. 이런 맥락에서 누스바움은 소설이 "일반적으로는 공공의 이성, 특별히는 법에 기여할 잠재적 가능성을 가지고 있"[26]다고 말하고 있다. 문학법리학이 배타적으로 소설 장르를 강조하는 것은 바로 이런 맥락에서다. 즉, 오늘날 우리 사회의 의미와 가치, 이상과 규범을 약호화하는 법의 허구적 세계를 이해하려 하는 동시에 그런 현실을 끊임없이 "가정화"[27]하면서 현실 질서의 변형이나 재규정을 위한 가능성을 탐색하는 상상력은 온전히 소설의 몫으로 남아 있기 때문이다.

법으로 침투하는 소설의 이런 기능에 대해 브루너와 누스바움이 공히

---

24 Martha C. Nussbaum, 위의 책, p. 66.
25 게오르그 루카치, 반성완 옮김, 『소설의 이론』, 심설당, 1985, 47쪽, 113쪽, 그 밖에 이곳저곳 참조.
26 Martha C. Nussbaum, 앞의 책, xv.
27 브루너는 문학적 허구를, 친숙한 현실세계를 존재했었을지도 모르고 틀림없이 존재했었을 것으로 "가정법화"하는 것이라고 설명한다. Jerome Bruner, 앞의 책, p. 94.

예로 들고 있는 것은 미국의 1896년 '플레시 대 퍼거슨 판결'과 1954년 '브라운 대 교육위원회 판결'이다. 즉, 1896년 객차 내에서 흑인과 백인을 분리하는 것이 미헌법 제14조 수정조항에 부합한다고 한 미국 최고법원의 이른바 '분리이되 평등' 판결은 1954년 '브라운 대 교육위원회 판결'에서 최종적으로 파기되는데, 브루너는 이런 전환은 리처드 라이트Richard Wright와 같은 흑인 작가가 쓴 작품(대표적으로 그의 『토박이The Native Son』)들이 그 판결에 '주관적인 차원'('분리이되 평등'한 교육을 받는 흑인아이들이 입을 심리적 상처에 대한 인식)을 제공함으로써 가능했다는 것이다.[28]

소설이 제공하는 '주관적인 차원'이란 인물의 주관적 경험에 대한 소설의 특별한 관심을 지칭하는 것으로, 브루너는 그것을 "내적 전회inward turn"라고 부른다. '분리이되 평등' 판결을 예로 들어 설명하면, 흑백분리교육이 "흑인아이들의 자기에 대한 관점, 자기-존중, 기꺼이 배우고자 하는 마음에 어떤 영향을 미칠까"[29] 하는 것에 대한 문학적 관심이 그것이다. 인물의 주관성에 대한 이런 관심은 문학 고유의 몫이기도 하지만 문학법리학에서는 더욱 특별한 중요성을 갖는다. 그 이유는 그런 내면의 풍경이 이른바 작가와 독자 사이의 윤리적 관계를 함축하거나 요청하기 때문이며, 이를 통해 문학이 법적 규정에 대해 변증법적 관계를 맺게 되기 때문이다.

앞서 바이스버그가 주장한 "윤리시학"을 거론하면서도 잠시 언급했지만, 그것은 그간 시학적 측면에 과도하게 치우쳤던 문학작품을 윤리적 차원에서 보다 적극적으로 이해해야 한다는 당위의 표현이다. 그런데 이런 입장은 지난 세기 동안 지배적이었던 구조주의와 같은 방법론의 퇴조 이

28 이에 대해서는 Jerome Bruner, 앞의 책, pp. 54-58 및 Martha C. Nussbaum, 앞의 책, pp. 88-90을 참조하라.

29 Jerome Bruner, 앞의 책, p. 54.

후 새롭게 부상한 이른바 윤리비평ethical criticism의 시각과 연결되어 있다. '법과 문학'에 대해서도 그랬듯이 여기서 윤리비평의 정립을 둘러싼 논의를 개괄하는 것 역시 가능하지도 않고 필요치도 않다. 하지만 이해를 위해 윤리비평의 특징을 간략하게 개괄하자면, 그것은 모든 작품은 윤리적이고 교술적이며, 따라서 독서과정에서 내포작가와 내포독자의 만남은 윤리적 만남일 수밖에 없고, 그렇게 해서 이루어지는 독서는 계량적으로 평가할 수 있는 윤리적 행위라는 것으로 요약할 수 있다. 예컨대 다음과 같은 논의들이 윤리비평의 특징을 선명히 그려 보일 것이다.

> 그토록 종종 작품과 독자 사이의 관계로부터 자신들의 비평을 절연시켰던 것은 "저자는 죽었다"고 믿는 군중에 의한 그 과정의 무시였다. 만일 저자가 없다면, 어떻게 어떤 것에 대한 윤리적 관계에 대해 말할 수 있는가? 하지만 내게 영향력 있는 선택을 제공하는 저자가 있다면, 나는 그 선택들이 윤리적으로 옳은지 그른지에 대해 생각할 수 있는 권리는 물론 책임도 갖게 된다.[30]

> 예술가는 습관의 더러움과 습관이 만들어내는 자기기만을 끊어냄으로써 우리를 도울 수 있다. 그의 행위는 그것이 현실로부터 물러서는 세계에서 현실과 타협하려고 하기 때문에 윤리적인 행위이다. 우리가 주의 깊은 독자로서 작가를 따를 때 우리는 윤리적인 행위에 가담하는 것이며, 우리의 독서는 산정할 수 있는 윤리적 행위가 된다.[31]

여기서 논란이 있는 윤리비평의 핵심적 논지를 소개하는 것은, 윤리비평이 견지하는바 독서 중에 이루어지는 "서술의 에토스와 독자의 에토스

---

30 Wayne C. Booth, "Why Ethical Criticism Can Never Be Simple", Todd F. Davis and Kenneth Womack(eds), *Mapping the Ethical Turn*, Virgina U. P., 2001, p. 29.

31 Martha Nussbaum, "Exactly and Responsibly: A Defence of Ethical Criticism", Todd F. Davis and Kenneth Womack(eds) 위의 책, p. 59.

의 만남"[32]이 윤리학과 시학의 통합을 지향하는 문학법리학의 해석방법론의 특징과 부합한다고 생각하기 때문이다. 문학법리학이 좁게는 동시대의 법질서를 직접적으로 문제 삼는 소설들은 물론 다양한 작품들을 대상으로 그 작품들이 상상하는 대안적 세계상이나 인간이해의 측면에 초점을 두어 읽어내는 것이라고 할 때, 그 과정에서 빚어지는 서술자와 독자의 윤리적 입장의 갈등이야말로 윤리시학을 목적으로 하는 문학법리학에 관건이 될 수밖에 없을 것이다.[33]

이상의 논의를 종합하면, 문학법리학이란 '법과 문학' 운동에서 확인된 바 법과 문학의 상동성에서 파생된 학문으로, 서사적 견지에서 문학적 허구(물)가 법의 처방적 세계이해에 맞서 어떤 가능세계를 탐구하는지를 집중적으로 연구하는 문학연구의 전망이자 하나의 방법론이라고 할 수 있다. 기왕에 학제적 학문으로서 '법과 문학'이 자리 잡고 있는 마당에 이렇게 별도의 방법론을 제안하는 것은, 문학작품을 법리탐구의 대상으로 국한시키는 '법과 문학'과는 달리 소설이 내장하고 있는바 시민의식을 함양시키는 문화적 실천으로서의 성격을 강조하기 위한 것이다. 다시 말하면, 인생과 예술이 불가분적으로 연관되어 있다는 믿음을 회복하고, 그 위에서 문학 본래의 문화변용적인 힘을 다시 발견하려는 전망을 보다 강조하고자 한 것이다.

* * * * *

독자들의 이해를 돕기 위해 이 책에 수록된 11개 장의 내용을 간략하게 소개하고자 한다. 제1장은 근대소설의 도입이 근대법의 도입과 동시적이

32 Wayne C. Booth, *The Company We Keep: An Ethics of Ficton*, Univ of California Press, 1988, p. 8.

33 누스바움 또한『시적 정의』에서 부스의 '공동추론co-duction' 논의를 참조하면서 이와 유사한 논의를 펼치고 있다. 이에 대해서는 Martha C. Nussbaum, 앞의 책, pp.159-170을 참조하라.

라는 전제에서, 우리 소설의 전사前史를 이루는 신소설이 얼마나 근대법에 열광했는지, 그리고 그것을 어느 정도로 소설화하고 있는가를 살펴본 것이다. 제2장과 제3장은 신소설의 뒤를 이어 우리 근대소설의 기초를 닦은 이광수와 김동인, 그리고 염상섭의 작품을 법리적 측면에서 조명한 글이다. 이 글에서 초기 작가들이 서구의 장르를 자기 것으로 갱신하는 과정에서 근대법과 마주하여 어떻게 문학을 자리매김했는지, 그리고 그런 근대법 제도를 어떻게 소설적 자양으로 흡수했는지를 살펴보고 있다. 이를 통해 우리 작가들이 소재로서의 법의 수용을 넘어서 근대적인 이야기 공간인 법정을 발견하고 변호사 인물을 형상화해낸 일련의 과정을 확인해볼 수 있을 것이다. 이태준의 소설을 살펴본 제5장 또한 그 연장선상에 있는 것으로, 여기서는 수용사적 관점에서 도스토옙스키의 『죄와 벌』과 이태준 소설의 관계를 고찰한다. 특히 이태준은 당시 영화로도 소개되었던 『죄와 벌』 및 그 계통의 영화내용을 반복해서 자신의 작품으로 끌고 들어와 변용했는데, 일제의 문학작품 검열 수준과 그 내용을 추적한 제4장의 내용을 고려하면 외견상 통속성을 가장한 이태준의 이런 작업 또한 이광수나 염상섭의 작품만큼이나 전략적인 것이었다고 평가할 수 있다. '문학에 관여하는 법'이라는 측면에서 검열의 문제가 문학법리학의 한 연구 주제라는 것은 제4장에서 확인할 수 있을 것이다.

제8장, 제10장, 제11장에서는 각각 이병주와 조세희, 복거일의 작품을 고찰하고 있는데, 이들의 작품은 식민지 작가들이 내보인 법에 대한 관심을 자양으로 본격적으로 법리탐구를 한 작품들이라는 점에서 특기할 만하다. 즉, 이들의 작품은 소설적 상상력을 통해 당대의 법리에 도전하고, 그럼으로써 동시에 현대소설의 장르성 확충을 도모한 작품들이라는 공통점을 지니고 있는데, 이 점에서 이들의 소설은 이른바 "법리소설"이라고

별도로 지칭해도 손색이 없을 정도의 특성을 내보인다.[34]

문학법리학에서 소설이 차지하는 특별한 위치는 두말할 것도 없는 것이지만, 그렇다고 해서 이 책이 소설 장르만을 대상으로 하고 있지는 않다. 이 책의 제6장은 일제 강점기 법률전문학교 학생들이 중심이 되어 개최했던 모의재판극의 발생과정과 전개를 추적한 것인데, 이 글을 통해 식민지 시대 법과 문학에 대한 이중의 관심이 시민들의 사회적 계몽을 위한 연행으로까지 이어진 실례를 확인할 수 있을 것이다. 제7장과 제9장은 일제 말기 규슈 탄광으로 징용당했던 노동자의 체험수기와 1970년대 열악한 노동현장에서 일했던 노동자들의 체험수기를 검토한 것인데, 이들의 이야기는 노동의 현장에서 자행되는 온갖 불법과 폭력을 통해 인물들이 인권을 자각하고 법적 존재로 거듭나는 과정을 그리고 있다는 측면에서 문학법리학의 의미 있는 대상이라고 할 수 있다. 특히 1970년대 노동자들의 수기는 조세희의 『난장이가 쏘아올린 작은 공』과 주제적으로 공명하고 있다

34 "법리소설"이란 용어는 공교롭게도 일제 강점기에 식민통치자들이 먼저 사용했던 말이다. 이 용어는 1927년 7월 조선통감부에서 펴낸《경무휘보警務彙報》에서 확인할 수 있다. 이 잡지는 1910년 조선통감부 경무총감부에서 펴냈던《경무월보》를 1912년 개칭한 것으로, 경찰업무와 관련된 사항과 사건에 관한 논설과 판례 등을 게재한 기관지다. 그런데 해당 호에 다케조에 초니竹添蝶二의「닭과 사육주鷄と飼主」라는 글이 '법리소설'이란 이름 아래 실려 있다. 사고를 보면 이 글은 해당 잡지의 필자이던 한 판사가 보낸 것으로 되어 있고, '법리소설' 란의 이름은 잡지 관계자들이 붙인 것으로 되어 있다. 글은 희곡형식으로 되어 있으며, 내용은 당시 신문에 보도된 독극물로 인한 한 사건을 화제로 판사가족이 모여 앉아 법리에 관해 나누는 의견이 전부다. 그 사건내용은 한 조선인이 닭을 놓아기르는 바람에 밭이 못 쓰게 되자 이에 분심을 품고 일인 농부가 쥐약을 놓았고, 그로 인해 닭들이 폐사했는데, 농부가족은 이 사실을 미처 모른 채 닭을 잡아먹는 바람에 온 식구가 복통을 일으키고 부인은 중태에 빠졌다는 것, 그리하여 관할 서에서 은밀히 조사를 벌여 닭에게 독약을 먹인 일인을 연행했다는 것이다. 이런 신문보도 사건을 두고 판사가족은 조선인을 중태에 빠뜨린 일본인의 행위가 사전에 계획된 모살謀殺 범죄가 되는지 안 되는지, 일본인이 닭을 퇴치하기 위해 독약을 놓은 것이 조선인가족의 중독과 인과관계가 성립하는지 안 하는지 등을 토론한다. 또한 사건은 가상의 사건으로 보이는데, 내용 중에 조선인이 살고 있는 토막이 법적으로 주거지인지 아닌지 하는 논의까지 나오는 것으로 보아 조선의 미개함을 드러내려는 의도도 있는 것으로 보인다. 하지만 특정 범죄사건에 대한 법리적용의 문제를 이야기 형식에 담아낸 것을 두고 '법리소설'이라는 용어를 창안해낸 것은 눈여겨볼 만하다. 1928년 7월호에는 같은 필자의 이와 유사한 글이 '法曹文藝' 란에 수록되어 있다.《警務彙報》제255호, 1927년 7월, 25~316쪽 참조.

는 점에서 향후 이루어질 문학법리학적 연구에도 적잖은 시사를 주는 글들이라고 생각한다.

제1장
근대법의 이입과 신소설

1. 신소설의 배경으로서의 개화기 사법현실

문학법리학의 시각에서 우리 근대소설을 고찰할 때, 첫 번째 논의의 대상이 되는 것은 바로 신소설이다. 1910년대를 전후하여 활발하게 창작되고 유통된 신소설은 당대의 다양한 사회적 문제를 소설화하고 있는데, 그중에서도 상당수의 작품이 다양한 소재를 통해 이전 시대의 무법한 사법현실을 고발하는 동시에, 서구에서 새로 도입된 근대적 법제도에 대한 열정적인 지지와 믿음을 보여주고 있기 때문이다.

신소설이 태동한 개화기는 쇠락해가는 국권을 회복하고 자주독립을 이루기 위해서 서구의 근대적 학문과 사상의 수용에 적극적이었던 시기였는데, 당시 사람들이 '신학新學'이라는 이름으로 적극적으로 수용하고자 했던 서양의 근대학문으로는 의학과 병학, 농학 같은 과학 외에도 법학이 특별한 위치를 차지하고 있었다. 이는 당시 자료만 보더라도 쉽게 확인할 수 있다. 국민계몽을 목적으로 창간된《독립신문》과《제국신문》에는 국가의 자주독립과 문명개화를 법질서의 확립 및 재판제도의 근대화와 연관시켜 강조하고 있는 기사들이 적잖게 눈에 띈다. 몇 예를 들어보면 아래와 같다.

ᄇᆡᆨ셩은 엇더케ᄒᆞ야 ᄇᆡᆨ셩노릇슬 잘 ᄒᆞ며 원은 엇더케 ᄒᆞ야 원노릇슬 잘 ᄒᆞ며 의졍 대신 이하로 각관인들과 졍부에 쇽ᄒᆞᆫ 사ᄅᆞᆷ들이 엇더케ᄒᆞ여야 ᄌᆞ긔 직분들을 잘 ᄒᆞᄂᆞᆫ지 그것 결졍 ᄒᆞ기ᄂᆞᆫ 나라 법률 ᄎᆡᆨ과 규칙과 쟝졍을 가지고 ᄌᆡ판 ᄒᆞᄂᆞᆫ 거시라 그런 고로 ᄌᆡ판쇼가 ᄉᆡᆼ겻고 법부가 ᄉᆡᆼ겻스며 각부 각셔에규칙과 쟝졍이 잇서 그걸 인연 ᄒᆞ야 가지고 누가 ᄉᆞ무를 뭇던지 일을 죠쳐 ᄒᆞ고 결졍 ᄒᆞᄂᆞᆫ거시라 그러 ᄒᆞᆫ즉 법률과 쟝졍과규칙이 곳 나라에 ᄲᅮ럭지요 쥬츄 돌이라[1]

대뎌 법률이 공평 졍직ᄒᆞ게 드면 나라이 부강문명ᄒᆞᆷ을 ᄌᆞ연히 긔약ᄒᆞᄂᆞᆫ 것이오 법률이 문란ᄒᆞ게 드면 나라이 ᄌᆞ연 퇴ᄑᆡᄒᆞ야 닐ᄋᆞᄃᆡ 파탕지세라 ᄒᆞ나니 그런 고로 나라이 처음으로 셜시ᄒᆞᆯ ᄯᅢ에 법률 쟝뎡을 먼져 ᄇᆞᆰ게 뎡ᄒᆞ고[2]

나라에셔 법률을 ᄆᆞᆫᄃᆞ러 경향간에 ᄌᆡ판쇼를 셜시ᄒᆞᆫ 뜻은 젼국 인민을 위ᄒᆞ야 서로 닷토고 칭원ᄒᆞᄂᆞᆫ 폐가 업도록 ᄒᆞᆷ이라 만일 인민들이 무ᄉᆞᆷ 시비가 잇ᄂᆞᆫ 거ᄉᆞᆯ ᄌᆡ판쇼에셔 공결ᄒᆞ야 주ᄂᆞᆫ 법이 업스면 잔약ᄒᆞᆫ 부인들과 세력 업ᄂᆞᆫ 사ᄅᆞᆷ들은 강ᄒᆞ고 세력 잇ᄂᆞᆫ 사람들의게 무리ᄒᆞᆫ 일을 밧아 목숨과 ᄌᆡ산을 보존ᄒᆞᆯ 수 업슬 터이니 그러코 보면 나라ᄂᆞᆫ 쟝찻 어ᄂᆞ 디경에 니를지 모로나니 그런고로 법률이라 하ᄂᆞᆫ 거ᄉᆞᆫ 곳 사ᄅᆞᆷ의 혈ᄆᆡᆨ과 ᄀᆞᆺᄒᆞᆫ지라 사ᄅᆞᆷ의 혈ᄆᆡᆨ이 고로 통치 못ᄒᆞ면 목숨을 보존치 못ᄒᆞᆯ 거시오 법률이 공평이 시힝치 못ᄒᆞ면 나라이 망ᄒᆞᆷ을 면치 못ᄒᆞᆯ 거시니 나라에 인민된 쟈 이에셔 더 큰 일이 어ᄃᆡ 잇스리오[3]

1《독립신문》, 1897년 4월 17일.
2《제국신문》, 1900년 4월 26일.
3《제국신문》, 1901년 4월 25일.

위 인용문들을 보면, 서구 열강과의 만남을 통해 우리나라의 후진성을 자각한 당시 사람들이 (근대적) 법률의 완비를 문명개화의 요체로 파악한 것은 물론, 법의 공정한 집행을 국가존망의 필수적 조건으로 인식하고 있었다는 것을 분명히 확인할 수 있다. 근대법을 중심으로 한 문명개화의 담론이 팽배한 가운데, 제도적으로도 법제도의 개혁이 이루어진다. 1894년 갑오개혁 이후 근대적 의미의 사법기관인 '재판소'가 설치·운영된 것과, 그 운영을 위해 같은 해 법학 전문 교육기관인 '법관양성소'가 설립된 것이 그 단적인 증거다.[4] 뿐만 아니라 1905년에 '보성법률전문학교'가 생겨 본격적인 법학교육이 실시되었으며, 같은 시기 원산학사와 경학원 등 신식학교에서 법학을 가르쳤고, 《서우학회월보》와 《기호학회월보》 등을 포함한 학회지들에 매 호 거의 빠짐없이 법학과 관계된 논문들이 실렸다는 사실[5]까지를 감안하면, 당시 사람들이 주권국가의 확립을 도모하는 과정에서 근대법과 법적 제도에 어느 정도의 의미를 부여했고 또 얼마나 근대법 정신을 실현하고자 했는지 상상하기는 어렵지 않다. 당시 보성전문학교가 발행한 《법정학계法政學界》에도 매 호 법과 관련된 다수의 논설이 실렸는데, 여기에 발표된 글들 또한 《독립신문》이나 《제국신문》 등에 발표된 글에 나타난 근대법에 대한 관심과 이해의 방향과 크게 다르지 않다. 그중 두 편만 인용하면 다음과 같다.

若夫各人의幸福을各人任意에放任ᄒᆞ고國家가毫末도此에干涉을不行ᄒᆞ면人民의生命財産은保護ᄒᆞᆷ을不得ᄒᆞ고人民의權利義務ᄂᆞᆫ犧牲에供給ᄒᆞ야此世ᄂᆞᆫ悠然히白魔跳梁의暗黑界ᄅᆞᆯ成ᄒᆞ고弱肉强食의修羅場으로化ᄒᆞᆯᄲᅮᆫ이니是以로國家가干涉ᄒᆞᄂᆞᆫ所以오法律이由生ᄒᆞᆫ所以라由是觀之ᄒᆞ면原始社會의法律은復讎的

4 최종고, 『한국의 서양법수용사』, 박영사, 1982, 26쪽.
5 최종고, 「개화기의 한국법문화」, 《한국학보》 제24집, 일지사, 1981, 61쪽.

이오現時社會의法律은秩序的或强制的이라云ᄒᆞᄂᆞᆫ者ㅣ라然則法律은國家의綱紀오人事의儀表라一日이라도若無ᄒᆞ면國家라名稱ᄒᆞᆷ을不得ᄒᆞᆯ지니古語에禮重於食色이라ᄒᆞ더니余輩ᄂᆞᆫ法律이人類生活에必要ᄒᆞᆷ이食色以下에不在ᄒᆞ다確斷하노라[6]

大抵法律이라ᄒᆞᄂᆞᆫ全體의槪念은獨히法律을講究ᄒᆞᄂᆞᆫ者에만限ᄒᆞᆯᄲᅮᆫ아니라一國의臣民된以上은必其國法의大體를通曉치아니치못ᄒᆞᆯ지로다何者오吾人의公私生活은皆法律의通御ᄒᆞᄂᆞᆫ바ㅣ라故로生命, 身體, 自由, 榮譽及財産은悉皆法律의保護를賴ᄒᆞ야安全ᄒᆞᆷ을始得ᄒᆞᄂᆞ니 …(중략)… 國家가有ᄒᆞ고人民이有ᄒᆞ면法律이可히無치못ᄒᆞᆯ지오法律이有ᄒᆞ면人民된者ㅣ可히講究치아니치못ᄒᆞᆯ지니라만일吾人이此를抛棄ᄒᆞ야硏究치아니ᄒᆞ면自己의固有한權利를喪失ᄒᆞᆯᄲᅮᆫ아니라自國의權利를墮落ᄒᆞ야家國이必亡乃已ᄒᆞᆯ지니엇지警惕치아니ᄒᆞ리오然則吾人은國家의思想을腦裏에暴注ᄒᆞ야須臾라도法律의槪念을離치말고各自의固有ᄒᆞᆫ自由를不失ᄒᆞ면國權의恢復과人權의伸張을指日ᄒᆞ야可期ᄒᆞᆯ지로다[7]

학회지에 실린 두 편의 논설은, 근대의 법률이 개인들을 조정하는 질서 유지 차원의 제도로서 개인들의 삶의 태도이자 국가의 기강이라는 점을 역설하고, 나아가 인민들 개개인이 법률을 연구하지 않으면 개인의 권리를 박탈당하는 것은 물론 국가마저 망하게 되는 것이라고 말한다. 이런 논지는 앞에서 살펴본 1900년대를 전후한 시기의 언론매체의 논설과 대동소이한데, 이런 논의는 한국이 일본의 식민지로 전락한 후인 1910년대 후반까지도 지속적으로 이어진다.[8]

---

6 韓光鎬, 「法律發生의 原因」, 《법정학계》 제1호, 1907년 5월, 8쪽.

7 許憲, 「爲民者ㅣ不可不知法律」, 《법정학계》 제6호, 1907년 10월, 1~3쪽.

8 1918년 7월에 발간된 《청춘》에도 법률이 국가를 형성하고 인민을 제한하기에 지도하는 공이 가장 많다는 내용의 글이 실려 있다. 姜荃, 「道德的根底로부터 現하는 法律觀」, 《청춘》, 1918년 7월, 83~85쪽 참조.

일반적으로 한국의 사법제도는 갑오개혁 이후 대한제국을 거치는 과정에서 근대적으로 개혁된 것으로 알려져 있는데, 그것은 위에서 보는 것처럼 부국강병의 중추적 수단으로서의 근대법과 법치에 대한 뜨거운 관심 속에서 이루어진 것이다. 그 구체적인 국면은 대체로 "① 징역형과 같은 근대적 자유형의 도입 및 능지처참형·연좌제의 폐지 등 형벌제도의 개혁, ② 문벌·반상·문무·존비 등의 구별과 노비 관련 법규 폐지 등의 국민동등권적 원리, ③ 사법권의 독립과 재판소로의 일원화"[9] 등으로 요약되는데, 특히 〈재판소구성법〉에 의해 행정사무와 재판사무가 분리되고 재판권이 재판소로 통일된 것은 "근대화=서구화"의 문이 열린 것으로 주목할 만한 것으로 평가된다.[10] 재판소제도의 경우 실현된 것은 고등재판소와 한성재판소뿐이었지만, 법적으로는 지방재판소와 순회재판소 등이 마련되어 재판의 심급제審級制를 도입하려 했다는 점도 이 시기 사법개혁의 근대적 성격을 보여주는 것이다. 또한 재판의 공정성과 판결의 통일성을 위해 법관양성소를 설치한 것과 소송절차를 규정한 '민형소송에 관한 규정'이 마련된 것도 주목할 만하다.

하지만 재판소의 설치를 통한 행정과 사법의 분리라는 근대적 법제도의 확립이라는 시대적 과제는 법의식의 정착과 제도의 완비라는 양 측면에서 온전하게 당시 사회에 뿌리내리지 못한다. 문준영이 밝히고 있는 것처럼, 신식 재판제도는 "군주로부터 주권의 일부를 찬탈하는 폭거"와 같은 것이었을 뿐만 아니라 "관리들이 지닌 전통적 관념에도 가장 배치되는 제도"[11]였기 때문에, 아관파천 이후부터 〈재판소구성법〉이 개정되는 1899년까지 명목상의 개혁으로 남았거나 유명무실해졌기 때문이다. "전임 법

9 도면회, 「갑오개혁 이후 근대적 법령 제정과정」, 《한국문화》 제27집, 2001, 330쪽.
10 문준영, 『법원과 검찰의 탄생—사법의 역사로 읽는 대한민국』, 역사비평사, 2010, 166쪽.
11 문준영, 위의 책, 232쪽.

관의 임용으로 인하여 지방에서의 전제적인 지위를 상실할 것을 두려워한 기존 지방관의 저항"이 지적되는 것은 바로 이 때문이다.[12] 그리하여 아관파천 이후 대명률과 같은 "구식형사법이 신식형사법과 공존"하게 되는 상황이 벌어지며, 행정과 재판의 분리라는 기본원칙을 반영한 "재판제도 개혁의 효과를 전체 재판소로 확산시키기 위한 진지"였던 한성재판소마저 법부 예하의 행정기관으로 전락하다가 결국에는 폐지되고, 법관양성소 또한 1895년 제1회 졸업생 47명, 1896년 제2회 졸업생 39명을 배출한 뒤 기능이 정지되어 버리게 되는 것이다.[13]

갑오개혁 이후 법제개혁을 통해 문명개화를 이루려던 노력이 대한제국의 출범과 그 뒤를 잇는 황제권의 강화과정에서 소기의 성과를 거두지 못하고 오히려 대명률과 같은 구법이 여전히 현실적으로 기능하는 상태로 되돌아간 일련의 과정을 요약한 것은, 우리 근대소설의 전사라고 평가받는 신소설이 바로 이 시기를 주된 이야기-배경으로 하고 있을 뿐만 아니라,[14] 주제 면에서도 갑오개혁을 전후한 시대를 시종일관 야만과 문명으로 대비하면서 그것을 구법과 근대법, 혹은 이전 시대의 사법현실과 새로운 법질서의 갈등이라는 이야기를 통해 구현하고 있기 때문이다. 신소설이 격변기의 사법현실에 남다른 관심을 드러내고 있다는 점은 일찍부터 지적되어 왔다. 이재선은 「치악산」, 「능라도」, 「빈상설」, 「원앙도」, 「귀의성」, 「금강문」 등 여러 신소설 작품에서 "완고시대의 법"과 "개화시대의 법"이 충돌하고 있는 현상을 지적하면서 다음과 같이 말한 바 있다.

12 도면회, 「1894~1905년간 형사재판제도 연구」, 서울대학교 대학원 박사학위논문, 1998, 140쪽.

13 구한말 및 대한제국기를 거치면서 벌어진 근대 사법제도의 왜곡과 파행의 구체적인 내용에 대해서는 도면회의 위의 글, 116~154쪽 및 문준영, 앞의 책, 229~278쪽을 참조하라.

14 권보드래는 "신소설이 1894년~1905년에 이르는 정치적 · 사회적 공간을 전제로 탄생했다."고 지적한 바 있는데, 이와 관련된 문제에 대해서는 뒤에서 다시 논의할 것이다. 권보드래, 「죄, 눈물, 회개-1910년대 번안소설」, 《한국근대문학연구》 제16호, 2007, 12쪽.

신소설은 근대의 법의 건전성과 기능에 대해서 특별한 관심을 나타내고 있다. 즉 범죄나 폭력에 대한 법의 사회적인 제어 기능을 사회 개혁의 중요 방법으로 삼고 있다. 이것은 재판과 경찰의 빈번한 등장에서 구체화되고 있는 것이다. …(중략)… 신소설에 있어서의 재판은 권선징악의 개화기적인 대체화다. 즉 악행은 징계를 받는다는 관념을 합법적인 재판이나 형법으로 실현하고 있는 것이다. 그래서 복수의 문제만 해도 대부분의 작품은 이인직의 경우의 개인적이고 범죄적인 응징보다는 재판에 회부하는 합법적인 복수의 방법을 택하고 있다.[15]

신소설에 빈번하게 등장하는 재판 장면이 권선징악이라는 조선조 문학 이념의 개화기적 대체물이라는 이재선의 지적은 상당수의 신소설을 '재판소설'[16]로 볼 수 있는 근거를 제공하면서, 한편으로는 점차 재판을 통한 권선징악이라는 주제와 연관되어 이야기의 단초상황을 이루는, 신소설에 넘쳐나는 '범죄'에 대한 관심으로 이어지는 후속 논의를 자극했다. 최현주와 조형래의 논의가 단적인 예인데, 이들은 신소설의 지배적 이야기-동인動因으로서의 범죄사건에 주목하면서, 당시《독립신문》과 같은 매체를 통해 보도된 다양한 범죄사건의 전말이 독자들에게 폭력적 현실을 공론화하도록 했다는 것과, 신소설 작가들이 그로부터 소설적 재현의 단서를 포착했다고 말한다. 이들의 논의를 인용하면 다음과 같다.

개화기 당시의 범죄에 관련된 담론들 중 가장 대중적인 영향력을 확보한 경우는 신문의 잡보 기사들일 것이다. 개화기 이전 현실에서 발생한 범죄 사건을 다룬 담론들은 보통 법제 관련 공문, 사건 관련 수사 기록 등에 한정되어 있었으

15 이재선, 『한국현대소설사』, 홍성사, 1979, 74쪽.
16 최희정은 이재선의 이런 논의로부터 신소설의 하위양식으로 '재판소설'을 설정하고 이해조를 대상으로 하여 그 시학적 측면을 연구한 바 있다. 최희정, 「이해조의 재판소설 연구」, 서강대학교 대학원 석사학위논문, 2001.

며, 이는 대개 대중적 유통과는 거리가 먼 공식적 문서들이었다. 따라서 그러한 문서에 대한 접근이 허용되지 않는 일반 대중들에게 범죄 사건을 사실 차원에서 기술한 예는 신문이 최초였으리라 추정할 수 있다.[17]

위법 행위, 법적으로 정당화되지 못한 사적 폭력으로서의 범죄의 개념은 형법이라는 법적 강제력과 대비되는 의미로 발견, 범주화된 것이었다. 하지만 고등재판소 내부에서 자행되는 부정에 대해 신랄하고도 직접적인 비판이 가해질 정도로 당시의 사법기관이 정상적인 권위를 확보하고 있지 못했던 상황에서 신문과 같은 언론매체는 그러한 치안의 공백을 다른 방식으로 보완하고 있었다. 그리고 그것은 범죄사건의 확정된 전말을 공개하고 그것을 윤리적·사회적으로 단죄하고자 하는 형태로 나타났다.[18]

《독립신문》에 실린 구체적인 범죄사건 보도와 관련해 신소설의 범죄서사를 주목하고 있는 이 두 사람의 논의는, 이른바 잡사雜事의 문학화라는 관점에서 신소설이 신문의 범죄사건들을 어떻게 이야기의 원천으로 활용하고 있는지를 단적으로 점검하고 있다는 점에서 설득력을 갖는다.[19] 좀 더 구체적으로 논의하자면, 최현주는 당시 신문의 범죄서사가 신소설에 "범죄행위를 재현한 상세한 묘사적 진술을 제공한" 측면을 언급하면서 그런 범죄 관련 정보가 신소설 작가들로 하여금 "강렬한 정서적 충격을 소설화하도록 유인했"을 것이라고 추론한다.[20] 조형래 또한 당대 신문의 범죄 관련 보도가 이른바 공론화의 한 방식이었다는 데에 동조하는데, 위 인용

17 최현주, 「신소설의 범죄 서사 연구」, 서강대학교 대학원 박사학위논문, 2003, 19쪽.

18 조형래, 「근대계몽기, 범죄와 신소설」, 동국대학교 대학원 석사학위논문, 2004, 35쪽.

19 프랑크 에브라르Frank Evrad는 신문의 등장과 함께 이른바 기사화되는 일상적 잡사들이 창조되었으며, 자체로 자족성을 지닌 범죄이야기 같은 것들이 일종의 "소설적 연출"로서 소설의 참조대상이 되었다는 일반론을 펼친 바 있다. 프랑크 에브라르, 최정아 옮김, 『잡사와 문학』, 동문선, 2004, 제1장 참조.

20 최현주, 앞의 글, 26~27쪽.

문에서 보는 것처럼 범죄사건의 전말을 전하는 신문의 보도가 "윤리적·사회적"인 단죄의 기능을 담당했다는 것이다. 그런데 이런 논의의 연장선상에서, 그는 신소설에 넘쳐나는 범죄와 재판 장면이 서술자의 서술적 위치와도 연관되어 있다고 말한다.

> 그와 같은 권선징악의 구도에는 근대계몽기의 통념적인 인식의 틀, 다시 말해서 피의자와 피해자를 구분하는 것을 전제하고 최종적으로 피의자에 대한 처벌과 형량을 선고하는 형법의 시선이 투영되어 있었다고 할 수 있다. 신소설의 서술자가 폭력에 대응하기 위한 폭력을 정당화하고 있는 것은 바로 이 때문이다. 다시 말해서 인간 세계를 생존 경쟁의 장으로서 파악함으로써 개인의 폭력을 자연스러운 것으로 간주하는 사고방식, 그리고 그러한 폭력으로부터 비롯된 분쟁 및 아귀다툼을 통제하기 위한 보다 강력한 강제력으로 요청되는 법률에 대한 인식이 바탕에 자리해 있었다는 것이다. 신소설에 명확한 선인과 악인이 등장하고, 악인이 주인공을 핍박하는 사건의 전말이 세세하게 부조되며, 법정에서 악인에 대한 심판이 이루어지는 결말이 확정되어 있는 것은, 신소설의 서술자가 그러한 형법적 사고방식을 내면화한 위치에서 이야기를 조망하고 있기 때문이다.[21]

다양한 범죄 이야기를 소재로 하고 있는 신소설이 그 범죄를 징치하고 이야기를 마무리하는 서사적 장치로서 법정 장면을 묘사하고 있는 것은, 신소설 작가들이 법정의 판결이 갖는 권위를 인정하고 그것을 기대하고 신뢰했다는 것을 반증한다. 이런 신뢰와 기대가 신소설 서술자의 서술적 위치narrative stance를 결정한 요인이었다는 조형래의 논의는 매우 시사적이다. 조형래는 비록 그 서술적 목소리의 단성성을 비판하고 있지만, 서

21 조형래, 앞의 글, 70쪽.

구문명의 충격 속에서 최초로 근대적인 소설창작에 임했던 신소설 작가들의 서사적 목적론이 근대법과 법치에 대한 일정한 태도와 긴밀하게 연관되어 있음을 지적[22]함으로써, 이 주제에 대한 논의를 기계적인 상동성의 차원을 넘어 심화시키고 있기 때문이다. 이런 논의의 연장선상에서, "정치적인 영역에서 근대적인 국가 만들기의 수단으로 법률이 적극적으로 신소설에서 형상화되었다면, 동시에 일상적인 영역에서 근대적인 정신을 지닌 '근대주체'를 만들기 위한 수단으로써도 법률은 핵심적인 기능을 수행했다."[23]고 보고, 신소설이 회복하고자 했던 일상성의 문제를 법과 연관 지어 고찰한 논의까지 나오고 있다.[24]

이상의 논의에서 알 수 있다시피, 신소설이 근대법과 격변기의 사법현실에 대해 다른 어느 시대의 소설보다도 관심을 기울이고 있는 것은 그 발생론적 환경에서 거의 필연적인 현상이었다. 신소설이 문제 삼고 있는 시기는 온갖 사회적 폭력이 창궐하던 시기였는데, 당시가 그런 폭력을 강제적으로 규율하고 조정해야 할 법이 본래의 기능을 발휘하지 못한 격변기였다는 것은《독립신문》의 수많은 범죄사건 기사가 입증해주고 있는 바다. 문학법리학 시각에서 신소설을 재조명해야 할 필요성과 당위성은 바로 이 점에서 찾을 수 있다. 신소설은 범죄와 폭력이 난무하여 국기 자체가 위태로워지고 언론매체를 통해 법적 담론이 횡행하던 시기에 근대소설이 보인 최초의 문학적 응전의 결과물이기 때문이다.

22 최현주는 범죄서사를 살피는 과정에서 누스바움으로부터 '법적 정의legal justice'와 '시적 정의poetic justice'라는 용어를 빌려와 주된 해석의 방법론으로 사용하고 있는데, 이런 시각 또한 조형래와 동궤라 할 수 있다. 최현주, 앞의 글, 14~15쪽.

23 이지훈,「신소설에 나타난 법과 일상성의 의미 연구」, 서울대학교 대학원 석사학위논문, 2009, 9쪽.

24 이지훈은 최찬식으로 대표되는 신소설이 국가와 법률에 의해 지배되는 근대적 공간을 형상화했으며,『무정』의 이형식과 같은 순응적인 근대주체는 바로 이런 배경에서 가능했다고 보고 있는데, 이에 대해서는 좀 더 논의가 필요해 보인다. 이지훈, 위의 글, 69~71쪽 참조.

신소설과 법의 상관성을 규명하는 작업은, 신소설의 구조론과 개화기의 법의식에 관한 논의의 접점을 찾아 그 문학적 응전을 가능하게 한 배경과 서사적 목적론의 정체를 밝히는 작업이어야 한다. 기왕에 이루어진 신소설 작가론이나 작품론이 의미가 없는 것은 아니지만, 대부분의 연구들은 소설작품을 역사 연구를 위한 일차자료로 환원시키거나 작가의 역사성을 강조함으로써 불가피하게 신소설 작품 자체를 등한시하는 결과를 가져왔다. 이 글에서는 신소설에 대한 작가론적 접근이나 '재판소설'과 같은 하위유형을 설정해 그 시학적 특성을 건조하게 추출하기보다는, 법에 대한 각별한 관심을 보이고 있는 신소설들을 주제별로 나누어, 여러 신소설 작품을 추동하거나 작동시킨 작가의 법의식을 규명하고 그것이 이야기의 형태를 갖추는 과정에서 내보인 문학적 설명력의 특별한 양상을 조명하고자 한다. 그리고 그런 작업을 통해 신소설이 어떤 문학사적 위상을 확보하고 있는지를 새롭게 평가하고자 한다.[25]

2. 이전 시대 사법현실 비판과 법적 정의의 희구

기존의 많은 논의에서 밝히고 있는 것처럼, 신소설 작품들은 격변기의 사회적 현실을 배경으로 전쟁이나 민요民擾와 같은 역사적 사건이나 개인 차원의 계획적 범죄사건을 이야기의 단초상황으로 설정하고 그로부터 파생되는 개인적이거나 가문적 삶의 변전을 그려나간다. 그러면서 그런 폭력적 범죄를 초래하거나 가능하게 한 이전 시대의 비이성적인 사법현실

25 존 프랭클John M. Frankle은 신소설 연구 일반이 작품을 역사로 환원시키는 오류를 범하고 있음을 지적하면서, "차용된 문학적 정의와 국내의 정치적 요구로부터 벗어남으로써"만이 신소설 연구가 자유롭게 이루어질 수 있다고 지적하고 있다. 존 프랭클, 『한국문학에 나타난 외국의 의미』, 소명출판, 2008, 244~247쪽 참조.

을 보고하고 더러는 그것을 서술-시점時點의 근대적인 사법현실과 대비하여 당위적인 현실상을 그려내거나 강조하며, 최종적으로는 문제 상황을 야기한 악인들이 고을의 행정관리에 의해 징치되거나 경찰과 같은 공권력에 의해 검거되어 검사의 심리나 의사疑似-재판의 절차를 통해 응분의 대가를 치름으로써 선이 승리하는 모습을 보여준다.

신소설은 이런 서사문법으로 축약이 가능하지만, 구체적으로 들어가면 문제의식과 주제화 방법에서 대략 세 가지 작품군으로 나눌 수 있다. 첫 번째는 현재의 시점에서 갑오개혁 전후의 혼란했던 시대를 회고적으로 조명함으로써 법적 정의에 대한 나름의 감각을 드러내는 작품들이며, 두 번째는 법제도의 개혁이 이루어지는 시대에 초점을 맞춰 근대적인 법의 합리성과 권위를 실증적으로 보여주는 작품들, 그리고 마지막으로는 절처봉생絶處逢生식의 이야기의 힘은 약화되고 상대적으로 법률적 지식의 소개가 표면에 넘쳐나는 작품들이다. 물론 신소설 작품들 가운데에는 해당 주제들을 모두 포괄하는 경우도 있으므로 이런 구별은 다소 자의적이다. 「구의산」, 「세검정」, 「명월정」 같은 작품들이 그렇다. 따라서 논의의 편의상 전경화된 주제에 따라 신소설 작품들을 세 범주로 나누어 검토하되, 필요한 경우에는 동일한 작품이 반복해서 논의되는 경우도 있을 것이다.

첫 번째 작품군은 근대적 법의식에 주안점을 두고 있기보다는 이전 시대의 왜곡된 사법현실을 고발하는 데 중점을 두고 있는 작품들이다. 여기에는 이해조의 「모란병」, 「구의산」, 「소학령」, 「봉선화」, 「원앙도」를 비롯해서 김교제의 「현미경」과 같은 작품들이 포함된다. 이 작품들에는 지나간 시대의 왜곡된 사법현실을 고발하려는 작의가 선명하게 드러나 있는데, 이를 구체화하기 위해 범죄사건이 이야기의 단초상황으로 설정되며, 그로 인해 주인공이 생명이 위태로운 지경으로 내몰리는 데서부터 이야기가 진행된다. 「모란병」의 여주인공 금선은 갑오개혁으로 집안형편이 어려워져 남의 집 곁방살이로 내몰리는데, 이후 아버지 현고직의 우둔한 처사로 인해 기생을 길러내는 최 별감에게 넘겨져 몇 차례나 몸이 팔릴 위험에 처하고, 「구의산」의 여주인공인 김 판서의 딸 애중은 첫날밤 남편 오복이 목 없는 시체로 발견되어 살인혐의를 받자, 후일을 기약하기 위해 피치 못해 서울로 도망한다. 또한 「봉선화」의 여주인공인 박 참판의 막내딸은 남편이 동경으로 유학 간 사이에 시어머니인 구씨의 모략에 걸려들어 외간남자와 사통했다는 혐의를 뒤집어쓰고 쫓겨나고, 심지어는 구씨의 간계로 유기전 차인에게 팔려가는 위기를 맞게 된다. 「소학령」의 홍씨 부인은 남편을 찾아 간도로 가는 과정에서 방씨 형제의 집요한 협박과 폭력에 시달린다.

작품의 초반부터 위기에 봉착한 주인공들은(공교롭게도 이들 대부분은 여성이다) 작품의 진행과정에서도 지속적인 위기에 직면하게 되는데, 그 단적인 예는 「봉선화」에서 시어머니의 모함으로 쫓겨난 박씨 부인과, 「소학령」에서 남편을 찾아 간도로 갔지만 그녀를 납치하려는 방씨 형제에 의해 고난을 받는 홍씨 부인의 경우일 것이다. 박씨 부인은 시어머니에 의해 최가에게 팔려가기 직전 요행으로 살아나지만, 재취를 원하는 갈춘영의 손아귀에 넘어가 겁탈당할 위기를 겪고, 다시금 시어머니의 노복인 구두쇠에게 납치되는 일을 반복해서 겪는다. 기생집으로 팔려가던 도중에 도망쳤다가 행순하는 순검에게 잡혀 감리의 손아귀에 넘겨지게 되는 「모란병」의 금선도 마찬가지다.

이 작품들에서 여주인공들이 팔려가거나 겁탈당할 위기에 처하거나 생명의 위협을 당하는 장면이 반복되는 것은, 그들의 인권을 보호해주고 범죄를 꾸미거나 그에 가담하는 악인들을 징치해줄 수 있는 법질서가 올바로 확립되어 있지 못하기 때문이다. 즉, 그들이 위험으로부터 벗어날 수 있는 기회가 있을 때마다 당시의 사법현실에 대한 불신에 의해 이야기가 진행되고, 공권력을 행사해 이들의 삶을 구할 수 있는 관리들마저도 목민관으로서의 사명을 저버리고 오히려 그런 범죄를 조장하거나 그에 편승하고 있는 것이다.

「구의산」의 범죄는 그것이 사람의 목숨을 앗아간 형사사건임에도 불구하고 시작단계에서부터 법의 힘은 미치지 못한다. 오복의 목 없는 시체가 발견된 후 오복의 아버지인 서 판서가 송장을 안고 몸부림을 하는 대목에서, 서술자는 "지금 모양으로 경찰이 밝힐 것 같으면 일변 시체를 검사한다, 혐의자를 조사한다, 기어이 원범을 발각하였으련마는, 그때만 해도 암매하던 시대라 재상가의 일이라면 당자가 거조를 하기 전에는 감히 간섭을 못하는 중"[26]이라고 말하는데, 며느리인 김씨 부인의 수난은 이때부터 시작된다고 해도 과언이 아니다. 오복의 목을 베러 가던 칠성이 도중에 길에서 만난 간부姦夫와 간녀姦女를 죽이는 대목에서도 서술자는 "그때가 지금만 같아도 거리거리 교번소가 있고 시시로 행순 순사가 있어 칠성이가 방약무인하게 사람을 둘이나 죽였을 수도 없고, 설혹 죽였더라도 즉시 포박을 당하여 서 판서 집에 그러한 변괴가 났으련마는, 그때는 이따금 돌아다니는 소위 순라라 하는 것이 있지마는, 파루를 곧 치면 다 걷어 들어가 사람의 종적이 불고 쓴 듯이 없는지라"(193쪽)라고 하면서, 이런 사건이 공권력이 제 기능을 발휘하지 못하는 당시의 상황에서 다반사로 일어날 수 있는 일임을 말하고 있다.

「봉선화」에서 박씨 부인을 팔아넘기려한 구두쇠에게 갈춘영이 박씨 부인의 교전비인 은례의 부탁으로 사형私刑을 내리는 대목에서, 서술자는 "법률이 지금같이 밝아서 범죄자를 징치하는 때 같았더면 조심 많은 갈춘영이가 구두쇠를 즉시 법소로 고소하여 엄중 심문한 후, 죄를 상당히 다스

26 이해조, 「구의산」, 『화세계 구의산』, 서울대학교출판부, 2003, 141쪽.

리게 하였으련마는 그때는 법이 좀 어두운 때라, 관청으로 보냈다가는 무슨 중병이 또 생길는지 추측키 어려워서 사사로 심문을 하는 것이라."[27]고 주석을 달고 있다. 공법에 대한 신뢰가 사라진 상황이 갈춘영 일당에게 사건을 해결하기 위한 편법을 도모하도록 하는 것인데, 그 때문에 구두쇠는 요행으로 풀려나 다시금 구씨 부인과 한통속이 되어 자신들의 혐의를 없애기 위한 또 다른 범행을 모의하고 실행에 옮기게 되는 것이다.

공법의 강제력에 대한 이런 불신은 당시의 사법관리들의 부패와 전근대적 행태와도 연결되어 있다. 앞서 언급한 「모란병」의 금선은 위기에서 도망치던 길에 천행으로 순행 중이던 순검들에게 발견되어 인천 감리영監理營으로 넘겨진다. 이때 감리가 직분을 당연히 했다면 금선은 위기에서 벗어나올 수 있었을 것이나, 정작 감리는 "정치학문 보다 외입속경게ᄂᆞᆫ 썩도져히 익숙ᄒᆞ야외입장이 일이라면 쵸록은 동ᄉᆡᆨ이되야 셜혹 남의유부녀를ᄉᆡ다 오입을식인ᄃᆡ도본부의등소를 ᄇᆡᆨ퇴만 ᄒᆞᆯᄲᅮᆫ안이라 본부를 락과식히기를 례ᄉᆞ로ᄒᆞᄂᆞᆫ 위인"[28]으로서 자신의 의무를 다하지 않고, 그로 인해 금선은 다시 송 순검에게 의지해 도망을 하게 되는 것이다.

신소설의 주인공들이 거듭하여 고난을 겪는 과정에서 관리의 부패와 법질서의 문란이 직간접으로 비판되고 있는 것은 「현미경」에서도 볼 수 있다. 이 작품의 여주인공 빙주는 보은 북실마을 김 감역의 딸로서, 동학당과 내통했다는 이유로 자기 아버지를 재판도 없이 때려죽이고 재산마저 빼앗은 정 승지를 찾아가 그의 목을 베어서는 고향에 내려와 아버지의 제사를 지낸 뒤 쫓기는 몸이 된다. 아버지의 복수를 위해 원수의 목을 잘라 아버지의 제사를 지내는 삽화가 비록 엽기적이긴 하지만, 작품의 서술자는 빙주가 놓인 정황을 다음과 같이 서술함으로써 이런 복수가 불가피하

---

27 이해조, 「봉선화」, 전광용 외, 『한국신소설전집』 제3권, 을유문화사, 1969, 209쪽.
28 이해조, 『모란병』, 박문서관, 1911, 48쪽.

게 일어날 수밖에 없는 이유를 설명한다.

> 총메고 칼들고 불놋코 ᄌᆡ물 ᄲᆡ서ᄀᆞᆫ 불안당도 이스나 그런도적은 오히려 열넷ᄌᆡ요 뎨일 무셔운 도적은 ᄇᆡᆨ듀ᄃᆡ도에 춍도업고 칼도업고 됴흔집 됴흔방에 젹슈공권으로 놉히안져셔 ᄇᆡᆨ셩의 돈쳔 돈만을 ᄂᆡᆼ슈한ᄉᆞ발로 드리마시ᄂᆞᆫ 토호질군이라 그젼 미ᄀᆡᆫ시ᄃᆡ에ᄂᆞᆫ 그런 분네들이 세력업고 돈푼이나 잇ᄂᆞᆫᄉᆞᄅᆞᆷ을 긔탄업시 잡아오고 ᄶᅥ러다가 먹고십은ᄃᆡ로 얼마든지 졔욕심을 한것 ᄒᆞ우며 만일 소불여의ᄒᆞ면 ᄉᆡᆼ지살지를 졔 임의로 ᄒᆞ더니 시국이 한번 변쳔되ᄆᆡ 문명의 풍조가 드러와셔 졍치와 법률이 졈졈 ᄇᆞᆰ아가니그후는 그리 함부로 펼쳐놋코 ᄲᆡ서먹지를 못ᄒᆞ나 은군ᄌᆞ 토호질은 그ᄅᆡ도 남아셔 은근이 뒤손을 버리고 남ᄃᆡ문홍에 구멍갓흔 목구멍을 버리ᄂᆞᆫᄃᆡ ᄀᆡ화된 셰상이라고 일호반졈 이라도 져항을ᄒᆞ다가 쥭을죄로 몰녀드러 필경은 몸쥭고 집망ᄒᆞᄂᆞᆫ 슈가 죵죵잇ᄂᆞᆫᄃᆡ 불깃동리 ᄉᆞᄅᆞᆷ들은 벼담불이나 ᄒᆞᆬ가ᄃᆞᆰ에 두고두고 이런도적 져런도적에게 부닥겨 지ᄂᆡ기도 위심이ᄒᆞ얏고 그즁에 돈도 엄청나게 만이 ᄲᆡᆺ기고혹화도 참혹히 당ᄒᆞ기ᄂᆞᆫ 그동리 김감역집이라[29]

아버지의 복수를 위해 원수의 머리를 잘라내어 제사를 지내는, 신소설에서도 유례를 찾아볼 수 없는 엽기적 장면은 「현미경」에서 이와 같은 시대적 배경에 의해 개연성을 얻고 있거니와, 빙주의 사적인 복수는 이후 결혼이 성취되는 과정에서도 그에 상응하는 처벌을 받지 않는다.[30] 앞서 살펴본 소설들과 마찬가지로 빙주의 이런 고난 이야기에는 그녀를 돕는 조력자가 여럿 등장하고 있다. 그리고 그 과정에서 김 감역의 목숨을 빼앗은

---

29 김교제, 『현미경』, 동양서원, 1912, 11~12쪽.

30 그런데 신소설에서 개인적 복수를 택하는 인물들은 살인 이후 대체로 자살로 삶을 마감한다. 이해조의 「비파성」에서 노파가 자신을 죽이려 했던 황가를 죽이고 자살하는 장면과 「소학령」에서 민장 부인이 남편을 죽인 방가를 칼로 찔러 죽인 후 자살하는 장면이 단적인 예인데, 이는 악행을 저지른 자를 법에 의뢰하지 않고 사사로이 죽여 복수하는 행위가 갖는 사회적 비난을 무마하면서 공분에 호소하기 위한 장치인 것으로 보인다.

정 승지의 삼촌을 법부대신으로, 빙주를 조카딸로 알고 돌봐주는 이 협판을 법부협판으로 설정함으로써, 시대적 배경이 1895년 〈재판소구성법〉이 시행된 이후임이 드러난다. 작품에는 또한 김 감역의 죽음과 빙주의 복수 행위를 놓고 법부대신과 법부협판이 논쟁을 벌이는 장면이 제시되어 있는데, 이는 본격적인 법리논쟁이라고까지는 말할 수 없으나 신소설에서는 아주 예외적인 장면이라 할 수 있다. 빙주가 자기 조카인 정 승지를 죽인 것을 두고 법부대신이 사적인 복수의 불가함을 주장하는 대목에서 법부협판은 다음과 같이 말한다.

(리) ᄃᆡ감 그럿케 ᄒᆞ실말솜이 아니올시다 당쵸에 김가를 무슨죄로 쥭엿셔요 동학괴슈로 쥭엿다니 확뎍ᄒᆞᆫ 무슨 증거가 잇습닛가 동확괴슈는말고 그보다 더ᄒᆞᆫ 역적죄슈라도 그젼말로ᄒᆞ면 친국을ᄒᆞ든가 라문을 ᄒᆞ든가 제입에셔 자복ᄒᆞᄂᆞᆫ 쵸ᄉᆞ를 바다야 결쳐를 ᄒᆞ는것이오 지금으로 말을ᄒᆞ면 쵸심ᄌᆡ심을ᄒᆞ고 공ᄀᆡ직ᄑᆞᆫᄭᆞ지라도 ᄒᆡ셔 확실ᄒᆞᆫ 죄목이 잇셔야 교를ᄒᆞ든가 증역을 식히든가 형법ᄃᆡ로 시힝을 ᄒᆞᄂᆞᆫ것인ᄃᆡ 하관은 드러닛가김가를 잡아올녀 불문곡직ᄒᆞ고 그날 그시로 란장을쳐 쥭엿다니 그리ᄒᆞ시ᄂᆞᆫ법이 혹간 엇디잇습닛가 하관의 아ᄂᆞᆫᄃᆡ로 말솜을ᄒᆞ면 법부ᄃᆡ신의 직권은 무슨죄인이든지 포착ᄒᆞ고 쥬본드리ᄂᆞᆫ 두가지 권한밧게 ᄉᆞᄅᆞᆷ을 임의로 쥭이시ᄂᆞᆫ 권한이 잇단말을 듯지못ᄒᆡᆺ습니다.[31]

조카인 정 승지의 죄는 불문에 부치고 개인적인 원한으로 살인한 빙주의 죄만을 들추는 법부대신에 맞서, 이 협판은 구법으로나 신법으로나 김 감역의 처분이 잘못되었다며 재판절차를 밟아 법대로 처분하는 일이 온당하다는 주장을 펼친다. 「원앙도」에서도 주인공인 금주의 부친 조 판서가 동생의 죄에 연루되어 투옥되자, 조 판서에게 은혜를 입은 안 선달이

31 김교제, 위의 책, 77~78쪽.

조 판서의 사위와 함께 법부대신을 움직여 조 판서를 방면토록 하는 장면이 나오는데, 이때도 서술자는 법을 제멋대로 부리는 법부대신의 행태를 냉소적으로 비판한다.

웃 사ᄅᆞᆷ이 ᄌᆡ물에 욕심이 잇스면 아ᄅᆡ 사ᄅᆞᆷ은 차포오졸 더ᄒᆞᆫ 법이라 경지가 엇더케 조화를 부렷던지 법무대신댁 아굼니로 손곱이가ᄂᆞᆫ 긴ᄀᆡᆨ들이 모다 발벗고나셔 조판셔 하나 살녀ᄂᆡ기로 열심을 ᄒᆞ더니

며칠 아니 되어 처교 주본을 드리랴고 잔뜩 작뎡ᄒᆞ얏던 법대의 ᄆᆞᄋᆞᆷ이 별안간에 엇지면 그러케 션심이 낫ᄂᆞᆫ지 경장이후에ᄂᆞᆫ 연좌가 업스니 불가불 참작을 ᄒᆞ여야 가ᄒᆞ니 츙절이 특이ᄒᆞᆫ 명류의 후예를 심상ᄒᆞᆫ 무리와 갓흔률을 쓰기 어려우니 ᄒᆞ아 일변으로 졍부 각대신의 공론을 돌니고 일변으로 텬폐에 샹쥬ᄒᆞ야 조아모를 무죄ᄇᆡᆨ방ᄒᆞ라고 션고가되엿ᄂᆞᆫᄃᆡ[32]

「원앙도」의 서술자는 조 판서가 연좌제로 옥에 갇히게 된 정황을 서술하는 대목에서는 "지금 법률ᄀᆞᆺ치 륙범죄인이라도 상당ᄒᆞᆫ 형벌이 당자 일신상에 긋치ᄂᆞᆫ 것이아니라 그ᄯᆡᄂᆞᆫ 한사ᄅᆞᆷ의죄에 일문을 함몰ᄒᆞ고 삼족ᄭᆞ지 멸ᄒᆞᄂᆞᆫ 혹독ᄒᆞᆫ 법을쓰던 셰월인ᄃᆡ"(48쪽)라고 말한다. 이 서술만 보면 이 작품이 「모란병」과 「봉선화」처럼 인민들의 일상적인 삶이 법에 의해 보호받지 못했던 갑오개혁 이전의 무법한 현실을 고발하려는 작의에 의해 추동되었음을 부정할 수는 없다. 하지만 인용한 대목을 보면 이 작품들은 갑오개혁 이후 사법과 행정의 분리라는 근대적 법제도의 출현 이후인 '지금'의 상황도 특정 국면에서는 '그때'로부터 그다지 나아진 것이 없다

---

32 이해조, 『원앙도』, 동양서원, 1913, 122~123쪽. 한편 이 작품에서 법부대신은 "년젼 경장ᄒᆞ기 젼에 다년 형조판서로 잇셔 죄가잇고 업고 걸녀만들면 반찬단지나 맛ᄂᆞᆫ 듯이 그 사ᄅᆞᆷ에 가산이 잇ᄂᆞᆫᄃᆡ로 ᄲᆞ라먹기로 유명ᄒᆞ던분"(121쪽)으로 서술되는데, 이것이 소설적 설정인지 아니면 〈재판소구성법〉 이후 형편상 실제로 이루어졌던 인사행정의 관행을 반영한 것인지는 더 확인해봐야 할 사항이다.

는 것을 분명하게 알려준다. 신법의 집행을 책임진 법부대신과 같은 인물들이 자신의 이익을 위해 법적용을 쥐락펴락하는 현실이 그것을 말해주는데, 이는 전통적인 통치관념과 배치되는 신법제도가 구법과 빚은 갈등이 어느 정도였는가를 보여주는 단적인 사례라 할 만하다.[33]

「모란병」과 「봉선화」를 비롯한 일련의 작품들이 일상적인 인물들이 형사법에 의해 보호받지 못하는 현실을 '그때'로 지칭하면서 평가적인 주석을 하고 있는 것은 사실이다. 이는 해당 작품들을 쓴 작가들이 최소한 갑오개혁을 기점으로 구분되는 사법제도의 변화가 어떤 내용이었는지를 알고 있었다는 것을 의미한다. 이 범주에 속하는 작품들이 대체로 엽기적인 사건들로 이야기의 단초상황을 설정하고 이후 복잡다단한 사건전개를 지닌 이야기를 축조하고 또 그것을 구태여 '그때'와 '지금' 시대를 대비시킨 전망에 의해 조정해가는 플롯을 취한 것은, 작품의 주제가 바로 갑오개혁 이전의 사법현실을 비판하는 데 초점을 맞추고 있기 때문이다. 비록 「원앙도」와 「현미경」처럼 갑오개혁 이후 신법과 구법이 갈등을 빚는 '담화-현재'도 비판의 대상이 되고 있는 것은 사실이지만, 기본적으로 이 소설들은 현재 시점에서 경험하거나 목격한 법적 정의에 대한 인식을 과거의 사건들에 투사함으로써 대리적 만족을 취하는 회고적인 원망願望의 서사라고 할 수 있다.

33 문준영은 '구본신참'이라는 말로 요약되는 광무개혁으로 인한 재판제도의 동요를 당시 관료들의 법의식의 전근대성으로 설명한다. 즉, "목민관에게서 무려 8할의 사무를 빼앗"고 "(관리들이) 사송과 옥송을 통해 거둘 수 있었던 많은 뇌물과 수수료가 사라지는" 마당에 신구의 절충이 쉽지 않았다는 것이다. 문준영, 앞의 책, 229~246쪽 참조.

3. 인물로서의 판·검사의 등장과 법적 단죄

앞서 살펴본 신소설들이 갑오개혁 이전의 무법한 현실에서 자행되었던 범죄를 통해 법적 정의를 호소하고 있는 작품들인 반면, 일군의 신소설들은 보다 더 적극적으로 근대적 법제도를 소설적으로 수용하는 모습을 보인다. 이 작품들의 특징적인 국면은 이야기의 결말 부분이 검사나 판사가 관장하는 사법기관으로 모아져 범죄의 전말이 밝혀지고 범죄 연루자들은 자신들의 죄에 합당한 벌을 받는 것이라 할 수 있다. 물론 범죄에 집중하고 있는 작품들에도 경찰 같은 인물과 평리원平理院 같은 기관이 등장하고 그들이 악인들을 법소에 고소하는 등의 행위가 나타나지 않는 것은 아니지만, 그 작품들은 기본적으로 권선징악이라는 주제를 형상화하는 과정에서 근대적 법제도를 일종의 원조자 정도로 배치하는 선에서 그친다.

이에 비해 「구의산」, 「구마검」, 「세검정」, 「홍도화」 같은 소설들은 범죄 사건의 피해자나 친인척이 판·검사로 등장해 직접 악인들을 징치함으로써 근대적 법제도의 합리성과 법의 권위를 실증적으로, 그리고 실감나게 보여주고 있다는 점에서 특징적이다. 또 이해조의 「비파성」에 등장하는 연희의 부친 서 주사는 일본인 변호사의 사무원으로 설정되어 있는데, 이처럼 법률적 지식이 상당한 인물의 설정이 작품 후반부에서 이루어지는 악인 황공삼에 대한 단죄의 정당성을 뒷받침하고 있는 것은 두말할 나위가 없다. 그리고 전문적인 변호사와 법관의 등장 자체가 환기하고 있는 것처럼, 이 범주에 속하는 작품들의 핵심 사건들은 앞 절에서 살펴본 작품들과는 달리 이야기의 시간적 배경을 갑오개혁 이후 근대법이 작동하기 시작하여 일정한 궤도에 오른 시기로 설정하고 있다는 공통점도 지닌다.

이해조의 「구의산」은 결혼식 다음 날 목 없는 신랑(오복)의 시신이 발견되면서 사건이 전개된다. 이 사건은 서 판서의 후실인 이동집이 본실의 아들인 오복을 죽이고 자신이 데리고 온 아들인 또복에게 가산을 물려주기 위해 종인 칠성에게 상전인 오복을 죽이라고 교사하면서 벌어진 일인데, 공교롭게도 칠성이가 오복을 죽이러 가던 도중에 간음 끝에 살인을 도모하는 두 남녀를 죽이고 그 시체로 오복을 대신하여 오복을 구해내 함께 일본으로 도피함으로써 미궁에 빠지게 된다. 그리하여 사건은 남편의 죽음에 의심을 품은 김씨 부인이 기지를 발휘하여 시아버지인 서 판서에게 사건이 시모인 이동집으로부터 비롯되었다는 것을 알리고, 서 판서가 사매질을 통해 칠성 어미와 이동집의 실토를 받아 그들을 옥에 넣은 후 원범이 잡히기까지 미해결 상태로 남게 되는데, 모든 비밀은 작품의 결말 부분에 이르러서야 법정에서 법관의 심문에 의해 밝혀진다. 즉, 지방 절에 은둔하던 서 판서가 자신의 손자인 효손을 만난 뒤 서울로 돌아와 법소에 호소함으로써 칠성과 오복을 불러올리고 그들과 이동집을 삼조대질三造對質함으로써 궁극적인 해결을 맞는 것이다.

> 법관이 더 신문할 것 없이 구의산에 구름 쌓이듯 한 의심이 환연히 해석이 되어 차례로 판결을 할 터인데, 당핏골 천지사가 칠성을 대살하여 자기 딸의 원수를 갚아 달라 伸訴(억울한 사정을 호소함)를 하였는지라, 법관이 천지사를 불러 그 딸의 행실이 부정하여 죽음을 당한 증거를 들어 알아듣도록 확연히 일러 다시 呼冤(원통함을 하소연함)을 아니하게 한 후 오복이는 무죄백방을 하고, 칠성이는 쌍명을 고살하였으나 의분에서 나온 일이라 하여 작량감경酌量減輕 여러 가지로 감등을 하여 삼 개월 금옥에 처하고, 이동집은 모살미수범과 자식 죽은 강상률의 이죄구발로 照律(법원이 법규를 구체적인 사건에 적용하다)을 하였더라[34]

위 인용문에서 보듯이 「구의산」에서는 범죄의 진실과 그에 대한 처벌

34 이해조, 「구의산」, 『화세계 구의산』, 서울대출판부, 2003, 228~229쪽.

이 추상적인 차원에서 이루어지는 것이 아니라 구체적인 법적용을 통해 이루어진다. 또한 이야기의 중간 부분에서부터 법관이 긴밀하게 관여하여 사건을 해결하는 모습이 나타나는데, 이는 서 판서가 칠성 어미와 이동집을 심문하는 장면에서 단적으로 확인된다. 며느리 김씨로부터 사건의 진상을 어느 정도 알게 된 서 판서는, 비록 칠성 어미에게는 사매질을 가하기도 하지만, 주동자인 후처 이동집에 대해서는 "너 같은 년은 사사로 죽일 것도 없은즉, 법소로 보내어 법으로 죽여 세상 사람의 본보기를 할 터이라"(174쪽)고 하면서 사사로이 문초하기보다는 법소에 신고하여 법관에게 심문을 받도록 하는 것이다. 서 판서가 칠성 어미의 공초를 받는 장면과 법관이 이동집의 공초를 받는 장면은 범죄행위는 사적으로 단죄되어서는 안 되며 법에 의해 처결되어야 한다는 법의식의 일단을 보여주는 것으로, 이 당시에는 법에 의한 단죄가 어느 정도 사회적 권위를 확보했음을 보여주는 증거가 된다고 할 수 있다.

이해조의 「구마검」, 「홍도화」와 지송욱의 「세검정」과 같은 작품은 여기에서 한 걸음 더 나아가, 범죄로 인해 재산을 빼앗기거나 핍박받은 주인공의 친인척을 작품의 말미에 판·검사로 등장시켜 개인적 해원과 사회적 징벌을 동시적으로 수행한다. 「구마검」은 삼취로 들어온 부인 최씨로 인해 무복巫卜에 빠진 함진해가 금방울이라는 무당 일당에게 속아 집안사람들과도 의절하다시피해가면서 전 가산을 탕진하는 이야기다. 함진해가 무당에게 미혹되고 지관 임가에게 속아 집안이 거덜이 날 지경에 처하자, 함씨 가문은 문중 회의를 열어 사촌 동생 함일청의 아들 종표를 함진해의 양자로 삼게 한다. 양자로 들어온 종표는 최씨 부인을 정성으로 모셔 최씨 부인의 감화를 이끌어내고, 결국은 최씨 부인의 발론으로 중학교를 졸업하고 법률전문학교에 진학하여 최우등으로 졸업하고, 이후에는 만장공천으로 평리원 판사가 된다.[35] 그러던 중, 종표는 음양 술객과 무복 잡류배를 포착하여 신문訊問하던 중에 자신의 집을 망하게 한 장본인이 금방울과 임가임을 알게 되는데 그 신문과정은 다음과 같이 그려져 있다.

함판사가 함진해 댁이라는 말을 들으니,

'옳다, 이년이 우리 집 결딴내던 년이로구나. 불문곡직하고 당장 그대로 엎어놓고 난장으로 죽이고 싶지마는, 법률 배운 사람이 미개한 시대에 행하던 남형을 행할 수 없고, 중률이나 쓰자면 그년의 전후 죄상을 명백히 공초케 하여야 옳것다.'

하고 한 손 눙치며,

(판)"네 말 같으면 남북촌 여러 단골집이 모두 네 공효로 형세를 부지한 모양 같고나. 그러면 네 단골 되기는 일반인데, 함진해 댁에서는 어찌하여 독이 패가를 하셨어?"

(무)"네, 아뢰기 죄만하오나, 그 댁은 그러하실밖에 수가 없으시지요. 그 댁 마님께서 귀신이라면 사족을 못 쓰시는데, 좌우에서 거행하는 하인이라고는 깡그리 불한당년이올시다. 의신은 구복이 원수라, 그 댁 하인의 시키는 대로 할 따름이지, 한 가지 의신의 계교로 속인 일은 없습니다."

(판)"네 몸에 형벌을 아니 당하려거든, 그년들이 네게 와 시키던 말도 낱낱이 고하려니와, 너의 간교로 그 댁 속이던 일을 내가 이미 알고 있으니 잔말말고 고하렷다."[36]

판사인 종표는 이런 신문을 거쳐 자기 집안을 망하게 만든 무녀 일당에게 그들의 죄에 합당한 징역형을 선고하고 그들에게 협조한 안잠자기 노파 등을 훈계한 뒤 무복과 관련된 물품 등속을 불태우도록 한다.

---

35 평리원이 1899년 〈재판소구성법〉의 개정에 따라 고등재판소로 개칭된 우리나라 최초의 상급법원임을 상기한다면 이 소설의 이야기-현실이 최소한 이 시점 이후임을 알 수 있다.

36 이해조, 「구마검」, 『구마검 모란병 자유종 산천초목 화의혈』, 서울대출판부, 2003, 85~86쪽.

선한 인물들을 핍박해온 악인들이 법조계에 몸담고 있는 주인공들의 친족에 의해 징치되는 이야기는 「세검정」에서도 확인된다. 이 작품의 주인공 김정규는 동학난으로 부모와 생이별하여 정 참판에게 거두어져 길러지고 이보옥은 고성 관아의 이방 김희색의 농간으로 서울 사는 김 승지 댁의 노비로 팔려와 자란다. 두 집이 서로 이웃해 있는 바람에 우연한 기회에 알게 된 두 사람은 결혼을 약속한다. 그런데 이후 김정규가 부모의 생사를 확인하기 위해 여행길에 나선 뒤, 외입쟁이로 유명한 수남이라는 인물이 김 승지 집에 드나드는 침모를 사이에 넣어 일을 도모해 보옥을 사가게 된다. 김 승지 부인의 호의로 고향에 다녀오는 줄로만 알고 길을 나섰던 보옥은 자신이 육천 냥에 팔려가게 된 것을 알게 되고, 감시가 소홀한 틈을 타 도망하여 세검정 위에서 떨어져 죽으려 한다. 그런데 마침 그 자리에는 딸 보옥을 찾아 오륙 년을 헤맨 부친 이 생원이 하룻밤을 지내려고 와 있었고, 이 생원은 보옥이 신세 한탄하는 말을 듣고 그녀가 딸임을 알고 상봉을 하게 된다. 하지만 두 사람은 보옥이 도망친 것을 알고 뒤따라온 수남 일당에게 다시 붙잡히게 되는데, 두 사람이 부녀지간임을 믿지 않는 수남은 소장을 제출하여 이 사건을 재판소로 가져간다.

이 대목에서 서술자는 이 사건을 담당한 검사가 바로 김정규의 아버지라는 것을 밝힌다. "대저 검ᄉᆞ는 김정규의 부친이니 위인이 공평정직ᄒᆞᆷ으로 정부에서 ᄐᆡᆨ용ᄒᆞ야 각군슈령도 마니다ᄂᆡ고 ᄂᆡ직으로 드러와 검ᄉᆞ로 잇"[37]었다고 말하는 것이다. 신소설에 전형적인 우연인 셈인데, 작품의 우연은 여기에 그치지 않고, 김 검사를 고성에서 이 생원이 김희색에게 핍박받았던 시절과도 연관시킨다. 애초에 보옥이 김 승지 집의 노비로 팔려가게 된 것은 고성 관아의 김희색이 보옥의 모친 홍씨의 미색을 탐해 고성

37 지송욱, 『세검정』, 신구서림, 1913, 120쪽.

군수가 천렵할 때 하류에서 고기를 잡았다는 이유로 이 생원을 사사로이 가두고 아비의 몸값을 요구했기 때문에 빚어진 일인데, 이때 군수가 바로 김 검사였던 것이 나중에 설명되는 것이다. 그리하여 김희색은 김 검사에 의해 처벌받는다.

김검사는 그ᄯᆡ에 젼혀 모르고 잇다가 이말을 리ᄉᆡᆼ원에게듯고 즉시고셩군수에게 긔별를ᄒᆞ야 압상ᄒᆞ미러라 희ᄉᆡᆨ이가 쳔만ᄯᅳᆺ박게 이지경을 당ᄒᆞ나 웃지리ᄉᆡᆼ원일를 알고 이갓치ᄒᆞ믈 짐작ᄒᆞ리요 좃이죽어도 알수업다고 알탈를ᄒᆞᄆᆡ 검ᄉᆞ가 ᄯᅩ 리ᄉᆡᆼ원과 보옥이를 가라치며

이놈 네저ᄉᆞᄅᆞᆷ을 보와라 저ᄉᆞᄅᆞᆷ을 모르깃느냐

희ᄉᆡᆨ이가 고ᄀᆡ를들고 ᄯᅩ리ᄉᆡᆼ원웅ㄹ 보더니 고ᄀᆡ를 푹슈기고 아모말도못ᄒᆞᄆᆡ 검ᄉᆞ가 더욱 분긔가나셔 ᄎᆡᆨ상머리를치며

이놈 웃지ᄒᆞ셔 말이업니 응-이놈

(희ᄉᆡᆨ)네-죽이시여도 알욀말ᄉᆞᆷ 업습니다

(검ᄉᆞ)이놈 관장을 빙거ᄒᆞ고 유부녀有夫女를 강간코자ᄒᆞ니 그죄를 네가알거시오 ᄯᅩᄂᆞᆫ 나종에ᄂᆞᆫ 돈을밧고 ᄂᆡ여보ᄂᆡ고 ᄯᅩ유위부족ᄒᆞ야 리씨를 죽이랴다가 못ᄒᆡᆺ스니 이는 살인미수범殺人未遂犯이라 상당이 종신증역에 쳐ᄒᆞᆯ거시나 특감ᄒᆞ야 십오년증역에 ᄒᆞ니 다른말이업슬가[38]

신소설에 절처봉생식의 이야기 전개와 우연적 요소가 넘쳐나긴 하지만, 살펴본 것처럼 「세검정」 또한 김 검사의 등장과 그 내력 설정에서 우연성이 과도하게 작동하고 있다. 주인공의 친족이 법을 다루는 검사로 설정된 것도 마찬가지이다. 하지만 이런 설정은 판·검사가 올바른 법집행을 좌우하는 핵심적인 인물로 인식되고 있었다는 것을 알려주며, 또한 그런

38 지송욱, 위의 책, 125~126쪽.

처결이 이루어지는 재판소가 진실을 밝혀 악인을 처벌하고 무고한 사람들의 신원伸寃을 담당하는 제도적 공간으로 인식되고 있었다는 것을 알려주는 증거이기도 하다.

본격적으로 판·검사가 등장하는 것은 아니지만 범죄와 연루된 악인들을 사사로이 처결하는 것이 아니라 경무청과 같은 근대적 사법기관에 넘김으로써 이야기가 마무리되는 박이양의 「명월정」과 이해조의 「홍도화」도 이 범주에서 논의할 만하다. 「명월정」은 무장대 출신으로 경성학당에서 근대학문을 배운 허원이라는 인물이, 기생으로 팔려온 차채홍을 첩으로 삼으려는 과정에서 그녀가 기생으로 팔리게 된 사정을 듣고는 그녀를 도와 그녀의 부모를 죽이고 채홍을 겁탈하려 했던 악인들을 잡아 법소로 넘기는 이야기다. 작품에서 그녀가 당하는 거듭되는 수난은 앞서 살펴본 신소설 작품들의 내용과 그다지 다르지 않다. 부모가 수적패에게 죽은 뒤 혼자 살아남았으나, 그녀를 구해준 변집의 첩이 될 위기에 처했다가, 다시금 첩으로 팔리게 되는 처지에 놓이게 되는 운명 등이 그렇다. 채홍으로부터 자초지종을 전해들은 허원은 채홍을 데리고 서울로 가는데, 자신들을 태운 뱃사람들이 이전에 채홍의 부모를 죽이고 그녀를 겁탈하려 했던 일당임을 알고서는 꾀를 내어 서강에서 헌병에게 그들을 넘긴다. 그리하여 채홍에 의해 고소당한 그들은 검사에게 신문을 받고 법소로 넘겨지는데, 그 대목은 다음과 같다.

그 이튼날에 호출ᄃᆡ질ᄒᆞᆯ식 ᄎᆡ홍이 공덕리에셔 이ᄉᆞ갈ᄊᆡ에 입던 옷갓치입고 경찰셔에 출두ᄒᆞ니 맛츰이ᄊᆡ에 토졍이에셔 잡아온 강도놈들을 주러니안치고 셔긔가 ᄎᆡ홍의 고소장을 닑어들니고 검ᄉᆞ가 공초를밧는다

(검)이놈들아 다강이들고 이녀인보렷다

강도놈들이 슬며시바라보다가 푹숙이고 벌벌썰면서 아모말도못ᄒᆞ니 긋ᄃᆡ는

검ᄉᆞ가 소리를 벽력갓치질너 텬동갓치으른다

(검)이놈들아 누구란말이냐

…(중략)…

검ᄉᆞ가 압죄를 불너 형구를ᄒᆞ리고 진치보놈을을너ᄆᆡ니 불하일장不下一杖에 ᄀᆡᄀᆡ복초ᄒᆞᄂᆞᆫ지라 …(중략)…검ᄉᆞ가 ᄎᆡ홍을향ᄒᆞ야 언도言渡ᄒᆞ되

이강도놈들을 경셩디방ᄌᆡ판소로 월교ᄒᆞ여 판ᄉᆞ가 형법ᄃᆡ로 판결ᄒᆞ여 선고ᄒᆞ고 집힝ᄒᆞᆯ것이니 물너가 기다리렷다[39]

이처럼 「명월정」은 범죄사건의 피해자인 채홍이 고소장을 작성해 경찰서로 넘기고 검사는 고소장의 내용을 토대로 피의자들을 신문한 뒤 재판소로 넘기는 등 근대적 형사 재판의 과정을 고스란히 보여주고 있다. 이런 일련의 과정은 갑오개혁 이후 시행된 법제개혁의 내용을 정확하게 반영하는 것이다. 「홍도화」에 나타난 징치 장면 또한 이와 유사하다. 이 작품은 주인공인 태희가 초혼에 실패한 뒤 심상호와 재혼하게 되는 과정과, 이후 그녀가 서모의 간계에 의해 고난을 당하다가 참서로 있는 이모부의 도움으로 구해지고 범인들은 벌을 받는 과정을 그리고 있다. 근대식 학교에서 학문을 배운 태희는 근대학문을 배운 심상호 같은 학도와 결혼하고 싶어 하지만, 아버지 이직각의 고루한 생각 탓에 홍 생원의 동생 남식에게 시집을 가서 청상과부가 된다. 한편, 학교 다닐 때부터 태희를 알고 있던 상호는 주유周遊 중에 과부가 되어 있는 태희를 알아보고 태희의 외숙인 김 참서에게 청을 넣어 과부가 재가하는 일이 아무것도 아님을 몸소 실천한다. 하지만 결혼 이후 태희는 시어머니가 간직하고 있던 무속 관련 집기를 불태우는 바람에 친정으로 쫓겨나게 되고, 다시금 서모인 시동집의 모함으로 원주 묘막으로 쫓겨나는 신세가 된다. 이때 시동집은 울산에 있는 자신

---

39 박이양, 『명월정』, 유일서관, 1912, 101~104쪽.

의 사촌오라비 유정여를 꼬드겨 태희를 납치하도록 하는데, 이 사실을 알게 된 태희는 도중에 기차에서 몸을 던져 뛰어내린다. 그리하여 대구의 한 여관에 잠시 머물게 되는데, 뜻밖에도 그곳에서 자신과 상호를 중매했던 김 참서를 만나 그의 도움으로 위기를 넘긴다.

「홍도화」의 경우는 김 참서가 법을 집행하는 인물로 설정된 것도 아니고 판사나 검사가 직접 등장하지도 않는다. 하지만 작품에서 김 참서는 태희를 납치하다시피 해가던 유정여를 서울로 압송하고, 이후 서울로 돌아와 태희를 모함하는 데 일조한 사람들을 취조해 시동집의 범죄사실을 확인한 후 그들을 경무청에 넘겨 법의 심판을 받도록 한다. 김 참서의 이런 행동은 경찰제도와 법치에 대한 신뢰를 보여주는 예로서 손색이 없다. 그런데 여기서 또 한 가지 눈여겨볼 대목은, 김 참서가 유정여를 비롯해 태희의 납치에 협조한 이직각 집안의 종범들을 취조하는 장면이다. 유정여를 개인적으로 신문하여 서울로 압송한 후 김 참서가 이직각네 노비들을 문초하는 장면을 인용하면 다음과 같다.

(김) "그러면 지나간 며칠날 남문밖 정거장에 갔던 것이 네 상전댁 위하는 일이던가?"

(장) "……."

(김) "유가놈과 비밀공론한 후 꾀병을 하고 도로 들어온 일도 네 상전댁 잘되라고 한 것인가?"

(장) "……."

(김) "이놈, 왜 말이 없노! 이 자리에서 이실직고를 아니하고 보면 너만 놈은 경무청에 썩일 권리가 내게 있다, 이놈!"

(장) "네, 바로 여쭈오리다. 소인은 아무 죄도 없습니다. 상전댁 분부를 거행하올 뿐이옵지, 소인의 자의로는 그리 하온 일이 아니올시다. 통촉하옵시오."

(김) "네 상전 누가? 너의 댁 영감께서 시키시더냐?"

(장) "아니올시다, 저의 댁 영감께서는 통촉하옵시는지 아옵지 못하거니와, 마마님 분부가 계시기에 그대로 거행하였습니다."[40]

김 참서가 악행을 저지르거나 연루된 사람들을 문초하고 그들이 정황 증거 앞에 순순히 자백을 하는 장면은 신분제도가 비록 폐지되었을지언정 일상적 현실에서는 관성적으로 유지되었을 것을 생각하면 어느 정도 현실성을 띠고 있는 것으로 판단된다. 「구의산」에서 서 판서가 노복인 칠성 어미를 문초하는 것도 같은 맥락에서 해석되는데, 「명월정」 같은 작품에서 주인공을 돕는 원조자들이 권력 있는 양반이 아닌 경우에는 이런 취조 장면이 거의 등장하지 않는다는 것도 이를 반증한다. 그런데 위에 인용한 김 참서의 문초 장면도 그렇고, 「구의산」에서 서 판서가 칠성 어미를 문초하는 장면이 형식과 문초의 수위 양 측면에서 이후 법관이 이동집을 신문하는 대목과 거의 흡사한 것은, 이런 장면이 단순히 신분제나 신분의식의 관성 탓만은 아닐 수도 있을 가능성을 시사한다.

이에 대해서는 신소설의 범죄서사를 연구한 조형래의 논문이 의미 있는 참조가 된다. 그는 "신소설에 명확한 선인과 악인이 등장하고, 악인이 주인공을 핍박하는 사건의 전말이 세세하게 부조되며, 법정에서 악인에 대한 심판이 이루어지는 결말이 획정劃定되어 있는 것은, 신소설의 서술자가 그러한 형법적 사고방식을 내면화한 위치에서 이야기를 조망하고 있기 때문"이라고 하면서, 「구의산」의 이런 특징적 국면을 예로 들어, "소설 전체를 장악하고 있는 서술자의 목소리는 재판정에서의 검사석과 유사한 위치에서 발산되는 것이라고 해도 과언은 아니다."[41]라고 적고 있다. 더 나아가 조형래는 《독립신문》의 범죄기사와 논설에 대한 분석을 통해 당대

40 이해조, 「홍도화」, 『빈상설 홍도화 원앙도』, 서울대출판부, 2003, 245쪽.
41 조형래, 앞의 글, 70~74쪽.

의 상황이 조선 "내부의 질서를 효율적으로 단속할 수 있는 형사법이 절실하게 요청되었"[42]던 때라는 진단 아래 "법적으로 정당화되지 못한 사적 폭력으로서의 범죄의 개념은 형법이라는 법적 강제력과 대비되는 의미로 발견, 범주화된 것"[43]이라고 말하고 있는데, 이런 논의는 신소설의 발생 동인과 그 서사적 목적론을 새롭게 해석할 수 있는 단서를 제공한다.

신소설에 당시 사람들의 법의식 내지 법에 대한 이해와 요구가 특별하게 반영된 것은 틀림없는 사실이다. 신소설에 등장하는 신분적으로나 윤리적으로 우위에 있는 인물들이 악행과 연루된 인물들을 신문하는 장면이 법소에서 이루어지는 검사나 판사의 신문 장면과 겹치는 대목 또한 그런 맥락에서 해석될 만하다. 즉, 신소설의 그런 장면은 어쩌면 법제개혁으로 인해 새로 출현한 판·검사의 신문 장면을 차용한 것일 가능성이 높다. 신소설은 전대소설과 달리 대화 장면에서 발화자의 이름이나 직위를 괄호에 넣어 제시함으로써 정체성을 구별하고 있는데, 이런 표시는 혐의자를 문초하는 대목에서 압도적으로 나타나 극적인 표현을 얻는다. 따라서 이를 감안하면, 괄호 속에 인물의 정체성을 미리 밝히고 대화를 제시하는 신소설 일반의 장면제시 방법이, 사법적 신문기록의 규범이 범죄와 관련이 없는 일반적인 대화 장면을 제시하는 형식으로까지 폭넓게 확대된 것일 가능성도 아주 배제할 수는 없을 것으로 판단된다.[44]

42 조형래, 앞의 글, 26쪽.

43 조형래, 앞의 글, 35쪽.

44 조형래는 범죄 관련 신소설이 출현한 정황을 추적하면서 조선조의 검안檢案이 "검험관의 문초에 대해 사건 관련자가 답하는, 일종의 대화 형식으로 구성되어 있으며, 수사의 공정을 기하기 위하여 가감 없이 구어체로 기록하는 것을 원칙으로 했다."고 밝히고 있다. 더 연구를 해보아야 할 사항이지만 검안의 구어적 성격 또한 신소설에 등장하는 인물들의 발화와 일정한 관계를 맺고 있을 것이다. 조형래, 앞의 글, 43쪽 참조.

4. 법률/법제 안내서로서의 신소설

범죄사건에 대한 사법적 규명과 악인의 징치를 통해 법적 정의를 구현하는 신소설 작품들은, 앞서 살펴본 것처럼 그 과정에서 검사와 판사와 같은 인물들에 대한 절대적인 신뢰를 보여준다. 이런 신뢰는 무고한 피해자들을 구해주고 범인들을 징치하는 판·검사를 피해자의 친족으로 설정하는 대목에서 분명하게 표현된다. 판·검사가 범죄사건을 마무리하는 최종적인 역할을 맡는 만큼, 이들 신소설에 법률용어가 빈출하고 일정한 법적 절차가 제시되고 있는 것 또한 자연스러운 일이다. 앞서 살펴본 「명월정」에는 허원의 도움으로 구사일생으로 목숨을 구한 차채홍이 자신의 부모를 죽이고 자신을 겁탈하려 했던 일당을 경찰서에 고소하고, 그 고소에 의해 검사가 피의자들의 공초를 받은 후 경성지방재판소로 신병을 넘겨 판결을 내리는 내용이 소개되고 있는데, 이 일련의 과정이 범죄에 대한 사법적 단죄의 과정을 축약하고 있는 것은 두말할 나위가 없다. 그런데 여기서 한 걸음 더 나아가 「명월정」은 고소장 형식을 그대로 소설에 전재하고 있기까지 하다. 그 부분을 인용하면 다음과 같다.[45]

> 고소장
>
> 고소인
>
> 경셩남부초동　　통　　호
>
> 허원 쳡 치홍 印
>
> 피고 거주 미상未詳
>
> 셩명 진치보
>
> 김치경

45 박이양, 앞의 책, 99~100쪽.

그타 삼인

고소의 ᄉᆞ실

우는 피고가 살인강도이기로 자에 고소ᄒᆞᆷ

리유

고소인의 부 차긔문이 셔부공덕리에셔 사옵다가 본년칠월십륙일에 피고의 ᄇᆡ에다 짐을실니고 황히도 연안군으로 이ᄉᆞ하ᄂᆞᆫ길에 히중에서 ……

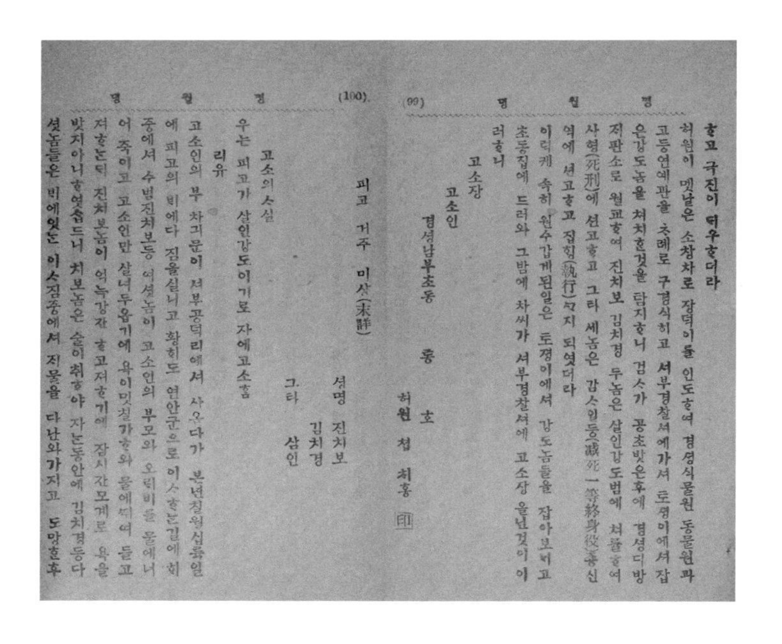

(99) 명 월 정

ᄒᆞ고 극진이 ᄃᆡ우ᄒᆞ더라
허원이 멧날은 소창차로 장덕이를 인도ᄒᆞ여 경셩식물원 동물원과
고등연예관을 ᄎᆞ례로 구경식히고 셔부경찰셔에가셔 토영이에셔 잡
은강도놈을 쳐치ᄒᆞᆫ것을 탐지ᄒᆞ니 검ᄉᆞ가 공초밧은후에 경셩디방
재판소로 월교ᄒᆞ여 진치보 김치경 두놈은 살인강도범에 쳐률ᄒᆞ여
사형(死刑)에 션고ᄒᆞ고 그타 세놈은 감ᄉᆞ일등(減死一等終身役)종신
역에 션고ᄒᆞ고 집힝(執行)ᄭᆞ지 되엿더라
이러케 속히 원수갑게된일은 토졍이에셔 강도놈들을 잡아보내고
초동집에 드러와 그밤에 차씨가 셔부경찰셔에 고소장을넌것이 이
러ᄒᆞ니

고소장

고소인

경셩남부초동 홍 호

허원 쳡 최홍 印

(100) 명 월 정

피고 거주 미샹(未詳)

셩명 진치보

김치경

그타 삼인

고소의ᄉᆞ실

우는 피고가 살인강도이기로 자에고소ᄒᆞᆷ

리유

고소인의 부 차긔문이 셔부공덕리에셔 사온다가 본년칠월십륙일
에 피고의 ᄇᆡ에다 짐을실니고 황히도 연안군으로 이ᄉᆞᄒᆞᄂᆞᆫ길에 히
중에셔 수범진치보등 여셧놈이 고소인의 부모와 오래비를 물에너
어 죽이고 고소인만 살녀두옵기에 욕이밋칠가ᄒᆞ와 물에ᄯᅥ여 들고
져ᄒᆞ논디 진치보놈이 억늑강간 ᄒᆞ고져ᄒᆞ기에 잠시잔모계로 욕을
밧지아니ᄒᆞ엿삽더니 치보놈은 술이취ᄒᆞ야 자는동안에 김치경등다
셧놈들은 ᄇᆡ에잇는 이ᄉᆞ짐중에셔 직물을 다난와가지고 도망ᄒᆞᆫ후

1910년을 전후한 당시 사법부에서 사용한 고소장 서식이 어떠했는지는 현재로서 확인할 수 없다. 하지만 위 인용문에서 보는 것처럼, 고소인과 피고소인의 인적사항 및 피의사실과 고소이유는 필수적으로 기재되었을 것이다. 「명월정」은 마치 고소장 양식을 직접 보여주듯이 작품에 제시하고 또한 고소이유를 통해 이제까지 진행되어온 사건의 전말을 조리정연하게

재기술하고 있다. 이런 식의 고소장 제시는 인물들의 편지를 제시하는 경우와 마찬가지로, 일차적으로는 일반 독자들에게 범죄사건의 전말을 보다 소상히 이해시키는 기능을 했을 것으로 판단된다. 그리고 한편으로는 작품을 읽는 사람들에게 새로 바뀐 사법제도를 이해시키면서, 현실에서 판결이 요구되는 일이 생겼을 때 어떤 절차를 밟아야 하는지를 인식시키는 일종의 지침서 역할을 했을 가능성도 있다.

당시《대한매일신보》에는 나날이 반포되는 새로운 법령을 일반 사람들이 연구하지 않아서 피해를 자초하는 현실을 개탄하는 논설이 실려 있는데, 이것만 보더라도 새롭게 공표되는 법이 일반인들과 얼마나 거리가 있었는지를 확연히 알 수 있다.

> 근일에 한국사ᄅᆞᆷ의 머리우에 법령이 비오듯ᄒᆞ거ᄂᆞᆯ 가련ᄒᆞᆫ 한국사ᄅᆞᆷ들은 이를 연구치아니ᄒᆞ고 이를 원망만ᄒᆞ며 이를 피ᄒᆞ줄은 모르고 이를 겁만 내ᄂᆞᆫ도다.
>
> 이럼으로 새법률이 ᄒᆞᆫ번나면 소경의압헤 단청과ᄀᆞᆺ치 막연히 분변치 못ᄒᆞ여 ᄀᆞᆯᄋᆞᄃᆡ 이거시 무엇인가ᄒᆞ여 각부령이 ᄒᆞᆫ번 ᄂᆞ리면 귀먹은 쟈의 겻헤 풍류ᄒᆞᆷ과 ᄀᆞᆺ치 젹연히 ᄉᆞᆲ히지 못ᄒᆞ여 ᄀᆞᆯᄋᆞᄃᆡ 이거시 무ᄉᆞᆷ소리인가ᄒᆞᄂᆞᆫ도다.
>
> 이믜 그 법령을 연구치 아니ᄒᆞᆷ으로 이거ᄉᆞᆯ ᄒᆡ셕지 못ᄒᆞ고 이거ᄉᆞᆯ ᄒᆡ셕지 못ᄒᆞᆷ으로 이거ᄉᆞᆯ 피ᄒᆞᆯ줄 모르ᄂᆞᆫ도다.[46]

신소설 작품들에 일련의 법적 절차가 상세하게 서술된 것은 이런 시대 정황과 밀접하게 연관된 것으로 보이는데, 최찬식의 「금강문」 또한 이런 맥락에서 살펴볼 만하다. 이 작품은 이경원이라는 여학생이 정진과 결혼하기로 집안끼리 약속했지만 경원의 모친 사후 집안살림을 넘겨받은 외삼촌 전먹통의 흉계로 인해 정진과의 혼약이 깨지고 고난을 겪다가 결국

---

46 「법령을 반ᄃᆞ시 연구ᄒᆞᆯ일」,《대한매일신보》, 1908년 11월 11일.

에는 악인들이 처벌받고 원래대로 혼인이 성사되는 혼사장애담을 담고 있다. 작품 초반에 전먹통은 경원이 자신의 말을 듣지 않자 구소년과 작당하여 경원에게 내연의 사내가 있으며 정진을 죽이려 한다는 내용을 담은 거짓편지를 만들고, 그런 행실이 정진의 모친의 귀에 들어가게 하여 결국 파혼을 이끌어낸다. 작품에서 이 파혼의 전말을 파헤치는 역할을 맡은 이는 정진과 경원의 혼인을 주선했던 신 교장의 부인이다. 그녀는 정진의 모친이 방물장수에게 현혹되어 혼인을 무르기로 했을 때에도 경원이 뒤집어쓴 혐의가 인도상, 법률상의 중대한 사건이므로 "경찰서에 통지하여 그 진위 선악을 분명히 조사해 본 연후에 법대로 처하는 일이 정대한 일"[47]이라고 정진의 모친을 설득할 정도로 기초적인 법 상식을 지니고 있는 인물이다. 이후 신 교장 부인은 거짓으로 방물장수 노릇을 해서 정진의 모친에게 접근해 두 사람의 파혼에 결정적인 역할을 했던 노파를 우연한 기회에 발견하고는, 기지를 발휘해 노파를 설득해 노파로 하여금 전먹통을 고소하도록 한다. 그리하여 이 사건의 피고소인인 노파와 전먹통 등은 검사에게 소환되어 조사를 받은 후 재판정에 넘겨져 징역형을 선고받는다.

> 검ᄉᆞ가 이갓치 무러보고 예심을맛친후에 졍범 젼먹통과 죵범 안동노파를 유죄로 인졍ᄒᆞ야 즉시 긔쇼ᄒᆞᆫ지라 판ᄉᆞ가 공판을열고 모든변호ᄉᆞ와 각 신문긔ᄒᆞ 열셕ᄒᆞᆫ압헤셔 공판을ᄒᆞᄂᆞᆫᄃᆡ 형법ᄃᆡ젼 법에의지ᄒᆞ야 젼먹통은 증역십년으로 안동노파ᄂᆞᆫ 일ᄀᆡ년검고로 션고된지라 그잇튼날 각신문에 경원의 ᄋᆡᄆᆡᄒᆞᆫ 긔ᄉᆞ가 쇼상ᄒᆞ게 낫더라.[48]

위 인용문은 「금강문」이 당대의 법적 절차를 얼마나 충실히 반영하고 있

47 최찬식, 『금강문』, 동미서시, 1914, 250쪽.
48 최찬식, 위의 책, 97쪽.

는가를 단적으로 보여준다. 악인 전먹통이 『형법대전』에 의거해 처벌된 점과 검사의 예심이 있었다는 것이 그것이다. 그런데 『형법대전』은 갑오개혁 이래의 신식법률을 집대성한 것으로 1905년 반포된 이후 대한제국의 개정안을 거쳐 1908년 통감부가 관여하여 재개정한 형법이며, 예심제도는 1909년 한국의 사법, 감옥 사무가 실질적으로 일본에 위탁되고 국권피탈 이후 〈조선형사령〉과 〈조선태형령〉 등이 반포됨으로써 시행되었던 형사법이다. 「금강문」에 경의선 열차공사 장면과 헌병대의 활동이 나오는 것을 감안하면 이 작품의 시점은 1905년경이어서 시간착오가 있는 것은 분명하지만, 중요한 것은 일제가 "검사 또는 사법경찰관에게 예심판사에 준하는 강제처분권을 부여한"[49] 예심제도가 긴밀하게 이야기 전개에 관여하고 있다는 것이다. 이는 이 작품이 당대 시행되었던 형법절차에 대한 작가의 분명한 이해에 토대를 두고 쓰였다는 것을 보여준다.

신소설이 당대의 사법제도에 대한 분명한 인식 위에서 쓰였다는 것을 보여주는 또 다른 증거로 최찬식의 「능라도」를 들 수 있다. 이 작품 역시 일종의 혼사장애담이라 할 수 있는데, 작품 초반에 홍도영의 오빠 홍춘식이 의붓동생인 남정룡에게 살해당할 위기에 놓인 남정린을 발견하고 총을 쏘아 정룡을 죽이는 장면이 등장한다. 정린은 살인범으로 체포되어 "형법 제 일백구십구조에 의하여 사형에 처"해지지만, 사형집행을 당하기 직전 춘식이 사실을 자백함으로써 무죄 방면되고, 춘식 또한 정방행위로 인정받아 "형법 제 삼빗칠조를 참고하여 특별히 형벌을 면제"[50] 받는 것으로 그려지는데, 이 판결이 당시 일본형법과 일치함은 이지훈에 의해 확인된

---

49 도면회, 「갑오개혁 이후 근대적 법령 제정과정」, 《한국문화》 제27집, 2001, 354쪽. 『형법대전』의 개정과정과 일제의 예심제도의 도입에 관해서는 이 글 346~356쪽을 참조할 것.

50 최찬식, 「능라도」, 전광용 외, 『한국신소설전집』 제5권, 1969, 111, 114쪽.

바 있다.[51] 이상으로도 최찬식의 법에 대한 이해가 정확했음을 확인할 수 있지만, 그의 현행법에 대한 이해는 비단 이뿐만이 아니다. 그는 개인과 국가 간의 관계에서 작동하는 형법뿐만 아니라, 일상적인 삶의 현실에서 개인과 개인 간의 약속과 그 이행에 관한 문제를 규율하는 민법도 어느 정도 이해하고 있었다. 「능라도」에서 무죄로 풀려난 정린과 춘식은 이후 정린의 서모가 꾸민 범죄사건의 피의자로 지목되어 일본으로 도망하게 되고, 홀로 남게 된 도영은 그 와중에 자신을 도와준 변창기라는 인물의 집요한 구애를 받는다. 변창기는 도영을 궁지로 몰아넣기 위해 춘식이 빚을 지고 있던 대동문의 장사치 김가로 하여금 차용증을 이용해 도영에게 오라비의 채무를 갚으라고 독촉하도록 사주하고 뒤이어 도영을 만나 그 대응책을 논의하는데, 이때 그들의 대화내용은 다음과 같다.

> "그러면 돈은 어찌된 돈이란 말이오?"
> "오라버니가 장사할 때에 취해 쓴 돈인데 수형을 써주셨답니다."
> "그러면 지불기일이 지난게로구려."
> "한 십여 일 지났지요."
> "에그, 그러하면 안되었소그려. 수형 지불기일이 지났고 채무자도 없은즉 채권자는 독촉도 하게 되었소. 수형 같은 것은 보통 수표와 달라서 집행이라도 하는 것인데 대단히 안되었소그려."[52]

작품에서 변창기는 평양경찰서의 정탐계에서 유명한 사람으로 소개되고 있어 일반인들보다는 법에 대해 더 많은 지식을 가지고 있을 가능성이 높은데, 그것은 실제로 도영과의 대화에서도 확인된다. 하지만 그 법적 지

---

51 이지훈, 앞의 글, 66~67쪽 참조.
52 최찬식, 앞의 책, 145쪽.

식이 형법에 관한 것이 아니라 일반인들의 삶을 규율하는 민법에 관한 것이라는 점에서 아주 특별하다. 위와 같은 사건 이후 도영은 가산이라도 차압하겠다고 하면서 매도증명서를 써달라는 김가의 독촉에 못 이겨 매도증명서를 쓰고 오빠의 도장을 찍어주는데, 이런 장면 또한 작가 최찬식이 형사사건은 물론 사람들의 이해관계를 처리함에 있어서도 법이 갖는 강제력을 분명히 알고 이를 소설에 십분 활용했다는 것을 보여준다.[53] 그리고 이런 삽화 또한 읽는 사람들에게 재산권 행사와 관련된 갈등이 빚어졌을 때 어떤 법적 장치가 있는가를 알게 해주는 일정한 기능을 했을 것으로 판단된다.

이와 관련하여 또 하나 거론할 수 있는 것은 이른바 대서소의 존재와 그 기능이다. 앞서 살펴본 것처럼 「명월정」의 채홍은 악행을 저지른 범인들을 경찰서에 고소하여 처벌받도록 하는데, 이 과정은 다소 이해하기 어려운 측면이 있다. 왜냐하면 법적 심판을 청구하는 소장 작성이 그리 간단치 않았을 것이고 채홍 또한 신식교육을 받지 않아 그것을 직접 쓰기가 어려웠을 텐데도, 이와 관련된 정황은 작품에서 서술되고 있지 않기 때문이다.[54] 신소설에서 악행을 저지른 사람들을 법소에 고소하는 과정에서 고소인들의 소장을 대신 작성해주는 대서소가 등장하는 것은 이런 맥락에서 아주 자연스럽다고 할 수 있는데, 「세검정」의 삽화는 이를 단적으로 보여준다.

53 이 점에서 신소설은, 범죄사건 및 그 기사와 관련지어 논의하는 것을 넘어서, 그것들을 포괄하는 법과 재판이라는 근대적 제도와의 관계 속에서 재조명될 필요가 있다. 「금강문」에서 변호사와 기자들이 열석한 가운데 재판이 열리고, 그 재판기사가 신문에 게재되어 정진의 모친이 반성하게 되는 계기로 작용하고 있는 것은, 신소설이 당시 일간신문의 범죄사건 및 그에 대한 재판소식으로부터 이야기의 소재를 빌려 오는 동시에 그런 정보를 소설 자체의 이야기-전개의 힘으로 능동적으로 전환시켰다는 것을 알려준다.

54 작품에서 허원이 채홍과 일처리를 논의하는 과정에서 "신법령집도살펴보"(82쪽)는 대목이 나오는 것으로 보아, 채홍은 근대교육을 받은 허원의 도움을 받아 고소장을 작성한 것으로 보인다. 하지만 그렇다 해도 이 부분이 축약되었다는 사실은 변하지 않는다. 「명월정」의 말미에서 저작자는 스스로 문면에 나타나 문명개화와 법치를 통한 권선징악을 강조하는 계몽조의 서술을 행하는데, 작품의 이런 측면도 이 문제와 무관하지 않을 것으로 판단된다.

작품에서 김 승지에게 돈을 주고 보옥을 사가던 수남은, 도중에 보옥의 부친이 등장하여 자신의 일이 허사가 될 처지에 놓이게 되자 사건을 재판소로 가져간다. 그런데 그 과정에서 대서소에 들러 '소지所志'를 써서 재판소에 제출하는 절차를 밟고, 그런 뒤에야 검사로부터 신문을 받게 되는 것이다.「금강문」의 신 교장 부인 또한 죄를 자백하는 사람은 죄를 사해준다는 신법률의 조항을 들어 노파를 설득해, 소지가 무엇인지 그리고 재판소가 어디에 있는지도 모른다는 노파를 대서소로 데리고 가서, "그 ᄯᅡᆯ의게 밧아가지고오던 돈 오십젼으로 ᄃᆡ셔료를쥬고 경원의 외삼촌 젼먹통의 흉계와 노파의 방물장ᄉᆞ노릇ᄒᆞ고 간혼ᄒᆞ든말을 낫낫치드러 고소쟝을써셔 ᄌᆡ판소에 졉슈를시기(키)"[55]는데, 대서 수수료가 얼마인지도 밝히고 있어 한결 구체적이다.

대서소 제도는 사법개혁으로 〈민형소송규정〉이 마련되어 고소장, 고발장, 사소장私訴狀 양식을 통해 재판이 청구됨으로써 시작된 것으로 보인다. 도면회에 의하면, 당시 각 지방재판소에서 고소장을 접수할 때 재판소명이 기재된 인찰지를 사용하게 했지만 이를 잘 모르는 인민들이 인찰지를 사용하지 않아 소장이 퇴각당하는 일이 발생했으며, 이 와중에 한성에서 돈을 받고 소장을 대신 써주는 대서소가 생겼다고 한다. 그리하여 1897년 9월 4일에는 법부가 고소 원장原狀을 국한문 혼용으로 쓸 것과 대서비용 등을 정하고 그 인가를 규정한 〈대서소세칙〉을 반포했다고 한다.[56] 1900년대 신문에 대서소와 관련된 광고가 종종 실리고 있는 것을 보면 당시 이런 대서소가 비교적 성행했음을 알 수 있다. "동래사는 김의제가 웅천군 주남건과 산송사로 어사에게 정한 소지 한장을 음력 구월 십사일에 성내 노상서 잃었으니 얻으신 군자는 평리원 대서소로 전하시면 후사하

55 최찬식,『금강문』, 동미서시, 1914, 90쪽.
56 도면회, 앞의 글, 149~150쪽 참조.

겠소"[57]라는 《제국신문》의 광고라든지, "本人이 平理院呈訴軸幷本狀ᄒᆞ야 俱爲漏失ᄒᆞ왓스니 誰某拾得커던 黃土峴代書所家로 傳ᄒᆞ면 厚謝ᄒᆞ리다"[58] 라는 《황성신문》의 광고, 그리고 "陰曆十月初八日申酉時間에 印札紙넉장과흠셕졉은 陽城奉周燮의 訴紙축를 遺失ᄒᆞ엿스니누고든지 平理院前代書所로보ᄂᆡ시면치사ᄒᆞ오리다. 平理院代書所 告白"[59]과 같은 광고가 그것이다. 이런 광고들은 당시 대서소가 여러 곳 영업 중이었으며, 그곳을 통해 변화된 새로운 소송제도에 대해 잘 모르는 일반인들이 법률서비스를 제공받는 일이 일상적인 일이었다는 사실을 알려준다.[60] 앞의 두 소설에서 대서소를 이용하는 장면이 자연스레 그려진 것도 이런 맥락에서 이해되는데, 한편으로 이런 소설적 장면이 독자들에게 간접적으로 소송의 방법을 알려주는 안내서 역할을 했을 것은 분명해 보인다.

근대법에 관한 지식을 전달하는 신소설의 존재 또한 이런 맥락에서 살펴볼 필요가 있다. 이해조의 「천중가절天中佳節」이란 작품이 바로 그런 예다. 이 소설은 개성 여인들의 다화회茶話會 장면을 소설로 옮긴 것인데, 여학교교사, 조산부, 우두위원, 병원간호부, 은행사무원, 철도역원, 우편국사무원 등이 각각 나와, 자신이 하는 일이 근대 문명과 직결되어 있는 일이며 자신들이 그 선봉임을 돌아가면서 연설체로 이야기하고 있는 작품이다. 그런데 맨 마지막으로 감옥서 여감직을 맡고 있는 신영희라는 여성이 등장해 감옥의 구조와 법에 대해서, 그리고 구금과 계호戒護, 영치領置, 가출옥假出獄 등의 감옥사무 용어를 설명하고 뒤이어 형무刑務에 관한 정보

57 《제국신문》, 1900년 11월 10일.
58 《황성신문》, 1901년 7월 27일.
59 《황성신문》, 1902년 11월 10일.
60 이와 관련하여 "漢城內窮儒諸氏가 不能自存ᄒᆞ야 代書所를 設立ᄒᆞ고 訴訟諸氏에게 代書以給ᄒᆞ고 如干紙筆債를 領受糊口ᄒᆞ더니"라고 보도한 《황성신문》의 보도내용은, 새로운 법질서의 확립과 더불어 기왕에 글을 아는 가난한 선비들이 생업을 위해 적잖이 대서업에 나섰다는 것을 알려주는 것으로 특기할 만하다. 《황성신문》, 1910년 9월 6일, 「代書所自廢」 참조.

를 전달한다. 그 부분은 다음과 같다.

형법에 고소유예猶豫도잇고 집힝유예도잇소 고소유예라ᄒᆞᄂᆞᆫ것은 혹녀인이 형법을범ᄒᆞ여잡히더라도 법관이용서ᄒᆞᆷ으로고소를퇴각ᄒᆞ고 효유ᄒᆞ여방송ᄒᆞ되 몃달동안은경찰관리의ᄒᆞ됴를 밧게ᄒᆞᄂᆞᆫ것이오 집힝유예라ᄒᆞᄂᆞᆫ 것은 죄에샹당ᄒᆞᆫ률을쓰면 취역ᄒᆞᆯ것이로되 집힝치아니ᄒᆞ고그죄상이취소取消ᄒᆞ도록기다리ᄂᆞᆫ 것이니 이러ᄒᆞᆫ법은 엇더ᄒᆞᆫ녀ᄌᆞ에게쓰ᄂᆞ냐ᄒᆞ면 신분이근본됴코불힝ᄒᆞᆫ일노형법에저촉ᄒᆞᆫ자의게만 한ᄒᆞᆫ것이올시다 그런즉이와갓치 법늄이밝은세상에 아즉도 남을 망케ᄒᆞᄂᆞᆫ영업과 사ᄅᆞᆷ이 쥭게ᄒᆞᄂᆞᆫ장ᄉᆞ와 어리셕은자를 호리ᄂᆞᆫ요슐과 공동ᄌᆡ산이소롱되게ᄒᆞᄂᆞᆫ악습과 무고ᄒᆞᆫᄉᆡᆼ명이 죄에빠지게ᄒᆞᄂᆞᆫ모힘를 ᄯᅩᄒᆞ고져ᄒᆞᆷ니가 이왕에는용서ᄒᆞᆷ이 ᄆᆞᆫ하지마는 이졔후로는감등도어렵겟소 아모됴록쥬의ᄒᆞ여 산디옥에빠지지안키를 바람ᄂᆡ다[61]

이 작품에는 물론 바느질집 여인과 방물장수 여인, 그리고 객주집 여인 등 전래의 여성직에 종사하는 여인도 등장한다. 하지만 수적으로도 철도국이나 우편국 등 근대적 문명과 연관된 기관에 근무하는 여인들이 많이 등장하며, 그들은 저마다 자신들이 하는 일이 근대적 사무임을 천명하면서 출산과 위생의 중요성이라든가 은행업무의 효율성을 이야기하고, 또 철도정거장의 구조와 기차 타는 법, 우편국 사무의 영역과 종류 등을 설명한다. 따라서 이 작품은 소설이라기보다는 새롭게 등장한 근대적 제도와 그 기능을 설명함으로써 사람들의 의식의 전환을 요청하는 소개서라고 할 수 있을 만한데, 위에 인용한 감옥서 여감의 설명 또한 그런 소개의 기능을 하고 있다.

「천중가절」의 이런 소개역할은 범죄사건과 관련된 소송과정을 주된 줄

61 이해조, 『천중가절』, 유일서관, 1913, 60쪽.

거리로 하고 있는 일련의 신소설들이 일종의 법률 교과서 내지는 안내서 역할을 했을 가능성을 분명히 보여준다. 비록 국가는 일제의 식민지로 전락했을망정, 일상적인 영역에서 그들의 삶을 규율하는 법의 존재는 일제의 식민통치의 기초였으므로, 이에 대한 지식은 필수적으로 요청되었을 것이다. 하지만 오랜 세월 동안 전근대적 법치에 익숙해져 있던 당시 사람들에게 근대적 사법행정은 새로운 것이었을 수밖에 없고, 그런 만큼 일정한 이해의 과정이 필요했을 것이다. 그리고 신소설은 일련의 법적 절차를 이야기 줄거리로 삼음으로써 법률적 지식을 소개하거나 일반인들의 소송을 대리하는 대서소의 존재와 기능을 보여줌으로써 이런 요청에 부응했던 것으로 보인다. 이런 법률 안내서로서의 효용에 초점을 맞춘 소설은 1930년대에도 확인된다. 1935년에 세창서관에서 발간된 『청천백일青天白日』이란 소설은 '모의재판 사실비화'라는 부제를 달고 있는데, 한 가정의 비극이 법원에 의해 처결되는 전 과정을 서술자의 서술은 최소화한 채 고소장의 형식과 고소이유, 검찰의 신문과정과 재판과정 등을 중심으로 소상히 그리고 있어 그 목적이 어디에 있는가를 분명히 보여준다.

1935년 세창서관에서 발간된 「청천백일青天白日」의 표지. '모의재판 사실비화'라는 부제를 달고 있는 이 표지에는 억울한 누명을 쓴 조선인 주인공을 둘러싸고 울고 있는 여인네들과 법복을 입은 일본인 재판관 및 근대식 재판소 건물을 대비시킴으로써 일제의 사법제도가 사회정의에 기여하고 있다는 의미를 상징적으로 드러내고 있다.

5. 맺음말

지금까지 1910년대를 전후한 시기에 출판·유통되어 한국 소설사의 전사를 이루는 신소설이 갑오개혁 이후 부국강병의 관건으로 관심이 고조되었던 근대법에 대한 관심과 사법개혁의 혼란기를 배경으로 하고 있다는 점에 주목하여, 신소설이 법에 대해 보인 관심 및 그 연관의 양상을 살펴보았다. 방대한 신소설 작품들 가운데 비록 열여섯 남짓한 작품들을 선별해 고찰한 결과이기는 하지만, 이 작품들은 갑오개혁을 전후한 시기의 사회적 혼란 속에서 빈발했던 다양한 범죄사건을 소재로 하여 이전 시대의 사법현실을 고발하고 근대법에 대한 일정한 기대와 이해 위에서 법치를 통한 사회적 정의에 대한 강력한 소망을 내보이고 있다는 공통점을 갖는다. 이 글에서는 논의의 편의를 위해 범죄이야기를 통해 이전 시대의 무법천지를 고발하는 작품군과 범죄사건이 현명한 판·검사-인물들에 의해 근대적 방식으로 사법처리되는 작품군, 그리고 근대법과 근대적 제도에 대한 소개가 중심이 된 작품들로 주제적 성격에 따라 나누어 고찰했지만, 실제로 이 작품들은 정도의 차이만 있을 뿐 이런 주제적 양상들을 두루 포괄하고 있다.

지금까지 논의된 내용을 정리하면 다음과 같다.

첫째, 비교적 범죄이야기에 집중하고 있는 작품들은 서술 현재의 시점에서 갑오개혁 전후의 폭력적 현실을 회고적으로 조명하는 공통점을 보인다. 여기에는 「모란병」, 「봉선화」, 「현미경」, 「원앙도」 같은 작품들이 포함된다. 대상이 되는 사건들은 한결같이 동학혁명을 전후한 시대의 문란한 정치와 그에 편승하는 악인들의 범죄인데, 이런 소재 자체는 기존 논의가 확인시켜주는 것처럼 당대 발생했던 실제 범죄사건들과 일정한 대응관계를 이루는 것으로, 악행이건 복수의 사건이건 사건들이 엽기적이고 다소 과장된 측면을 보인다. 특히 범죄가 공정하게 단죄되지 않는 현실에서 개인의 사형私刑을 상찬하면서까지 그 해원의 당위성을 역설하고 있는 것은, 법적 정의가 확립되지 않았던 이전 시대의 현실을 소설적 허구를 통해서라도 교정하고 싶었던 욕망의 발현으로 해석된다. 이런 작품들을 일종의 원망願望의 서사로서 규정한 것은 바로 이 때문이다.

두 번째 작품군은 〈재판소구성법〉에 의해 사법과 행정이 분리된 근대적 사법현실을 배경으로 범죄사건이 법적으로 해결되는 이야기를 담고 있는데, 「구의산」, 「구마검」, 「세검정」, 「명월정」, 「홍도화」 등이 여기에 속한다. 이 작품들은 갑오개혁 이후의 근대적 사법개혁으로 인해 새롭게 출현한 경무청과 평리원 등의 기관, 그리고 재판소가 사건해결의 주요 이야기 공간으로 등장하고 있으며, 그런 만큼 판·검사와 같은 법률가들이 그 역할을 맡고 있다는 공통점을 보인다. 그 판관-인물들은 더러 피해자의 친족으로도 설정되어 피해자의 신원과 공적인 처벌을 함께 수행하기도 하는데, 이들이 근대제도와 일반 사회를 중개하는 근대적 인물의 범주에 속한다는 점에서 특기할 만하다. 법정 공간의 등장 또한 이와 무관하지 않다. 그것은 재판소가 일정한 권위와 함께 사건을 최종적으로 해결하는 공간으로 인식되었다는 것을 보여주는 한편, 신소설 작가들이 법정에서 이루어지는 진실공방이 갖는 이야기-전개의 힘을 인식했다는 것을 보여주는 증거이기도 하기 때문이다. 한국 소설에서 법관-인물과 이야기-공간으로서의 법정의 발견은 1920년대 이광수와 염상섭에 이르러서야 본격화되는데, 이 점에서 이러한 신소설 작품들은 그런 이야기의 원초적인 모습이라 할 수 있다.

세 번째 작품군은 범죄이야기보다 그것을 법적으로 처결하는 일련의 사법적 절차가 비교적 소상히 밝혀져 있는 작품들이다. 「금강문」과 「능라도」 같은 작품이 그런 작품들인데, 엄밀히 말하면 두 번째 범주의 작품들 또한 간접적으로 근대적 법절차의 몇몇 국면을 드러내고 있다는 점에서는 여기에 포함된다고 할 수 있다. 이 작품들에는 형사와 민사를 막론하고 피해자들이 대서소의 도움으로 고소장을 쓰고 그것을 재판소나 경찰서에 접수하여 정식 재판을 받는 과정이 비교적 소상히 그려져 있는데, 법에 대한 기본적인 지식을 소개하고 있는 「천중가절」과 같은 작품들은 당시 사람들에게 근대적 법을 소개하고 법의 중개를 원할 때 참조할 수 있는 일종의 안내서 역할을 담당했을 것으로 해석된다.

대체로 신소설의 시대 배경은 1895년부터 1900년대 초에 집중되어 있다고 볼 수 있지만, 법과 관련하여 이야기를 풀어가고 있는 신소설 작품들의 경우는 1900년대 후반까지 그 배경이 확대되고 있다. 이는 물론 법과 연관된 소설의 경우에 특수한 현상일 수도 있다. 하지만 신소설에서 더욱 중요한 것은 이야기의 시대 배경이 아니라, 지나간 시대를 조망하고 있는 서술자(작가)가 견지하는 이념적 전망이 대체로 1910년대 이후에 체득된 현실안現實眼이라는 점이다. 그리고 이때 그 서술자의 현재적 전망은, 국권을 침탈한 이후 한국에 대한 지배권을 획득한 일제의 식민지 법체계에 대한 긍정 및 신뢰와 일정 정도 연결되어 있을 것이다.[62] 하지만 국권피탈을 전후한 시기에 현실적으로 한국 사회를 통제한 법률의 주권이 일본에 있었다고 해서 신소설의 근본적 한계를 지적할 수는 없다. 가령 사법경찰에게 예심판사에 준하는 광범위한 권한을 부여한 예심제도가 "조선인에 대한 인권유린을 광범위하게 할 수 있게 만들었"다고 해도, 통감부가 반포한 〈조선형사령〉과 같은 형사법이 "일본의 형법 · 형사소송법 · 형사시행법 등을 준용"[63]한, 근대적 형사법체계라는 것은 부정할 수 없는 사실

62 권보드래는 신소설이 1906년부터 1910년까지의 상황에서 이전 시기를 되돌아는 것에 대해 "잃어버린 정치적 가능성을 재구성해보려는 노력"을 뜻한다고 보고 있는데, 신소설 작가들이 보이고 있는 근대적 법치에 대한 이런 동의를 생각해볼 때 그것은 재론의 여지가 있다. 권보드래, 「신소설의 성性 · 계급 · 국가」, 《여성문학연구》 제20호, 2008, 35~36쪽 참조.

63 도면회, 앞의 글, 352~356쪽.

이기 때문이다.[64] 오히려 어떤 면에서 일제의 통치법에 대한 일정한 긍정은 한국 정부가 자초한 국면도 있다. 일제 통감부가 행한 재판제도의 개혁이 "당시까지 한국 재판제도의 운영이 극히 문란하고 불공정하여 한국민들로부터 원성의 대상이 되고 있어 이를 개선하는 것이 곧 한국민의 일본에 대한 적개심이나 저항감을 불식시켜 주는 좋은 기제가 되기 때문이었다."[65]는 지적이 이를 뒷받침한다.

신소설은 국가존망의 위기를 타개하기 위해 문명개화의 담론이 팽배해가던 1900년대 초반, 사법의 근대화가 초미의 관심사로 떠오르던 것과 같은 맥락에서 자체의 갱신이 요구되었던 한국 문학의 자기변용의 결과물이라 할 수 있다. 말하자면 신소설은, 문명개화와 부국강병을 달성하기 위해 서구로부터 배우지 않으면 안 될 근대적 제도의 중요한 항목들로서 법과 문학이 서로를 참조할 수밖에 없었던 시대적 조건에서 탄생한 근대소설인 것이다. 서구에서의 근대문학의 탄생이 근대법의 출현과 맺고 있는 역사적인 상관관계를 확인시켜주듯이, 신소설은 한국 소설이 근대적 삶을 규율하는 근대법의 쌍생아로서, 인민들의 근대법에 대한 인식과 더불어 자기갱신을 시작했다는 것을 실증적으로 보여주는 과도기적 장르인 것이다.

64 문준영 또한 통감부 시기의 사법제도가 "식민지배를 위한 도구에 불과했다고 말할 수도 있지만, 이 시기가 근대법과 근대적 통치술이 본격적으로 가동되고 경험되는 공간이었음은 부정할 수 없는 사실이다."라고 말하고 있다. 문준영, 앞의 책, 36~37쪽.

65 도면회, 앞의 글, 343쪽.

제2장

김동인의 법인식과 소설의 발상

1. 식민지법과 근대소설

서구의 문학사는 소설 장르의 탄생이 근대법의 분화과정과 시기적으로 병행할 뿐만 아니라, 서로 상당한 영향을 주고받았다는 것을 실증적으로 보여준다.[1] 하지만 식민지 조선의 작가들은 그런 처지에 있지 못했다. 법과 문학이 근대적 인간의 자기이해에 긴요한 두 영역임에도 불구하고, 망국으로 인해 국권을 빼앗긴 식민지 작가들은 법과 소설의 상조相照를 통해 상보적인 세계를 탐구할 기회가 애초부터 박탈된 상황에 놓여 있었기 때

1 독일 낭만주의를 그것을 형성한 제도와의 관련 속에서 고찰하고 있는 데오도르 지올코프스키Theodore Ziolkowski는 독일 낭만주의 작가 상당수가 법(제도)의 "내부인"들이었음을 지적하고 있다. 즉, 영국의 헨리 필딩Henry Fielding과 월터 스콧Walter Scott은 자신들의 법률적 지식을 글쓰기와 결합시키고자 했으며, 프랑스의 오노레 드 발자크Honoré de Balzac의 경우도 법률 사무소에서의 수련이 그의 소설에 명백하게 드러난다고 말한다. Theodore Ziolkowski, *German Romanticism and It's Institutions*, Princeton U. P., 1990, p. 69 참조.

문이다. 근대소설이 법을 비롯한 근대적 제도의 수립 위에서 가능하다고 할 때, 교육과 보건 제도, 경찰과 사법 제도, 우편과 교통 제도 등 사회의 여러 분야에서 일제가 이식한 근대적 제도가 일상적으로 작동했던 현실이 한국 근대소설의 안착安着의 한 조건으로 기능했던 것은 분명하다. 하지만 그 모든 제도의 주권이 일본에 있었고, 언론출판의 경우 사전검열이 자행되었다는 사실에서 알 수 있듯이, 한국 근대문학은 이중으로 태생적 한계를 안고 출발할 수밖에 없었다.

한국 근대소설 형성기에 주요한 역할을 담당했던 이광수와 김동인과 염상섭이 약속이라도 한 듯 근대 사법제도의 안팎에서 소설적 소재를 취해 식민지 통치법하의 현실을 문제 삼고 있는 작품들을 발표한 것은 이런 맥락에서 볼 때 전혀 이상한 일이 아니다. 그것은 그들이 바야흐로 식민지 근대법에 대한 나름의 이해와 고뇌 위에서, 그리고 어떤 의미에서는 법과 소설 장르의 필연적인 연관성을 어렴풋이 의식한 상태에서 식민지의 현실을 소설화했다는 것을 단적으로 알려주기 때문이다.[2] 그런 면에서 식민지 작가들이 일제의 식민지 법제도에 대해 지녔던 생각과 고뇌가 그들의 소설을 보다 넓은 맥락에서 이해할 수 있는 단서가 된다는 것은 더없이 분명하다.[3]

이에 대해 가장 많은 단서를 제공하고 있는 작가는 김동인이다. 그는

---

2 최종고는 한말에서 일제강점, 해방과 건국, 민족분단의 소용돌이 속에서 한국법의 변화를 몸으로 감당해야 했던 문제적 한국인으로 이광수를 꼽고 그의 법사상을 고찰한 바 있는데, 김동인과 염상섭도 이광수와 마찬가지로 작가활동 초기부터 식민지법 아래 구속을 몸소 경험하고 해방 후에도 반민법이라든가 미군정에 의해 사법 처리된 경험이 있었던 것을 생각하면 근대소설 형성기의 작가들에게 제국의 법은 공통된 조건이었다고도 말할 수 있을 것이다. 최종고, 「춘원과 법: 그의 법경험과 법사상」, 《춘원연구학보》 창간호, 2008년 3월, 199~220쪽 참조.

3 이경훈은 염상섭의 소설에 법과 관련된 다양한 용어들이 출현하는 것에 주목한 논문에서 "근대적 법률이란 근대성을 매개하는 대단히 유력한 장치이다. 하지만 필연적으로 식민지인들은 입법과 사법권에서 본질적으로 소외된 채 일방적으로 요구되는 식민지 법을 현실적인 국가의 이성으로 수용하게 될 조건과 운명에 처해 있는 것이다."라고 적고 있다. 이경훈, 「염상섭 문학에 나타난 법의 문제」, 《한국문예비평연구》 제2권, 1998, 293쪽.

첫 작품인 「약한 자의 슬픔」(1919)에서 미혼여인이 자신을 농락한 유부남을 상대로 소송을 거는 이야기를 담아낸 것을 비롯해서 「태형」(1921)에서는 3·1운동 직후의 감옥체험을 소설화했으며, 이후에도 「피고」(1924), 「증거」(1930), 「죄와 벌」(1930) 등과 같이 법과 관련된 작품들을 지속적으로 발표한 바 있어 법에 대한 관심이 남달랐음을 보여주고 있다. 이 점에 대해서는 이미 어느 정도 논의가 이루어진 바 있다. 김윤식은 1919년 3·1운동 직후 3개월간 수감되었던 경험이 김동인을 "어른으로 이끈 원동력"이자 "그를 유아독존으로 만든 것"[4]이라고 하면서, 특히 「태형」의 핵심을 기한 없이 기다려야 하는 "미결수체험"[5]에서 찾고 있다. 식민지법에 대한 구체적인 언급은 없으나, 김윤식은 "감옥과 식민지 문학의 성장관계는 우리 근대문학을 살피는 데 빠뜨릴 수 없는 항목의 하나"임을 지적하고 있어 김동인을 포함한 형성기 작가들의 문학을 해석할 의미 있는 시점을 제공한다.[6]

직접적으로 법과 관련해서 김동인의 작품을 해석한 것으로는 김행숙과 이지훈의 논의가 있다. 김행숙은 "근대의 법적 제도와 그 언어는 근대적인 내면과 사고방식이 출현하는 데 깊이 관여했다."는 전제하에 이광수와 김동인과 염상섭의 글을 검토한다. 그리고 그 연장선상에서 김동인의 「약한 자의 슬픔」의 여주인공 강 엘리자벳트의 패소에 대해서 "근대적인 진리는 초월적이고 보편적으로 주어지는 것이 아니라, 마치 법정에서 논증과 설득을 통해 매번 증명하고 획득해내야 하는 상대적인 진실과 같은 것이었

4 김윤식, 『김동인 연구』, 민음사, 1987, 174~175쪽.

5 김윤식, 위의 책, 178쪽. 김윤식은 여기서 이광수와 염상섭, 그리고 이후 카프사건으로 구속되었던 박영희와 김팔봉 등도 모두 미결수였음을 지적하고 있다. 근대소설의 감옥체험에 대한 지속적인 연구가 이루어져왔던 만큼 감옥체험을 공분모로 하여 근대소설을 조명하는 것도 가능할 것이다. 이에 대해서는 민현기, 「일제하 한국소설에 나타난 독립투사의 성격 연구」, 《한국학논집》 제15집, 1988, 115~133쪽; 정호웅, 「한국 현대소설에서의 감옥 체험 양상」, 《문학사와 비평》 제4집, 1997, 235~255쪽; 조남현, 『한국현대문학사상의 발견』, 신구문화사, 2009, 217~222쪽.

6 김윤식, 앞의 책, 174쪽.

다. 증명되고 설득되지 못한 약한 자의 진실은 기각된다."[7] 고 해석한 바 있다. 하지만 이러한 논의는 근대적 소송 장면이 소설에 처음으로 등장한 것은 사실이지만, 그 소송이 갖는 의미를 다소 과하게 해석한 것으로 보인다. 한편 이지훈은 김동인의 성장환경과 유학시절의 경험, 그리고 그가 3·1운동 직후 수감되었던 사실 등을 근거로 김동인이 "누구보다 법에 대해 깊이 고민하고 있었다."[8] 고 전제하면서 논의를 진행한다. 그는 「태형」이 전근대적 형벌인 '태형'과 '공소'(항소)라는 근대적 법제도의 공존 상태를 그리고 있다고 보고, "3·1운동의 경험을 통해 법이 어떻게 자신에게 동조하지 않는 자들을 배제시키고 동시에 다시금 자신의 영역으로 포함시키는지를 잘 보여준다"[9] 고 해석한다. 그리고 「약한 자의 슬픔」에 대해서는 "근대적 제도와 법의 기만성은 다름 아닌 재판 자체에 의해 폭로되고 있"[10]다고 해석하면서 다음과 같이 결론을 내린다.

> 김동인은 재판의 형상화를 통해 식민지 법 체제뿐 아니라 법의 본질에 대한 의심으로 나아갔다. 김동인에 의하면 법은 윤리나 정의와는 관련 없는 것이었으며, 법의 궁극적 목적은 재판을 통해 '판결'을 산출하고 스스로의 질서를 유지하는 것에 불과했다. 그리하여 김동인에게 유미주의의 세계는 근대적 법과

7 김행숙 「법률의 수사학」, 《어문논집》 제50집, 2004, 439쪽, 447~448쪽.

8 이지훈, 「김동인 소설에 나타난 식민지 법의 의미 연구」, 《한국현대문학연구》 제42집, 2014, 355~366쪽. 이지훈은 김윤식 논의의 연장선상에서, 동인의 집안에 도산 안창호 등이 수시로 드나들었으며 그의 형 또한 민족지사였다는 사실 등을 들어 이렇게 판단한다. 하지만 그런 환경과 동인 자신이 두어 차례 일본의 관헌에 체포되어 감옥생활을 했다는 것을 근거로 김동인에게 법과 같은 근대적 제도에 대한 비판의식이 내면화되었을 것이라고 선험적으로 추측하는 것에는 무리가 있다. 그런 경험이라면 이광수나 염상섭도 적잖고, 오히려 법에 대한 인식도 훨씬 구체적으로 확인할 수 있다. 이광수가 「今日 我韓靑年과 情育」(《대한흥학보》 제10호)에서 내보인 법에 대한 인식이라든가 염상섭이 「독립선언서」 및 「朝野의 諸公에게 호소함」 같은 글에서 내보이는 법리에 대한 이해는 김동인을 뛰어넘는다. 염상섭의 글에 대해서는 김경수, 『한국 현대소설의 형성과 모색』(소나무, 2014)의 제4부 「염상섭 소설의 기원과 언어의식」 참조.

9 이지훈, 앞의 글, 368쪽.

10 이지훈, 앞의 글, 373쪽.

재판의 세계가 지닌 모순과 허위가 그 정점에 이르렀을 때 비로소 본격화되었던 것이었다.[11]

김동인의 법에 대한 관심과 인식을 그 특유의 유미주의적 예술관과 관련시킨 이지훈의 논의는 김동인의 예술관이 근대법에 대한 인식으로부터 파생되었다고 보고 있다는 점에서, 미학적 측면과 이념적 측면을 분리하여 고찰했던 기존의 논의들에서 한 걸음 더 나아간 것이다. 하지만 「약한 자의 슬픔」에 대한 위와 같은 논의는 김행숙의 논의와 마찬가지로 작품을 조금 과하게 해석한 것으로 판단된다.

「약한 자의 슬픔」이 근대적 소송 장면을 최초로 도입한 것도 사실이고 그것이 김동인의 예술관과 연결되어 있는 것도 사실이다. 하지만 법에 대한 인식이 실제로 어느 정도였으며 또 그것이 그의 예술론의 산물인지 아니면 역으로 그런 태도가 김동인 특유의 예술관 형성을 추동했는지는 좀 더 살펴볼 필요가 있다. 이를 위해 여기서는 먼저 이지훈도 논의의 출발로 삼은, 김동인이 1924년 4월 《영대》에 발표한 「법률」이라는 글부터 살펴보기로 한다. 「법률」은 김동인이 친구 김유방金惟邦이 쓴 「작품에 대한 평자적 가치」(『창조』, 1921년 6월)에 언급된 영국의 비평가 존 러스킨John Ruskin과 화가 사이의 명예훼손소송 삽화를 인용해서 당시의 식민지법에 대한 자신의 생각을 피력하고 있는 글인데, 핵심은 "조선에서 현행되는 일본 법률과 총독부제령"과 비교해볼 때 조선의 『형법대전』이 훨씬 우월하다는 것이다. 여기서 그는 간부姦夫와 간부姦婦에 대한 사형私刑을 용인한 조문과 부모를 폭행한 자를 교수형에 처한다는 조문, 그리고 위급한 지경에 처한 타인을 돕지 않는 자에게 태형을 가한다는 조선의 『형법대전』의 몇 조

11 이지훈, 앞의 글, 376~377쪽.

문을 열거한 뒤 다음과 같이 말한다.

例를 들자면, 刑法大全 全部를 벗기고 싶습니다. 우리는, 그 殘暴하다는 稱을 받은 형법대전의 모든 條目이, 얼마나 우리의 삶과 密接하게 되어 있는지를 알 수가 있습니다. 因姦殺死律의 第四九五條의 一部分은, 그것이 얼마나 人情이라는 것을 근거 삼고 짜내인 것인지 알 수 있습니다. 똑똑하고 正確한 지금의 刑法에 殺人罪로 명명될 것이, 刑法大全에서는 〈因姦殺死律〉이라는 명목 아래서, 사람의 本能的 憤怒와 人情을 보호하려는 애씀을 보였습니다.

…(중략)…

세상은 진보합니다. 文明이라는 것이 차차 우리의 삶 가운데로 침입합니다. 풍부한 마음의 유여는, 文明 때문에 차차 쫓겨나갑니다. 우리는, 그 因果的 進步 때문에, 탁월한 유여를 가진 「형법대전」 대신으로, 지금의 빽빽하고, 좁살스러운 새로운 法律에 복종치 않을 수 없게 되었습니다.

옛적 法律은 사람에게 附隨되어 있었는데, 지금은, 도리어 사람이 法律에 附隨되었습니다.[12]

위 글은 김동인이 법에 대한 자신의 입장을 직접 밝힌 것으로 아주 이례적인 글이다. 이지훈은 인용문의 마지막 문장의 내용인, '법률에 부수된 사람들의 모습'과 '사람에 부수되어 있는 법'이란 말의 의미가 분명치 않다고 말한다. 하지만 「법률」을 잘 읽어보면 김동인이 말하고자 한 바가 무엇인지 유추가 가능하다. 위 글에서 김동인은 러스킨이 한 화가의 명예를 훼손한 데 대해 법정이 단돈 1전으로 상징적인 판결을 내린 사건을 언급하면서, "여유 있는 나라의 백성의 유여 있고 점잖은 유모어"라고, 그리고 "동양 사람은 도저히 흉내를 못 낼 너그러운 유모어"[13]라고 찬탄하고

12 김동인, 「법률」, 《영대》 제4호, 1924년 4월, 68~69쪽.
13 김동인, 앞의 글, 67쪽.

있다. 이 점을 감안하면, 김동인이 이 글에서 하고 있는 말은, 문명의 진보로 인해 생겨난 근대 일본의 법률과 총독부제령은 『형법대전』의 유여裕餘함을 따라가지 못하는 법이며, 그것은 "사람의 본능적 분노와 인정을 보호하려는" 법의 근본적 취지를 상실했기 때문이라고 해석될 수 있다. 그리고 "사람의 본능적 분노와 인정을 보호하려는 애씀"이 단적으로 드러난 예로 간부간부姦夫姦婦에 대한 사형私刑을 용인한 『형법대전』의 조항을 들고 있는데, 이를 보면 김동인은 태형을 용인하는 전근대적인 조선의 법을 긍정하고 있음을 알 수 있다.

태형과 같은 전근대적인 형벌의 순기능을 인정하고 있다는 점에서 김동인의 법인식은 근대적이라고 볼 수 없다. 또한 1912년 일제가 태형령을 폐지한 이후에도 1919년 말에 이르기까지 조선인에 한해서만 예외적으로 시행했다는 역사적 사실도 김동인은 고려하지 않고 있다. 이는 김동인의 법에 대한 인식이 아주 협소했다는 것을 말해준다. 따라서 그가 말한 "옛적 法律은 사람에게 附隨되어 있었는데, 지금은, 도리어 사람이 法律에 附隨되었습니다."라는 말의 의미는 바로 이렇게 시대착오적인 의미를 담고 있는 것으로 해석되는 것이다. 다음 절에서 그런 인식이 그의 소설에서 어떻게 구체적으로 형상화되고 있으며 또 어떤 문제를 드러내고 있는지를 살펴보기로 한다.

2. 초기 소설에 나타난 근대법 이해의 수준

김동인은 법에 대한 자신의 생각을 담은 「법률」을 발표한 시기에 그와 연관된 두 편의 소설을 발표하는데 「피고」와 「유서」가 그것이다. 「피고」는 1924년 3월 31일과 4월 1일 자 《시대일보》에 2회 연재된 짧은 이야기이다. 친구와 술을 마신 한 직공이 전차도 끊긴 뒤라 걸어서 집에 간다는 것이 그만 낮에 친구 집에 가던 도중 홀린 듯이 뒤쫓아 가서 보아둔 예쁜 여학생의 집으로 들어가게 되어, 강간 미수로 재판에 처해져 징역 2년의 판결을 받게 된다는 이야기다. 200자 원고지로 스무 장 남짓한 분량의 이 작품은, 줄거리에서 알 수 있듯이 소설이라기보다는 콩트에 가깝다. 즉, 이 소설은 어떤 인물의 특수한 성격을 그리려 했다기보다는, 취객이 범할 수 있는 우발적 실수를 제시한 후 그것이 법에 저촉될 경우 어떤 과정을 거쳐 그에 합당한 법적 처결이 내려지는지를 요약적으로 제시하고 있는 것이다. 그것은 작품의 다음과 같은 도입부에서 확인할 수 있다.

피고는, 경찰서와 검사국에서 자백한 바를 모두 부인하되, 피고의 범죄사실은 확실하다. 피고는, 五월 三十一 일 오후 여섯시쯤, 용산서 동대문으로 가는 제1호 전차 안에서, 피해자 리△△의 미모를 보고, 종로서 같이 나려서, 피해자의 집까지, 뒤를 밟아서 집을 안 뒤에, 그 이튿날 오전 세시쯤, 안국동 피해자의 집에 몰래 들어가서 강간을 하려다가 붙들린 사실, 피해자가 검사국에서 공술한 바이며, 피고도 그 일부 사실은 인정한다. 피고가, ○○ 내의 술집에서, 친구와 술을 먹고 헤어진 것이 오전 두 시이매, 나머지 한 시간 동안을, 들어갈까 말까 주저한 것은, 피고에게 약간의 양심이 남아 있었다고 할 수는 있지만, 그래도 강간 미수라는 큰 죄는 법으로 다스리지 않을 수 없다. 그러므로 본관은 형법 제--조에 의지하여 피고를, 징역 三년에 처함이 옳다고 생각한다. 운운.

이것이, 검사가 그에게 대하여 한 논고이었었다. 그 뒤에는, 소위 관선변호인이란 사람이, 그를 위하여 변호를 하였다.

피고의 모든 행동은, 모두, 술 때문이었었고, 또 그의 이전의 품행이 단정하였던 것을 보고 특별히 가벼운 벌을 씌워주시기를 원한 것이다.[14]

14 김동인, 「피고」, 《시대일보》, 1924년 3월 31일.

뒤이어 피고의 행동이 소급적으로 제시되는데, 피고가 술에 취해 귀가하는 과정에서 벌어진 그 사건은 일종의 가정된 상황으로 이해될 뿐 개연성이 약하다. 또한 위에서 알 수 있는 것처럼, 재판과정이며 변론과정도 작가에 의해 이미 완료된 사안으로서 요약되어 제시된다. 그러니까 재판정의 긴장된 모습이나 피고의 정상을 참작해달라는 변호인의 노력 같은 것도 애초부터 관심의 대상이 아니다. 김동인이 검사와 변호사, 그리고 피고가 함께 진실공방을 벌이는 법정 장면에 내재된 치열한 이야기적 힘을 인식했더라면 이 작품은 이렇게 쓰이지 않았을 것이다. 이런 특징은 앞서 언급한「약한 자의 슬픔」에서도 찾아볼 수 있다. 이 작품에서도 강 엘리자벳트가 자신을 농락한 K 남작을 상대로 정조유린에 대한 배상청구소송을 거는 내용이 나오고, 그에 따라 변호인이 등장하는 법정 장면이 제시되고 있다. 하지만 원고의 자기변론은 거의 생략되어 있으며 변호인의 변호 또한 일방적으로 진행되어, 재판은 결국 원고의 청구기각으로 간단하게 종결된다. 그리고 뒷이야기 역시 재판에 패한 강 엘리자벳트가 자신이 약한 자임을 자각하는 정도로 끝을 맺는다. 이 작품에서도 작가의 근본적인 관심은 근대적 재판제도에 있지 않으며, 오히려 재판제도는 신여성의 자기각성을 위한 하나의 계기로서만 취급되고 있는 것이다. 또한「피고」의 결말 부분에서 작가는 "선량한 시민인 그는 지금 서대문 감옥에서 매일 톱질과 대패질로 세월을 보낸다."[15]고 적고 있다. 이것은 결국 근대의 법이라는 것이 사람의 우발적 실수나 정황도 고려하지 않은 채 무차별적으로 집행되는 비인간적인 제도라는 것을 강조하고 있는 것으로,「법률」에 드러난 그의 견해를 재확인시켜주는 것으로 해석된다.

김동인의 이런 견해를 확인시켜주는 또 다른 작품으로「유서」를 들 수

15 김동인, 위의 소설, 1924년 4월 1일.

있다. 이 작품은 서술자이자 주인공인 '나'가, 부인이 육촌오빠인 A와 간통한다는 말을 듣고 괴로워하는 후배 O를 위해 만사 제치고 나서서 일의 해결을 도모하는 이야기다. 자신이 중매를 든 탓에 일종의 책임감을 느끼는 '나'는, 결국에는 A가 티푸스로 죽게 되는 것을 계기로 O의 부인 봉순에게 다시금 O와 생활할 것을 권유한다. 그리하여 작품 말미에서 '나'는 그녀에게 남편의 의심 때문에 죽을 수밖에 없노라는 거짓 유서를 쓰라고 하면서, 한동안 잠적해 있으면 자신이 남편 O가 후회할 때쯤 다시 만나게 해주겠다고 말한다. 하지만 정작 봉순이 유서를 다 쓰자 '나'는 O의 가운 허리띠로 그녀를 목 졸라 죽인다.

「유서」의 이런 엽기적인 결말은 「법률」에 드러난바, 김동인이 생각하는 "사람의 본능적 분노와 인정을 보호하려는" 법의 의미와 연관된다. 작품에서 '나'가 일종의 책임감을 가지고 두 사람의 관계를 복원시키려 애쓰는 것은 나름대로 개연성이 있다. 하지만 그 과정에서 '나'가 점차 사건해결의 책임이 오로지 자신에게만 있는 듯이 자제심을 잃고, 끝내는 자신이 직접 복수극의 주역으로 나서는 것은 쉽게 이해되지 않는다. 서술자는 '나'의 이런 마음의 변화를 아래와 같이 서술하고 있다.

그의 아내를 A씨에게서 떼려는 것도 목적의 한 가지겠지만, O 그를 무서운 시기의 불길에서 증오의 권내圈內로 구원하여 올리는 것이 더 급한 일이었다. 한 사람을 한 사람의 증오의 대상물이 되게 하려고 한다 하는 것은 어떻게 보면 잔혹한 일이라 할 수 있지만, 한 귀한 사람을 구원키 위하여 한 변변치 않은 사람을 희생하는 것은 결코 그른 일이 아니라 생각한다. 더구나 O를 이와 같이 아프게 한 것은 그의 아내 그가 아닌가.[16]

16 김동인, 「유서」, 『동인전집』 제7권, 홍자출판사, 1964, 280~281쪽.

'나'는 한때 "그들의 간통의 증거를 잡아서 검사국에 고소를 하"는 방안도 생각하지만 O의 명예를 위해 실행에 옮기지 않는다. 정혜영은 이 점에 대해 "시대와 인물들의 외형은 근대적 형식을 따르고 있었을지 몰라도 인물들의 의식은 전근대적 세계에 남아 있는 상태 바로 그것이 김동인이 도달한 근대였다."[17]는 견해를 내보인 바 있다. 하지만 이 대목에서는 오히려 작품에서 O의 아내 봉순이가 "좀 바보-천치天癡에 가깝고도 애교 있고 온순하고 학교를 우등으로 졸업하였다는 명색을 가지고, 게다가 한 가지 일에 늙어 죽도록 겨움증이 안 생길 만한 성격을 가진"(『동인전집』 제7권, 277~278쪽) 인물로 설정되어 있는 점에 주목할 필요가 있다. 왜냐하면 이런 설정은 화가인 후배 O의 예술적 천품을 강조하기 위한 것으로서, 재주 있는 한 사람의 생명에 비하면 변변치 않은 여인의 목숨 따위야 관계될 것 없다는 '나'의 인식을 정당화해주는 근거가 되고 있기 때문이다.

이런 '나'의 인식 또한 "사람의 본능적 분노와 인정을 보호하려는 애씀"이 있다는 측면에서 간부간부에 대한 사형을 용인한 『형법대전』의 조항을 예찬한 김동인의 인식과 상통한다. 그러니까 어떤 의미에서 「유서」는 「법률」에 드러난 김동인의 법률관의 소설적 풀이라고도 할 수 있다. 따라서 정혜영의 해석을 참조한다면, 김동인은 간통의 경우 남녀에게 다른 잣대를 적용한 〈조선민사령朝鮮民事令〉이 식민지 통치를 위해 전근대적인 법을 용인한 것이라는 사실은 자각하지 못한 채, 그것이 자신의 선천적인 남녀 차별의식에 부합한다는 이유로 승인한 것이 된다. 이런 인식 위에서 김동

17 정혜영, 「김동인 문학과 간통」, 《한중인문학연구》 제17권, 2006, 34쪽. 정혜영은 또 이 작품에 나타난 간통 모티프에 주목하여, 1923년 7월 1일부로 시행된 〈조선민사령朝鮮民事令〉에서 처의 간통은 범죄로 규정 2년 이하의 징역으로, 남편의 간통은 이혼 원인은 되지만 범죄로서는 취급되지 않는 것으로 되어 있었다는 사실을 근거로, "「마음이 옅은 자여」와 「유서」에서 나타나는 불륜에 대한 판단의 차이에는 부부간의 정조의무에 대한 당시의 법적 조항이 영향을 끼치고 있었음을 부정할 수는 없다."(33쪽)고 해석하고 있는데, 이 또한 설득력 있는 해석이라고 생각된다.

인은 자신의 예술관을 발전시켜 나간 것인데, 그의 소설에서 반복되어 나타나는 천재형 남성과 그의 창조의 계기로서의 범죄의 승인이라는 패턴은 바로 이와 연관되는 것이다. 이를 단적으로 보여주는 작품이 바로 「광염소나타」이다. 이 작품에서 서술자는 음악을 창조하기 위해 범죄를 저지르는 음악가 백성수의 삶을 비평하면서, "천 년에 한 번, 만 년에 한 번 날지 못 날지 모르는 큰 천재를, 몇 개의 변변치 않은 범죄를 구실로, 이 세상에서 없이하여 버린다 하는 것은 더 큰 죄악이 아닐까요."(『동인전집』 제7권, 482쪽)라고 옹호하고 있는 것이다.[18] 따라서 김동인의 소설은 그것이 식민지 근대법에 대한 그의 피상적 이해와 법 자체 대한 근본적 인식의 결여와 결부되어 있다는 점에서 일정한 한계를 지닌 것이었다고 말할 수밖에 없다.[19]

3. 재판의 '이면'에 대한 인식

김동인이 1930년에 발표한 「증거」(《대조》, 1930년 9월)와 「죄와 벌」 또한 그 제목에서도 드러나듯이 모두 법과 관련된 문제의식을 담고 있다. 이 두 편의 소설은 모두 판사를 서술자로 등장시켜, 그들로 하여금 자신들의 판결과 관련된 이야기를 술회토록 하고 있다는 공통점을 지닌다. 「증거」는

18 김동인의 여성혐오 내지 여성차별 의식 또한 이와 연관된 것으로 심각한 수준이다. 그의 이런 의식이 잘 나타난 글은 「영혼」인데, 이 글에서 그는 "아무리 여자의 미력美力에 끌려서 그들을 본다 하여도, 그들에게 창조력이 있달 수는 없다. 따라서 영혼도 있다 할 수는 없다. 남자의 가장 무식한 자도 적으나마 창조력이라는 것이 있으되, 여자에게서는 이것을 볼 수 없다."고 말한다. 김동인, 『동인전집』 제10권, 홍자출판사, 1964, 192~193쪽.

19 이지훈은 앞의 글에서 "김동인에게 유미주의의 세계는 근대적 법과 재판의 세계가 지닌 모순과 어휘가 그 정점에 이르렀을 때 비로소 본격화되었던 것"(377쪽)이라고 말하고 있는데, 이로 미루어보면 법과 (문학)예술의 길항관계 같은 것은 애초부터 김동인의 관심사가 아니었다는 것을 알 수 있다. 따라서 김동인의 유미주의는 그가 근대법의 정신에 대한 올바른 인식을 하지 못하고 법이라는 것을 예술가의 천품을 저해하는 것으로서 오해했기 때문에 가능했고 또 강화되었다고 보는 것이 온당하다고 판단된다.

살인죄로 제일심에서 사형을 선고받은 S의 항소를 소재로 하고 있다. 피의자 S는 사실 살인범이 아니고 이미 누군가의 칼을 맞고 죽은 사람의 몸에서 돈지갑과 시계와 반지 등을 절도한 죄밖에 없지만, 이미 전과가 있는데다 그가 범인이라고 증언하는 증인이 있고 정황증거 역시 이를 뒷받침하는 까닭에 살인범으로 몰려 사형을 언도받는다. 그리하여 그는 복심법원에 공소를 하는데, 복심법원의 재판장 I는 최종적으로 그의 공소를 기각한다.

그런데 이 작품은 재판장인 I를 이 살인사건의 목격자로 설정함으로써 문제를 부각시킨다. 평소 I 판사는 아내를 잃은 쓸쓸함을 달래기 위해 밤마다 교외로 산책을 나가곤 했는데, 마침 사건이 벌어진 날 밤 산책길에 나섰다가 우연히도 눈앞에서 누군가가 사람을 죽이는 장면과, 뒤이어 S가 달려들어 쓰러진 시신으로부터 물건을 훔쳐가는 전 과정을 지켜보았던 것이다. 서술자는 사건의 진상을 알고 있는 I가 S가 단순한 절도범에 불과하다는 사실을 말해버릴까 고민했지만, S의 무죄를 증명할 아무런 물적 증거도 없고, 또 사실을 말하게 되면 범행현장에서 자신이 아무런 행동도 취하지 않았다는 것을 변명하기도 곤란하기 때문에 나서지 않았다고 말한다. 그리고 뒤이어 "피고의 공술뿐을 증거로 인정하기에는 현대의 법률은 너무 영리하였다."[20] 고 평가하면서 I의 내면을 다음과 같이 제시하고 있다.

물적 증거物的證據 -

이것이 아니면, 사법계에서는 통용이 안 되는 것이었다. 그러면 자기의 그 증언을 인정시킬 만한 물적 증거는?

뿐만 아니라 그날의 자기의 본 바를 다 말하려면, 그는 자기의 눈앞에서 무서운 범죄가 실행되는 데도, 그것을 막거나 방지할 아무런 행동도 취하지 않고, 방

20 김동인, 「증거」, 『동인 전집』 제8권, 홍자출판사, 1964, 43쪽.

관자의 태도를 취한 그 때의 자기에 대하여 변명할 만한 재료가 없는 것이었다. 차디찬 사법관으로서의 I 씨의 머리에는 이런 생각조차 일어났다. (『동인 전집』 제8권, 43~44쪽)

이런 생각 끝에 I 판사는 평의 과정에서 끝내 자신이 알고 있는 진실을 밝히지 않고 피고의 공소를 기각한다. 그리고 서술자는 피고의 공소가 기각된 날 오후, 기자와 만난 자리에서 해당 사건의 종결에 대해 I가 "하늘의 섭리"라고 말하는 장면을 묘사하면서, 그런 그의 얼굴 뒤에는 "어딘지 모를 '부끄러움'에 근사한 표정이 숨어 있었었다."(『동인 전집』 제8권, 45쪽)라고 서술적 비평을 덧붙이고 있다.

「증거」는 여러 면에서 앞서 살펴보았던 「피고」와 흡사하다. 두 편 모두 단순한 범죄사건에 대한 판결을 다루고 있으며, 피의자가 범인으로 몰릴 수밖에 없는 정황을 통해 법망의 비정함을 고발하고 있다는 점 등이 그렇다. 하지만 「증거」는 법의 비인간적 속성에 대한 고발의 방향을 재판관의 내면으로 이동시켰다는 점에서 「피고」보다 한 발 더 나아간 면모를 보여준다. 위에서처럼, 진실을 알고도 증거부족과 자기변호를 이유로 자신이 목격한 바를 털어놓지 않고 공소기각을 당연한 귀결로 자부하는 판사의 내면에 이는 '부끄러움'에 대한 지적이 이를 알려준다. 「피고」가 자신의 죄를 명료히 자각하지 못하는 피의자가 일방적으로 법의 심판을 받을 수밖에 없게 된 정황을 피상적으로 그리고 있는 것과 비교하면, 「증거」에서 한 사람의 생사를 좌지우지하는 재판관의 내면으로 탐구의 영역이 심화된 것은 분명 소설적 진전이라 할 수 있다. 하지만 사건설정 및 '현대법의 영리함'과 '물적 증거주의'에 대한 주석에서 알 수 있듯이, 이 작품 또한 법률에 대한 김동인 자신의 입장을 강조하기 위해 의도적으로 쓰인 작품이라는 인상을 지우기 어렵다.

김동인의 소설에서 그런대로 법리적 탐구라는 이름에 부합하는 작품이라고 볼 수 있는 것은 「증거」보다 3개월 뒤에 발표한 「죄와 벌」이라는 작품이다. '어떤 死刑囚의 이야기'라는 부제가 붙어 있는 이 작품은, 한 판사가 사직하게 된 이유를 서술하고 있다. 세 사람을 죽인 살인범의 공소 재판을 맡게 된 판사는, 살인범이 공소를 한 이유가 자신의 형량을 낮추기 위해서가 아니라 자신이 살아온 삶을 말하기 위해서였다는 것을 알게 된다. 하지만 판사가 그런 것은 공소의 이유가 될 수 없다고 하자 피고는 공소를 취하한다. 이후 판사는 호기심을 가지고 형무소로 가서 그를 면회하여 피고인 홍찬도가 저지른 범죄의 실상은 물론 그가 범죄자의 길을 밟게 된 내력을 듣게 된다. 홍찬도의 범행은 사실 함께 출옥한 동료의 권유로 이루어진 것으로, 실제로 한 가정집에 들어가 부부를 칼로 찔러 죽인 것은 그의 동료이며, 그는 울고 있는 어린아이를 발로 차 죽이고 도망하다가 경찰에 붙잡힌 것이다. 그럼에도 불구하고 홍찬도가 단독으로 일가족 세 명을 죽인 혐의를 받게 된 것은, 그가 공범에게 처자가 있는 것을 알고 조사과정에서 공범을 끌어들이지 않았기 때문이었다.

홍찬도가 모든 죄를 혼자 뒤집어쓰기로 결정한 것은 공범의 자식에게서 자신의 모습을 보았기 때문이다. 즉, 홍찬도는 자신이 범죄의 길로 들어서게 된 것이 자신의 아버지가 불의의 사고로 형무소에 수감되고 어미마저 생계를 위해 부정한 행실을 일삼는 바람에 가출하여 또래의 불량소년들과 어울리게 되었기 때문이었다는 것을 자각하고는, 공범이 붙잡히면 그의 남겨진 아이도 자신과 같은 길을 걸을지 모른다고 생각해 공범의 존재에 대해 침묵했던 것이다. 그런데 이 대목에서 홍찬도를 면회한 판사가, 오래전 홍찬도 부친에게 3년형을 선고한 판사였음이 드러난다. 홍찬도의 부친이 끌던 마차의 말이 자동차 소리에 놀라 마구 날뛰는 바람에 어떤 지방 장관이 죽는 사건이 벌어졌는데, 홍찬도를 면회한 판사가 바로 당시 지방법원에 근무하면서 홍찬도의 부친에게 3년형을 선고했던 것이다. 그리하여 「죄와 벌」의 판사는 자신이 내린 판결에 "생각도 안 했던 '이면'"이 있었음을 고백하면서 그의 감형 운동에 나섰다가 그것이 실패로 돌아가자 사직을 하게 된다.

> 나는 그 이튿날부터, 찬도의 감형 운동을 했습니다. 물론 내 경험에 의지해서 그 운동이 효과가 없을 줄은 짐작은 했어요. 공범자를 들어내면 혹은 전 판결을 반복시킬지도 모르나 이것은 찬도의 의사가 아니니까, 다만 찬도는 환경 때문에 못된 죄는 범했으나, 잘 지도하면 좋은 사람이 될 가능성이 있다는 것을 유일의 이유로 감형 운동을 했습니다그려. 그리고 그 운동이 실패하게 된 것을 핑계삼아 가지고 판사를 사직하고 말았지요. 분명한 숫자는 모르지만, 내가 형을 선고한 죄수만 하여도 이십여 년간에 수천 명이 될 터인데, 그 가운데 우리가 온전히 모르고 뜻도 안 한 비극과 참극이 얼마나 많이 생겼는지, 생각하면 속이 떨립니다그려.[21]

홍찬도 부친의 사건을 전하는 대목에서 서술자는 "법률은 정당한 선고를 찬도의 아버지에게 내린 것이었다. 법률은 사회에 대하여서나 찬도의 아버지나 모자에 대하여서나, 아무런 가려운 일이 없다. 세상의 질서를 유지키 위해 찬도의 아버지에게 내린 선고는 세상의 정신 못 차리는 사람들을 정신 차리도록 하려는 한 경종으로 이것은 법률의 정당한 사명이었다."(『동인 전집』 제8권, 51쪽)라고 평가하고 있다. 비록 요약된 서술이긴 하지만 이런 시각은 해당 사건에 대한 판사의 시각이라고 보아도 무방한데, 「증거」의 단초사건이 판사 자신이 직접 목격한 사건으로 설정된 것과 비교하면, 「죄와 벌」에서 설정된 판사와 피고의 관계는 훨씬 더 자연스럽고

21 김동인, 「죄와 벌」, 『동인전집』 제8권, 홍자출판사, 1964, 56~57쪽.

개연성도 높다. 그리고 법에 저촉된 사람에게 행해지는 사법적 처벌이 밖에 남겨진 사람들의 불행을 초래할 수도 있다는 판사의 인식도 매우 설득력 있게 제시되어 있다. 마치 「증거」에서 암시적으로 표현되었던 "부끄러움"의 원인을 좀 더 구체적으로 설명하고 있는 듯 서술자는 홍찬도의 성장과정과 인식내용을 함께 제시함으로써 이야기로서의 안정성도 충분히 확보하고 있다. 그만큼 이 소설은 법과 관련하여 이제껏 김동인이 발표했던 어떤 소설보다도 높은 완성도를 보이고 있다.

그렇다고 해서 그것을 특정적으로 법에 대한 김동인의 인식이 심화된 증거로 해석하기는 어려울 듯하다. 오히려 「죄와 벌」의 성취는 법의 본질에 대한 깊은 이해를 보여준다기보다는, 법으로 대표되는 근대적 제도의 이면에 대한 작가로서의 시선이 넓어졌다는 것을 보여주는 증거 정도로 해석되는 것이 온당하다고 생각된다.

4. 맺음말

지금까지 근대소설 형성기의 작가 가운데 법과 관련한 소설을 비교적 많이 발표한 김동인을 대상으로, 그의 법에 대한 인식 수준과 그것이 그의 소설과 맺고 있는 관계를 살펴보았다. 기존 논의들은 김동인이 당시 작가로서는 예외적으로 법에 대한 자신의 생각을 밝힌 글을 남기고 있다는 점, 그리고 「태형」을 비롯하여 「피고」와 「죄와 벌」 등 사법제도나 법과 관련된 작품을 여러 편 썼다는 점 등을 근거로, 법에 대한 김동인의 관심을 특별한 것으로 간주했다. 하지만 위에서 살펴본 것처럼, 그런 해석과 평가는 다소 과장된 것이며, 오히려 법에 대한 김동인의 인식은 아주 피상적이었다.

김동인이 「태형」에서 3·1운동 직후의 감옥의 풍경을 사실적으로 그리고 있으며, 「약한 자의 슬픔」, 「피고」, 「증거」 등의 작품에서 재판정을 주된 이야기의 배경으로 설정하고 진실과는 무관하게 자체의 논리만을 절대적으로 신봉하고 관철하려 드는 법의 맹목성을 고발하고 있는 것은 틀림없는 사실이다. 하지만 「태형」과 같은 작품만 보더라도, 그것을 적극적으로 해석한다고 해도 "식민지 통치가 원활하게 감옥 내부에서 이루어지고 있음"과 "조선인의 '야만'을 '근대적 감옥의 교화'를 통해 근면과 위생이란 '문명적' 상태로 전환시켰다."는 식민지 통치당국의 선전에 부합할지언정, 김동인이 〈조선민사령〉과 같은 총독부제령이 식민지 통치법으로서 조선인에게만 배타적으로 적용된 전근대적 악법이라는 점을 인식하고 있었다는 증거로 보기는 어렵다.[22]

이런 점을 감안하면 김동인이 당시의 법과 관련하여 발표한 소설들이 식민지인으로서 자신의 사회적 삶을 근본적으로 규율하고 있는 법에 대한 인식과 긴밀하게 조응하고 있다고 말하기는 어려워 보인다. 오히려 「법률」과 「유서」에서 살펴본 것처럼, 법에 대한 그의 인식은 아주 피상적이었으며 심지어 전근대적인 측면도 있었다. 특히 김동인은 예술적 천품에 대한 가치부여가 지나쳐 예술에 도움이 된다면 살인까지도 문제 될 것이 없다고 용인하고 있는데, 이는 인간을 서로 대척적인 방향에서 규정하고 조명하는 법과 소설의 관계를 기본적으로 오인한 것으로서, 시대착오적인 것이라 하지 않을 수 없다.

따라서 김동인이 법과 관련된 소설을 창작한 것은 법으로 대표되는 근

22 미시사적 접근으로《매일신보》의 감옥묘사를 검토한 바 있는 최우석은, 1919년 3·1운동을 폭력적으로 처리함으로써 국제적으로 곤경에 처한 일본이 "자신들의 방식이 '서구화·근대화'되어 있음을 증명"하는 과정에서 선택된 것이 감옥이었다."고 해석하고 있는데, 이를 고려하면 김동인의 「태형」은 도저히 총독부제령과 같은 식민지법의 문제를 고발한 작품이라고 보기 어렵다. 최우석, 「《매일신보》가 그려낸 1919년 감옥의 풍경」, 《향토서울》 제80호, 2012년 2월, 211~218쪽 참조.

대적 제도의 외양에 대한 단순한 소재적 호기심 때문이었다고 말할 수 있다. 물론 1930년에 발표된 두 편의 소설 「증거」, 「죄와 벌」에서 보듯이, 그의 작가적 인식이 판사의 복잡한 내면이라든가 재판제도의 이면에 대한 관심으로까지 확대되고 있는 것은 사실이다. 하지만 김동인은 법 자체에 대한 근본적 물음이라든가 식민지법의 전근대성을 문제 삼는 경지로까지는 나아가지 못하고, 근대세계의 복합성 및 인간의 복잡한 내면을 풀어내는 아주 최소한의 사회적 환경으로서의 법에 착목하고 그것을 작품에 수용하는 선에서 그치고 말았던 것이다.[23] 이는 법을 문제 삼고 있는 그의 작품들이 하나같이 이론적으로 법적 판단의 모순이 극단적으로 드러날 수 있는 상황의 제시에 집중하고 있다는 점에서도 확인된다. 「감자」나 「배따라기」 등과 같은 작품들이 확보하고 있는 현실성을 고려하면, 「피고」, 「증거」, 「죄와 벌」 같은 작품들은 「법률」에 드러난 그의 법인식을 소설적으로 표현한 것뿐이고, 엄밀한 의미에서 소설이라고 볼 수 없는 것들이다.

이런 김동인의 법인식은 기본적으로 그것과 긴밀한 관계를 맺고 있는 소설에 대한 이해, 특히 이지훈이 제기한 바와 같이 김동인 특유의 유미주의적 예술관과 긴밀하게 연관되어 있을 것이다. 이에 대해서는 여러 해석이 가능할 것이다. 하지만 김동인의 법인식을 보여주는 작품들과 또 그와는 정반대의 지점에 놓여 있는 작품들이, 그와 더불어 한국 근대소설의 토대를 확립한 이광수와 염상섭의 작품들과 더불어 한국 근대소설의 근본적 조건과 그 성취에 대해 다시 생각해볼 수 있는 의미 있는 단서를 제공하고 있다는 것만은 부정할 수 없다.

---

23 「거지」라는 소설 또한 법에 대한 김동인의 이런 인식 수준을 보여준다. 이 작품은 한 사내가 부엌의 찌개에 쥐약이 든 줄 모르고 동냥객에게 내주어 죽음에 이르게 된 삽화를 그리고 있다. 그런데 작품의 말미에서 서술자는 "동정조차 엄밀한 吟味下에 하지 않으면 안 되는 현대인은 진실로 비참하다."고 말하고 있는데, 이런 진술은 「법률」에 드러난 김동인의 현실인식의 연장선상에 놓여 있다. 김동인, 「거지」, 《삼천리》 제69호, 1931년 7월, 81~84쪽 참조.

제3장

변호사의 탄생과 법정의 발견

이광수와 염상섭을 중심으로

1. 신사법제도하의 근대소설

근대적 제도인 법과 일정한 관계를 맺으면서 과도기적 역할을 수행한 신소설의 뒤를 이어 비로소 근대소설이 출현한다. 1920년을 전후하여 작품 활동을 시작한 이광수와 김동인, 염상섭 등의 소설들이 바로 그 대표적인 예이다. 이들은 소설이 근대적 문학 장르라는 의식을 가지고 소설을 썼다는 점에서 신소설 작가들과 구별된다. 신소설이 "한국민족과 국가가 법학이라는 새로운 학문, 특히 서양과 밀착된 학문에 대하여 중요성을 인식했고 그러한 법학을 통하여 국가중흥의 희망을 걸었던"[1] 시기의 문학이었다면, 1920년대 소설은 외견상 식민통치를 위한 일제의 사법제도가 완비되어 조선인들의 삶을 근본적인 차원에서 규율하기 시작했던 시대의 소설

1 최종고,「개화기의 한국법문화」,《한국학보》제24호, 1998, 54쪽.

이라고 할 수 있다.

1918년 5월, 일제는 신사법제도 도입 10주년을 기념하는 행사를 개최한다. 그리고 1907년 정미칠조약 체결 이후 총독부시대에 이르는 동안에, 조선에 신사법제도가 뿌리를 내렸다는 것을 대대적으로 홍보한다. 여기에는 삼심제를 근간으로 하는 〈재판소구성법〉과 〈민형사소송법〉의 완비, 변호사규칙과 감옥제도의 마련 같은 것들이 언급되고 있는데, 이런 홍보는 그만큼 식민지배체제가 공고화되었다는 것을 말해준다. 당시 《매일신보》는 이를 기념하는 기사에서 단군 이래의 조선의 사법제도의 연혁을 소개하며 신사법제도를 다음과 같이 평가하고 있다.

> 司流制度를形式的으로觀察ᄒᆞᆯ時ᄂᆞᆫ頗히完備되여잇ᄉᆞᆫ듯ᄒᆞ나其實이八道邊陬의地에ᄂᆞᆫ方伯守令이專恣의政을行ᄒᆞ고京官도亦權勢利祿에迷ᄒᆞ야極法의措置를ᄒᆞᄂᆞᆫ等紊亂의極度에達ᄒᆞ니라 …(중략)… 囚人이얼마나苛酷ᄒᆞᆫ待遇를受ᄒᆞ얏나ᄒᆞᆷ은古來로일으ᄂᆞᆫ獄中의五苦라ᄂᆞᆫ言으로推察ᄒᆞᆷ을得ᄒᆞᆯ지니五苦라ᄒᆞᆷ은一, 枷械의苦 二, 討索의苦 三, 疾痛의苦 四, 凍餒의苦 五, 滯留의苦라
>
> …(중략)…
>
> 明治四十五年四月에從來의諸法規를整理統一ᄒᆞ고內地人,朝鮮人及外國人을不問ᄒᆞ고原則으로同一ᄒᆞᆫ法規를適用ᄒᆞ기로改ᄒᆞ야則民事法規에在ᄒᆞ야ᄂᆞᆫ朝鮮民事令, 同不動産登記令, 同不動産證明令, 同登錄稅令及其施行上必要ᄒᆞᆫ規定을設ᄒᆞ고, 民法商法民事訴訟法 不動産登記法 其他內地의現行法을依ᄒᆞᆯ事를本則으로ᄒᆞ되此에도事情을應ᄒᆞ야除外令을設하고又刑事에는朝鮮刑事令을制定ᄒᆞ고刑法及刑事訴訟法에依ᄒᆞᆯ者ㅣ有ᄒᆞ얏스나朝鮮人에對ᄒᆞ야ᄂᆞᆫ殺人, 强盜, 强姦等의犯罪에限ᄒᆞ야ᄂᆞᆫ當分間刑法大全의助力을有케ᄒᆞ얏더니前記議會의協贊을經ᄒᆞᆫ共通法의實施와共히刑法大全의殘存項을廢ᄒᆞ기ᄭᆞ지朝鮮의社會程度가改善된者이라[2]

---

2 「朝鮮司法制度의 沿革」, 《매일신보》, 1918년 5월 18일.

조선조 사법의 문란과 감옥제도의 비인간적인 측면을 언급한 뒤 자신들이 추진한 신사법제도를 통해 조선사회가 개선되었다고 말하는 위 인용문이 겨냥하는 바가 무엇인지는 자명하다. 그것은 결국 행정과 사법이 분리되지 못해 갖은 폐해를 드러냈던 조선의 사법이 자신들의 주도로 근대화되었다는 것을 강조하는 자기과시적 선언이자 홍보인 셈이다. 같은 시기《매일신보》의 사설 또한 조선의 사법실태를 고발하면서 "國의秩序를유지홈이나民의安寧을保護홈이나皆此에依賴치아니치못홀지니吾人은司法新制度의設定으로부터今日에至ᄒᆞᆫ十個年間에此恩澤을蒙ᄒᆞ얏나니라"고 일제의 신사법제도를 높이 평가하고 있다.[3] 조선인은 물론 외국인들에게도 보편적으로 적용되는 보편법을 강조하면서 그럴듯한 논리를 확보하고 있는 일제의 이런 사법근대화론이 "근대일본의 사법체제가 식민지통치의 목표와 조건에 맞추어 변형된 것"[4]이었음은 의심할 나위가 없다. 그것은 "朝鮮에서 施行되는 制令은 日本의 法律에 準한 者이오 또 當局의 便宜로 出한 者ㅣ라 朝鮮人의 意見을 秋毫도 入치 못하얏나니"[5]라는《동아일보》의 사설에서도 단적으로 확인된다. 식민지에서 조선인들은 어떤 식으로건 "법주체"가 아니었고, 고작해야 "수동적인 지배의 객체, '충량한 황국신민'"[6]에 불과했다는 해석이 가능한 것은 바로 이 때문이다.

하지만 그럼에도 불구하고 일제가 주도한 신사법제도가 1920년을 전후한 시기 식민지 조선에서 하나의 강력한 근대적 제도로 기능했음은 부정할 수 없는 사실이다. 그리고 1910년대 후반부터 본격적으로 출현한 한국

---

3 《매일신보》, 1918년 5월 22일 자 사설.
4 문준영, 『법원과 검찰의 탄생-사법의 역사로 읽는 대한민국』, 역사비평사, 2010, 483쪽.
5 「조선변호사협회의 창립-법조계의 단합은 인권옹호의 전제」, 《동아일보》, 1921년 10월 5일 자 사설.
6 문준영, 앞의 책, 484쪽.

의 근대소설은 이런 근대적 사법제도의 정착과 밀접하게 연관되어 있다. 김동인이 판사라는 인물에 주목했다는 것은 이미 앞 장에서 살펴본 바 있지만, 이광수와 염상섭 등 이 시기에 활동한 근대작가들은 이제 『개척자』(《매일신보》, 1917년 11월 10일~1908년 3월 15일)라든가 『사랑과 죄』(1927) 같은 소설에서 그런 사법제도하에서 중요한 일익을 담당하는 변호사라는 근대적인 인물을 그려내거나 식민지 조선인의 운명을 결정짓는 식민지 재판정을 본격적인 이야기-공간으로 채택하고 있기 때문이다.

근대소설의 형성에 중요한 기여를 한 작가들이 일제가 식민지 사법제도의 완비를 천명한 바로 그 시점에 마치 약속이라도 한 듯 변호사라는 근대적 인물을 등장시키고 법정을 이야기-공간으로 채택한 것은 예사롭지 않다. 이런 문제의식에서 이 장에서는 변호사-인물이 한국 근대소설에 어떻게 형상화되었는지, 그리고 법정이라는 공간이 근대적인 이야기-공간으로서 어떻게 수용되었는지를 살펴보고자 한다. 근대사법제도의 한 주체라고 할 수 있는 변호사와 법정이라는 사회적인 공간은 근대소설에 와서야 처음으로 소설에 등장한 것으로서, 그 자체로 한국 소설의 근대성을 알려주는 하나의 지표라고 할 수 있다. 그리고 그것은 또한 1920년대 우리 작가들이 근대법을 어떻게 바라보았는지를 알 수 있는 의미 있는 단서가 되는데, 여기서는 이광수와 염상섭의 작품들을 중심으로 새로운 인물형과 법정이라는 이채로운 공간의 출현이 갖는 의미에 대해 살펴보고자 한다.

2. 근대소설과 변호사의 탄생

위에서도 말했지만, 우리 소설에서 변호사-인물이 처음 등장한 작품은 이광수가 『무정』의 뒤를 이어 《매일신보》에 연재 발표한 『개척자』다. 이 작품은 동경에서 유학하고 돌아온 화학자 김성재와 여동생 성순을 주인공으로 한 가정비극을 그리고 있다. 성재가 귀국한 뒤 7년이 넘도록 집안을 돌보지 않고 화학실험에만 몰두하는 바람에 급기야 그의 집은 가차압될 상황에 처하게 된다. 그 가차압청원을 낸 사람은 한때 성재의 부친의 도움을 받았던 함 사과라는 인물인데, 성재가 이 일로 함 사과를 찾아가자 그는 자신은 모르는 일이며 모든 것을 이 변호사에게 위임했노라고 말한다. 이 변호사는 동경유학시절부터 성재와 약간의 친분이 있던 인물로 그려지는데, 서술자는 그에 대해 다음과 같이 소개한다.

> 그가 歸國하얏슬 때는 아즉도 옛날이라, 곧 어느 地方法院의 書記가 되고, 其後 二年이 못 넘어서 判事가 되고 判事 된 지 一年 못하여 辯護士가 되었다. 辯護士가 될 때에도 어떻게 周旋을 하였던지 大邱 本町 거리에 큼짓한 事務所를 두고 電話를 매고 事務員을 二三 人이나 부렸고, 그 後에도 어떻게 手腕을 부렸던지 四五 年이 못하여 몇 百 秋收나 할 財産을 얻고 昨年부터는 京城 大寺洞에 꽤 宏壯한 家屋을 사고 그것을 住宅 兼 事務所로 쓰며 大門 안에는 專用 人力車까지 세워두게 되엇다.
>
> 내가 그의 是非를 말하려 함은 아니지만 그의 名譽는 그리 조치 못하엿다. 그에게는 一年 以上 가는 親舊가 업섯고 그의 親舊도 決코 그를 稱讚하지는 아니하엿다. 그러나 그는 稱讚은 못바드면서도 두려워함은 바닷다. 그럼으로 그를 미워하는 사람도 能히 그를 對敵할 생각은 내지 못하엿다. 그는 모든 것의 解決을 法律에 求한다. 누가 自己를 毁謗한다는 말을 들으면 그는 告訴한다고 어르고 名譽損害賠償을 請求한다고 威脅하여서 마츰내 저편의 謝罪를 밧고야만다.
>
> 또 하나 異常한 것은 그가 訟運이 조흔것이니 그가 맛는 事件은 大槪 다 勝訴가 된다. 그러케 學識이 만흔 것 갓지도 아니하고 辯舌이 能한 것 갓지도 아니하고 더욱이 日語의 發音조차 그다지 조치도 못하야 辯論中에 흔히 裁判長을 웃기는 수도 만컨마는 그래도 訴訟만 이기는 것이 참 神奇하다고 同業者되는 여

려 辯護士들은 웃음거리삼아 感歎한다.[7]

『개척자』의 핵심 사건은, 성재가 실험을 계속할 욕심에 여동생 성순이 민이라는 화가를 사모하는 것을 알면서도 그녀를 자신에게 재정적으로 도움이 되어줄 만한 변卞과 결혼시키려 하자, 성순이 고민 끝에 유산을 마시고 자살한다는 것이다. 따라서 성재의 집이 가차압당하는 것은 사건의 발단에 불과하므로 이 변호사의 역할 또한 그다지 비중을 차지하지 않는다. 사실상 이 작품에서 변호사는 등장하지 않아도 무방한데, 작품에서 이 변호사는 성재와 몇 마디 대화를 나누는 것 외에는 등장하지 않는다.

따라서 이광수가 변호사를 등장시킨 것은 집안의 몰락을 당대의 법률에 의해 설명하려는 의도라고 볼 수밖에 없으며, 더 나아간다고 해도 변호사제도의 변천을 설명하기 위한 것으로밖에는 보기 힘들다. 위 인용문에 나와 있는바 이 변호사의 위상은, 사실상 구한국재판소나 구통감부재판소의 판사나 검사로서 일정 기간 근무한 자에게 변호사자격을 부여한 제령制令의 변천을 그대로 보여주고 있기 때문이다.[8] 또 작품에서 서술자는 이 변호사가 모든 것을 법으로 해결하려 들고 또 변호사로서 자질이 미비함에도 불구하고 승소율이 높았다고 다소 비판적으로 말하고 있는데, 이것은 새로운 소송절차를 대리할 변호사들이 상대적으로 많지 않았던 시대적 상황[9]에서 빚어졌던 병폐를 비판한 것이라 할 수 있다. 그리고 당시 언론을 보아도 이 변호사와 같은 부류가 적지 않았다는 것을 알 수 있다.

---

7 이광수, 『개척자』, 匯東書館, 1922, 28쪽.

8 1912년의 제도개정 이후 변호사가 될 수 있는 사람은 ① 변호사법에 의하여 변호사된 자격이 있는 사람, ② 조선인변호사시험에 합격된 사람, ③ 구한국재판소, 구통감부재판소 혹은 조선총독부재판소판사, 검사 또는 구한국변호사된 사람 등이었는데, 이 변호사의 경우는 재판소 서기로 근무하면서 판사특별임용시험에 합격해 판사로 근무하다가 개업을 한 경우에 속한다.

9 당시 자료에 의하면 1917년 당시 각 지방법원 소속 조선인 변호사수는 94명으로 기록되어 있다. 「朝鮮辯護士界의 今昔制度」, 《半島時論》, 1917년 7월, 69쪽.

辯護士는 社會的 公職이라 그 職業上 營利를 主로 할 것이 아니오 社會的 職務에 充實하여야 할지니 그럼으로 民權을 擁護하며 法官의 專橫을 糾彈하고 在來 法令이 人民의 幸福에 有害한 者를 發現하야 그 改正을 促하며 新法令이 出來하면 또한 그 可否를 論하야 人民의게 公揭함이 可하니 此로 由하야 辯護士를 社會의 公職으로 人民이 그 生命財産에 關한 權利義務를 委任하는 所以어늘 朝鮮辯護士는 爾來 그 公職으로 社會에 盡粹함을 聞치 못하얏나니 비록 그間 時勢가 斯然함을 是認할지라도 吾人은 그 公職에 充實하라 함을 論치 아니치 못하노라.[10]

《동아일보》의 위와 같은 사설은 일제가 만든 새로운 사법제도가 조선 인민의 현실과 부합하지 않는다는 점을 강하게 비판[11]하는 동시에 조선인 변호사에게 기대되는 책무를 지적하고 있는데, 이를 보면 당시 변호사라는 존재가 이중적으로 문제적인 인물이었다는 것을 분명히 알 수 있다. 이는 일제가 식민지 통치를 위해 마련한 법률에 대한 비판적 자각이 변호사들에게 필수적으로 요청되는 와중에도 적잖은 변호사들이 돈이 되는 민사소송에만 전념해 자신의 잇속을 채우는 데 급급했던 현실을 보여주는 것인데, "식민통치 변호사 유사업무의 엄격한 단속을 통해 변호사의 '업계'이익을 보호해주면서, 대신 그들을 반관半官적 지위로 얽매어두고 통제하려 했다."[12]는 해석은 이런 측면에서 어느 정도 설득력을 지닌다.

『무정』에서 볼 수 있듯이 이광수는 경찰제도나 우편제도와 같은 근대적

---

10 「辯護士의게 告하노라 - 法律의 本旨는 人權을 保障함에 在하다」, 《동아일보》, 1920년 8월 8일 자 사설.

11 사설은 "目下 朝鮮에서 施行되는 法律은 以上에 말함과 如히 朝鮮人의 良心에서 出來한 것이 아니오 或은 日本 法律을 應用하며 或은 當局의 形便으로 制定한 것이며 又或은 在來의 法規를 仍用하는 것이니 急激히 變化하는 時代思潮에 適合지 못함은 물론이오 또 朝鮮人民의 權利를 保障하며 幸福을 增進치 못함은 賢愚를 區別하야 論할 바 아니라"고 하면서 식민지 통치 당국의 법률 운용을 비판하고 있다.

12 문준영, 앞의 책, 489쪽.

인 제도의 일환으로서 당대의 사법제도에도 일정한 관심이 있었던 것으로 보이지만, 사법제도 내의 변호사라는 존재와 역할에 대해서는 그리 이해가 깊지 않았던 것으로 보인다. 아래에서 살펴보겠지만 그는 『재생』과 「삼봉이네 집」에서도 변호사를 등장시키고는 있지만 『개척자』에서처럼 그들을 사건 전개에 필요한 선에서 최소한으로 그리고 있다. 이렇듯 이광수는 법의 규범적 세계와 일상현실에서 벌어지는 다양한 인정의 세계를 중재하는 변호사들의 문제적인 위치에 대해서는 별반 관심을 보이지 않고 있는 것이다. 오히려 그는 민형사사건의 재판과정이나 그것이 갖는 사회적 스캔들로서의 성격에 더 관심을 기울였는데, 이는 다음 절에서 고찰할 것이다.

변호사를 소설의 주요 인물로 형상화한 다른 작가로 염상섭을 들 수 있다. 그는 「진주는 주었으나」와 『사랑과 죄』에서 전혀 이질적인 두 명의 변호사를 그려내고 있다. 먼저 「진주는 주었으나」부터 살펴보기로 하자. 염상섭이 1925년 10월 17일부터 1926년 1월 17일까지 《동아일보》에 연재한 「진주는 주었으나」는 1925년을 시대적 배경으로 하여 경성제국대학京城帝國大學 예과에 재학 중인 김효범이라는 청년이 자신의 매형이자 파렴치한 변호사인 진형식과 맞서 싸우다 죽음을 맞는 비극적인 이야기를 담고 있다. 진형식은 엄연한 유부남이면서도 전처의 시조카 딸인 피아니스트 조인숙에게 학비를 대주면서 그 대가로 인숙을 농락하는 인물이다. 그는 집문서를 저당 잡혀 하던 미두米豆로 인해 파산할 위기에 처하자 이만 원짜리 어음을 받고 인숙을 인천의 미두대왕 이근영에게 넘기려 하는데, 공교롭게도 처남 효범이 이 사실을 알고 누이의 후배인 정문자와 힘을 합쳐 훼방을 놓는 바람에 난처한 지경에 빠지게 된다. 이에 진형식은 비밀리에 경찰에 수색원을 제출하여 인숙을 찾는 한편, 사건의 진상을 취재한 신문기자 신영복이 이를 보도하려 하자 해당 신문사의 주식을 사는 조건으로 신문사 사장을 매수하여 오히려 효범과 문자를 중상하는 기사가 나가도록 하기도 한다. 그리하여 효범은 신문보도로 인해 학교에서 쫓겨나게 된 문자와 함께 도망길에 오르고, 결국은 이근영의 결혼식이 열린 인천 앞바다에 몸을 던지고 만다.

「진주는 주었으나」에 등장하는 진형식이 변호사로서 직무를 보는 장면은 거의 묘사되어 있지 않지만, 그는 인물화의 측면에서 볼 때 매우 구체적이며 사실적으로 그려져 있다. 앞서 이야기한 것처럼, 그는 효범으로 인해 야기된 작품의 주된 이야기-사건의 전 국면에 걸쳐 사건을 왜곡하거나 사태를 악화시킴으로써 이야기를 전진시키는 핵심적인 인물로 기능하기 때문이다. 서술자 또한 그의 과거 이력을 전하는 대목에서 진형식을 "구한국시대에 칠팔년 동안 청년검사로 사람깨나 죽여 보았고 그 유명한 ××사건 때에도 제딴은 민활한 수완을 발휘하였다 하여 지금도 조선 사람 가운데에는 이를 갈아붙이는 사람이 적잖은 위인"[13]이라고 평가하면서, 그가 사회적으로 파렴치한 인물임을 강조하고 있다. 그러나 이 작품은 비단 진형식이라는 악덕 변호사의 비리를 고발하는 선에서 머물지 않는다. 여기에서 한 걸음 더 나아가, 이 작품은 진형식과 같은 악덕 변호사를 주축으로 하여 친일 기득권 세력들이 서로의 이익을 위해 결탁하는 현실을 고발하는 것을 또 하나의 주제로 삼고 있다. 이 점은 진형식의 압력으로 해당 사건을 사실대로 보도하지 못하게 된 신문기자 신영복의 아래와 같은 발언에서 단적으로 확인된다.

> "그까진 진형식이라는 놈이 누구요? 한국시대에는 ××사건에 매국검사라고 패차고 나섰던 놈이요 합방후에는 고리대금업 변호사로 세상이 다 아는 일인데 그래 그놈을 신사라고 가만 내버려둔단 말이요? 신사벌紳士閥끼리는 이해유착이 같으니까 옹호도 하겠지만 나는 신문기자의 직책으로 어느 때든지 써놓고야 말테요. 권고사직을 당하기 전에 사직청원서를 간부에게 제출하고서라도 쓰고

13 《동아일보》, 1925년 12월 3일, 제47회분.

야 말 것이요. 신사라는 가면을 쓰고 인육장사를 하거나 음악가라는 간판 뒤에 숨어서 밀매음을 하거나 유망한 청년을 유인해서 타락을 시켜도 신문은 신사벌의 옹호만 하고 앉았으면 고만이란 말이요?"[14]

신영복의 이러한 비난은 훗날 이근영의 결혼식장에서 효범에 의해 다시 한 번 되풀이된다. 죽으면서까지 매형인 진형식 일당의 비리를 고발하고자 했던 효범의 행동 또한 이와 같은 맥락에서 이해될 수 있는데, 이 소설이 윤리적으로 "타락한 식민지사회의 인간들에 대한 도덕적 고발의 요소가 짙은 일종의 의협소설"[15]로 평가받고 있는 것도 바로 이런 점 때문이라 할 수 있다.[16] 또한 문면에 분명히 드러나 있지는 않지만, 이 소설에서 친일 악덕 변호사 진형식과 맞서는 주인공 효범이 경성제국대학의 예과생으로 설정되어 있는 것 역시 식민지 치하에서 진정으로 있어야 할 법조인상에 대한 작가 나름의 전망과 연결되어 있는 것으로 보인다.

「진주는 주었으나」가 진형식이라는 파렴치한 변호사의 악행을 그리고 있는 데 반해, 그보다 2년 뒤에 발표된 『사랑과 죄』[17]는 그와는 정반대로 일제에 맞서 저항운동에 헌신하는 투쟁적인 변호사를 그리고 있다. 김호연이라는 변호사가 바로 그 인물이다. 소설에서 그는 함경도 출신의 "상놈"으로, 동경제국대학의 독일법률과를 졸업한 법학사로서, 현재 동경 지방재판소와 경성 지방법원에 등록하여 활동하고 있는 변호사로 소개되어 있다. 그는 독어, 영어, 일어는 물론이고 졸업 후에는 2년 동안이나 중국

14 《동아일보》, 1925년 12월 15일, 제58회분.

15 이보영, 『난세의 문학』, 예림기획, 2001, 208쪽.

16 작품이 연재되던 즈음인 《동아일보》 1925년 8월 22일부터 24일 자 지면에는 변호사가 연루되었다는 소식이 강조된 채로 〈탕자철재사건진상〉이 상세하게 보도되어 있다. 비단 이뿐만이 아니라 「진주」가 연재되던 당시의 지면을 살펴보면 변호사가 연루된 수뢰사건 보도가 심심치 않게 나오는데, 이로 미루어볼 때 당시 변호사들의 수뢰사건은 매우 보편적이었던 것으로 보인다.

17 작품은 민음사판 『염상섭전집』 제2권을 저본으로 하며, 본문 인용 시 쪽수만 밝힌다.

에 가서 있었던 관계로 중국어에도 능통한 유능한 인물로 묘사되고 있으며, 기미년 만세사건 뒤 상해에서 돌아와 수진궁 안 남의 집 사랑채를 사글세로 빌려 변호사 사무실을 열고 변호사로 활동하고 있는 것으로 그려진다. 그는 기미년 만세사건으로 서울과 평양에서 대대적 운동을 도모하다가 체포되어 평양감옥에서 3년여를 복역한 후 상해로 망명한 "여자 ××단 단장" 한희의 무료변론을 맡았었는데, 한희가 출옥 후 종적을 감추어버리자 일제 당국으로부터 조사를 받고 경찰당국으로부터도 계속 감시를 받게 된다. 그리하여 그는 그들의 눈을 피하기 위해 세브란스병원에 위장입원을 한다.

이 작품에는 친일파 부호인 류택수의 아들 류진과 일본으로부터 자작 작위를 받은 화가 이해춘, 그리고 간호사 순영과 기생 운선 및 이해춘의 누이이자 류진의 아내인 해정 등이 등장하는데, 김호연은 류진 및 이해춘의 친구로서 이들 사이의 애정갈등이라든가 민족적 정체성으로 인한 고뇌에 조언을 하고, 나아가서는 그들과 함께 류진의 부친인 류택수와 정마리아 및 순영의 오라비인 지덕진 등이 꾸미는 계략과 암투에 맞서 싸우는 구심점 역할을 한다. 하지만 그의 본연의 임무는 "△△△△내국본부총지휘"(288쪽)로서 조선에 잠입하여 거사를 도모하는 세력을 지원하고, 또 그런 저항적 인물들을 상해 같은 곳으로 보내는 것이다. 이런 김호연의 역할은 이해춘을 통해 최진국이라는 인물에게 자금을 마련해주는 사건을 통해 그려지는데, 그것은 "각 지방에 수해가 격심한 기회를 타서 인심을 소동시키려는 목적"(339쪽)하에 기획된 것으로서 이른바 '평양사건'으로 불린다. 김호연은 최진국의 자금모금에 관련되어 류진과 순영 등과 함께 평양경찰서에 연행되지만 운 좋게 풀려난다. 그리하여 김호연은 그 사건이 예심결정이 되고 공판이 열리게 되자 다시 평양으로 가 친구인 변호사 R와 함께 공판에 출석하는데, 공교롭게도 공판정에서 최진국이 소지하고 있던 붓 속에서 앞서 말한 '내국본부총지휘' 인증서가 발견되는 바람에 다시금 평양경찰서에 잡혀 들어가게 된다.

김호연은 일본인 아나키스트들 및 공산주의들과도 교섭을 하고 있을 뿐만 아니라, 어느 정도 사회주의 사상에 공명하고 있다. 이 점은 친구들과의 대화에서 그가 하는 다음과 같은 발언에서 확인할 수가 있다.

> "…… 하여간 우리의 처지로서는 난숙퇴폐爛熟頹廢한 신구대륙新舊大陸의 문명에서 배홀 것은 다만 하나 기계공업機械工業뿐이라고 생각하네. 금후의 세계와 인류는 유물주의唯物主義의 반동으로 유심주의唯心主義 사상이 왕성하여 지리라고도 생각하네만은 나의 이상으로 말하면 물질과 정신이 융합한 소위 제삼제국第三帝國이 정말 출현되어야 할 줄 아네. 하고 보면 물질주의적 방면은 서구문명에서 구하는 동시에 정신주의적 방면은 동양문명에 토대를 잡게 되겠지마는 일면에 있어서는 〈인류의 새 시험〉에서도 무슨 새로운 발견이 있을 줄 아네. 이러한 점으로 보아서도 우리는 위선 한 번 신흥 로서아의 실제를 가 볼 필요가 확실히 있다고 생각하네 ……" (59쪽)

김호연이 일본의 아나키스트들 및 공산주의자들과도 교섭을 갖고 있었다는 것을 보여주는 장면에서 서술자는 "사실상 이때쯤은 공산주의와 무정부주의 사이에 확연한 분계선分界線이 잇지못하얏다. …(중략)… 그뿐만 아니라 사회운동자의 대부분은 그러한 구별은 장래에는 잇슬 일이나 위선은 '반항'이라는 일점에서 지기상통하는 것에 만족하야 청탁을 가리지 안는 형편이엇다."(209~210쪽)라고 설명하고 있다. 훗날 염상섭 본인의 회상[18]까지를 고려하면 이런 분위기는 당시의 일반적인 정황이었던 것으로

18 「삼대」를 회상하는 대목에서 염상섭은 다음과 같이 말한 바 있다. "작품을 떠나서 실제로 보더라도 이것(그 소위 심퍼사이저라고 하는, 좌익에의 동조자 혹은 동정자)이 3·1운동 후 한 귀퉁이에 나타난 시대상이자, 동시대 인텔리층의 일부가 가졌던 사상적 경향이었으며, 어떠

이해되는데, 그런 점에서 보면 김호연은 1920년대 중반 식민지 조선의 지식인들의 성향을 특징짓는 '심퍼사이저'를 대변한다고 할 수 있다. 왜냐하면 변호사란 인물은 어떤 의미에서는, 무법이 횡행하는 식민지 현실에서 자신들의 법률지식을 이용하여 동포들을 법적 존재로서 변호하는 '동정적 인물sympathetic character'로 볼 수 있기 때문이다. 물론 김호연의 변호사로서의 면모가 본격적으로 그려지지 않은 것은, 염상섭이 변호사라는 인물을 식민지의 정치현실을 그려내는 데 있어서 아주 전형적인 인물로 인식하고 있었을 가능성도 알려준다.

이런 점을 고려하면, 작품에서 김호연의 변호사로서의 활동이 구체적으로 그려지기보다 서술자에 의해 일방적으로 전달되고 있는 것은 다소 아쉽게 생각된다. 한희에 대한 변론 건에도 그랬지만, 작품의 마지막 장인 〈평양공판〉 장에서 그가 피고인들을 면회하고 그들의 공술서를 연구하고 차입을 넣어주는 활동도 요약적으로 서술되고 있으며, 정작 공판정 장면에서도 그는 재판장과 배석판사에 가려 최소화되고 있기 때문이다. 물론 이것은 김호연 자신이 평양사건과 연루된 핵심인물로서 조만간 체포될 위기에 있었기 때문에 어쩔 수 없었던 것으로 이해될 수도 있다. 하지만 일제하 많은 정치적 사건과 사상 관계 사건의 공판이 대부분 비공개로 개최되었던 사실을 감안하면, 염상섭이 한국 근대소설에서 보기 드물게 저항적 독립운동가로서의 변호사 인물을 그려내고, 또 그것을 계기로 일제의 정치적 사건의 재판정을 그리려고 시도했다는 것 자체는 일정한 성취를 거둔 것으로 평가될 만하다고 생각한다.

염상섭이 『사랑과 죄』에서 그려낸 변호사 김호연은 전작 「진주는 주었으나」에서 파렴치한 변호사인 진형식과 맞섰던 경성제국대학 예과생 김

한 그룹에 있어서는, 대중을 끌고 나가는 지도이념으로 생각하였던 것이다." 염상섭, 「횡보문단회상기(2)」, 《사상계》, 1962년 12월호, 260쪽.

효범의 연장선상에 놓여 있는 인물이다. 그러니까 염상섭은 어떤 의미에서는 식민지 조선에서 가장 문제적인 인물군인 변호사의 대극적인 두 모습을 형상화한 셈인데, 이런 대극적인 변호사상은 당시 변호사들의 행태와 긴밀히 조응하는 것이다. 그런 의미에서 『사랑과 죄』는 식민지 조선에서 신념을 가지고 조국독립에 헌신했던 소수의 변호사들에 대한 헌사라고 할 수 있으며, 동시에 식민지 조선의 법조인상에 대한 작가 나름의 전망을 보여주는 작품이라고 할 수 있다.

3. 이야기-공간으로서의 법정의 발견

근대적 사법제도에 의해 규율되는 1920년대의 현실을 담아냄에 있어서 근대소설이 포착한 또 하나의 의미 있는 창은 죄의 유무를 심리하고 그에 합당한 사법적 처벌이 내려지는 법정이라는 공간이다. 여기서 법정 장면이라고 하는 것은 민사와 형사를 막론하고 실제 재판정에서 검사와 피고인 측 변호인이 증인이나 참고인, 그리고 피고인을 대상으로 하여 벌이는 공판의 과정과 그 외 재판과 관련된 장면들을 모두 일컫는다. 판사나 배심원을 앞에 두고 고소인 측과 피고소인 측이 벌이는 진실공방은 그것 자체로 강력한 이야기로서의 힘을 지니고 있다. 즉, 법정에서 이루어지는 진실공방 장면은 독자들로 하여금 본인이 판사나 배심원이 되어 양측의 목소리에 귀를 기울이고 스스로 진실을 판단하도록 독려하는 이야기 전개의 힘을 자체 내에 간직하고 있는 것이다.

그런 의미에서 법정은 소설의 중핵사건kernel이 벌어지는 중요한 이야기-공간이라고 할 수 있다. 법정에서 다루어지는 사건들은 대부분 법이 정한바 사회적 정의 및 인간의 권리와 의무에 대한 규정을 문제 삼는 사건들로서 많은 문학작품에서 그려진 바 있으며, 오늘날에도 이른바 법정영화juriscinema를 통해 꾸준히 그려지고 있다. 법정영화의 법리공방 또한 새로운 인간이해의 가능성을 타진하고 가능세계를 탐구하는 소설 본연의 책무와 상통하기 때문이다. 개인과 공권력이 첨예하게 대립하는 장면의 소설화가, 변호사의 형상화와 마찬가지로 작가의 법의식 내지는 사회적 정의에 대한 입장을 엿볼 수 있는 창이 되어주는 것은 바로 이 때문이다.

이런 시각에서 우리 소설을 검토할 때도 역시 문제적으로 떠오르는 것은 이광수의 일련의 작품들이다. 근대적인 인물로서의 변호사를 처음으로 형상화한 작가가 이광수라는 것은 이미 살펴본 그대로이지만, 동시에 이야기-공간으로서의 법정 장면을 가장 활발하게 소설화한 작가 역시 이광수이기 때문이다. 그의 작품 가운데 법정 장면이 등장하는 작품으로는 『재생』과 「삼봉이네 집」, 『애욕의 피안』 등이 대표적이다. 이는 이광수가 재판 장면에 대해 아주 강한 관심을 가졌었다는 것을 알려주는데, 이 작품들을 검토하기 전에 『개척자』를 다시 한 번 살펴보는 것이 논의에 도움이 된다. 주인공 성재가 여동생 성순의 의사도 묻지 않은 채 그녀를 변과 결혼시키려 하는 장면에서, 서술자는 그로부터 예견되는 남매간의 갈등을 다음과 같이 비유적으로 설명하고 있다.

> 이제 萬一 母親과 性哉는 性淳을 卞에게 許諾하고, 性淳은 自己를 閔에게 許諾하였다 하면, 이에 性淳의 所有權 問題에 關하여 大訴訟이 일어날 것이다. 性淳은 母親과 오빠의 것이냐, 또는 性淳 自身의 것이냐 하는 것이 그 爭點이 될지니, 法廷의 左右에 늘어앉은 辯護士 諸氏와 傍聽人 諸氏는 應當 各各 自己의 意見을 따라서 或左或右 할 것이다. 그러나 裁判長이 만일 因襲의 法典을 準據한다 하면 성순측에서는 期必코 忌避를 申請하거나 上告할 것이라. 다만 興味를 減殺하는 것은 이 事件의 原被兩方이 各各 自己便에 對한 確固한 信念이 업슴이니 性哉도 性淳은 確實히 長兄되고 戶主되는 自己의 所有物이라 하는 判斷이

잇는 것이 아니오 성순도 나는 오즉 내 所有物이라 하는 判斷이 分明치 못한 것이라. 그럼으로 이 事件은 分明치 못한 爭點을 가지고 感情과 因襲과 方便과 固執과 臨時臨時의 斷片的 생각을 가지고 進行할 것이다. (『개척자』, 115쪽)

배우자를 선택할 권리가 가장에게 있는지 아니면 결혼 당사자에게 있는지를 문제 삼는 위의 대목은 조혼과 같은 조선의 관습과 자유연애의 이념을 대립시킨 이광수 초기의 문제의식과도 상통한다. 그런데 문제는 그가 그런 갈등을 가상의 재판 형식을 빌려 설명하고 있다는 점인데, 서술도 '소유권', '대소송', '법정', '변호사', '방청인', '재판장', '법전', '기피', '신청', '상고' 등의 어휘를 사용함으로써 실제 법률이야기와 방불하다. 소설의 갈등양상을 일종의 소송처럼 설명하고 있는 이런 서술은 근대적 재판 형식에 대한 이광수의 관심이 어느 정도였는지를 보여주는 것으로서 주목할 만하다.[19] 그러니까 초기부터 이광수는 법정 장면을 갈등해결의 장으로 상상하는 발상법을 보이고 있는 셈인데, 이후의 소설에 재판 장면이 자주 등장하는 것은 바로 이런 맥락에서 이해할 수 있다. 이제 그 구체적인 예들을 살펴보기로 하자.

그 첫 번째 예는 『재생』이다. 이 작품은 사회의식이 있는 청년 신봉구와 김순영이라는 여인의 사랑이 파탄을 맞는 과정을 그리고 있다. 주인공 봉구는 만세운동으로 감옥에 들어갔다가 2년 8개월의 형기를 마치고 출소한 인물로, 만세운동에 가담했을 때 알고 지냈던 김순흥의 여동생 순영을 사랑한다. 하지만 이미 부호 백윤희에게 겁탈당한 순영은 속죄하는 심정

19 『개척자』에서 서술자의 이런 이념적 전망은 기왕의 논의에서 주목받지 못했다. 이 측면에 주목한 이행미는 이런 서술태도를 "혼인과 관련하여 여전히 관습이 법원法源이 되고 있는 당대 현실에 대한 작가적 대응"으로 해석한 바 있다. 이행미, 「한국 근대문학과 '가족법'적 현실 연구-1920~1940년대 전반기 문학을 중심으로」, 서울대학교 대학원 박사학위논문, 2017, 91~92쪽 참조.

에서 봉구와 함께 석왕사에 여행을 가서 관계를 맺지만, 곧 백윤희와 결혼하겠다는 뜻을 전함으로써 봉구의 사랑을 저버린다. 순영의 배신에 분노한 봉구는 김영진이라는 가명으로 정체를 숨기고 인천의 김金미두 취인중매점에 사환 겸 점원으로 취직하고, 그곳에서 남다른 능력을 인정받는다. 그러나 얼마 후 그는 공교롭게도 이제는 백윤희의 부인이 된 순영을 만나게 되는데, 두 사람이 비밀리에 만나는 바로 그 시각에 미두점의 주인 김연오가 군자금을 마련하려는 아들 경훈에 의해 살해되는 사건이 일어나고, 봉구는 살인용의자로 몰려 경찰에 체포된다.

작품은 이후 법정으로 무대를 옮겨 봉구의 재판과정을 상세하게 서술한다. 여기에는 봉구를 포함한 여러 관련자에 대한 심문과정이 포함되는데, 그중에서 가장 극적인 장면은 심리 내내 줄곧 침묵으로 응함으로써 사형을 구형받는 봉구의 행동과, 순영이 자신의 지위를 내던지고 봉구를 위해 증언을 하는 대목이다. 그 대목은 아래와 같다.

> 순영이가 자청 증인으로 법정에 나설 때에 사람들은 모두 놀랐다. 봉구와 경주가 놀란 것도 물론이다.
>
> …(중략)…
>
> "또 그날은 바로 이 범죄가 일어나던 날입니다. 팔월 삼십 일일 밤 아홉시에 내가 그이 여관을 찾아 갔다가 열시 반이 넘어서 거기서 나왔습니다."
>
> 순영의 이 말은 청천에 벽력과 같이 법관은 물론이요, 방청인까지도 놀라게 했다.
>
> …(중략)…
>
> "또 피고 신봉구가 돈을 탐하여 경주를 유혹하고 또 경주의 부친을 살해까지도 하였다 하지마는 내가 바로 그날 밤에 갔을 때에 그이더러 내가 돈 삼십만원을 변통해 놀 것이니 같이 도망하자고 말할 때에 그이는 픽 웃고 물리쳤습니다. 그런 사람이 돈을 위해서 사람의 목숨을 살해하리라고는 전혀 믿어지지 아니합

니다. 나는 오늘 이 증언을 함으로써 나의 명예를 다 잃어버리고 또 남편에게서 는 어떠한 처치를 받을는지도 모릅니다-그렇지만 나는 차마 옳은 사람이 옳지 아니한 죄명을 쓰는 것을 볼 수가 없고 또 그렇게 높은 인격자로서 이러한 경우를 당하게 하는 것이 내 책임인 듯도 해서 자청해서 증인으로 나선 것입니다. 재판장께서나 검사께서 밝히 생각하시기를 바랍니다."

말이 끝나자 극도로 흥분하였던 순영은 현기가 나는지 비칠비칠한다.[20]

처음에 봉구는 자신은 아무 죄가 없다고 하는 당당함과 순영으로부터 배신당한 허탈함으로 인해 자신을 적극적으로 변호하지 않은 채 침묵을 지켜왔다. 그러나 순영의 위와 같은 증언 직후에는 감옥에서 자신의 삶을 뒤돌아보는 것은 물론 그동안 자신이 순영에 대해 품어왔던 모든 증오를 잊고 인류애에 눈뜬다. 봉구의 이런 변화는 그것대로 매우 중요한 대목이긴 하다. 그러나 그 모든 것에도 불구하고 이 작품에서 가장 중요한 것은 작품 초반에서부터 줄곧 악녀로 그려져 왔던 순영이, 자신의 증언으로 인해 봉구와의 관계가 세상에 알려지고 그로 인해 남편 백윤희로부터 내쳐질지도 모르는 위험을 무릅쓰고 봉구를 위해 증언을 했다는 사실이다. 그리고 그 동기는 재판과정에서 봉구가 보인 침묵과 봉구에 대한 사랑으로 자신이 죄를 뒤집어쓰고자 하는 경주의 증언으로 인해 그녀의 양심이 눈을 뜬 것이었다. 그 대목은 다음과 같이 서술되어 있다.

순영은 경주가 사랑하는 이를 위하여 그 사랑할 이와 자기에게 해가 될 줄도 모르고 짓지도 아니한 죄를 자기가 지었노라고 뒤집어쓰는 그 큰 사랑에 경주의 속에 숨어 있던—그 어리석어 보이고 얌전치도 못해 보이는 속에 숨어 있던 거룩한 빛을 보았다. 그리고 그 앞에 고개가 수그러졌다. (192쪽)

---

20 이광수, 『이광수전집』 제2권, 삼중당, 1962, 196~199쪽.

물론 작품에서 봉구가 풀려나게 된 직접적인 계기는 아버지를 죽인 경훈이 체포되어 진실을 자백했기 때문이다. 그러나 순영의 증언이 그에 못지않은 역할을 담당했음은 두말할 나위도 없다. 백윤희의 재산이 보장하는 안락과 개인적 육욕의 유혹을 참지 못해 봉구의 사랑을 저버리고 그로 인해 친오빠와 학교로부터도 내쳐졌던 순영은, 결국 봉구의 재판과정을 겪으면서 자기 본래의 모습으로 새롭게 태어날 계기를 마련한다. 그리고 끝내는 백윤희로부터 쫓겨나 눈먼 어린 딸과 함께 금강산 구룡연에 몸을 던진다. 하지만 그녀의 죽음은 그녀의 주체적 재생의 결과일 뿐만 아니라, 자신은 물론 민족공동체의 운명에 대해서마저 냉담했던 봉구로 하여금 새롭게 태어나게 했다는 점에서 의미 있는 행동이었다고 할 수 있다. 그리고 그녀가 그런 의미 있는 삶의 전환을 할 수 있었던 계기는 명백히 봉구의 재판 때 그녀가 겪은 양심의 가책이었다.

이광수의 작품 가운데 살인 사건과 관련된 법정의 심리 장면이 중요하게 등장하는 또 다른 작품으로 『애욕의 피안』이 있다. 이 작품의 주인공은 설은주라는 스물다섯 살 청년이다. 그는 독립운동에 관계하던 부친이 총을 맞아 죽고 자신을 뒷바라지하던 모친마저 죽게 되자, 생전에 부친의 도움을 받았던 김 장로 가게의 사환으로 들어가 야학으로 상업학교를 마치면서 점원으로 근무한다. 은주는 김 장로의 딸 혜련을 사모하여 사랑을 고백하지만 일언지하에 거절당한다. 한편 김 장로 집에는 문임이라는 여자가 혜련과 단짝이 되어 얹혀살고 있는데, 문임은 어느 날 밤 김 장로가 자신을 겁탈하려고 하자 그 길로 은주가 기거하고 있는 가게로 달아난다. 그 자리에서 문임은 은주에게 자신의 사랑을 고백하고 그를 유혹해 관계를 가진 후 결혼하기로 약속한다. 그러나 문임은 김 장로의 유혹을 뿌리치지 못하고 김 장로에게 몸을 허락한 후, 혜련의 충고대로 은주를 찾아가 사과를 하며 자신이 김 장로와 결혼하게 되었다고 고백한다. 그러자 은주는 그

길로 문임을 청량리 바깥의 숲으로 끌고 가 칼로 찔러 죽이고, 김 장로를 찾아가 사실을 밝히고 자수를 한다.

심문과정에서 은주는 자신이 문임을 죽인 것을 당당하게 인정하는데, 그의 발언과 김 장로의 증언에 관한 대목은 아래와 같이 서술되어 있다.

"나는 이 계집을 죽여서 세상에 두 마음 품는 수많은 여자를 징계함이 옳은 일이라고 믿었소. 돈 있는 사내를 따라서 가난한 애인을 박차는, 영혼을 팔아먹는 여자들을 징계하는 것이 옳다고 믿었고 나와 같이 남자로의 면목을 짓밟히고 모든 희망을 잃어버린 남자의 가엾은 말씀을, 불의와 무신의 결과가 무엇인가를 세상에 보이기에 희생하는 것이 내게 남은 유일한 가치 있는 일이라고 믿었소. …… 나는 사람을 죽였으니 사형을 받는 것이 적당하다고 믿기 때문에 변호도 청하지 아니하고 또 어떤 판결이 내리든지 공소도 아니하고 복죄하는 것이 옳다고 믿소."

이렇게 서슴지 않고 말하였다.

법정에 증인으로 불린 김장로는 은주에게 불리한 증언을 하였다. 김장로는 자못 흥분한 태도로 은주가 본래 은혜를 모르고 성질이 순직하지 못하다는 것과, 혜련을 오래 두고 유혹하다가 혜련이가 말을 아니 들으매 문임을 유혹하려 하였다는 말과, 문임은 결코 은주에게 마음이나 몸을 허한 일이 없는 것을 확신한다는 말과, 문임의 혼인날이 임박하매 문임을 꼬여내어서 정교를 강박하다가 문임이가 끝끝내 굳게 거절하매 필경 이러한 참혹한 일을 한 것임을 믿노라고 이러한 증언을 하였다.

방청석에 앉았던 혜련은 그 아버지의 이 증언을 들을 때에 기절할 듯이 괴로웠다.

"아버지, 왜 그런 거짓말을 하시오? 왜 죽을 은주에게 애매한 누명을 씌우시오?"

이렇게 소리라도 지르고 싶었다.

재판장이 김장로의 증언이 끝난 뒤에 피고를 보고 할 말이 없느냐고, 은근히

변명할 기회를 주었으나 은주는 잠자코 있었다.[21]

위와 같은 법정 장면을 담고 있는 『애욕의 피안』은 여러 면에서 『재생』과 닮아 있다. 하나는 살인을 저지른 은주와 살인 누명을 쓴 봉구가 자신의 행위에 대해 당당하다는 점이다. 위 인용대목에서 보이는 것처럼, 은주는 자신에게 불리한 김 장로의 증언에 대해 재판장이 변명의 기회를 주어도 『재생』의 봉구와 마찬가지로 침묵을 지킨다. 또한 이들의 침묵이 관련 당사자들의 양심을 일깨운다는 점에서도 두 작품은 유사한데, 아버지인 김 장로에 대한 혜련의 안타까운 감정이 그 단서가 된다. 혜련은 자신이 은주를 위해 할 수 있는 행동이 별로 없다는 것을 알고는, 마지막으로 아버지의 마음을 돌리기 위해 자살을 결심한다. 그래서 아버지와 오빠에게 편지를 쓰고 어머니의 묘 옆에서 스스로 목숨을 끊는데, 이런 혜련의 마지막 행동은 결국 소기의 목적을 달성한다. 딸의 죽음으로 인해 김 장로는 결국 양심의 눈을 뜨게 되는 것이다. 그리하여 딸의 장례식날 사람들 앞에 모습을 드러내어 아래와 같이 말한다.

자식 죽은 슬픔을 잊고자 취한 것이 아니라 깨어나는 양심이 무서워서 그 양심을 마취하려고 술을 먹은 것입니다. 일생에 지은 죄가 모두 소리를 지르고 다닥쳐 오는 죄의 값이 무시무시한 것을 잠시라도 아니 듣고 아니 볼 양으로 술을 먹고 취했습니다. 그러나 이놈에게는 마침내 심판날이 왔습니다. 날치는 양심을 술로도 외식으로도 억제할 수가 없이 되었습니다. 지금 제 오래비의 하는 말을 듣고 제가 생전에 늘 좋아 부르고 나도 듣기 좋아하던 〈하늘 가는 밝은 길〉을 들을 때에 죄에 눌렸던 내 영혼은 일어나고 말았습니다. 그래서 감히 낯을 들고 여러분 앞에 나와 선 것입니다. 혜련의 관 옆에서, 여러분 앞에서 죄 중에도 가

21 이광수, 『이광수전집』 제8권, 삼중당, 1962, 372쪽.

장 큰 몇 가지를 자복하는 것이 이놈에게 남겨진 오직 한 가지 옳은 일인가 합니다. (410~411쪽)

딸 혜련의 죽음으로 인해 그동안 외면했던 내면의 양심에 눈을 뜨고 자신의 과오를 인정하게 된 김 장로는, 은주의 애매한 누명을 벗기고 될 수 있는 대로 그 죄를 가볍게 해주기 위해 검사국에 자수하겠다고 말한다. 혜련이 죽음으로써 아비에게 옳은 길을 권면하는 바람에 장로로서의 명예와 부를 내던지고 은주의 정상참작에 나서겠다고 하는 김 장로의 이런 행동은, 『재생』에서 순영이 자신이 가진 모든 것을 잃을 것을 감수하고 봉구를 위해 증언에 나서는 것과 궤를 같이한다.

이광수가 『군상』 연작의 한 편으로 발표한 「삼봉이네 집」(《동아일보》, 1930년 11월 29일~1931년 4월 24일)에도 법정 장면이 등장하고 또 연루된 인물의 심리적 변화가 나타나 있지만 그 양상은 앞서 살펴본 두 편과는 조금 다르다. 이 작품은 토지가 동양척식주식회사에 넘어가는 바람에 소작이 끊어진 삼봉이네가 조선을 떠나 서간도로 가서 정착하는 과정을 그리고 있는데, 조국을 떠날 수밖에 없는 정황을 그리는 전반부가 거의 삼봉의 투옥과 재판에 할애되어 있다. 가솔을 이끌고 서간도로 가려던 삼봉이네는 도중에 지주인 노 참사의 감언이설에 넘어가 잠시 그에게 몸을 의탁한다. 하지만 여색을 밝히는 노 참사가 어느 날 삼봉의 여동생 을순을 겁탈하려 하자 이를 본 삼봉이 노 참사를 폭행하는 사건이 발생한다. 이로 인해 삼봉은 경찰에 체포되어 취조를 받게 되는데, 그것은 노 참사가 삼봉이 여동생 을순을 자신의 방에 들여보내고는 칼로 자신을 위협하여 현금을 강탈했다고 거짓고발을 했기 때문이다. 그리하여 삼봉은 지방법원에서 6개월의 징역형을 언도받지만, 결국은 삼봉에게 우호적인 변호사 장재철의 도움으로 복심법원의 재심결정과 지방법원의 재심을 통해 강도죄에 대해서 무죄판결을 받게 된다.

그런데 복심법원과 지방법원의 결정이 저마다 삼봉의 운명에 결정적인 영향을 미치는 중핵적 사건임에도 불구하고 그 심리 장면들은 대부분 요약적으로 처리되어 있다. 재판과정이 장면화되어 있는 부분은 지방법원의 재심공판 정도인데, 이 부분도 을순이 이미 자신과 여러 차례 관계를 가졌다고 하는 노 참사의 거짓주장을 반박하기 위해서 장 변호사가 신청한 모 대학의 부인과婦人科 조교수가, 을순이 처녀임을 일방적으로 연설하듯이 증언하는 장면만 나와 있어 엄밀히 말해 장면화라고 말하기 어렵다.[22] 오히려 을순의 처녀성 검사라고 하는 삽화가 스스로 말해주듯이 이 작품은 재판 자체보다는 사건이 환기하는 스캔들적 성격이 더욱 강조되고 있고, 동시에 삼봉의 재판과정에서의 사법 관계자들의 무리한 기소와 맹목성이 크게 부각되고 있다. 즉, 지방법원의 일본인 야전野田 검사정檢事正은 증거도 없고 삼봉 역시 범행을 부인하는 상황에서 무리하게 기소를 결정하는데, 이에 대한 그의 생각과 조선인 검사의 입장은 다음과 같이 서술되어 있다.

> 그러나 야전 검사정은 피해자가 공직자요, 재산가라는 것과 김삼봉이가 가난하여 유리하는 지경에 있다는 것과 을순이가 미인이라는 것 등을 종합하여, 아무리 하여도 이 속에 무슨 범죄가 있을 것이라는 심증을 가지게 되고, 또 ××경찰서장은 경시인즉, 그의 보고에 대하여서도 상당한 경의를 표할 것 등을 고려하여, 이 사건을 검사국에서 끝을 내지 말고 예심에 붙여 버리는 것이 가하다고 주장하였다.
>
> 이 검사는 문제의 미인 김을순(을순은 ×× 지방법원과 ×× 형무소와 ××경

22 삼봉의 재판과정이 이처럼 축약되어 있는 것은 이광수의 직접적인 관심이 서간도에서의 삶에 있는 까닭에, 서간도로 떠나는 유이민들이 발생할 수밖에 없는 조건을 환기하는 선에서 서둘러 이야기를 봉합한 것이라고 생각된다.

찰서 직원간에 이때에는 벌써 에로틱한 이야깃거리가 되었던 것이다) 때문에 자기가 김삼봉의 불기소를 주장한다는 비웃음을 들을 것도 무서워서 야전 검사정의 주장대로 복종해 버리고 말았다. 만일 이 검사가 조선 사람이 아니요, 또 좀 성격이 굳건한 사람이더라면 얼마나 다투었을는지 모른다.[23]

위 인용문은 애초부터 기소될 성질의 것이 아닌 삼봉의 사건이 무리하게 예심에 넘겨지게 된 정황을 분명히 보여준다. 뿐만 아니라 서술자는 삼봉이 검사국에 압송된 지 14일 만에 예심에 넘겨졌으나 "치안유지법 위반, 제령 위반 등 사건 수로 이십여, 피고인 수로는 무려 이백여 명이나 되는 것을 다 심리하고 나서야 삼봉의 차례가 돌아올 모양"이라고 풍자적으로 말하는데, 이를 고려하면 이 작품이 일제의 "무정한 법제도에 대한 비판"을 겨냥하고 있다는 해석도 설득력이 있다.[24]

삼봉을 무고誣告한 노 참사가 자신의 죄를 실토한 것도 이런 무리한 법적 절차의 무용성을 강조한다. 삼봉을 모함한 노 참사는 재심법정에서 적잖은 번민을 하게 되고, 특히 자신의 증언을 거짓이라고 하면서 을순이 노 참사가 자신에게 저지른 폭력을 법정에서 진술할 때에는 정신적 착란까지 경험하는데, 그 모습을 서술자는 다음과 같이 적고 있다.

(을순이) 아주 소상하게 진술할 때에, 노기호는 가끔 고개를 숙이고 두 손을 마주 비틀었다. 비록 문변호사의 훈수를 받았다 하더라도 노기호는 바로 제 눈앞에서 아무 죄도 없는 을순이와 삼봉이가 그때의 정경을 말하는 것을 듣고 볼 때에는 그는 정신이 착란해짐을 금하지 못하였던 것이다.

노기호는 실상 김삼봉을 고발하였던 것을 많이 후회하였다. 삼봉이 때문에 을

23 이광수, 『이광수전집』 제2권, 삼중당, 1962, 452~453쪽.
24 정주아, 「공공의 적과 불편한 동반자 - 『군상』 연작을 통해 본 1930년대 춘원의 민족운동과 사회주의의 길항관계」, 《한국현대문학연구》 제40집, 2013년 8월, 333쪽.

> 순이를 놓치어 버리고, 또 삼봉의 손에 개망신을 한 분풀이로 삼봉이를 경찰에 잡아 보내기는 했지마는, 하루 이틀 지내며 생각하니, 노참사의 양심은 아프기를 시작했던 것이다. 노참사는 전에도 말한 바와 같이, 악독한 사람은 아니다. 그렇게 모지지도 못한 사람이다. 차라리 착하다고 할 만한 사람이다. 다만 사람이 물고 주책이 없어서, 고문 변호사인 문병호의 훈수를 막아 내지 못한 것이다. (458쪽)

삼봉의 사건은 을순에 대한 의대 교수의 증언이 결정적인 영향을 미친 만큼, 노 참사의 뒤늦은 자백은 그다지 중요하지 않은 것이다. 하지만 그가 법정의 심리과정에서 을순의 증언에 양심의 가책을 느끼게 되었다는 서술은, 앞서 살펴본 『재생』과 『애욕의 피안』의 악한 인물들이 재판과정에서 경험하는 양심의 가책과 크게 다르지 않다. 게다가 서술자가 나서서 노 참사가 천성적으로 착한 사람이며 오히려 그조차도 문병호와 같은 악덕 변호사의 희생양에 불과했다고 논평하고 있는 것을 보면, 이광수는 근대적 사법제도와 그 주변에 대해서는 부정적인 태도를 견지하면서, 동시에 인간의 선한 본성에 대해서는 굳건한 신뢰를 가졌던 것으로 보인다.

이처럼 이광수는 『재생』과 『애욕의 피안』, 「삼봉이네 집」 등의 작품에서 주인공이 연루된 형사사건을 풀어가는 과정에서 법원 안팎의 정황을 묘사하거나 법정의 심리 장면을 중핵적인 사건으로 취급하고 있다. 이는 그가 사건의 진실을 두고 원고와 피고의 증언이나 주장이 충돌하는 재판과정이 지닌 이야기의 힘을 분명하게 자각하고 있었다는 것을 알려준다. 하지만 이런 법정 장면의 소설화가 식민지 조선인들의 인권에 대한 탐구로 이어질 가능성이 있었음에도 불구하고 이광수는 그런 방향으로 이야기를 진행시키지 않는다. 즉, 이광수의 소설에서 법정은, 누명을 쓴 주인공들의 도덕적 정당성이 드러나거나, 주인공들을 모함하거나 진실을 외면한 관련 당사자들의 양심이 눈 뜨는 장으로서만 그려지고 있는 것이다. 법적 정의와 같은 것은 애초부터 문제가 되지 않으며, 오히려 문제가 되는 것은 개개인들의 양심이다. 『재생』의 순영이나 『애욕의 피안』의 혜련 및 김 장로, 「삼봉이네 집」의 노 참사의 경우에서 볼 수 있듯이, 이광수의 소설에서 법정은 눈앞의 이득이나 사적인 원한에 의해 잠시 양심을 저버린 인물들이 다시금 자기 내면의 목소리에 귀를 기울이게 되는 회심悔心의 장소로 기능한다. 이것은 법적 재판과 정의보다 인간 개개인의 양심이 우선하며 또 우월하다는 작가적 인식과도 연관되어 있는데, 이는 이광수가 1915년에 발표한 「공화국의 멸망」이라는 논설에서 확인된다. 그는 다음과 같이 말한다.

대개 법령은 소극적이라 이미 죄악을 범한 뒤에 이를 다스리는 능력이 있을 뿐이니 애초에 죄를 범치 못하게 하는 힘은 오즉 도덕적 감화에 있고 도덕적 감화는 교육과 민간 유덕인사의 존경에 잇는지라 혹 낡은 도덕이 이미 깨어지고 새 도덕이 서지 못함을 한탄하는 곳도 있으나 지금 우리 상태는 도덕이 깨어진 것이 아니라 도덕의 근원인 도의심이 어떤 원인으로 마비함이니 아마 동서고금에 문명국치고 오늘날 우리처럼 무도덕 상태에 있는 난민은 다시 찾아보기 어려우리로다.[25]

위 인용문에서 우리는 이광수가 법을 처방적 도구 정도로만 인식하여 법에 높은 가치를 부여하지 않았으며 오히려 인간 개개인의 도의심에 보다 높은 가치를 부여하고 있었음을 확인할 수 있다. 「삼봉이네 집」에서 보여주는 것처럼, 어떻게 보면 이광수의 이런 인식은 수사권과 재판권이 일본인에게만 배타적으로 부여되던 식민지 사법제도에 대한 불신과 비판과도 연관되어 있는 것인지도 모른다. 그러나 분명한 사실은, 그가 개인의 양심 내지는 사회 전체의 도덕의식을 정도 이상으로 중요시하고 또 그것을

25 이광수, 「공화국의 멸망」, 《학지광》 제5호, 1915년 3월, 10~11쪽.

법보다 우선시한 까닭에 법정 장면을 통한 근대적 인간의 조건과 환경에 대한 인식으로 나아가지 못했으며, 그로 인해 법정도 단순한 스캔들의 장소 정도로 축소되고 말았다는 점이다.

일제강점기 식민지의 법정은 조국의 독립을 위해 싸운 수많은 독립지사가 공개적으로 자신의 정당성을 설파할 수 있었던 공간이었다. 한기형이 《대한매일신보》의 공판기 연재기사에 관한 연구에서 적절히 정의했듯이, 그곳은 '공판기'라는 '법정서사'가 생산되었던 생산현장이고, 동시에 3·1운동의 공판 때는 "제국과 식민지인이 투쟁하는 복수의 주체 공간"[26] 이었던 것이다. 이런 점을 감안하면 초기 조선독립의 이념에 공명하여 독립선언서까지 썼던 이광수가 자신의 소설에서 식민지 법정의 의미를 이처럼 소재 차원으로만 축소하여 활용한 것은 무척 아쉬운 일이다. 그것은 사법 주권이 일제에 박탈당한 식민지 현실에 대한 암묵적 승인을 보여주는 하나의 증거라고도 할 수 있기 때문이다. 이광수는 법적 규범(일제의 통치)과 인간적 진실(식민지인의 현실) 사이에 근본적인 모순이 존재한다는 사실을 분명히 인식하고 있었으며, 그런 모순이 가장 첨예하게 드러나는 공간이 법정 공간이라는 사실도 알고 있었던 것으로 보인다. 하지만 그럼에도 불구하고 그는 식민지의 법정 공간이 식민지인들의 치열한 존재 증명의 투쟁공간이라는 점을 외면함으로써 식민지 현실에 대한 보다 근본적인 탐구의 기회를 스스로 저버리고 말았던 것이다.

---

26 한기형, 「3·1운동, '법정서사'의 탈환」, 박헌호, 류준필 편, 『1919년 3월 1일에 묻다』, 성균관대학교 출판부, 2009, 578~582쪽 참조. 3·1운동의 공판기사를 분석하는 글에서 한기형은 재판과정에 대한 묘사를 통해 법의 부당성을 공격하는 신문기사를 '법정서사'라 명명하고, 그것이 《대한매일신보》의 공판기사에서 확립되었다고 말한다. 《대한매일신보》의 공판기사를 《매일신보》의 그것과 대비하여 "반제국적 불온성이 내장된 서사형식"으로 보는 한기형의 논의는 식민지 법정 관련 기사(이야기)가 갖는 대항적 서사의 성격을 정확히 짚어내고 있다. 한기형이 '법률이야기'를 바꿔 말한 '법정서사'라는 용어는 나름대로 유의미하지만, 이 용어를 어떻게 정착시킬 것인지에 대해서는 좀 더 논의가 필요해 보인다.

4. 맺음말

살펴본 것처럼 1920년대를 전후하여 출현한 한국 근대소설들은 1907년 정미칠조약 이후 10여 년에 걸쳐 지속적으로 진행된 일제 주도의 근대사법제도의 정비와 일정한 상관관계를 맺고 있다. 삼심제도를 근간으로 한 근대적인 사법제도의 산물인 법정이 주요한 이야기-공간으로 등장한 것과, 근대적 사법제도의 한 축인 변호사라는 근대적인 인물이 문제적인 인물로 형상화된 것이 바로 그것이다. 『개척자』를 비롯해서 『재생』과 『애욕의 피안』, 「삼봉이네 집」과 같은 이광수의 소설과 「진주는 주었으나」와 『사랑과 죄』 같은 염상섭의 소설이 대표적인 작품들이다. 변호사-인물의 등장과 법정 공간의 장면화는 그 자체로 우리 소설의 근대성을 알려주는 하나의 지표라고도 할 수 있는데, 그렇다고 해서 그것의 소설적 수용에 의해 변화한 현실을 단순히 기계적으로 반영하고 있다는 것은 아니다. 그것은 오히려 근대의 일상적 삶은 근대적 사법제도의 권내에서 포착되고 탐구될 수밖에 없다는 작가적 자각의 반영이라고 보는 편이 옳을 것이다.

이광수와 염상섭이 모두 자신들의 소설 속에 변호사-인물과 법정 공간을 형상화했지만, 이광수는 법정이라는 공간을 소설적으로 더 적극적으로 활용했으며 염상섭은 변호사라는 인물의 창조에 더 관심을 기울였다. 『개척자』에서부터 법정의 심리 장면이 갖는 이야기적 힘을 자각한 이광수는, 이후의 작품들에서 여러 민형사사건의 공판 장면을 소설화함으로써 극적 효과를 높이고 법정이 현실 공간의 환유로서 역동적인 이야기의 장이 될 수 있다는 점을 입증해보였다. 하지만 그럼에도 불구하고 그는 법정을 연루된 인물들이 스스로의 양심과 도덕에 눈을 뜨게 되는 계기 정도로 축소함으로써 식민지의 법률적 주권이 일본 제국주의에 있다는 엄연한 사실을 외면하고 말았다. 앞의 한기형의 논의를 참조한다면, 이광수의 소설은 1920년대 초반《동아일보》가《대한매일신보》로부터 이어받은 저항적 공

판기사와 확연하게 구분되는 지점에 서 있는 것이다.[27]

이광수와 달리 염상섭은 법의 규범적인 세계와 관성상 여전히 전근대적 삶이 영위되는 일상을 매개하는 인물로서 변호사에 주목한다. 그리하여 그는 「진주는 주었으나」에서는 진형식과 같은 악덕변호사를 그리고, 『사랑과 죄』에서는 김호연과 같이 일본 제국주의에 맞서 싸우는 저항적 세력을 위해 변론하고 스스로도 민족적 저항의 길로 나서는 긍정적인 변호사를 그려낸다. 이런 대조적인 변호사상像은 그것 자체가 당대 사회가 요구하는 변호사상과 현실적인 변호사 사이의 괴리를 그대로 반영하는 것으로서, 당시 변호사라는 인물의 문제적 위상을 그대로 보여준다고 할 수 있다. 또한 『사랑과 죄』의 김호연은 식민지 치하 우리 소설이 그려낸 최고의 변호사라고 할 수 있는데, 일반적으로 염상섭의 소설이 식민지시대의 대표적인 정치소설로서 해석되는 것은 바로 이런 인물의 형상과 밀접하게 연관되어 있다.

이광수와 염상섭이 새로운 사법제도하의 법정이란 공간을 주요한 이야기-공간으로 그리고 또 변호사라는 인물을 적극적으로 그렸다는 사실은 소설의 근대성이란 측면에서 매우 중요하다. 그것은 한국 근대작가들이 그 출발에서부터 개인적 진실과 법적 정의 사이의 불일치를 감지했음을 보여주는 것으로서, 소설이 법과 관련하여 맺고 있는 대항 장르적 성격을 더 분명하게 이해하는 계기를 제공했을 것으로 판단되기 때문이다. 그런 의미에서 1920년대 이광수와 염상섭의 소설은 완성도와는 무관하게, 한국 근대소설이 식민지법(정확히는 제령)의 규범적 현실과 대척적인 곳에서 개진되었음을 보여주는 의미 있는 증거들이라고 말할 수 있는 것이다.

---

27 한기형은 3·1운동을 보도한《동아일보》의 공판기사가《대한매일신보》가 마련한 저항적 법정서사를 이어받은 것으로 보고 있다. 한기형, 앞의 글, 583~585쪽 참조.

제4장
일제의 문학작품 검열의 실제
압수소설 세 편을 중심으로

1. 식민지시대와 검열

식민지시대 한국문학 연구에서 일제의 검열이 관건의 하나라는 사실은 비교적 일찍부터 인식되었다. 이명재는 "초창기문단의 발표 수단을 거의 전담해 왔던 문화적 매체인 당시의 신문이나 잡지 및 기타 단행본에 대한 악명 높은 검열의 양태를 살피고 이들이 당시의 작가나 작품 형성 내지 우리 문학에 끼친 영향을 검토해 봄은 식민지 시대의 문학 연구에 필요한 과제"[1]라는 것을 분명히 했으며, 이재선은 염상섭의 「만세전」의 개작과정을 검토하면서 일제의 검열로 인한 삭제의 실상을 실증적으로 보여준 바 있다.[2] 하지만 본격적인 현대문학 연구를 위한 토대로서 개별 작가론과 작품

1 이명재, 「일제의 검열이 신문학에 끼친 영향」, 《어문연구》 제7·8합집, 1975, 253쪽.
2 이재선, 「일제의 검열과 「만세전」의 개작－식민지시대 문학 해석의 문제」, 권영민 편, 『염상섭 문학연구』, 민음사, 1987, 280~296쪽 참조. 이 글은 1979년 11월 《문학사상》에 발표되었다.

론 및 문학사적 계보의 정리가 일차적으로 요청되었던 1970년대의 현실에서, 일제의 검열의 실상을 파악하는 일은 연구인력의 부족과 자료구득의 어려움 같은 문제로 인해 본격적으로 이루어지지 못했다.

식민지시대 문학의 근본적 조건이었던 검열의 문제가 다시금 현대문학의 연구과제로 떠오른 것은 2000년대 들어서인데, 그것은 식민지시대 문학작품의 폭넓은 발굴과 복원 위에서 한국 현대문학의 역사적 전개가 명료해지고 시학적 차원에서 한국문학의 일반문학적 성격이 충분히 규명된 연구사적 환경의 변화와 긴밀히 연관되어 있다. 이른바 근대성과 탈식민주의에 대한 관심에서 드러나듯이, 문학연구가 전과 같은 좁은 의미에서의 '문학'이 아니라 우리의 삶을 지배하고 규정하는 문화적 행위의 일환으로서의 문학을 연구하는 문화연구의 일환이라는 인식 속에서 식민지 검열의 문제가 새롭게 제기된 것이다.[3]

그 대표적인 연구자로 한만수를 들 수 있는데, 그는 문학연구의 대전제가 되는 원본을 확정함에 있어서 식민지시대에 검열로 인해 복자伏字 처리된 작품의 복원이 필요하며, 또한 작가들이 검열을 피하기 위해 취했던 다양한 "우회의 기법"이 고려되어야 한다고 주장한다.[4] 그리고 뒤이은 연구에서 복자 처리된 부분도 텍스트의 전체 맥락을 고려해 복원이 가능토록 한 작가들의 고심의 흔적을 추적하는가 하면, 강경애의 「소금」, 염상섭의 「만세전」, 이태준의 「패강냉」과 같은 작품을 대상으로 '나눠쓰기'라든가 고전의 인유引喩 등 작가들이 검열을 피하기 위해서 동원한 다양한 서사적

3 2000년대 들어 본격화된 검열연구의 성과로는 소모임 '검열연구회'가 펴낸 『식민지 검열, 제도 · 텍스트 · 실천』(소명출판사, 2011)이라는 단행본을 들 수 있다. 이 책에는 식민지 조선의 검열 정책과 제도를 다양한 각도에서 분석한 글과 영화와 연극, 미술 장르에 대한 검열의 실상을 다룬 글들도 포함되어 있다. 뿐만 아니라 제국 일본의 검열정책 및 대만에서의 검열의 실상에 대한 고찰을 행한 글들도 포함되어 있어 검열이라는 주제가 제국과 식민지의 관계를 조명하는 유의미한 통로가 됨을 실증적으로 보여주고 있다.

4 한만수, 「일제시대 문학검열 연구를 위하여」, 《배달말》 제27호, 2000, 81쪽.

전략을 실증적으로 변별해낸 바 있다.[5]

한만수의 이런 작업은 식민지시대의 문학작품들이 일제의 검열제도와의 길항拮抗관계 속에서 생산된 '역사적 생존물'이라는 사실을 새롭게 일깨워주었다는 점에서 의미를 갖는다. 그런데 식민지시대 문학작품의 이런 역사적 성격을 생각할 때 우리가 관심을 가져야 할 또 하나의 대상은, 검열을 우회하여 살아남은 문학작품뿐만 아니라 검열을 피하지 못하고 당국에 압수되거나 삭제처분된 문학작품들일 것이다. "검열제도의 실상을 실증적으로 파악하는 일"[6]이 검열연구가 담당해야 할 과제 중 하나인 것은 분명한데, 이 경우 검열에 걸려 빛을 보지 못한 작품을 검토하는 것보다 검열의 수위와 실상을 분명하게 확인하는 방법은 없을 것이기 때문이다.

이 장에서는 이런 시각에서 식민지시대 일제의 검열에 의해 압수처분된 소설작품 세 편을 소개하고 검토하려 한다. 정확히 말하면 소설의 요약된 내용을 다루려고 한다. 일제시대에 검열로 압수된 일간지의 언론기사가 복원된 적은 있지만,[7] 문예지에 게재될 예정이었다가 압수처분되어 흔적을 알 수 없던 소설이 발견된 적은 없었던 것으로 보인다. 한만수가 검열연구를 하면서 압수되거나 삭제된 문학작품의 복원을 명시적으로 거론하지 않은 것은 그것을 복원할 가능성이 희박했기 때문이었을 것이다. 그런 의미에서 보면, 비록 축약된 형태이기는 하지만 일제에 의해 압수처분되었던 세 편의 내용을 검토할 수 있게 된 것은, 검열연구를 위해서도 그렇고, 그동안 '삭제'되었다는 설명과 함께 제목으로만 전해지던 작품의 줄거리를 알 수 있게 되었다는 점에서 해당 작가의 작품세계의 연속성이나

5 「소금의 복자복원과 검열우회로서의 나눠쓰기」(《한국문학연구》 제31집), 「이태준의 「패강냉」에 나타난 검열우회에 대하여」(《상허학보》 제19호), 「「만세전」에 나타난 감시와 검열」(《한국문학연구》 제40집) 등이 그것이다.

6 한만수, 앞의 글, 90쪽.

7 정진석이 펴낸 『日帝시대 民族紙 押收기사모음』(LG상남언론재단, 1988)이 그것이다.

작가의식의 일단을 확인할 수 있다는 점에서 어느 정도 의미를 지닐 것이라고 판단된다.

2. 압수소설의 소재

여기서 소개하려는 압수소설은 윤기정의 단편소설 「빙고氷庫」와 최서해의 「이중二重」과 「박 노인 이야기朴爺の話」 등 세 편이다. 이 세 편의 소설은 1927년 조선총독부가 발행한 『조선의 언론과 세상 - 조사자료 제21집朝鮮の言論と世相 - 調査資料 第21輯』에 실려 있는데 조선총독부 관방문서과조사계官房文書課調査係가 실무를 맡고 관방문서과가 발행한 것으로 되어 있다. 이 책은 정진석이 쓴 『극비 - 조선총독부의 언론검열과 탄압』에도 소개되어 있는데, 정진석은 이 책을 "고등경찰과와 도서과가 정리한 자료를 문서과가 발행한 것"[8]으로 추측하고 있다.[9] 또한 책의 서론 격인 「언론기관과 사상의 추이」라는 글이 1927년 1월 5일부터 3회에 걸쳐 《조선일보》에 연재한 안재홍의 「조선신문사론」을 번역한 것이라는 점을 밝히고 있을 뿐만 아니라, 책의 출간을 "언론의 생성과 발달과정을 살펴봄으로써 언론의 논조를 이해하는 데 도움을 얻자는 의도였을 것"[10]이라고 해석하고 있다. 책머리에 "조선의 실상을 이해하는 참고자료로서, 조선인이 조선문으로 발표하거나 발표하지 못한 것을 수집하여 인쇄에 부친" 것으로 "수집 범위는 신문, 잡지 내지 각종 인쇄물에 걸쳐 있고, 내용은 주로 현실생활에 직

---

8 정진석, 『극비 - 조선총독부의 언론검열과 탄압』, 커뮤니케이션북스, 2007, 192쪽.

9 이 책은 현재 국립중앙도서관에 소장되어 있다. 정진석은 해당 도서가 1967년 일본 암남당巖南堂에서 영인 출간된 사실도 전하고 있는데, 중앙도서관 소장본이 그것인지는 확인하지 못했다. 여기에서는 1927년 출간된, 와세다대학 소장 원본을 저본으로 한다. 1927년판은 일본인이 경영하는 경성의 대해당大海堂에서 인쇄되었다.

10 정진석, 앞의 책, 192쪽.

면한 것에 대한 기사논평에 관한 것"[11] 이라는 조사계의 서문이 실린 것을 보면 그의 추측은 대체로 맞을 것이다.

그럼에도 불구하고 이 책에 수록된 소설들이 알려지지 않은 것은, 정진석이 언론기사에만 중점을 두어 소설들을 구체적으로 소개하지 않았기 때문인 것으로 보인다. 그는 이 책에 수록된, 일제가 압수하거나 언론에 게재된 134개의 기사를 일제의 분류 그대로 요약하고 있는데, 그것은 다음과 같다.

> 제1편 시정평론: 총독부의 정책 강행에 대한 비판을 비롯하여 산미産米, 교육, 수리조합, 이주문제, 경찰문제, 재외 조선인 문제 등(기사 건수 35)
>
> 제2편 사회운동: 사회운동의 과거와 장래를 비롯하여 사상운동, 직접운동, 투쟁운동, 소년운동, 민족운동, 문예운동, 조선 여성운동, 제3인터내셔널의 영향(기사 건수 29)
>
> 제3편 조선의 세상: 과학적 정신과 조선인의 장래, 유이민, 수난군受難群, 도시의 상相, 농촌의 현상, 경제상, 기타(기사 건수 40)
>
> 제4편 애원哀怨의 곡曲: 각성, 애어哀語, 고타顧他, 배타排他(기사 건수 30)[12]

여기서 소개하려는 세 편의 소설은 제4편 '애원의 곡' 중 배타 항목에 들어 있다. '애원의 곡'에 수록된 글은 다른 편에 수록된 글들에 비해 현실에 대한 감상을 토로한 문예물이 많은데, 이 중에는 「통곡 속에서」(《시대일보》, 1926년 5월 16일 압수)와 「말세末世」(《시대일보》, 1926년 8월 16일 게재), 「선언」(《동호문단》, 1927년 2월 창간호 게재)과 같은 시, 「춘래불사춘」(《조선일보》, 1926년 4월 23일 게재), 「독립문 너는 가느냐」(《조선일보》, 1925년 7월 14일

---

11 「序」, 『조선의 언론과 세상朝鮮の言論と世相』, 대해당, 1927.
12 정진석, 앞의 책, 192쪽.

압수)와 같은 무기명의 시감時感의 글들이 수록되어 있다.[13]

'배타'라는 말이 의미하듯, 이 항에 수록된 「빙고」와 「이중」에는 일본인에 대한 배타적 태도가 드러나 있다. 「빙고」와 「이중」은 《현대평론》 1927년 5월호에서 압수되었다고 표시되어 있으며, 「박 노인 이야기」는 《신민》 1927년 5월호에서 압수되었다고 표시되어 있다. 인쇄된 종이 위에 '押'이라는 별도의 고무인이 찍힌 것이 그 표시인데, 「빙고」와 「이중」은 삭제된 것이며, 「박 노인 이야기」는 인쇄 직전에 압수된 것으로 보인다. 「빙고」와 「이중」이 《현대평론》 해당 호 목차와 해당 쪽에, 그리고 심지어 편집후기에서마저 삭제되었다는 사실이 밝혀져 있는 반면에, 《신민》 해당 호에는 목차와 본문 어디에서고 원고가 있었다는 흔적이 발견되지 않기 때문이다. 《현대평론》 해당 호의 후기를 보면 다음과 같다.

> 創刊號로부터 第三號까지에 連次削除의 悲運을 當하야 一般讀者의 앞에 提供한 것이 알맹이 업는 空殼이었음을 붓그리는 同時에 編輯術의 拙함보다 處地의 處地임을 諒解하야주시면 弊社의 榮光이겟다.
>
> 편집을 마친 뒤에는 으레 하는 소리같지마는 實로 編輯上 關係로 어쩔 수 없이 실지 못한 原稿가 많게 된 것을 投稿하신 여러분께 對하야 特別한 諒解를 얻고자 한다.[14]

정진석에 따르면 일제의 검열 가운데서 '삭제'는 가장 가벼운 것이고, '압수'가 그다음의 것이다. 또한 '압수'는 조선인들에게 적용되는 조치로

13 물론 다른 편에도 문예물로 볼 수 있는 글들이 수록되어 있다. 박영희의 「통속문학의 건설」(《동아일보》, 1925년 10월 5일 게재), 김동환의 「애국문학에 대하여」(《동아일보》, 1927년 5월 19일 게재)와 같은 글, 그리고 「고양이와 쥐의 생활」(《신소년》 제2권 제4호 게재)과 같은 아동물이 그것이다.

14 「편집실에서」, 《현대평론》, 1927년 5월.

서 문제된 신문을 경찰에서 몰수해버리는 것이고 '차압'은 일인이 발행하는 신문에 대해 '발매를 금지'하는 것이다.[15] 이 기준대로라면, 「빙고」와 「이중」은 삭제된 것이 분명하며, 「박 노인 이야기」는 인쇄 전에 압수되어 작품의 흔적조차 사라진 것으로 보인다.

편집후기까지 써놓은 상태에서 인쇄 직전에 원고가 압수되어, 목차에는 '삭제'라는 표시와 함께 작품명이 나와 있지만 편집후기에는 작품이 언급되는 경우도 있다. 1926년 8월《동광》에 실릴 예정이었다가 삭제된 최서해의 「농촌야화農村夜話」가 그런 경우에 속한다. 그리고《동광》 편집진은 편집후기에서 "사설과 및 다른 기사 다섯 가지가 당국의 기휘에 걸려 원고압수의 처분을 당"했다는 사실을 밝히고 있는데,[16] 이로 미루어보면 1920년대 중반 이후부터 일제의 검열이 더욱 강화되었고, 그에 따라 작가들 스스로 자기검열을 하지 않을 수 없었을 것이란 추정이 가능하다.

또한《현대평론》에 「빙고」는 19혈頁이, 「이중」은 15혈이 삭제된 것으로 적혀 있는데, 잡지 조판을 토대로 환산하면 「빙고」는 200자 원고지로 약 92매, 「이중」은 약 73매 분량의 작품이었던 것으로 추정된다. 「박 노인 이야기」도 대략 이 정도 되는 단편이었을 것이다. 그리고 어떤 경로를 통해서였는지는 모르지만 최서해의 「이중」은 곽근이 펴낸 『최서해전집 상』권에 한 면 분량의 줄거리가 그대로 실려 있다.[17] 하지만 그 부분이 전체인지 요약본인지 설명이 붙어 있지 않아 그동안 연구자들도 다소 혼란스러웠을 것이다.

15 정진석, 앞의 책, 99~103쪽 참조.
16 「독자와 기자編輯餘言」,《동광》, 1928년 8월.
17 곽근 편, 『최서해전집 상』, 문학과지성사, 1987, 368~369쪽.

3. 압수소설의 구체적 검토

1) 윤기정의 「빙고」

『조선의 언론과 세상朝鮮の言論と世相』에 실려 있는 윤기정의 「빙고」의 줄거리 전문은 다음과 같다.

추위 때문에 하룻밤 사이에 한강은 얼음으로 덮여버렸다.

전에는 이 물을 강가에 사는 사람들이 마음대로 길어 먹고, 저장도 하고, 사용도 했다. 이제는 저 얼음회사가 생겨서 마을사람들은 마음대로 얼음을 채취하는 일이 불가능해졌다. 이 마을에 가엾은 한 노인이 살고 있다. 자식 두 명은 모두 고깃배를 타다가 죽고 말았다. 마을에서 가엾은 노인이라고 말하면 누구나가 알고 있고, 그 노인의 말에는 곧잘 복종한다. 명호明浩도 재치 있는 청년이지만, 이 가엾은 노인을 존경한다.

오늘은 무척 날씨가 춥다. 지금까지 이 전錢에 받고 날라주던 얼음을, 일 전 오리로 낮춘다는 소문을 들은 마을사람들은 이구동성으로 불평을 토로했다.

이 추위에 이 전도 싼 운임인데, 일 전 오리로 내린다니 탐욕스런 빙고주인이라고 말들이 많았다. 명호와 노인은 마을사람들을 모아놓고, 다들 이 전의 운임으로는 불평이니까, 얼음 한 덩이를 빙고에 넣는 데에 오 전씩 올려 받아야 한다고 말했다. 모두들 찬성했다.

그러나 빙고 주인은 일 전 오리로 한다고 말한다.

마을 사람들은 어떤 고통이 눈앞에 닥치더라도, 한 사람이라도 일 전 오리로 얼음을 날라주어서는 안 된다. 우리는 단결하여 오 전으로 올리기까지는 설령 처자가 굶어죽더라도 거기에 응해서는 안 된다고, 명호와 노인은 마을사람들에게 맹세했고, 일동은 이에 찬성 단결하였다.

빙고 주인은 곤란해지자 많은 썰매를 고용했다.

썰매가 몇 십대 계속해서 얼음 위를 활주하며, 빙고에 얼음을 나르기 시작했다.

썰매 한 대가 갑자기 얼음 속에 빠져서, 두 사람의 인부가 물에 휩쓸려 죽었다.
그 얼음구멍은 누가 팠을까. 활주로 중간에 구멍이 나 있었던 것인데, 그 곁에 있던 명호는 톱을 들고 서서는, 자기가 이 마을의 얼음 운반하는 사람들의 생사 문제를 위해서 팠다고 단언했다. 그곳에 노인도 왔다.

썰매 인부는 명호를 얼음에 쳐 넣겠다고 분노했다. 노인은, 아니라고, 내가 도와주어 뚫어놓은 구멍에 너희들 두 사람이나 빠져 죽은 것이니 죽이겠다면 나를 죽이라고 말한다.

썰매를 끄는 인부는 요금을 인상해버렸다. 그 후 빙고 주인은 마차를 몇 십 대 고용했다.
마을사람들은 이를 알고는 마차를 에워싸고 때려죽인다고 말한다.

얼음을 나르는 마을사람들은 운임을 일 전 오리로 내리면, 일체 얼음을 나르지 않겠다고 맹세했고, 그 후로 굶주림과 추위로 처자권속은 반쯤 죽은 상태였다.

죽는 것은 매한가지다. 마차꾼을 때려죽이고 죽은 것도, 굶주림과 추위로 얼어 죽는 것도 한가지다. 우리의 일을 빼앗는 마차꾼들은 한 사람도 남기지 말고 때려죽이자고 했다.

마차꾼은 그것을 알아듣고 재빨리 임금을 올렸다.

마을에는 비참한 나날이 계속되었다. 빙고 앞에 일동이 모였다. 명호와 노인은 주인과 담판하여 오 전을 올리게 했다.

마을사람들은 만세를 부르고 기뻐하면서 얼음을 나르는 일에 착수했다.

명호와 노인은 생각했다. 오 전을 올렸어도 얼음 창고 주인에게 손해는 없다. 여름이 오면 칠십 전, 팔십 전에 팔기 때문에 여전히 운임을 올려도 계산이 맞는다. 좋다, 저기에 있는 세 동의 창고를 마을사람들 것으로 하여, 개울의 얼음도 자유롭게 채취하여, 여름이 오면 마음대로 사용하고 남은 것은 싸게 팔도록 해야 한다.

마을사람들에게 이 일을 이야기했다. 마을사람들이 찬성하자 빙고 주인이 추가지불하는 것으로 되어, 창고 세 동은 측량을 마치고 마을사람 소유의 것이 되고 마을사람들은 기뻐 날뛰면서 자신들의 창고로 얼음을 날랐다.

「빙고」는 한강에서 얼음을 채취하여 살아가는 노동자들의 임금투쟁을 다루고 있다. 위 줄거리에서는 알 수 없으나, 임금을 두고 조선인 노동자들과 맞서는 창고 주인은 일본인이거나 악질 자본가로 추정된다. 노동자들에게 맞서기 위해 자금을 동원해 썰매를 고용하는 것을 보면 그렇다. 한강의 고깃배에서 두 아들을 잃은 노인과 그 노인을 존경하는 명호는 얼음을 옮기는 임금을 깎으려 드는 주인에게 맞서 마을사람들을 독려해 얼음을 나르지 않기로 결의하며, 주인이 고용한 마차썰매 인부들과도 맞서 끝내 자신들의 임금요구를 관철시킨다. 뿐만 아니라 빙고를 자신들의 소유로 만들기까지 한다.

위 내용에서 알 수 있듯이, 노동자들이 일본인자본가의 횡포에 맞서 집단쟁의를 통해 승리를 쟁취하는 이야기는 그것이 독자들에게 일본인자본가에 대한 대항의식을 고무할 수 있다는 측면에서 검열에 걸린 것으로 보인다. 작가 윤기정은 1925년 카프 초대 서기장을 역임했고, 1931년 카프

제 1차 검거 때 검거되기도 했으며, 해방 후에는 월북하여 조소문화협회장 등을 역임한 식민지시대 대표적인 프로작가 가운데 한 명이다.[18] 위 작품을 발표할 시기 윤기정은 김화산과의 논전을 통해 "투쟁기에 재한 프로문예의 본질이란 선전적 선동의 임무를 다하면 그만"[19]이라는 태도를 견지한 바 있는데, 「빙고」의 내용은 그런 그의 발언과 일맥상통한다.

뿐만 아니라 한강의 얼음채취라는 소재도 당시의 사회적 정황과 긴밀히 대응한다. 한강의 얼음채취와 빙고운영은 조선시대부터 이루어져왔던 것이다. 그런데 《동아일보》의 보도에 의하면 1920년 이후 일제는 조선인들의 자유로운 채빙을 금하고 해마다 허가를 맡게 했다고 하고, 그것도 위생상 이유를 들어 조선인 빙고업자에게는 일체 허가를 해주지 않았다고 한다.[20] 또 《동아일보》에 실린 한 논평에서도 당국이 위생을 핑계로 빙고업에 간섭하는 것을 두고 "종래의 빙고가 비록 불완전하다 할지라도 汚穢物의 침입은 충분히 방어할 수 있고 小毫의 개량을 가하면 충분히 쓸 수 있"는 만큼 "종래의 사정과 일반의 情形을 참작"할 것을 요구하고 있는데, 그 초점은 조선 노동자들의 생계문제에 맞춰져 있다.

> 수백년래로 조선인 전래의 遺業인 氷庫業은 深冬에 한강이 結凍 하면 그 인근에 빙고를 건축하고 採氷 貯藏하였다가 기 익년 7, 8월이 되면 각 방면 수요자에게 공급하는 것이다. 채빙시에 비용은 氷塊 1개에 불과 삼사 원의 운임이 있을 뿐이요 별로 다대한 자본을 요치 아니하고 其翌年에 상당한 시세를 만나면 일개 氷塊가 7, 8십전 내지 일원 이상의 가격으로 매매되어 상당한 이익이 있는 영업일 뿐 아니라 沿江에서 漁產은 빙을 대하야 夏節의 新鮮을 보하나니 그

18 윤기정의 연보는 서경석 편, 『윤기정 전집』, 도서출판 역락, 2004을 참고했다. 이하 윤기정의 다른 작품 인용도 이 책에 따른다.

19 윤기정, 「계급예술의 신전개를 읽고—김화산씨에게」, 서경석 편, 위의 책, 354쪽.

20 「沿江氷庫業者 採氷許可申請」, 《동아일보》, 1925년 1월 9일.

러므로 이제 이 빙고업을 못하게 된다는 것이 따라서 어업까지 못하게 되는 것은 물론이어니와 冬節을 당하야 노동자 실직문제가 생기는 것이다. 즉 빙괴 채취로 연강에 유통되는 재화는 적어도 일 년에, 8만원 내지 10만원에 달하는 까닭에 노동자는 이 시기를 소작인의 추수시기와 如히 기대하는 것이다. 그런데 이삼년 이래로 당국이 기 허가를 아니 하는 관계로 沿江勞動者들에게는 形言키 難한 가련한 생활을 파급하게 되었다.[21]

위와 같은 현황에 대한 진단 위에서 기자는 조선인 빙고업자들을 향해 "眼前의 소리에 眩惑하야 競爭의 途를 取치 말고 각기 자본을 鳩合하면 상당한 회사나 조직을 성립하야 완전히 경영할 수 있으니 이리하야 조선전래의 유업을 持保하고 실직에 우는 노동 동포를 구하기를!"[22]이라고 말하고 있다. 당시의 이런 신문기사를 참조하면, 윤기정의 「빙고」는 종래 조선인의 사업이었던 빙고업을 허가제로 전환함으로써 조선인들의 사업을 방해하려는 일제의 정책에 대한 비판과, 그런 변화에 편승해 노동자들의 임금을 착취하려는 조선인자본가들의 각성을 촉구하고 있는 작품이라고 볼 수 있다. 따라서 일본인과 조선인의 갈등을 노골적으로 그리고 있음은 물론 노동자들의 계급적 각성을 강조하고 있다는 점에서 이 소설은 압수당한 것으로 판단된다.[23]

---

21 「빙고에 대하야 – 고양 일기자」, 《동아일보》, 1925년 1월 16일.

22 위의 글.

23 한편 당시 《동아일보》에는 한강 이곳저곳의 빙고가 원인 모를 화재로 소실되었다는 기사가 연이어 실리고 있는데, 이 또한 위생을 핑계 삼아 조선인이 경영하는 빙고업을 일인의 사업으로 돌리려는 일련의 계획과 연관되었을 것이라고 추정된다. 「서빙고화재, 손해 칠백원」, 《동아일보》, 1924년 8월 17일; 「빙고에 화재, 손해 사백 원」, 《동아일보》, 1925년 4월 7일 및 「빙고 또 소실– 하루 건너 또 불」, 《동아일보》, 1925년 4월 8일 참조.

2) 최서해의 「이중」과 「박 노인 이야기」

최서해의 「이중」은 《현대평론》 1927년 5월호에서 압수된 작품이다. 이 작품은 위에서 말한 것처럼 『최서해전집 상』권에 수록되어 있으나, 그것은 작품 전체가 아니라 내용을 요약한 것이다. 『조선의 언론과 세상朝鮮の言論と世相』에도 이와 동일한 내용이 실려 있지만, 아래와 같이 행갈이를 통해 이야기의 전개를 표시하고 있어 그것이 압수된 원본의 축약임을 나타내고 있다.

> 나는 일주일 전쯤에 사정이 있어서, 일본인 마을인 약초정若草町으로 이사해 왔다.
>
> 주위는 일본인의 큰 건물로, 자신도 저녁밥을 먹고 이층으로 올라가 사방을 둘러보니, 어쩐지 왕이 된 기분이 들었다.
>
> 이웃에는 일본인 노파가 살았는데, 우리 집에 수돗물을 얻으러 온다. 어느 날 그 노파와 우리집 아내가 목욕탕에 갔다.
>
> 목욕탕 요금을 받는 노파는 "조선인은 이리가, 없어져." 하고 아내 앞을 가로막고서 목욕을 거부했다.
>
> 이런 일을 당한 아내는, 울면서 돌아와, 여보, 바깥양반, 내가 오늘을 끝으로 약초정에 사는 것이 싫으니, 다른 데로 빨리 이사 갑시다, 하고 분해하면서 울면서 엎어졌다.
>
> 스스로 보고 있자니, 부글부글 치밀어 오르는 분노에 나는 호랑이라도 잡으려는 기운으로, 수건과 비누를 들고 내가 가서 욕탕에 들어가 보이겠다고 울고 엎뎌 있는 아내에게 말하고서고 집을 나섰다.

도중에 지나치게 분개한 탓에, 순사에게 통행을 정리당한 것도 알아차리지 못하고 자리에서 뛰어나가자, 우연히 맞은편에 유카타浴衣 차림으로 목욕탕에서 돌아오는 친구를 만났다.

이보게, 자네 어디에 가는가 하고 묻길래, 목욕탕에 간다, 지금 이런 꼴을 당한 아내가 울고 돌아왔길래, 내가 복수하는 의미로 목욕을 해보이고, 만일 두세 마디 불평을 한다면 용서하지 않을 생각이다,라고 말한다.

이봐, 안 돼, 안 돼. '요보'는 욕탕에 들어갈 수 없어, 일본 하오리에 게다를 신고 가면 들어갈 수 있지만, 흰옷 입은 사람은 못 들어가.

나는 할 수 없이 되돌아왔다.

아 우리는 二重의 悲哀를 갖고 있다. 조선인이라고, 요보라고 하면서 그들은 우리의 입욕을 거부한다. 그리고 우리는 집이 없으므로, 주변에 일본인이 사는 곳에 이사를 해온 것이다. 이 비애는 참을 수가 없었다. 그리고 이후부터 옆집 노파가 미워졌다. 중이 미우면 가사까지 밉다고 노파가 안녕하세요 하고 말하면서 물을 받으러 오자, 안녕하세요 하고 대답한 나는, 무응답으로 물을 주지 않았다.

그뿐만이 아니다, 집을 비우라는 명령을 받았다.

그러나 이 가슴 속에 쌓이고 쌓여서 핏속과 세포에 깊숙이 그리고 무겁게 스며든 이중의 비애! 아, 우리는 그 커져가는 미래를 조용히 바라보고 있다.

세상 사람들이여! 아는가 모르는가.

나는 이 비애를 견디지 못하고, 이 하찮은 글을 쓴 것이다.

이 소설의 무대가 되는 약초정은 일제가 새롭게 만든 행정지명으로 궁기동宮基洞과 초동椒洞, 그리고 초동草洞과 이동履洞 일부 지역을 망라한 곳으로, 남산 아래 진고개 일대로부터 확장된 일본인들의 거주지와 이어지는 곳이다. 이 작품은 집이 없어 일본인들이 사는 약초정으로 이사 온 부부의 애환을 그리고 있다. 일본인이 경영하는 목욕탕에서 조선인이라는 이유로 아내가 쫓겨난 사건과, 그에 분을 품고 항의하러 갔으나 남편 역시 문전박대를 당하고, 설상가상으로 집주인으로부터도 내쫓기게 된 부부의 이야기가 그것이다. 이 삽화를 들어 서술자인 남편은 집 없는 설움과 조선인이기에 당하는 설움을 이중의 비애라고 고발하고 있는 것이다.

『조선의 언론과 세상朝鮮の言論と世相』 제3편 「조선의 世相」 중 '도시의 상相' 편에 수록된 「토굴 생활하는 삼천동포」라는 글에는 당시 경성 시내에 암굴을 파서 살아가는 가구가 630여 호가 되며, 그 속에서 목숨을 이어가는 동포가 3천 명으로 서술되고 있다.[24] 1924년 6월 6일 자 《동아일보》에는 조선이 식민지로 전락한 이후 부주인富主人이었던 조선인이 일본인으로 대표되는 외래인에게 식량과 주택을 빼앗기는 현실을 개탄한 사설이 실려 있는데, 이 작품의 내용은 이런 당시의 정황을 그대로 반영한다.[25] 또한 조선인이라는 이유로 일본인이 경영하는 목욕탕에서 쫓겨나는 삽화도 당대 현실의 직접적 반영이라 할 만한데, 실제로 1923년 4월 6일 자 《동아일보》에는 평양의 일본인 목욕탕에 목욕하러 갔다가 조선인이라는 이유로 쫓겨나게 된 김용필이라는 사람이 인권을 무시했다는 이유로 해당 목욕탕을 경찰서에 고발했다는 기사가 실려 있기도 하다.[26] 또한 1922년 1월 7일 자 《조선일보》에는 일본인이 경영하는 목욕탕에 붙어 있는 "조선인으로 탕에 한 시간 이상 오래 들어 있는 사람이 있는데 이는 틀림없이 불령선인이므로 경찰에 신고하라."라는 광고문을 예로 들어 식민지인의

24 『조선의 언론과 세상朝鮮の言論と世相』, 대해당, 1927, 286쪽.
25 「외래인과 향토인」, 《동아일보》, 1924년 6월 6일.
26 「인권무시-일본인 목욕업자의 조선인에 대한 모욕」, 《동아일보》, 1923년 4월 6일.

비애를 고발하고 있는 기사가 실려 있다. 이로 미루어보면, 당시 조선에 건너온 일본인들이 목욕탕과 같은 공중시설을 경영하면서 공공연하게 조선인을 차별하고 멸시했다는 것을 알 수 있는데, 이 작품은 이런 차별대우가 작품 발표 시점까지도 지속적으로 이루어졌다는 것을 알려준다. 따라서 「이중」은 나라를 빼앗긴 탓으로 이중삼중으로 고초를 겪고 있는 조선인 도시빈민들의 참혹한 처지를 고발함으로써, 조선인들의 민족적 차별에 대한 각성을 촉구하고 있다는 점에서 검열을 피해갈 수 없었던 것이라고 판단된다.[27]

다음은《신민》1927년 7월호에서 압수된 「박 노인 이야기」를 살펴보기로 하자. 전문은 다음과 같다.

경상북도 김천金泉 시장市場은 번화한 곳이어서, 장날에는 농민들이 시골에서 많이 온다.

박 노인도 김천 장날에 와서, 한잔 마시고 거나하게 취해서 "에-만세 ○○만세…" 하며 해질녘에 집에 돌아갔다.

갑자기 뒤에서 박 노인을 부딪는 것이 있었다.

박 노인은 넘어졌다. 뒤돌아보니 그곳에는 위풍당당하게 양복을 입은 신사가 서 있었다. 신사는 넘어진 박 노인을 째려보면서 "빠가, 요보, 당신노 사람이가 눈깔이가 없소까, 내가 벨을 울려 신호를 했는데도" 라고 말했다.

박 노인은

"일본 영감상, 살려주시오, 우리 촌사람이 단단히 몰랐소. 우리 술 먹고 말았소. 영감상 대단히 고맙소"라고 박 노인은 마치 자신에게 잘못이 있는 것처럼

27 1926년 12월《별건곤》에 발표된 최승일의 단편소설「경매」에는 약초정 ××번지의 주택이 일본인에게 넘어가는 것을 지켜볼 수밖에 없는 조선인의 이야기가 그려져 있는데, 이것도 당시 조선인 주택난을 이해하는 데 참조가 될 만하다. 그리고 이런 현상은 염상섭의「만세전」에서 그려지고 있는 일제의 토지수탈정책으로 인한 조선인 유이민 출현의 연장선상에 놓여 있을 것이다.

무조건 사죄했다.

이때 박 노인에게 의외의 일이 벌어졌다.

어디서 왔는지 양복 입은 한 청년이 눈앞에 나타나서, 박 노인을 부축하면서, "어디 다치셨나요, 아아, 이곳에서 피가 나는군요."라고 말한다. 검사를 마친 양복청년은 아무 말도 하지 않고 영감의 자전거를 거두어 던져두고는, 그자의 뺨을 내려쳤다. 그리고는 목구멍이 터질 듯한 소리로, "이놈 어디서 이따위 행패를 부리는 거야, 너 같은 놈에게 고상한 말로 하는 것은 쇠귀에 경 읽기지, 내 주먹이나 맞고 쓰러져버려라."라고 말한다. 박 노인은 어안이 벙벙했지만, 이 청년이 하는 일을 내심으로 흡족하게 바라보았다.

양복신사는

"예, 제발 용서해주세요, 저분의 치료비는 제가 내겠습니다. 제발 한 번만 용서해주십시오."라고 말한다. 박 노인은 그가 일본의 영감상이라고 생각했는데, 유창한 조선말로 사죄하는 것을 보고, 사람들은 처음으로 그가 가짜 영감상이라는 것을 알았다.

거기서 가짜 영감은 박 노인의 치료비를 지불하고, 양복청년에게 멱살을 잡혀가면서 많은 사람들의 볼거리가 되었다.

양복청년은 일동에 대해, "시골의 여러분은 무엇보다도 먼저 비굴한 마음을 버리지 않으면 안 됩니다, 우리도 당당한 인격을 지닌 사람이라는 것을 알아야 합니다. 무조건 이런 가짜 영감상에게—진짜 영감상이라고 해도—굴복하기만 한다면, 여러분은 모두 파멸의 구렁에 설 수밖에 없는 것입니다."라고 말한다.

이 말을 들은 일동은 크게 깨닫고 감복했다.

사람들은 그놈을 밟아 죽여라, 때려죽여라, 라고 외쳤다. 운운

(일행 지워짐.)[28]

---

28 「박 노인 이야기」의 이 부분을 포함해서, 『조선의 언론과 세상朝鮮の言論と世相』에는 이미 인쇄된 책자 위에 검은 색으로 글자를 지운 부분이 몇 군데 있다. 대부분은 글의 출처와 필자의 이름이 지워졌는데, 소설의 요약본마저도 추후에 지운 것은 예외적이다. 국립중앙도서관 소장본도 이 부분은 지워져 있는데, 아마도 출간 이후에 상부의 검열을 받은 것으로 보인다.

위 소설은 조선인이면서도 일본인으로 행세하면서 동포 위에 군림하려는 가일인假日人과 그것을 준열하게 꾸짖으면서 조선인의 당당함을 역설하는 양복청년을 통해, 식민지 치하에서 조장되는 속물의식을 고발하고 동포들에게 민족적 자존심을 가지라고 일깨우고 있다. 일본인의 위세가 드높았던 식민지 시기에 사기나 기타 목적으로 일본인 행세를 한 사람이 적잖았을 것은 두말할 나위도 없다.[29] 「박 노인 이야기」는 민족의식을 가진 젊은 청년을 등장시켜 동포를 핍박하는 이런 가일인을 응징하게 하고 이를 통해 조선 민중들의 각성을 촉구하고 있는 삽화인데, 가일인의 등장은 조선인의 속물성을 드러내는 것으로 구태여 검열할 필요는 없었을 테지만, 그런 인물들을 비판함으로써 민족적 자긍심을 일깨우는 선동적 삽화는 검열을 피해갈 수 없었을 것으로 판단된다. 이를 통해 우리는 일본적인 것에 대한 배타와 조선인의 각성을 촉구하는 내용이 일제의 검열의 중요한 기준이었으리라는 것을 분명하게 확인할 수 있다.

4. 맺음말

지금까지 식민지시대 일제가 행한 문학검열의 양상을 살펴보기 위해, 일제가 압수하거나 삭제한 기사나 소설들을 모아 펴낸 『조선의 언론과 세상朝鮮の言論と世相』에 수록되어 있는 세 편의 소설작품을 살펴보았다. 윤기정의 「빙고」, 최서해의 「이중」, 「박 노인 이야기」가 그것인데, 비록 작품의 온전한 모습 대신에 축약된 줄거리만 남겨져 있기는 하지만, 일제의 검열의 수준이랄까 기준을 확인하기엔 충분하다고 판단된다. 즉, 이 작품들이

29 그 단적인 증거는 염상섭의 「만세전」에서도 발견할 수 있다. 시모노세키에서 배에 탄 이인화를 일본어로 불러낸 조선인 형사라든지, 서울로 가는 기차 안에서 구태여 일본말로 반문하면서 이인화의 말을 못 알아듣는 척 행동했던 인물들이 그런 예들이다.

일본인에 대한 배타의식이라든가 조선인들의 각성과 단합을 촉구하고 있다는 점에서, 우리는 일제가 식민지 경영에 저해되는 민족적 각성이 독자들에게 전달되지 않도록 냉혹하게 문학작품을 검열했다는 것을 알 수 있다.

여기서 소개한 세 편의 소설이 온전한 형태가 아닌 것에서도 알 수 있듯이, 식민지 문학검열의 폐해는 일차적으로 문학작품의 훼손이다. 일제의 검열에 의해 빛을 보지 못한 작품이 새롭게 발굴될 가능성이 없는 것은 아니지만, 「박 노인 이야기」의 맨 마지막 행이 출간 후에도 지워진 것처럼, 원형 그대로 발견될 가능성은 많지 않다. 「빙고」와 「이중」 같은 소설들이 일제의 통치현실에 대한 식민지 작가들의 문학적 응전의 실상을 보여주고 있는 만큼, 검열에 의한 작품의 훼손은 무척이나 안타까운 일이다. 앞서 말한 바 있는 《동광》 1928년 8월호 편집 후기에는 "이번호의 특색은 문예란이외다. 최서해 군의 「農村夜話」는 특별히 힘을 들여 쓰신 것으로 금년 문단 수확 중의 뛰어난 것의 하나임을 의심치 않습니다."[30]라고 적혀 있는데, 이런 경우 최서해의 문학은 물론 1920년대 소설계에 대한 우리의 이해가 좁아질 것은 두말할 나위가 없다.[31] 1925년 4월호 《조선문단》에 최서해가 투고한 「살려는 사람들」도 서문만 남은 채 삭제되었는데, 이로 미루어 보면 최서해는 1920년대 후반 일제의 검열에 의해 많은 피해를 입은 작가 가운데 한 명이라고 할 수 있다.

작가들 스스로 식민지의 검열제도를 의식하지 않을 수 없는 상황도 식

---

30 「독자와 기자編輯餘言」, 《동광》, 1928년 8월.

31 이 작품의 존재만으로도 우리는 최서해와 1920년대 소설을 이해할 수 있는 새로운 단서를 얻는다. 언론기사를 보면 1927년에서 1928년에 걸쳐 전국에서 〈농촌야화회農村夜話會〉가 열렸음을 확인할 수 있는데, 기사를 종합해보면 농촌야화회란 농사일을 하지 않는 저녁시간을 택해 농부들에게 조선농촌의 실정을 알리고 농민들의 인격적 해방을 돕는 강연회였던 것으로 보인다. 최서해의 소설은 이런 강연회를 소재로 했을 텐지만, 우리로서는 알 수가 없다. 농촌야화회에 대해서는 「농촌야화회」, 《중외일보》, 1927년 8월 21일 및 「巡廻農村夜話會」, 《동아일보》, 1928년 3월 13일을 참조하라.

민지 문학검열의 폐해라는 것 역시 누차 지적되어 왔다. 이 국면은 윤기정의 경우에 단적으로 확인된다. 「빙고」 외에 《조선지광》 1927년 9월호에 수록된 「딴 길을 걷는 사람들」은 스무 곳 이상이 삭제되거나 생략되어 있으며, 역시 《조선지광》 1928년 4월호에 실린 「의외」도 몇 군데가 삭제되어 있다. 따라서 발표시기를 감안하면 윤기정이 「빙고」가 압수된 이후 검열을 통과하기 위해 자신이 소설작품에서 하고자 하는 발언의 수위를 조절했을 것은 이론의 여지가 없어 보인다. 이 점은 작품이 삭제된 최서해의 근황을 전하고 있는 윤기정의 글에서도 확인된다.[32] 이 가능성을 전제한다면, 식민지시대 작가들의 우회 전략은 더욱더 면밀히 고찰되어야 할 것으로 판단된다.

32 윤기정은 1927년 11월 《조선지광》에 발표한 「최근문예잡감」에서 최서해가 "「이중」에 와서 된서리를 한번 맞더니 지금까지 침묵"하고 있다고 적고 있는데, 이런 보고에서도 「이중」의 삭제로 인해 최서해가 느낀 충격의 정도를 미루어 짐작할 수 있다. 서경석 편, 앞의 책, 394쪽 참조.

제5장

『죄와 벌』의 수용과 이태준 소설

1. 도스토옙스키 현상

러시아 문호 표도르 미하일로비치 도스토옙스키는 19세기 말 이른바 "심리학적 시대의 소설적 재현에 기여한"[1] 세계문학의 거장으로, 특히 그의 장편소설 『죄와 벌』은 1920년대에 우리나라에 소개되면서 식민지시대 한국 근대소설의 형성에 적잖은 영향을 주었다. 식민지시대에 활동한 많은 작가는 수필과 다양한 설문답변을 통해, 자신들이 젊은 시절 도스토옙스키를 사숙했으며, 그중에서도 『죄와 벌』에 많은 감동을 받았다고 밝히고 있는 것이다. 조명희는 일본유학 시절 "『죄와 벌』을 읽을 때에 라스콜리니코프가 소니아 앞에 구부리고 엎드리며 나는 전 세계 인류고통 앞에 무

1 Gary Rosenshield, "Crime and Punishment", Paul Schellinger(ed), *Encyclopedia of the Novel*, Fitzroy Dearbon Pub, 1998, p. 254.

를 끓습니다 하는 데 이르러 가슴이 후끈하도록"[2] 감격했다고 회고한 적이 있다. 그리고《신여성》의「내가 조와하는 소설의 주인공이 실재해 잇다면?」이라는 설문조사 답변에서, 안회남은 자신이 소년시절에 읽은『죄와 벌』에 나오는 소냐의 태도를 소개하며 자신이 그녀의 사랑을 받는 라스콜리니코프가 되고 싶다는 소망을 밝힌 적이 있다.[3]

여류작가들도 대부분 이와 유사한 독후감을 피력한다. 모윤숙은 "『죄와 벌』에 나오는 대학생 라스코니스코프의 체험 모양으로, 어떤 때는, 내 몸이 아조 중죄를 지어서 무기형을 받거나 사형 선고를 받고서 생의 애착에 몹시 고민하는 그런 경지를 걸어보았으면 하는 충동을 가지는 때가 있어요."[4]라고 말하고 있으며, 노천명은 "오늘날까지 내 머리 속에 꽉 백혀져 있는 작품은 역시 로시아의 도스토엡스키의 작품과 토마스 하디의 테스 등입니다. …… 『죄와 벌』을 다 읽고 나서는 무슨 볼 일이 있어서 전차를 타고 종로 네거리에 와서 내린다는 것이 그 읽던 소설을 자꾸 생각하다가 그만 정신을 잃고 용산 연병장까지 갔던 일이 다 있었답니다."[5]라고 고백하고 있다. 그 밖에 김동인, 김억, 계용묵, 이선희 등 탐독했던 작품으로 『죄와 벌』을 들고 있는 작가들은 이루 셀 수 없이 많다.[6]

---

2 趙抱石,「늣겨본 일 멋 가지」,《개벽》, 1926년 6월, 문예란 22쪽. 당시 도스토옙스키의 이름과 『죄와 벌』에 등장하는 인물들의 이름은 필자에 따라 조금씩 다르게 표기되어 있다. 여기서는 국립국어원 어문규정을 따라 작가명은 '도스토옙스키'로, 등장인물의 이름은 '라스콜리니코프'와 '소냐'로 통일하되, 당시 필자들의 글을 인용할 때에는 인명만 당시의 표현대로 적기로 한다.

3 안회남,「매음소녀 소니아」,《신여성》, 1933년 2월, 96~97쪽. 이 설문에는 안석영도 참여하여 자신의 독후감을 짧게 적고 있다(「라스콜니코프의 소니아」). 또한 안회남은《신여성》1933년 1월부터 2월까지 2회에 걸쳐 연재한「나와 玉女」라는 소설에서『죄와 벌』에 나오는 라스콜리니코프의 말을 에피그램으로 배치한 채 폐병 든 옥녀를 향한 한 가난한 청년의 내면을 소설화하는데, 여러 면에서『죄와 벌』의 이야기 한 토막을 소설화한 것으로 보이는 이 작품도 이 시기 안회남에게『죄와 벌』이 미친 영향이 어느 정도였는지 보여준다.

4「여류작가회의」,《삼천리》, 1938년 10월, 202쪽.

5「여류문장가의 심경타진」,《삼천리》, 1935년 12월, 98쪽.

6「작품애독연대기」,《삼천리》, 1940년 6월, 171~173쪽;「여류작가방문기(2)」,《삼천리》, 1936

이렇게 구체적인 감동을 토로한 것은 아니지만 『죄와 벌』을 읽었거나 알고 있다는 단서를 내보이는 작가들도 적잖게 찾아볼 수 있다. 심훈은 최서해의 「홍염」의 결말 부분을 두고 "『죄와 벌』을 생각하게 하리만치 처참하여 沈痛美가 있다."[7]고 말한 바 있고, 정비석은 "『죄와 벌』에서 소냐와 라스콜리니코프의 사랑을 뽑아버린다면 그래도 그 작품은 족히 그대로의 생명을 유지할 수 있을까."[8]라고 말한 바 있다. 문학가가 아닌 가수 왕수복과 삽화가 안석주도 잡지사의 설문글에 대한 답변과 인터뷰에서 이 작품을 읽었거나 읽고 있노라고 답하고 있을 정도인데,[9] 이런 점을 보면 당시 『죄와 벌』은 문학인들에게뿐만 아니라 일반인들에게도 널리 회자되었던 화제작이었던 것으로 보인다. 당시 신문들이 법률과 인정人情이 상충되는 지점에서 벌어진 범죄사건을 보도할 때나 소재적이거나 내용적인 측면에서 『죄와 벌』과 유사성이 있는 경우에 기사제목에 자주 '죄와 벌'을 내세웠던 것도 이를 뒷받침하고 있다. 「재현된 『죄와 벌』-눈물겨운 강도 이면」,[10] 「외상 아니 준다고 일가족 3명 살상 -완연한 소설 『죄와 벌』의 實演」,[11] 「빈궁이 나은 "죄와 벌" -病父의 藥價 얻고저 살인」[12] 등의 기사가 그런 예들이다. 또한 1935년 미국과 프랑스에서 제작된 두 편의 「죄와 벌」 영화가 모두 서울에서 개봉된 것과 국내의 극단 낭만좌에 의해 「죄와 벌」이 연극으로 상연된 것도, 작품에 대한 대중적 관심을 확산시키면서 동시에 인지도를 높여주었다고 볼 수 있다.[13]

년 11월, 169쪽.

7 심훈, 「연예계 산보, 「홍염」 영화화 기타」, 《동광》, 1932년 10월, 74쪽.
8 정비석, 「사랑」, 《삼천리》, 1940년 7월, 182쪽.
9 「이태리 가려는 王壽福 歌姬」, 《삼천리》, 1939년 6월, 120쪽; 안석영, 「라스콜리니코프의 소니아」, 《신여성》, 1933년 2월, 94~96쪽.
10 《동아일보》, 1934년 5월 24일.
11 《동아일보》, 1935년 2월 22일.
12 《동아일보》, 1937년 11월 20일.
13 《동아일보》 1936년 2월 29일 자에는 여주인공이 나온 영화의 스틸 장면과 함께 조셉 폰 스턴

식민지시대의 많은 작가와 예술가가, 분량도 만만치 않고 주제도 무거운 『죄와 벌』을 이처럼 즐겨 읽고 강렬한 감동을 받았다고 밝히고 있는 것은 이채로운 일이다. 그리고 그 이채로움은 당시 『죄와 벌』은 한국어로 번역되지 않아 일본어판으로밖에 읽을 수 없었으며, 신문잡지를 통해 줄거리가 소개된 것도 고작해야 두어 번에 불과했다는 사실을 감안하면 더욱 두드러진다.[14]

이처럼 많은 작가가 강렬한 독서체험을 토로했던 『죄와 벌』이 한국 근대소설에 미친 영향에 대해서는 이미 이보영이 고찰한 바 있다. 그는 한국 근대소설에 미친 러시아문학의 영향을 고찰하는 글에서, 염상섭과 이상 등이 작가의식의 차원에서 『죄와 벌』의 영향을 받았음을 실증해보이고, 그로부터 "정통적인 한국 근대소설의 원형은 『죄와 벌』이다."[15]라고까지 말한다. 그리고 식민지시대 작가들이 『죄와 벌』을 애독한 이유에 대해서도 "우리의 작가들은 사회에 대한 불만과 가난 때문에 대학을 쉬고 있는 라스콜리니코프의 반체제적인 사회적 양심에 큰 감명을 받고 그를 식민지 작가인 자기와 동일시했을 것이다. 이 소설의 암울한 분위기에서 식민지가 된 조국의 사회적, 정신적 상황을 감지했을 것이며 고리대금노파에게서 식민지의 惡의 세력을, 라스콜리니코프에서 억압받는 무수한 동족(특히 지식인들)을 그

버그Josef von Sternberg 감독의 「죄와 벌」 개봉 기사와 간략한 줄거리가 실려 있으며, 《매일신보》 1936년 12월 4일 자에는 피에르 슈나르Pierre Chenal 감독의 영화가 소개되어 있다. 이운곡李雲谷의 영화평을 보면 이 영화도 개봉되었던 것으로 보인다. 이운곡, 「미모자관, 죄와 벌」, 《조광》, 1938년 4월, 224~225쪽 참조. 《동아일보》 8월 22일 자와 9월 5일 자에는 극단 낭만좌가 연극 「죄와 벌」을 공연한다는 기사와 함께 작품의 줄거리가 소개되어 있다. 각본은 희곡작가 박향민朴鄕民, 연출은 김욱金旭으로 보도되어 있다.

14 참고로 『죄와 벌』의 한국어 번역판은 1955년 황순원黃順元과 허윤석 공역共譯으로 명신사銘信社에서 나온 것이 가장 이른 예로 보이는데, 이 또한 완역은 아니며 일본어 문고판의 중역으로 보인다. 일본어를 통한 중역이 아닌, 러시아어를 한국어로 바로 옮긴 번역판은 2000년에 와서야 처음으로 출간되었다.

15 이보영, 『동양과 서양』, 신아출판사, 1998, 194쪽.

려보았을 것이다."[16]라고 추측하고 있다.

『죄와 벌』의 유행을 식민지 상황과 연관 지어 설명하는 이보영의 논의는 공감하지 못할 정도는 아니지만 입증하기에 무리가 있는 것이 사실이다. 따라서 한국 근대소설과 『죄와 벌』의 영향관계를 보다 객관적으로 논하기 위해서는 비교가 가능한 맥락을 재설정하는 것이 필요해 보이는데, 그것은 『죄와 벌』의 영향을 1910년대 유럽에서부터 시작된 도스토옙스키 현상의 일환으로 보는 것이다. 즉, 1930년대 일본에서의 도스토옙스키의 유행도 그런 세계적인 현상의 하나인 만큼 같은 시기에 조선에 소개된 도스토옙스키 문학도 그 연장선상에서 고찰할 근거는 충분한데, 이는 이보영도 인정한 바 있는 맥락이다.[17]

이 장에서는 바로 이런 시각에서 식민지시대에 우리나라에 『죄와 벌』이 소개되고 수용된 과정을 간략하게 살펴보고, 이 작품이 한국 근대소설에 미친 영향을 문학법리학적 시각에서 살펴보려고 한다. 그러니까 『죄와 벌』이 근대 부르주아사회에서 인간의 도덕적 감정과 법적 정의를 문제 삼는 텍스트인 만큼, 이 작품의 그런 측면들이 어떤 식으로 당시 작가들에 의해 이해되었는지를 살펴보려는 것이다. 그 주요 대상으로 상허 이태준

---

16 이보영, 위의 책, 217쪽.

17 이보영, 위의 책, 217~218쪽 참조. 이보영도 몇 예를 들고 있지만, 1910년대 이후 도스토옙스키 문학이 유럽에 적잖은 자극과 영향을 준 것은 부정할 수 없는 사실이다. 게리 로즌쉴드 Gary Rosenshield는 앞의 글(255쪽)에서 이런 현상을 제1차 세계대전 후의 서구문명에 대한 환멸 속에서 서사적 혁신을 보인 도스토옙스키가 받아들여진 것이라고 해석하고 있는데, 그 영향의 측면들은 비교문학적 견지에서 지속적으로 연구되고 있다. 영미문학에 미친 영향에 대해 살펴본 책으로는 20세기 초반 영국 작가들의 도스토옙스키 수용이 "예술적 혁명적 자의식"으로 규정될 수 있는 모더니즘의 맥락에서 이해되어야 한다는 전제 아래, 도스토옙스키에게 깊이 영향을 받은 데이비드 로런스, 버지니아 울프, 아널드 베넷, 조지프 콘래드, E. M. 포스터와 헨리 제임스 등의 작품을 검토하고 있는 피터 케이Peter Kaye의 *Dostoevsky and English Modernism, 1900~1930*(Cambridge U. P.,1999)이 있으며, 프랑스 문학의 경우에는 앙드레 지드와 프랑수아 모리아크와 앙드레 말로, 그리고 알베르 카뮈에 이르는 일군의 작가들에 대한 도스토옙스키의 영향을 고찰한 앙리 페르Henri Peyre의 *French Literary Imagination and Dostoevsky And Other Essays*(Alabama U. P., 1975) 등을 들 수 있다.

을 집중적으로 살펴보고자 하는데, 이는 그가 식민지시대 작가 가운데 자신의 작품 속에 문학법리학적 텍스트로서의 『죄와 벌』을 수차례 언급함으로써 그와의 연관성을 가장 많이 드러내고 있으며, 소설의 발상법으로까지 변형하고 활용하고 있는 예외적인 작가이기 때문이다. 논의를 위해 먼저 『죄와 벌』의 수용사를 간략하게 살펴보기로 하자.

2. 식민지시대 『죄와 벌』의 소개와 수용

김병철의 『한국근대번역문학사연구』를 보면, 『죄와 벌』은 1920년대에 고작해야 두 차례 정도 줄거리가 소개된 것으로 보고되었지만, 실제로는 1919년 처음 소개된 이래 신문과 잡지를 통해 적잖게 소개되었다. 그것은 15회 정도로 파악되는데, 도스토옙스키와 그의 작품 『죄와 벌』에 관해 짧게라도 언급하고 있는 글을 표로 정리하면 다음과 같다.

〈표 5-1〉 일제강점기 모의재판극 공연목록

분류	필자	작품(기사)명	게재지면	게재년월	비고
소개	최승만	노국문호 도스토예프스키씨와 及 그이의 『죄와 벌』	창조	1919.12.	
소개	오천석	더스터예브스키라는 사람과 뎌의 작품과	개벽	1923.11.	
평론	최서해	근대노서아문학개관	조선문단	1924.12.	
수필	박영희	조선을 지내가는 베너스, 눈에 보이는 대로 생각나는 대로	개벽	1924.12.	
수필	박영희	숙명과 현실	개벽	1926.2.	
평론	이상화	無産作家와 無産作品	개벽	1926.2.	
해제	花山學人	떠스터 에푸스키 原作 『罪와 罰』	동아일보	1929.8.11.~8.20.	9회
수필	염상섭	쏘니아 예찬 – 여자천하가 된다면	조선일보	1929.9.22.~10.2.	5회
축약 해제	心鄕山人	泰西名作梗概 – 죄와 벌	조선일보	1929.10.31.~11.3.	4회
소개	SS生	'더'翁의 비통과 癲癎	조선일보	1930.7.17.	2회

평론	김명식	노서아의 신문학	삼천리	1930. 7.	
해제	徐○○	세계명저소개 – 도스토옙스키 『죄와 벌』	동아일보	1931. 2. 16.	
수필	노자영	무제록	삼천리	1931. 10.	
수필	안회남	매음소녀 소니아	신여성	1933. 2.	
평론	임화	현대문학의 정신적 기축基軸	조선일보	1938. 3. 23.~3. 27.	4회

위 표에서 보듯이, 도스토옙스키와 그의 소설 『죄와 벌』은 1919년 최승만崔承萬이 《창조》를 통해 소개한 이래 1930년대 후반까지 간헐적으로 소개되고 있음을 알 수 있다. 위의 글들은 대체로 작가나 작품소개를 주로 하는 글, 자신의 수필 속에 『죄와 벌』의 독서체험을 풀어내고 있는 글, 비평적 관점을 접어둔 채 작품 자체의 줄거리를 축약적으로 소개하는 글로 나눌 수 있다. 순차적으로 살펴보면 먼저 오천석과 SS생은 비극적인 삶과 뇌전증 발작과 같은 병력을 화제로 도스토옙스키를 소개하고 있다. 오천석은 그를 "근세의 가장 비극적 일생의 소유자"라고 하면서 『죄와 벌』을 언급하고 있다. 그리고 "吾人이 저의 작품을 읽고 제일로 느끼는 바는 작중에 병인, 貧寒者, 살인, 강도, 放蕩者 — 이러한 인물이 자주 나타남이다. …(중략)… 그러나 저는 이를 기형적으로 그린 것이 아니라, 깊은 동정과 可憐한 情을 늘 품고 그렷다. 이는 저가 큰 인도주의자라 일컫는 緣故이다."[18]라고 평가하고 있는데, 비교적 도스토옙스키의 생애가 잘 요약된 글이지만 그 상세한 정보로 볼 때 누군가의 글을 참고한 것으로 보인다. SS생의 글 또한 작품에 대한 관심보다는 도스토옙스키의 뇌전증 발작을 소개하고 있는 글로서 제삼자의 저서를 참고한 것으로 보인다.[19]

작품을 소개하고 있는 글도 수용 초기에는 작품명을 거론하거나 짧은 독후감을 덧붙이는 선을 넘지 못하고 있다. 『죄와 벌』을 처음 소개한 최승

18 오천석, 「더스터예브스키라는 사람과 뎌의 작품과」, 《개벽》, 1923년 11월, 문예란 9~10쪽.
19 SS生, 「'더'翁의 비통과 癲癎」, 《조선일보》, 1930년 7월 17일.

만은 "나도 近年 以來 몇 가지 外國傑作을 본 中에 더氏의 傑作이라고 하는 「罪와 罰」과 갓치 깁흔 印象과 많은 깨다름을 주는 것은 업습니다."라고 하면서 그 내용을 요약해 전달하고 있다.[20] 이런 시각은 이후 최서해로 이어진다. 그는 러시아 근대문학사를 짧게 개괄하면서 도스토옙스키는 "인생의 암흑면을 그린 작자"로서, "그의 『죄와 벌』은 유명한 작이다. 그 중에 보이는 병적 심리 묘사라거나 독자로 하여금 심대한 감정을 일으키게 하는 것은 참으로 도스토옙스키의 솜씨가 아니면 할 수 없을 것이다."[21] 라고 말하고 있다. 이 역시 제삼자의 논의를 참고한 것으로 보이는데, 출처는 알 수 없다. 이상화는 유럽의 여러 무산계급 작가를 소개하면서 도스토옙스키의 『죄와 벌』과 「가난한 사람들」이라는 제목만 언급한다.[22] 김명식의 글은 도스토옙스키와 막심 고리키Maxim Gorky를 소개한 짧은 글인데, 그는 "彼의 걸작은 『죄와 벌』이라 하는 소설인데 이 소설을 읽을 때에 특히 悲하는 것은 그 소설의 주인공인 라스콜리니코프가 밀매음부 소니아의 앞에 나아가서 꿇어앉고 한 말이외다. '나는 그대의 앞에 꿇어앉는 것이 아니요 모든 苦로운 사람의 앞에 꿇어앉는 것이라'고. 이 말은 실로 피彼 자신의 마음 가운데에서 우러나온 말이외다."[23]라고 말하고 있다.

『죄와 벌』에 대한 보다 구체적인 소개는 박영희와 염상섭의 수필, 임화의 평론에서 나타난다. 박영희가 쓴 두 편의 수필은 모두 식민지 조선의 현실에 대한 그의 발언을 담고 있다. 그는 1924년의 글에서는 조선과 조선의 사상이 피곤한 상태에 놓여 있다고 진단하면서 『죄와 벌』을 언급하며, 1926년의 글에서는 힘겨운 현실에 체념하는 숙명론이 약소민족 혹은 피

20 최승만, 「노국문호 도스토예프스키씨와 及 그이의 『죄와 벌』」, 《창조》, 1919년 12월, 62쪽.
21 최서해, 「근대노서아문학개관」, 《조선문단》, 1924년 12월, 63쪽.
22 이상화, 「無産作家와 無産作品」, 《개벽》, 1926년 2월, 97~98쪽.
23 김명식, 「노서아의 신문학」, 《삼천리》, 1930년 7월, 66쪽.

지배민족의 특징이라고 말하고 그 숙명을 파괴하며 현실을 밝힐 것을 권하면서 같은 작품을 언급한다. 그 부분을 인용하면 아래와 같다.

> 러시아를 보아라! 체호프는 매우 피곤하였다. 그러나 투르게네프의 처녀지는 그 피곤한 러시아를 잡아 흔들면서 자지 말아라, 잠자지 말아라! 하였던 것이다. 또한 도스토옙스키의 『죄와 벌』에는 대학생 라스콜리니코프는 손에 도끼를 들고 잠자려는 러시아를 죽여버렸다. 그런 고로 러시아는 혁명하였다. 그러나 조선은 아마도 깊은 꿈에 빠지었나보다. 무너져가는 집 속에서는 아직껏 연애를 찬미하는 노래가 흘러나오고, 또한 어떠한 有志文士라는 사람들은 조선 사람의 생활 정도가 외국인의 생활을 이해치 못함으로 외국문학 번역이 왕성치 못하다고 부르짖는다. 그것이 꿈이 아니면 무엇이랴? 조선 사람은 우선 자기네의 생활을 반성하는 것이 무엇보다도 필요하다.[24]

만일 지금 현실을 잘 아는 사람이 자기의 현실을 계발시키려고 노력한다 하자! 그 사람을 가령 도스토옙스키의 작품 『죄와 벌』에 나오는 라스콜리니코프라고 하자.

그는 현실을 가장 유용하게 진화시키기 위해서 그는 명확한 관찰로 그의 주위를 살펴보았다. 그때 그는 일하되 얻지 못하고 애쓰되 학대만 당하는 모든 불쌍한 무리에 참혹한 기근과 고리대금업을 경영하는 無道殘忍한 노파의 거액의 재물이 그의 사후의 천당을 위해서 소비될 現物을 보고 그는 그 현실을 적극적으로 진화시키기 위해서 손에 도끼를 들고 그 노파에게 가서 그 노파를 죽이었다. 이러한 현실이 생기자 그는 경찰에 손에 붙잡히게 되었다.

그때 그의 이론의 一句를 다시 볼 수 있다. 그는 생각하였다. 옛날 나폴레옹은 자기의 정치적 야심에서 수천만의 아까운 생명을 살해하였다. 지금에 그는 가난한 모든 사람과 약한 이웃을 위해서 다만 소용없는 노파를 죽이었다. 그런데

24 박영희, 「조선을 지내가는 베너스, 눈에 보이는 대로 생각나는 대로」, 《개벽》, 1924년 12월, 119~120쪽.

전자에는 아모 벌도 없었으나 후자에게는 유형을 당하게 되었다.[25]

위 두 인용문에서 보듯, 『죄와 벌』의 주인공 이름이 거론되고 그가 저지른 살인사건 및 그 동기가 소개되고 있는 것으로 보아 박영희는 『죄와 벌』을 읽었거나 최소한 그 줄거리를 알고 있었던 것으로 판단된다. 박영희는 피압박민족의 숙명을 파괴하는 것이 프롤레타리아의 역할이라고 강조하면서 라스콜리니코프의 행동을 소개하고 있는데, 이는 그의 과감한 행동만을 떼어 강조하고 있는 것으로 깊은 이해를 보여주지는 못하며, 박영희 자신이 당시 계급사상에 관심을 가졌다는 사실과의 연관성만을 알려줄 뿐이다.[26] 이런 단순인용은 1931년에 발표된 노자영의 수필에서도 확인되는데, 그는 당대 세계가 강자의 세상임을 한탄하면서, 『죄와 벌』의 주인공 라스콜리니코프가 자신의 행위를 나폴레옹의 행위에 견주어 정당화하는 구절을 인용하고 있는 정도다.[27]

염상섭의 「쏘니아 예찬」은 그 제목에서 알 수 있듯이 『죄와 벌』의 여주인공에 관한 수필인데, 이 글은 『죄와 벌』에 대한 보다 구체적인 독서체험을 담고 있다는 점에서 박영희나 노자영의 글과 구별된다.[28] 염상섭은 라스콜리니코프가 전당포 노파를 죽이게 된 동기며 소냐가 밀매음부로 나설 수밖에 없는 가정적 환경 등을 요령 있게 요약한 후, 『죄와 벌』이 자신에게

25 박영희, 「숙명과 현실」, 《개벽》, 1926년 2월, 87쪽.

26 한편 김윤식은 이 시기 박영희의 수필이 "관념 쪽이 승하고, 현실 문제를 논리 속으로 끌어넣는" 특징을 가지고 있다고 하면서 회월의 수필을 "평론으로 넘어가는 중간단계를 보여주는 것"이라고 지적한 바 있다. 김윤식, 『박영희 연구』, 열음사, 1989, 58~60쪽 참조.

27 노자영, 「무제록」, 《삼천리》, 1931년 10월, 126쪽 참조.

28 위의 표에는 적지 않았지만 염상섭은 1921년 《폐허》에 발표한 「저수하에서」라는 수필에서 라스콜리니코프의 병적 현몽現夢 상태를 언급하면서, 자신도 그것에 신비적 의의를 부여한 도스토옙스키의 견해에 동의한다고 밝히고 있다. 비록 작품명은 밝히지 않았지만, 이로 보아 그는 비교적 일찍부터 이 작품을 읽었던 것으로 보인다. 또한 염상섭의 말을 근거로 하면 그가 읽은 판본은 1924년 이쿠다 쵸코生田長江와 이쿠다 슌게츠生田春月 공역으로 三星社에서 간행된 것으로 보인다.

일깨운 하나의 핵심적인 문제를 제기한다. 즉, 그는 라스콜리니코프가 밀매음부 소냐를 구하기 위해 전당포 노파를 살해하는 강도 범죄를 저질러 그 자신이 파괴되는 결과에 이르렀지만, 오히려 소냐에 의해 교화되어 자수하게 되는 것을 어떻게 볼 것인지를 자문한 후 다음과 같이 답한다.

> 그는 쏘니아를 구원하랴, 다시 말하면 인류를 그 고통에서 구원하는 직접이요 초보인 일 수단으로 강도살인을 하얐다. 그러나 지금 와서는 양심의 가책과 자기파괴의 결과에 직면하야 또 새로운 고민에 허덕이는 것이었다. 그러나 매춘부 쏘니아는 라스콜리니코프가 쏘니아 앞에서 자기의 범죄를 고백할 제 절망과 비탄과 동정 속에서 울면서도 오히려 확신을 가지고 이렇게 말하였다.
> "지금 당장 길거리로 밖에 나가서서 네거리에 엎대어 땅에 키스를 하십시오. 당신을 욕보인 이 땅을. 그리고 사방에 향하여 절을 하시면서 나는 살인자올시다고 소리를 높여 외치십시오. 그렇게 하시면 하느님은 분명히 당신의 목숨을 구해드릴 것입니다. 자, 가시겠습니까? 가시겠습니까?" 하며 재촉을 하였다. 욕보인 이 대지에 입을 맞추는 것은 원수를 용서하는 것이니 이것은 신의神意에 가납嘉納되는 것이요 따라서 신조神助가 있을 것이며, 사방에 배례拜禮하고 살인자임을 고백함은 피해자와 및 인간사회에 대하야 속죄를 간구하는 의미일 것이다. 여기에 이르러서 쏘니아의 신앙과 정의감은 그 극점에 달한 것을 알 수 있다.[29]

염상섭은 이 수필의 앞 부분에서 "쏘니아는 노서아 여자다. 그러나 세계의 가는 곳곳이 협사狹斜의 항巷은 물론이요 백주대로에서도 발견할 수 있는 도회의 ◯腫이다. 현대문명의 맹장염 같은 것인지도 모른다. 우리는 종로 네거리에서도 쏘니아를 발견할 수 있고 우리의 인가隣家에도 쏘니아

---

29 염상섭, 「쏘니아 예찬 - 여자천하가 된다면」, 《조선일보》, 1929년 10월 1일.

가 살지 모른다. 우리는 우리의 자매 가운데에 몇 천 몇 만의 쏘니아를 가졌는가!"[30]라고 말한다. 그리고 위 인용문처럼 소냐의 말을 인용한 다음에는 누가 감히 소냐에게 돌을 던질 수 있느냐고 반문하면서 다음과 같이 말한다.

나는 쏘니아를 생각할 제 인류의 고민의 대표자 라스콜리니코프의 행복을 羨望한다. 왜? 그는 한 여성의 육체는 잃었을망정 그 기품, 그 심령의 高雅純淨함을 믿을 수가 있기 때문이다. 이렇게 말하면 쏘니아 자신부터가 정신적으로는 누구보다도 행복하다고 할 것이다. 그 여자의 신앙이 거룩다 하여 행복자라 함이 아니라 그렇듯 한 불우에 빠져서도 오히려 그렇듯 한 지조를 가지고 인생을 엄숙히 보는 점에 있어서 그러하다는 말이다. 그러나 또 한편으로는 이 여자와 및 '라'[31] 청년을 생각할 제 인생이란 이렇게도 비참한가 하며 몸서리가 치어진다. 세상이란 이렇게도 괴로울 수야 있는가 하며 혼자 운다. 나는 쏘니아와 라스콜리니코프를 좌우에 끼고 운다. 쏘니아를 위하야 나는 라스콜리니코프와 함께 소리 없이 운다. 그리고 만일 나의 흔적 없는 눈물이 영원히 그칠 날이 없다면—쏘니아와 라스콜리니코프가 영원한 실재적 인물로 남아 있다면—또다시 인간이 언제까지나 이처럼도 비참하다면 차라리 나에게 한 사람 쏘니아가 옆에 있어주기를 바란다. 입에 '정의正義' 이자二字를 담고 입에 아멘을 쳐들고 그리고서 그 자리에 돌아서서 쾌락을 위하야 야수와 같은 관능의 승화를 위하여 지분脂粉의 허영을 위하여 제 인격 제 성령을 지축에까지 파묻어 버리는 이 세기世紀의 사람을 이에서 신물이 나도록 보았기 때문이다.[32]

염상섭은 『죄와 벌』을 식민지시대 청춘남녀가 놓인 모순적 환경을 상징적으로 보여주는 하나의 우화로서 읽었던 것으로 보인다. 그는 식민지 사

30 염상섭, 「쏘니아 예찬 – 여자천하가 된다면」, 《조선일보》, 1929년 9월 24일.
31 라스콜리니코프를 칭함.
32 염상섭, 「쏘니아 예찬 – 여자천하가 된다면」, 《조선일보》, 1929년 10월 2일.

회가 제국주의로 인해 근본적인 사회적 모순을 노정하고 있는 만큼 그런 사회적 모순을 의심하고 맞서려는 엄숙한 삶의 태도가 필요하며, 그것을 통해 사회적 정의가 무엇인지 고민해야 한다고 역설한다. 이런 독후감은 『죄와 벌』이 제기하고 있는 근본적인 문제의식을 정확히 이해한 것이다. 그만큼 염상섭은 식민지 작가 가운데 이 작품을 가장 깊이 이해하고 있는 것이다.

1938년도에 발표된 임화의 글은 서구문학의 정신사를 개관하는 본격 평론인데, 이 글에서 임화는 도스토옙스키의 『죄와 벌』을 언급한다. 임화는 라스콜리니코프가 전당포 노파를 죽인 행동을 "현대인의 자의식이 체험한 절망적 비극의 거대한 심볼"이라고 해석하면서도 "라스콜리니코프가 쏘냐의 인도로 신의 나라의 문을 두드려 본다는 것은 하나의 공허한 소설적 픽션에 불과하다."[33]라고 폄하한다. 그는 그 이유를 다음과 같이 설명한다.

> 그러나 과연 버러지와 같은 일노파를 찍어죽인 팔에 선혈을 바라보며 그는 제 강함을 의식하였을까? 『죄와 벌』 한 권은 실로 이 시험이 험됨에 대한 절망의 서라 할 수 있다. 버러지와 같은 일 노파가 죽어간 외에 이 지상엔 라스코리니코프의 굳셈을 반증할 변화는 일호一毫도 없었다. 이 결과의 공허함에 대한 그의 공포는 그를 일층 깊은 심연 속으로 밀어넣었다. 그는 이 시험을 통하여 자기에게 있어 전 생애와 전 세계를 도賭한 운명적 시험을 통하여 그는 다시 한 번 제 무력에 대한 의식을 강화시켰다.[34]

임화의 위와 같은 평가는 이 시기에 이루어진 『죄와 벌』에 대한 평가 가

33 임화, 「현대문학의 정신적 기축」, 『문학의 논리』, 학예사, 1940, 108쪽.
34 임화, 위의 책, 107쪽.

운데 가장 부정적인 평가로서, 박영희의 이해와 가깝고 염상섭의 이해와는 상반된다. 임화의 해석은 이 시기 그가 사회적 현실과 인물(성격)의 통합을 요체로 하는 이른바 본격소설本格小說에 경도되어 있었기 때문인 것으로 생각되는데, 라스콜리니코프의 병적 심리에 대한 고찰이나 법리적 도전의 측면을 전적으로 도외시하고 있다는 점에서 그의 해석은 일정한 한계를 드러내고 있다고 볼 수밖에 없다.

작품을 보다 자세히 소개한 글로는《동아일보》의「세계명작순례」란과《조선일보》의「태서명작경개」란에 실린 글이 주목된다. 이 두 편은 비록 연재횟수에서 차이가 나기는 하지만, 모두 작가에 관한 기본적인 전기사항을 요약한 뒤에 작품의 줄거리를 축약하는 형식을 취하고 있다. 1929년《동아일보》에『죄와 벌』을 소개한 화산학인花山學人은 연재 머리말에서, "이것은 전역全譯이나 초역抄譯은 물론 아니다. 말하자면 이야기책을 읽은 이가 그 읽은 이야기를 간단하고 요령 있게 옮기어주는 것과 마찬가지"라고 하면서, "가정에 계신 부녀자나 또는 소년아동 같은 그런 서적을 독서할 기회가 많지 못한 이들이 빠지지 않고 읽어주었으면 하는"[35] 희망을 밝히고 있다. 글은 임의로『죄와 벌』의 내용을 축약한 것인데, 이는『죄와 벌』이 장편이어서 일반인들이 쉽게 읽지 못하는 사정을 감안하여 비교적 소상하게 내용을 소개하고자 한 것으로 이해된다.[36]《조선일보》의 소개글도 이와 마찬가지다. 그리고 1931년《동아일보》가 기획한「세계명저소개」란에서『죄와 벌』이 다시 한 번 소개되는데, 필자는 '徐'로만 표기되어 있

35 화산학인,「머리말」,《동아일보》, 1929년 8월 4일. 화산학인은 이하윤이다.

36 화산학인은 머리말에서 "아아! 우리도 세계인의 한 사람들이거니 우리에게는 왜 세계적 명작이 없는가?"라고 자탄하고 있다. 그는 1929년 9월 26일과 30일 두 차례에 걸쳐《중외일보》에 부인강좌를 연재하고,《신민》1931년 1월호에「庚午문예계 총관」이라는 글을, 그리고《중외일보》1930년 8월에 프랑스 작가 앙리 드 레니에Henri de Régnier의「절연」과 빌리에 드 릴라당Villiers de L'IsleAdam의「지상애」를 번역 연재한 것이 확인된다.《조선일보》의 심향산인이 누구인지는 알 수 없다.

어 누구인지 알기 어렵다. 이 글에서 필자는 『죄와 벌』의 내용을 보다 간명하게 요약 정리한 후, 한 걸음 더 나아가 "이 소설은 만물 중에 어느 하나도 신으로부터 온 것이 아님이 없다하는 그의 경건한 종교심에서 나온 것이다. '라'로써 대표한 물질적, 합리적 원리와 소니아로 대표한 정신적, 종교적 원리와를 대립시켜 가지고 결국 후자로써 전자를 이기게 한 곳에 이 소설의 근본관념이 있다. 그리고 이것은 실로 작자 자신의 중심사상이었다."[37]라고 비평적 주석을 달고 있다.

대략 이상이 식민지시대에 이루어진 『죄와 벌』의 소개와 수용사인데, 본격적인 평론보다는 소개와 개인적 독후감이 대부분인 이런 정황은 당시 문학계의 수준에 비추어볼 때 불가피했던 현상으로도 이해된다. 이후에도 『죄와 벌』은 몇 차례 더 소개되었지만 1933년 《실생활》지의 글처럼 거두절미하고 작품의 특정 대화만 박스 기사로 소개한다든지,[38] 당시 개봉되었던 영화 「죄와 벌」의 내용을 소개하는 자리에서 간략한 줄거리가 다시 요약되는 수준에 그친다. 《중앙》 1936년 제3월호에 소개된 『죄와 벌』이라든가 《삼천리》의 영화소개[39] 같은 것이 그런 예들이고, 앞서 언급했지만 신문의 영화소개란과 연극소개란에서 줄거리가 되풀이되는 경우도 그렇다. 1931년 영화감독이자 각본가인 서광제徐光霽가 연재 발표한 「발성영화각본 – 죄와 벌」[40]도 원작에 바탕을 두고 있다는 점에서 이런 소개의 연장선상으로 볼 수 있을 텐데, 이런 점을 종합하면 『죄와 벌』은 식민지시대에 작품이 영화와 연극 등으로 확대 변용되어 나가면서 그 내용의 이

37 《동아일보》, 1931년 2월 16일. 1931년 1월 19일부터 7월 20일까지 총 19회에 걸쳐 이루어진 이 소개란에는 맬서스와 벤담, 루소 등 사상가들의 대표저작들과 『햄릿』, 『레미제라블』, 『돈키호테』, 『부활』이 소개되었다.

38 「세계저명작가 명작 중 일절–「죄와 벌」의 一節, 살인한 대학생이 밀매음녀 앞에 悔過談」, 『실생활』, 1933년 2월, 36~37쪽.

39 「문호 도스토예프스키 작의 영화, 죄와 벌」, 《삼천리》, 1936년 4월, 213쪽.

40 《호남평론》, 1931년 1~3월. 현재 3회분까지만 확인된다.

해 정도와는 무관하게 문제작으로서 지속적인 관심의 대상이 되었던 작품이라고 할 수 있다. 다음 절에서는 구체적인 작품을 대상으로 그 영향의 정도를 살펴보기로 한다.

3. 이태준 장편소설과 『죄와 벌』

위에서 말한 것처럼, 식민지시대 작가 가운데 도스토옙스키의 『죄와 벌』의 영향을 가장 많이 받은 작가는 이태준이다. 물론 염상섭처럼 직접적인 영향을 드러낸 작가가 없는 것은 아니지만,[41] 대부분의 경우는 주로 단편소설에서 인물의 특정 심리를 독자에게 전하는 과정에서 텍스트 바깥의 참조점으로서 인용하고 있는 정도다. 채만식, 이무영, 이기영의 작품이 그런 예들이다.[42] 이에 비해 이태준은 자기 자신이 직접 도스토옙스키를 좋아한다고 밝힌 바 있을 뿐만 아니라,[43] 실제로 1930년대에 일간신문에 연재한 몇 편의 장편소설에서 자주 『죄와 벌』을 언급하고 또 그 내용을 적절하게 자신의 이야기와 연관 짓고 있다는 점에서 다른 작가들과는 구별된다. 이태준이 일찍부터 이 작품에 관심이 많았다는 것은 그의 「법은 그렇

41 「쏘니아 예찬」에서도 알 수 있듯이 염상섭의 『죄와 벌』에 대한 이해는 남달랐다. 특히 그는 「악몽」(《시종時鐘》, 1926년 1월)이라는 작품에서 라스콜리니코프의 병적 심리를 거론하고 있는데, 어떤 면에서 그는 『죄와 벌』에 나타난 병적 환몽을 인물의 정신적 강박을 드러내는 기법으로서 자기화했다고 말할 수 있을 정도다. 김경수, 「현대소설의 전개와 환상성」, 《국어국문학》, 2004년 9월, 215~218쪽 참조. 한편 김문집은 염상섭의 장편소설 『이심』(1928년 10월 22일~1929년 4월 24일)에 대해서 "조선의 『죄와 벌』"이라고까지 극찬하고 있는데, 이 작품의 여주인공 춘경이라는 인물이 『죄와 벌』의 여주인공 소냐를 연상시키는 것은 부정할 수 없다. 김문집, 「『이심』-조선판 『죄와 벌』」, 《박문》, 1939년 7월, 24쪽.

42 이무영의 「두 훈시」(《동광》, 1932년 5월), 이기영의 「십년 후」(《삼천리》, 1936년 6월), 채만식의 「명일明日」(《조광》, 1936년 10월~12월)이 그렇다. 이기영의 경우는 장편소설 『동천홍』에서도 라스콜리니코프를 인용하고 있지만 일회적이며, 그 기능 또한 단편에서와 크게 다르지 않다.

43 「장편작가 방문기(2), 理想을 語하는 이태준씨」, 《삼천리》, 1939년 1월, 227쪽.

지만」이라는 소설의 한 장의 제목이 '죄와 벌'로 명명되어 있다는 점으로도 미루어 짐작할 수 있는데, 『불멸의 함성』, 『화관』, 『청춘무성』 등의 작품에서 그 영향을 본격적으로 드러낸다.

먼저 『불멸의 함성』[44]부터 살펴보기로 하자. 이 작품의 주인공은 박두영이라는 고학생苦學生이다. 그는 같은 집에 하숙하고 있는 정길이란 여학생이 자신을 사랑하는 것을 알면서도 자신이 가정교사로 있는 집의 큰딸인 원옥이 적극적인 구애를 하자, 원옥의 구애를 받아들인다. 하지만 인천의 보통학교 교사로 있는 원옥은 이미 천오상이라는 같은 학교 교원의 감언에 빠져 그와 육체적 관계를 맺고 있는 상태였는데, 아버지가 다른 사람과의 결혼을 서두르자 자신이 이미 두영과 관계가 있노라고 속이고 두영과 결혼하기로 한다. 그런데 천오상과의 혼전관계가 두려웠던 그녀는 두영의 마음을 떠보기 위해 결혼식에 앞서 두영을 온양온천으로 데리고 가 하루 유숙하는데, 이때 자신의 처지를 자기 동무의 이야기라고 속여 말하면서 두영에게 정조에 대한 의견을 묻는다. 그에 대해 두영은 아래와 같이 대답한다.

> "…(중략)… 나는 저 『죄와 벌』에 나오는 쏘니아처럼 몸과 마음에 한없는 상처를 가지구도 오히려 그 속에서 닦어진 마음, 그 고결한 마음 그런 순결이 인간으로서는 제일 가치 있는 순결인줄 아우 …… 여자의 정조는 창부 이상으로 더러워졌다 칩시다. 그렇더라도 정말 그런 여자로 마음만이 순결하다면 쏘니아 같은 여자라면 나두 정말 그의 무릎 앞에 꾸려 엎듸겠수 …… 생각해 보구려. 몸의 순결이란 아모래도 자기가 더럽혀 놓고야 말 순결이지만 그런 눈물로 씻긴 마음의 순결이란 아모리 접하여도 더럽혀지지 않을 순결이구 또 자기가 그 여자의 순결을 더럽힐 수 없을 뿐만 아니라 그 여자의 마음과 부딪힐 때마다 자기

---

44 《조선중앙일보》, 1934년 5월 15일~1935년 3월 30일.

의 마음까지 정화될 것 아니요?"[45]

몸은 순결하지 않더라도 마음이 고결한 소냐 같은 여인이라면 그것은 문제될 것이 없고 오히려 자신이 라스콜리니코프처럼 그녀 앞에 무릎 꿇겠다는 두영의 발언은, 두영이『죄와 벌』의 주제를 잘 이해하고 있다는 것을 알려준다. 그리고『죄와 벌』을 인용하는 두영의 이런 발언은 작품에서 원옥이 처한 상황과 궁금증에 적절하게 어울린다. 또한 두영이 원옥이 천오상의 아이까지 배고 자신을 속였다는 것을 알면서도 그녀를 용서하고, 결국은 천오상의 아이를 기르면서 두영의 눈먼 어머니를 시골에서 모시고 올라와 살고 있는 원옥을 우여곡절 끝에 받아들이는 것으로 끝나는 것도 위의 발언의 구체적인 실현으로 이해된다.

『불멸의 함성』에서『죄와 벌』이 언급되는 부분은 오직 이 장면뿐이지만, 그 연관성은 이 정도에서 그치지 않는다. 이 작품의 대부분은 두영과 원옥 및 정길의 연애담에 초점이 맞춰져 있지만, 작품 초반에 법적 정의가 무엇인가를 묻는 어용의 삽화가 상징적으로 제시되어 있기 때문이다. 공교롭게도 이 작품은 어용이라는 고학생의 이야기로부터 시작된다. 두영처럼 고학생인 그는 월사금 미납으로 대수代數를 가르치는 최 선생과 갈등을 빚다가 결국은 퇴학처분을 받는다. 어용은 얼마 후 두영과 함께 취운정에 올라가 대화를 나누는 중에 단도를 내보이면서, 자신이 기숙하고 있는 집에 현금 오백 원이 있는 것을 알고 있는데 그날 밤 자신이 돈을 훔칠 테니 망을 보아달라고, 그리고 다음과 같이 말하면서 함께 상해로 가자고 권한다.

"왜 불안스러운가? 만일 실패하는 날엔 자네는 뛰어버리게나. 어디까지 나는

45《조선중앙일보》, 1934년 9월 17일.

나 단독으로 한 걸로 하고 자네는 불어넣지 않을 테니 …… 그러고 성공하면 우리가 공부해서 이담에 벌어서 이자까지 해서 그 집에 갖다 갚아주고 사과하면 고만 아닌가? 그래도 그게 죄악이 될까?"[46]

두영은 물론 어용의 위와 같은 제안에 응하지 않는다. 하지만 어용의 위와 같은 말은 큰 자극이 되어, 두영은 같은 집에 사는 원옥의 동생 형옥을 상대로 아픈 병자가 돈이 없어 나중에 약값을 갚을 결심을 하고 약을 훔친 경우를 예로 들어 의견을 구하는가 하면(1934년 5월 22일), 어용이 강도사건으로 검거된 이후에는 어용에게 퇴학처분을 내린 학교의 처사를 비판하기도 한다(1934년 5월 23일). 그리고 자신에게 마음을 털어놓은 어용에 대한 의리를 생각하고 종로경찰서를 향해 가려다가, 교장선생으로부터 도적질을 미리 알고도 말하지 않은 것이 충분히 처벌조건이 된다는 말을 듣고 발길을 되돌린다. 그 직후의 두영의 모습은 다음과 같이 서술되어 있다.

두영은 주인집으로 와서 형옥이 어머니더러도 골이 아퍼 왔노라 하고 방에 들어가 누어버리었다.

두영은 피곤하얏다. 전전날밤부터 이틀밤을 잠을 설친 것도 원인이려니와 몹시 긴장해서 하는 생각은 몹시 힘들여 일하는 것 이상으로 정신과 육신에 피곤을 가져왔다.

'내가 지금 너무 병적으로 생각하는 거나 아닐까? 교장의 말이 올은 말이 아닐까?'하는 자기의식에 대한 의심도 일어났다. 그래서 아무것도 생각하지 말고 푹 머리를 쉬어가지고 생각하리라 하였다.

그러나 대낮에 잠도 올 리가 없었다. 눈을 떠 멍하니 바람벽을 바라보았다.[47]

46 《조선중앙일보》, 1934년 5월 18일.
47 《조선중앙일보》, 1934년 6월 1일.

앞서 살펴본 어용의 생각은 죄에 대한 근본적인 질문으로서 『죄와 벌』에서 라스콜리니코프가 노파를 살해한 것을 정당화하려는 심리와 상통하며, 그런 그의 행동을 두고 두영이 보이는 신체심리적 증상도 범죄를 저지른 이후의 라스콜리니코프의 모습을 연상케 한다. 특히 이 병적인 증상의 부분은 『죄와 벌』이 소개되는 과정에서 줄곧 강조되었던 측면이기도 하다. 이를 종합해보면 『불멸의 함성』은 이야기의 단초상황 설정 및 두영의 인물화와 원옥과의 관계 등 몇 국면에서 『죄와 벌』의 소재 및 주제의식에 상당한 영향을 받은 것으로서, 부지불식간에 법적 정의에 관한 문제의식을 이어받고 있는 것이라고 할 수 있다. 이는 작품이 연재되고 있던 시기에 재일 유학생들이 작중인물 어용을 모델로 모의재판극을 준비했다는 기사에 의해서도 반증된다.[48]

『화관』[49]도 작품에서 『죄와 벌』이 직접 언급되고, 또 소설 내용도 『죄와 벌』의 내용과 연관된다는 점에서 『불멸의 함성』과 유사하다. 이 작품은 여자전문학교 재학생인 임동옥을 주인공으로 해, 신여성인 그녀가 여성의 운명에 대해 근대적인 자각을 하게 되고, 또 그 연장선상에서 구주九州대학을 졸업한 가난한 문학사 박인철과 성숙한 사랑에 이르는 과정을 그리고 있는 작품이다. 방학을 이용해 요양 중인 어머니를 만나러 삼방에 왔던 동옥은 그곳에서 우연히 인철을 알게 된다. 그러고 나서 다시 서울에서 만나 관계를 이어가는데, 동옥은 인철을 떠올리면서 "꼭 『죄와 벌』에 나오는 라스콜리니코프가 그 주인공 같어."(301쪽)라고 생각한다. 자신에 대한 동

48 《조선중앙일보》 1934년 7월 23일 자에는 동경 중앙대학에 다니는 평안남도 출신 유학생들이 하기방학을 이용하여 『불멸의 함성』에 나오는 어용을 모델로 하여, 학비난으로 강도를 범하는 것을 사회적으로 법률적으로 해석하려 한다는 모의재판 공연 기사가 실려 있다. 이것만 보아도 어용의 삽화는 법적 정의와 관련하여 결코 작지 않은 문제를 제공하고 있다는 것을 알 수 있다.

49 《조선일보》, 1937년 7월 29일~12월 22일. 이 글에서는 1938년 삼문사에서 펴낸 『화관花冠』을 텍스트로 하고, 인용할 때는 쪽수만 밝힌다.

옥의 마음을 알게 된 인철은 자신이 처한 상황을 동옥에게 고백하는데, 그것은 자신이 대학생 때 신세를 진 어느 부잣집 첩과의 관계다. 어느 날 자신을 도와준 그 여성(조숙자)의 부탁으로 백천온천으로 가게 된 인철은 그녀가 하루하루를 최면제로 살아가는 늙은 남편 때문에 무서워 견딜 수가 없으며 인철을 사모했노라는 고백을 받고는, "어떻게서나 그 여자 앞길에 광명을 주고 싶"(320쪽)은 마음에 남편의 눈을 피해 나온 그녀와 개성에서 3일을 묵는다. 그런데 집으로 돌아간 직후 그녀는 남편 독살혐의로 체포된다. 남편이 독살되던 날은 그녀가 인철과 함께 개성에 있었던 날이어서 그녀의 알리바이는 분명했지만 그녀는 자신의 그날 행적을 밝히지 않는다는 것이다.

그리하여 인철은 자신이 기소될 가능성이 있는 것을 알면서도 양심상 자신이 나서서 그녀가 범행현장에 없었다는 것을 증명하기 위해 경찰에 출두하겠노라고 동옥과 자신의 동생 인봉에게 고백한 것이다. 이때 인철의 발언과 동옥의 반응은 다음과 같다.

> "좌우간 나 때문 아닙니까? 그 여자의 범행이라 하더라도 나 때문일 거요. 그 여자의 범행이 아니라 하더라도 자기 남편을 지키지 않아 그런 일이 생기게 된 것은 나 때문이니까요. 그 여자가 받는 괴로움을 마땅히 내가 나눠져야겠지요."
>
> …(중략)…
>
> "예심이 얼마나 오래 가나요?"
>
> "아마 한 일 년 가겠죠. 증거가 양쪽에 다 얼른 잡히지 않는다면 그 이상 얼마든지 끌 수도 있겠죠. 또 내가 나타나면 으레 검사는 날 기소할 겝니다. 내가 구속이 되면 한 일 년 갈 겝니다"
>
> "그러다 정말 공모로 몰리시면 어떡해요?"
>
> "글쎄요. 세상엔 억울한 원죄冤罪란 것도 없진 않은 거니까요, 원죄라도 몇 해 갇혔다 끝이 난다면 모르겠어요. 이건 몰리기만 하면 살인공모니까요. 살인죄

수로서의 처형을 받어야 할게니까요!" (325~327쪽)

동옥 앞에서 사건의 전말을 밝히고 양심에 따라 자수를 하겠노라고 진술하는 인철의 모습은, 소냐 앞에서 자신의 죄를 고백하고 위안과 용서를 받고자 하는 라스콜리니코프를 연상시킨다. 게다가 이미 인철은 동옥에게 라스콜리니코프처럼 인식되고 있던 터다. 또한 작품 초반에 동옥은 자신에게 반해 동옥의 친구인 정희와의 약혼을 무르겠다는 배일현에게 "양심엔 찔리어도 법률이 허락하니까 공공연하게 한다! 그건 법률만 없으면 어떤 악독한 일이라도 하겠다는 심사가 아닙니까? 법률은 선행을 장려하기 위해 아니라 악행을 제한해 놓기 위해 된 것 아닐까요? 왜 즐겨 악행에만 간섭하는 그 속에 들어갈 게 뭡니까? 법률이야 있고 없고 양심대로 살 만한 예의나 정의를 갖는 게 문화인이 아닐까요?"(153쪽)라고 당당하게 말한 바 있는데, 이런 면모도 그렇고, 인철의 말을 들은 뒤에 "박인철이 남의 첩과 추한 관계를 맺은 박인철이 잘못하면 본부를 죽인 간부라는 죄명으로 무기징역을 살는지 까딱하면 사형이라도 받을지 모를 박인철일 난 의연히 사랑할 것인가?"(328쪽)라고 자문하는데, 이런 동옥의 모습도 소냐와 매우 닮아 있다. 그리고 이런 구성은 어용의 삽화를 먼저 제시한 후 그것을 남녀의 애정이야기와 결부시키는 『불멸의 함성』과도 매우 흡사하다.

『청춘무성』[50] 또한 『죄와 벌』에 대한 작가의 독서체험이 투영되어 있는 작품이다. 이 작품 또한 한 남자와 두 여자 사이의 삼각관계를 중심으로 이야기가 전개되는데, 남자는 청산학원 신학부를 졸업한 서른 초반의 원치원이며 두 여자는 그가 가르치는 기독교 학교의 여학생 최득주와 고은심이다. 작품 초반, 기생인 언니에게 생계를 의탁하는 것도 모자라 어떤 부

50 《조선일보》에 1940년 3월 12일부터 8월 11일까지 연재하다가 중단된 작품이다. 이 글에서는 1940년 박문서관에서 펴낸 『青春茂盛』을 판본으로 한다. 역시 인용할 때는 쪽수만 밝힌다.

호에게 정조를 팔게 된 득주는 자신의 신세에 절망한 나머지 학교에 나오지 않는다. 치원은 이런 득주를 구해내려고 부단 애를 쓰지만, 득주는 오히려 치원이 은심에게 애정을 가지고 있는 것을 시기해 홧김에 은심과 치원 사이의 관계를 학교에 알려 두 사람 모두 학교를 그만두게 만든다. 이후 작품은 은심과 치원이 일본에서 다시 만나 애정을 확인하는 이야기와 학교를 나와 카페에 취직한 득주의 이야기를 이원적으로 그리는데, 『죄와 벌』과의 상관성은 주로 득주의 이야기에서 드러난다.

득주는 작품에서 생계를 위해 학교를 그만두고 '마이 디어'라는 술집의 여급으로 일하게 되는데, 손님들의 술시중을 들면서 특히 자기와 같은 동료들의 운명에 대해 깊은 고민을 하게 된다. 본인이 사생아이면서도 사생아를 낳고 잃어버린 나미짱이라든지 파란만장한 인생역정 끝에 사람은 돈이 있어야 한다고 단순하게 믿는 오마쓰 등을 보면서 슬픔과 환멸을 느끼는 것이다. 그러던 중 같이 일하던 도시꼬가 경찰서에 잡혀가는 사건이 발생한다. 당일 도시꼬가 본 영화 때문이다. 도시꼬가 본 영화는 「마주르카Mazurka」(1935)라는 독일영화로 작품에 그 줄거리가 요약되어 있다.[51] 영화의 줄거리는 다음과 같다. 고급군인과 결혼하여 딸을 둔 주인공 베라는 남편이 전장에 나간 사이 알고 지내던 지휘자의 유혹에 넘어가고, 이후 이를 알게 된 남편에 의해 집에서 쫓겨나 여러 극단과 극장에서 노래를 부르며 생계를 유지한다. 그러던 중 다시 파리로 온 그녀는 오랜만에 남편의 집을 찾아가지만 남편은 이미 죽은 뒤였고, 자신이 친어미인 양 딸을 키웠다는 두 번째 부인의 부탁을 받고 뒤돌아선다. 그리고 얼마 후, 그녀는 자

51 「마주르카Mazurka」는 1935년 독일에서 제작된, 윌리 포스트Willi Forst 감독, 폴라 네그리 Pola Negri 주연의 법리영화다. 한국에서는 1936년 10월 10일 단성사에서 개봉되었는데, 이때는 『청춘무성』의 후반부가 연재되던 도중이었다. 《조선일보》 1936년 10월 11일 자 「시사실」 참조.

신이 노래하는 밤무대에 예전에 자신을 유혹했던 그 지휘자가 자신의 친딸과 함께 왔다가 어디론가 데리고 나가려는 것을 보고는 그를 총으로 쏘아 죽인다. 그렇게 해서 법정에 선 그녀는 증인석에 앉은 딸에게 자신의 정체를 감추기 위해 고뇌하지만 끝내는 진실을 밝힌다.

그런데 도시꼬는 이 영화를 보고, 일찍이 아비 없는 자식을 낳아 기르다가 아이를 천주교당 문 앞에 갖다 버렸으나 아무도 데려가지 않는 바람에 아이가 죽어버려, 결국 자신의 손으로 아이를 비밀리에 사직공원 뒤 나무 밑에 파묻었던 과거를 떠올리고는 무서움에 떨면서 제 발로 본정서本町署를 찾아가 자신의 죄를 실토했던 것이다(470쪽). 이 일에 큰 충격을 받은 득주는 도시꼬를 면회한 자리에서 "이것은 도시꼬 자신의 죄만을 구하는 게 아니라 이런 죄에 사는 모든 인류에게 광명을 주는 거룩한 사업이 되는 거요."(472쪽)라고 격려하면서, 변호사를 대자는 동료들의 의견에 대해서도 "도시꼬를 위해선 변호가 필요 없다. 마땅한 벌을 받으러 들어간 도시꼬다. 마땅한 벌을 받음으로 말미암아 죄악을 벗고 다시 순결한 신생을 얻으려는 도시꼬다! 변호살 대서 그의 감형운동을 하는 건 그의 거룩한 정신은 모독하는 거다!"(473쪽)라며 반대한다. 이 일을 계기로 그녀는 자신과 도시꼬와 같은 불행한 여인들을 위한 사회교화사업을 계획한다. 그리하여 그런 사업을 하려면 무엇보다도 자금이 필요하다는 것을 절실히 깨닫고 도시꼬에게 치근덕대던 졸부 윤천달의 돈을 빼앗을 생각을 하는데, 바로 그 순간 자신이 소설로도 읽고 영화로도 보았던 『죄와 벌』의 내용을 떠올린다.

득주는 또 이내 『죄와 벌』이란 소설이 생각났다.

득주는 이 소설을 학교에서 단체로 가 영화로도 본 일이 있다.

그 주인공 라스콜리니코프는 전당국 노파를 도끼로 죽이었다. 가족도 없이, 자기 자신도 다 늙어빠져 죽을 것밖에는 아무 의미도, 희망도 없는 노파가, 얼마든지 인류를 위해 유익하게 쓸 수 있는 돈을 잔뜩 끌어안고 사장死藏해 두는 것은, 인류를 위해 불행한 일이라 생각하였고 노파자신의 인생이란, 오늘 죽으나 며칠 더 있다 죽으나, 그의 일생의 객관적 가치란 조금도 변할 것이 없다 생각하는 데서 라스콜리니코프는 조금도 양심에 꺼림을 받지 않고 오히려 떳떳이 노파를 살해한 것이다.

'그 노파와 윤천달이와 무에 다를 건가?' (473~474쪽)

위에 요약된 라스콜리니코프의 범행과 그 동기는 『죄와 벌』의 가장 핵심적인 문제제기로서, 당시의 언론과 개인을 통한 소개에서도 여러 차례 반복되었던 삽화다. 소설로도, 그리고 영화로도 『죄와 벌』을 본 득주는, 이렇듯 라스콜리니코프가 제기했던 정당화될 수 있는 살인이라는 문제를 자신의 문제로 환치하는 것이다. 자수한 도시꼬에게서 거룩한 정신을 읽어내는 것도 소냐에 대한 그녀의 이해와 무관하지 않아 보인다. 그리고 득주는 이러한 생각의 연장선상에서, 재산권과 관련한 법의 정신에 대해서까지 생각하기에 이른다.

현대의 법률은 재산의 소유권을 보장만 해줄 뿐, 그 재산을 좋게 운용하거나 나쁘게 낭비하거나엔 도모지 불간섭이다. 돈이란 애초에 왜 생긴 거냐? 사회생활을 위해, 즉 여러 사람의 편리를 위해 생긴 것 아니냐? 만일 한 사람만이 존재한다면 돈이란 뭣 허는 거냐? 사회생활, 국가생활을 위해 만들어진 게 돈이라면 한 개인이 어떤 기회를 만났다 해서 잔뜩 몰아가지고 자기 향락만을 위해 낭비하는 건 사회에 대한, 국가에 대한 례禮가 아니요 또 돈의 근본정신에도 위반일 게다! 법률이 재산의 소유권만 보호할 뿐 용도用途에 간섭치 않는 건 으레 악용惡用보다 선용善用을 할 것을 모든 소유자에게 인격적으로 믿는 때문이라고밖엔 생각할 수가 없다! (475~476쪽)

위 인용문에서 보는 것처럼 카페 여급인 득주가 재산권과 관련된 법리를 따져 들어간다는 것이 다소 과한 느낌이 드는 것은 사실이다. 하지만 위와 같은 의문과 해석은 라스콜리니코프의 고민을 제대로 이해한 독자라면 충분히 납득할 만한 수준의 생각이다. 이후에 득주는 졸부 윤천달을 유혹하여 그를 처치하기 직전에는, 자신의 행동이 이미 라스콜리니코프가 후회한, 최후이자 최악의 길이 아닌가라고 자문하기도 하는데, 이것은 득주의 법리해석이 그만큼 주관적이고 이상적이라는 것을 보여주기 위해 마련되었을 가능성도 있다. 따라서 이야기 전개상 다소 부자연스러움은 있지만, 이 작품은 『죄와 벌』의 내용과 주제를 가장 적극적으로 이야기에 반영하고 그로부터 또 나름의 법리를 개진해 나아가려 했던 작품으로서 손색이 없다.

위에서도 말했지만 득주가 윤천달에게서 훔친 돈으로 하고자 했던 궁극적 사업은 자신과 같은 불행한 여자와 아이들을 위한 사회교화시설의 건립이었다. 하지만 식민지 통치 권력은 득주의 강도행각을 "일종의 사상운동 자금"(533쪽)으로 간주하여 그녀에게 〈치안유지법〉 위반으로 징역 5년형을 구형하는데, 이 장면 또한 식민지법이 식민지 조선인들에게 어떤 식으로 적용되었는지를 단적으로 보여주는 사례다.[52] 득주는 출옥 후 치원의 도움으로 자신과 비슷한 처지의 여자들을 위한 사회복지시설을 짓는 일에 발 벗고 나서는데, 한때는 여러 남자에게 유린당하고 감옥까지 갔다 왔지만

52 이태준의 소설을 일제의 국가총동원체제에 대한 비판으로 적극적으로 해석하고 있는 배개화는 이 대목에 대해 "일제가 사적인 공통이해에 입각하여 공공의 목표를 실현하고자 하는 시민적-자유주의적 공공성을 불온시하였음을 보여준다."고 말한다. 그리고 뒤이어 작품의 후반부에서 원치원이 자신이 번 막대한 돈으로 사회사업을 지원하는 것을 이태준의 '시민적 공공성'의 상상적 재현이라고 보고 있는데, 그 개연성을 감안한다면 이 상상적 재현은 오히려 그가 장편소설 장르를 일종의 판타지로서 인식했다는 증거 정도로 보는 것이 타당하다고 생각된다. 배개화, 「이태준의 장편소설과 국가총동원체제비판으로서의 '일상정치'」, 《국어국문학》, 제163호, 2013, 419~452쪽 참조.

솔선수범하여 사회사업에 앞장서는 이런 그녀의 모습은, 어떤 면에서는 『죄와 벌』의 소냐를 보다 적극적으로 형상화한 것으로도 해석된다.

이상의 논의를 종합해볼 때, 도스토옙스키의 『죄와 벌』은 이태준의 작품들에 가장 활발하게 수용되었으며, 또 식민지 현실에 맞게 변용되었다고 할 수 있다. 즉, 살펴본 소설들은 인물화의 측면이나 이야기 전개의 측면에서 저마다 『죄와 벌』을 모델로 한 이야기로 볼 수 있는 특징들을 지니고 있는 것이다. 따라서 그 작품들이 한결같이 개인의 양심과 법적 처벌 사이의 괴리 내지는 모순에 초점을 맞추고 있다는 점에서, 『죄와 벌』은 이태준에게 식민지시대의 삶의 문제를 조명할 수 있는 문학적 상상력의 중요한 원천으로서 작용했다고 말할 수 있다.

또한 이태준은 이 작품들에서 당시 사회적 약자였던 여성들의 삶에 집중하고 있는데, 이는 식민지시대 여성들이 법을 비롯한 사회적 제도로부터 보호받지 못하고 있다는 개인적 판단에 근거한 것으로 보인다. 박순천과의 대화에서 그는 현실에 맞는 여성교육을 주문하고 사생아에 대한 인식을 바꿔야 함은 물론, 미혼모가 낳은 아이를 묻지도 않고 길러주는 봉천奉天의 '동선당同善堂' 같은 곳이 필요하다고 역설하고 있기 때문이다.[53] 그리고 이런 그 나름의 해결책과 의견을 자신의 소설 속에 그대로 담아내고 있는데,[54] 이것은 그대로 당대 법과 사회적 제도가 포괄하지 못하는 현실문제를 폭로하는 그의 소설적 방법론이 되고 있다. 그리고 이런 그의 소설적 방법론 내지는 상상력의 바탕에는 바로 현실에 대한 법리적 물음을 제기한 도스토옙스키의 『죄와 벌』이 놓여 있는 것이다.

---

53 「현대여성의 고민을 말한다–이태준, 박순천 양씨兩氏 대담」, 《여성》, 1940년 8월, 60~67쪽 참조.

54 『청춘무성』의 득주는 출옥 후 자신의 사회사업에 참조하기 위해 동경과 중국의 사회시설을 둘러보는데, 그 가운데 이 '동선당' 이 들어 있다. 그리고 이태준의 또 다른 작품 『성모』에서는 작품 후반부에 순모가 낳은 사생아 철진의 민적문제가 대두되기도 한다.

4. 맺음말

도스토옙스키는 식민지시대 한국작가들에게 누구보다도 많은 영향을 끼친 작가다. 그의 작품 중 식민지시대 작가들에게 각별한 영향을 미친 작품은 『죄와 벌』이었는데, 이는 수용사개관에서 살펴본 것처럼 많은 작가가 이 작품을 읽고 남긴 수필과 비평문을 통해 확인된다. 그 주된 이유는 물론 법적 정의란 무엇인가를 묻는 『죄와 벌』의 주제의식이 작가들에게 중요한 소설적 주제로서 받아들여졌기 때문일 테지만, 이보영의 해석처럼 라스콜리니코프와 같은 반체제적 인물의 고뇌가 작가들에게 식민지 조선사회의 사회적 상황을 일깨워주었을 가능성도 부정할 수는 없다. 당시의 언론이 생존을 위해 어쩔 수 없이 저지르게 된 살인사건을 보도할 때마다 『죄와 벌』의 제목이나 내용을 언급한 것이 이를 반증한다고 할 수 있는데, 이로 미루어 보면 『죄와 벌』은 식민지시대 작가들에게는 물론 일반대중에게도 특별한 의미를 지닌 텍스트였을 것으로 판단된다.

살펴본 것처럼 식민지시대 작가 가운데 『죄와 벌』의 영향을 가장 극명하게 보여준 작가는 이태준이다. 그는 1930년대에 신문에 연재한 대부분의 장편소설에서 『죄와 벌』을 단순히 인용하는 차원을 넘어, 주인공들을 라스콜리니코프와 소냐와 방불하게 설정하는가 하면, 이야기 내용에서도 양심의 문제, 그리고 범죄와 형벌의 본질적 관계나 법리문제를 핵심적 주제로 취급하고 있다. 그러니까 단순히 기법적 차원에서가 아니라 사건의 발상법 및 주제구축의 국면 등에서 『죄와 벌』을 모델로 하고 있는 것이다.

이렇게 볼 때 『죄와 벌』은 그 핵심 줄거리에 담겨 있는 근대사회의 모순에 대한 인식과 법적 정의에 대한 물음 등의 측면에서, 식민지시대 작가들에게 더없이 중요한 문학적 자양이 되었던 작품이라고 말할 수 있다. 비록 그 구체적인 사례가 현재로서는 이태준이 가장 분명하지만, 『죄와 벌』은 식민지 작가들에게 법적 정의와 맞서는 소설적 상상력의 본질이 무엇인지를 일깨우고, 그 연장선상에서 제국주의 일본에 법의 주권이 강탈된 식민지인의 운명에 대한 공감을 촉구하고 그런 현실을 문제 삼도록 독려한 외국문학작품으로서 특별한 위치를 차지하고 있는 것이다. 결론적으로 한국 근대소설은 도스토옙스키의 『죄와 벌』을 접함으로써, 그리고 작품에 대한 이해를 심화시켜감으로써, 비로소 근대법과의 길항관계 속에서 인간의 가능세계를 탐구하는 근대소설 본연의 역할과 탐구의 본질을 이해하기 시작했던 것이다.

제6장

식민지시대 법과 문학의 만남

모의재판극

1. 모의재판의 연극적 기원

모의재판mock trial은 실제 법조계에서 활동하고 있는 법률가들이나 장래 법률가가 될 법학도들이 법의 체계를 배우거나 혹은 법리 해석과 적용을 연습하기 위한 목적으로, 실제로 판결이 내려진 사건이나 가상의 사건을 무대에 올려 저마다 판검사 및 변호사 등의 역할을 떠맡아 실연하는 것을 말한다. 즉, 모의재판이란 기존의 사회현실을 규정하는 법의 확충을 위해, 그것이 실현되는 재판의 형식을 그대로 빌려 현행법에 문제를 제기하고 대안적 법리를 탐구하는 특별한 사회적·문화적 형식이라고 할 수 있다.[1] 그

1 모의재판의 기원에 대해서는 아직 분명하게 밝혀진 바가 없다. 하지만 '법과 문학' 연구자인 키런 돌린의 책에는 이에 대한 한 가지 견해가 소개되어 있다. 그에 따르면 르네상스 시기 영국 런던의 법학원Inns of Court은 연극에 관심이 많은 학생들을 위해 법학원의 강당에서 연극을 공연하도록 했는데, 셰익스피어의 「십이야Twelfth Nights」와 「실수연발The Comedy of Errors」이 그렇게 해서 공연되었다고 한다. 그리고 그로부터 해마다 학생들이 왕자를 선출하

런 점에서 모의재판은 법률가들의 교육과 양성에 매우 긴요한 과정課程으로 인식되고 있는데, 이 점은 2009년 3월 출범된 우리나라의 거의 모든 법학전문대학원에서도 그것을 법률적 실천을 위한 핵심적인 교과과정의 하나로 마련하고 있다는 데서도 확인할 수 있다. 하지만 법학전문대학원의 출범 이전 법학대학 제도하에서도 모의재판은 각 대학의 법학과를 중심으로 지속적으로 개최된 바 있었는데, 그것의 기원은 일제강점기인 1920년대로까지 거슬러 올라간다.

이런 모의재판의 출현 이후 1930년대부터는 이른바 모의재판극이라는 것이 출현한다. 모의재판극이란 법학교에서 법률을 공부하는 학생들이 모의재판을 극의 형식으로 발전시켜 무대에 올린 것을 가리키는데, 당시《매일신보》,《동아일보》,《조선일보》 등의 일간지들은 법학생들이 개최한 이 '모의재판극'을 앞다투어 후원함은 물론, 그것이 성황리에 개최된 사실을 현장사진과 함께 상세히 보도하기도 했다. 이는 독자들도 모의재판에 많은 관심을 가지고 있었다는 것을 알려주는 구체적인 증거라고 할 수 있는데, 일제에 사법주권이 빼앗긴 상황에서 조선인 법학도들이 기획한 모의재판극이 꾸준히 개최되고 또 대중에게 열렬하게 환영받았다는 것은 사회문화적으로 아주 의미 있는 현상이라 할 수 있다.

이 장에서는 이런 문제의식하에서 일제강점기 조선의 법학교 학생들이 중심이 되어 연행演行했던 이른바 '모의재판극'을 살펴보고자 한다. 당시 학생들은 모의재판극을 통해 사회의 병폐를 고발하는가 하면 외국의 희

고, 정부의 실정失政 이야기와 그것을 패러디한 이야기를 직접 쓰거나 연기하고 모의模擬 법을 소개하고 그 상연물들을 비난하고 춤추고 마시는 크리스마스 "잔치"가 열렸는데, 바로 그곳에서 실제 소송이나 상상적 사례에 적용될 수 있는 법적 원칙들이 논쟁되었다는 것이다. 그러면서 돌린은 그 변론들이 실상은 "연극과 마찬가지로, 어려운 사회적 문제들을 시연試演하고 논쟁하는 하나의 조심스러운 공간을 제공했던 것"이라고 말한다. Kieran Dolin, *Fiction and the Law: Legal Discourse in Victorian and Modernist Literature*, Oxford U. P., 2009, p. 78 참조.

곡작품들 중 맹목적인 법적 심판의 문제를 고발한 작품들을 선택해 무대에 올리고 했는데, 특히 후자의 경우는 식민지 조선에서 법과 문학의 의미 있는 결합을 보여주는 사례로서 주목할 만한 것이라고 할 수 있다. 논의의 편의를 위해 먼저 일제강점기 조선에서 모의재판이 출현한 역사적 과정을 살펴보고, 이후 법학교 학생들이 중심이 되어 개최한 모의재판극의 실체와 그 전개과정을 고찰한 후, 식민지의 특별한 문화적 형식으로서의 모의재판극의 의미를 살펴보기로 한다.

2. 식민지 모의재판의 성격

식민지 조선에서 모의재판이 처음 출현한 것은 1918년 5월 18일 조선호텔에서 열린 '조선 사법기관 창설 십주년 기념회'에서다. 이 행사는 1907년 7월 정미칠조약 체결 1년 후인 1908년 8월 1일에 새로운 재판소를 개설한 지 10년이 된 것을 기념하기 위해 마련된 자리였다.[2] 그런데 이 행사의 여흥시간에 기생들이 재판정을 꾸며 한 편의 연극을 공연했는데, 이것을 두고 언론에서 모의재판이라고 보도했던 것이다. 당시 《매일신보》는 이 기념행사 사진을 커다랗게 게재하면서 아래와 같이 상세히 보도하고 있다.

> …(중략)… 여흥장에ᄂᆞᆫ 예기의 무용과 기타 여러 가지 여흥이 잇서서 쥬인과 손이 다갓치 즐겁게 노럿ᄂᆞᆫᄃᆡ 그 즁에서도 花月樓의 예기들이 모의ᄌᆡ판을 ᄭᅮᆷ이엿ᄂᆞᆫᄃᆡ 쥬최쟈가 ᄌᆡ판관들이라 아조 ᄌᆡ판소가 온 것처럼 ᄭᅮᆷ여노앗더라 ᄌᆡ판댱도 기ᄉᆡᆼ ᄇᆡ석판사도 기ᄉᆡᆼ 검사도 기ᄉᆡᆼ 서긔도 기ᄉᆡᆼ 변호사와 원피고도 기ᄉᆡᆼ ᄌᆡ판사건은 간통죄인ᄃᆡ 다 각기 우슴을 참고 ᄌᆡ리에 안진 뒤에 법식과 ᄀᆞᆺᄃᆡ치 쥬

2 당시 일제는 《매일신보》를 통해 신사법이 조선의 문란한 법질서를 종식시키고 조선인민의 행복을 증진시키는 계기가 되었음을 대대적으로 홍보했다. 《매일신보》, 1918년 5월 18일 참조.

소 성명 년령 등을 뭇고 심문이 시작되야 취됴를 맛친 뒤에는 얼골 입분 검사가 업는 수염을 씨다듬어가면 점잔을 피우고 논고를 ᄒᆞ얏더라[3]

위 기사는 이 기생들의 재판극이, 축하회의 날이니만큼 죄를 주는 것이 좋지 못하다 하여 무죄방면이라는 판결로 막을 내렸으며, 이런 장면에 총독부 초대 정무총감이었던 야마가타 이사부로山縣伊三郎를 비롯한 "정말 지판관들"까지 웃음을 참지 못했다고 보도하고 있다. 비록 재판정을 모방한 것이기는 하지만, 기생들이 판검사와 변호사 등의 배역을 맡은 이 극은 모의재판이라기보다는 일종의 소극笑劇이라고 보는 것이 온당할 것이다. 하지만 이것은 일제의 사법권 침탈을 기념하는 행사였던 자리에서 연행되었다는 점에서, 엄밀한 의미에서 모의재판이라 보기 힘들다.

본래의 취지에 걸맞은 모의재판이 조선에서 처음 열린 것은 1925년 8월 부산에서였다. 1925년 8월 2일 자 《조선신문》에는 부산변호사회가 조선 수해의연금 모집을 목적으로 동월 8일, 9일 이틀간 국제관 극장에서 1928년부터 일본에서 시행될 배심제도를 대비한 모의재판을 개최할 예정이라는 기사가 실려 있는데, 이것이 식민지 조선에서 최초로 열린 본격적인 모의재판 관련 기사다. 신문은 이에 대해 다음과 같이 보도하고 있다.

"今回의 模擬裁判은 단순히 陪審制度를 模倣한 裁判劇이 아니라 眞摯한 研究를 하기 위한 覇氣로 蓑田 刑務所長을 위시하여 각 변호사는 물론 山田 鐵道病院長 府立병원 醫師 數名 각 신문기자 司法代書人 간호부 실업가 등 모든 계급을 망라하여 진지하게 陪審法의 裁判을 研究하여 …(중략)…"[4]

3 「三百의 祝杯-模擬裁判」, 《매일신보》 1918년 5월 21일.
4 「陪審制度の模擬裁判」, 《朝鮮新聞》, 1925년 8월 2일.

배심제도는 일반 시민이 재판 혹은 기소 과정에 참여하여 사실문제에 관한 판단을 내리는 제도로서 우리나라에서는 2008년부터 실시되고 있는 제도다. 위에서 언급된 배심제도도 바로 그와 같은 것인데, 일본은 1923년 4월 18일 법률 제50호 〈배심법〉이 제정되어 1928년부터 실행을 앞두고 있었다.[5] 따라서 기사 자체에 그 점이 분명히 밝혀져 있고 또 여기에 참여하는 대부분 사람이 일본인들이라는 점에서, 이 모의재판은 일본에서 처음으로 시행되는 배심제도에 대한 이해를 도모하기 위한 것으로 보인다.[6] 하지만 당시 배심제도의 도입이 논의되는 과정에서 그것이 채택될 경우 일본 본국은 물론 식민지인 대만과 조선에서도 시행하지 않으면 안 된다는 반대 논리가 있었다는 사실을 감안하면, 이 모의재판이 딱히 일본에서의 배심제 실시만을 염두에 둔 것은 아니었을 것이라는 추정도 가능하다.[7] 배심제도를 주제로 한 모의재판은 1927년 8월 6일과 7일에 같은 장소에서 다시 한 번 열리는데, 당시 《중외일보》와 《매일신보》는 부산 사법기자단과 변호사단이 보성회輔成會가 계획하고 있는 불량소년수용소 설치기금 모금을 위해 역시 국제관 극장에서 모의재판을 개최하기로 했으며, 그 수익은 전부 보성회의 사업에 기탁하기로 했다고 보도하고 있다.[8] 이 모의재판에 참여했던 인사들이 누구였는지는 구체적으로 밝혀져 있지 않지만, 이것도 2년 전의 모의재판과 성격 면에서 큰 차이는 없었을 것으로 판단된다.

---

5 문준영, 『법원과 검찰의 탄생-사법의 역사로 읽는 대한민국』, 역사비평사, 2010, 518쪽.

6 이것은 그 모의재판 개최의 결과를 보도하고 있는 이후의 보도에서도 확인된다. 《조선신문》은 1925년 8월 12일 자 기사에서 이 모의재판이 "일반에게 배심제가 어떠한 것인가를 잘 의식시켰다."고 보도하고 있다.

7 문준영은 일본의 배심제도 도입의 정치적 배경을 살피는 자리에서 이와 같은 반대의견이 있었음을 밝히고 있다. 그리고 더 나아가 전조선변호사대회에서 이 배심제도의 조선에서의 시행을 두고 의견대립을 보였다는 사실을 지적하고 있다. 문준영, 앞의 책, 518~524쪽 참조.

8 《매일신보》, 1927년 8월 3일 및 《중외일보》, 1927년 8월 7일.

여기서 특기할 점은 이런 모의재판이 입장료 혹은 '장내정리비'를 받는 식으로 일반인에게 유료로 공개되었다는 점이며, 또한 그 수익금이 모두 수해의연금이나 특정 사회사업을 위해 기탁되었다는 점이다. 1931년 10월 10일과 11일 목포에서 성미회成美會와 공생단共生團이 법조단과 목포 신문지국들의 후원으로 열었던 모의재판도 마찬가지인데, 신문은 이들의 모의재판의 목적이 "면수보호免囚保護와 육아원育兒院에 기금을 모집하기 위"[9]한 것임을 분명히 밝히고 있다. 앞의 보성회는 "전과자의 보호사업을 목적으로 하는"[10] 사법보호기관으로 알려져 있고, 목포 성미회 또한 "監獄이나 留置場에서 석방된 자와 刑의 執行 及 執行猶豫 又는 訓戒放免의 처분을 受한 자로서 상당한 보호가 無한 자를 보호"[11]하기 위해 조직된 단체인데, 이를 종합하면 당시 법조계 중심의 모의재판은 법리탐구의 목적 외에 사법 관련 단체의 사회활동을 지원함으로써 사법기관에 대한 우호적인 여론을 조성하려는 목적도 있었던 것으로 판단된다.

그다음 모의재판 관련 기록은 1938년 11월 12일 자《동아일보》와《조선일보》에서 찾아볼 수 있는데, 평양 변호사회 주최의 모의재판이 그것이다.《조선일보》의 기사를 인용하면 다음과 같다.

> 평양의 법조계의 총동원으로 벌어질 모의재판과 강연의 밤. 13일은 國民精神作興週刊의 최종일인 報恩感謝日인 바 平壤府에서는 이 날을 기하야 遵法精神을 일반에게 깊이 넣어주기 위하야 오후 여섯시 반부터 新公會堂에서 다음과 같이 준법정신 강연회와 모의재판을 개최키로 결정되엇는 바 색다른 이 모임은 대성황을 이룰 것으로 예기된다.[12]

9《동아일보》, 1931년 10월 11일.
10《매일신보》, 1927년 11월 26일.
11《동아일보》, 1920년 7월 4일.
12《조선일보》, 1938년 11월 12일.

위 기사에서도 알 수 있듯이, 이 모의재판은 일제가 중일전쟁 이후 국민정신의 결집을 목표로 연 '국민정신작흥주간'이라는 주간행사의 일환으로 개최되었다는 것을 알 수 있다. 또 기사에는 개회를 맡은 일본인 변호사와 강연을 맡은 판사의 이름, 그리고 '장기 건설과 국민의 각오'라는 강연제목이 밝혀져 있다. 재판극의 제목이 「누나의 의문의 죽음」[13]이라고 밝혀져 있는 것도 이전의 모의재판과는 구별되며, 조선인 변호사와 일본인 변호사가 함께 출연하고 있는 것도 흥미롭다.[14] 이런 차이는 일반인들에게 준법정신을 일깨우려는 행사의 성격 때문인 것으로 보이며, 한편으로는 아래에서 살펴보겠지만 당시 조선인 법학생들에 의해 활발하게 이루어졌던 모의재판극의 영향으로 극의 형식을 취했을 가능성도 배제할 수는 없다.

1939년 9월 13일 사법보호기념일을 맞아 평양 복심법원 내의 유항회有恒會가 주동이 되어 기획한 모의재판도 이런 모의재판의 연장선상에 있다.[15] 당시 《매일신보》는 "평양 복심법원 관내 사법보호사업연구회를 비롯하야 평양 유항회 기타 관계 단체에서는 총후銃後의 치안유지확보를 목표로 사법보호사업에 대한 일반의 이해와 원조를 구하기 위하야 기념행사를 계획하고" 있다면서, 특히 13일 밤에 시국뉴스와 영화를 상영하고 더불어 모의재판을 상연하기로 결정되어 변호사회에서 맹연습을 하고 있다

13 위 기사에 언급된 「누나의 의문의 죽음」이란 극은 1920년 일본에서 제작된 무성영화 「妹の死」인 것으로 보인다. 일본 위키피디아에 따르면 이 영화의 줄거리는 기관차 운전사가 사랑하는 누이동생을 실수로 자신이 운전하는 기관차로 치어 죽인다는 내용이다.

14 이동초李東初, 미우라三浦虎太, 최정묵崔鼎黙, 모토시마本島文市 등의 이름을 확인할 수 있는데, 최정묵은 1939년 3월 평양 변호사회 회장으로 被選된 변호사이며 모토시마는 검사 출신으로 당시 平壤保護觀察所 囑託보호사로 재직 중이던 자다. 그리고 미우라는 1919년 당시 평양재판소 서기였던 인물임이 확인된다.

15 사법보호기념일은 일제가 1912년 일본 明治天皇 皇后의 장례식을 맞아 실시한 대규모 사면赦免을 기념하여, 사면된 자들에 대한 보호선도를 위해 9월 13일과 14일 이틀을 사법보호기념일로 정한 데서 비롯된 것으로 설명되고 있다. 「半島司法保護事業に社會の理解認識を望む」, 《京城日報》, 1940년 9월 15일 참조.

고 보도하고 있다.[16] 한편 '사법보호사업연구회'라는 단체는 1934년 무렵부터 각 지방의 복심법원 관내에 설치된 단체로 주로 일본인 법원장과 검사정檢事正으로 구성되었는데, 위《매일신보》의 기사에서 보듯 모의재판은 이들의 사법보호선전활동의 일환으로 기획되었던 것으로 보인다.[17] 이 단체는 주로 면수免囚들의 갱생에 각별한 관심을 가지고 있는 단체임을 알 수 있는데, 이에 대해서는 아래에서 다시 논의할 것이다.[18]

1942년 10월 31일에는 경성 변호사회가 주최한 모의재판이 경성 지방법원 제4호 법정에서 열리는데, 이것은 변호사 수습생들에게 실제 법정에서의 재판과 변론이 어떻게 이루어지는지를 직접 목격하도록 하기 위해 마련된 것이다. 당시 기사는 이 모의재판에 참여한 판검사와 변호사의 이름을 밝히고 있고, 또한 모의재판의 소재가 경성 지방법원의 형사사건 중 하나인 실제 상습도박죄 사건이었다고 보도하고 있다.[19] 기사를 좀 더 보면 다음과 같다.

> 十九명 시보생들이 방청석에서 긴장한 얼굴로 정숙히 방청하는 가운데 히로세 검사로부터 피고의 죄악에 대하야 추상가튼 논고가 잇슨 뒤 김재열 변호사로부터 차례차례로 변호가 시작되엿다. 혹은 피고들의 환경을 들어 정상을 참작할 필요를 강조하고 혹은 피고의 행동이 상습죄를 구성하지 않는다고 법리론을 들고 나서며 혹은 피고에 체형을 나림은 전시 인적 자원을 유용하게 활용하여야 할 이때 타당하지 않다고 형사정책에서 하는 변호 등 갖가지로 변론의 본

---

16 《매일신보》, 1939년 9월 8일. 한편《매일신보》 1936년 9월 19일 자 보도를 보면 유향회는 '면수보호기관'으로 나와 있는데, 앞서 본 부산의 보성회와 유사한 사법보호단체로 보인다.

17 「사법보호사업역원결정」,《매일신보》, 1934년 9월 2일 참조.

18 1935년 9월 14일 자《매일신보》에는 사법보호사업의 취지에 대한 증영增永 법무국장의 담화가 실려 있다.

19 신문에는 재판장 나카모토中本와 판사 소완규蘇完奎, 검사 히로세廣瀨實를 비롯해서 김재열金載烈, 정근영鄭近永, 경성 변호사회 부회장인 우사와鵜澤重次郎, 가무라香村奉奎, 미치모도道本忠基. 다카스키高彬昌良 등의 변호사 이름이 나와 있다.

보기를 유감없이 보히엿다.[20]

기사는 해당 모의재판을 "변론의 무기를 닦는데 뜻깊은 기회를 가진 최초의 모의재판"이었다고 평가하고 있다. 1930년대에 열렸던 두 차례의 모의재판이 국민정신총동원의 분위기 속에서 시국에 편승하여 이루어졌던 것과 비교하면, 이 모의법정은 비교적 그런 것과는 달리 변호사 합격자들의 연수를 위한 재판정의 재연이라는 점에서 주목할 만하다.

이상이 일제강점기 식민지 조선에서 주로 법원과 관련된 단체나 변호사들이 주축이 되어 개최한 모의재판의 역사다. 식민지시대 모의재판은 그리 활발하게 개최되지는 못했는데, 이는 식민지 통치당국과 사법당국이 엄정한 법리탐구의 필요성을 거의 느끼지 못했기 때문이었던 것으로 해석된다. 그리고 그나마 몇 번 개최되었던 모의재판마저도 배심제도 모의재판과 같이 법리탐구 자체를 목적으로 한 것이 없는 것은 아니지만 기본적으로는 일본의 상황과 직결된 것이었고, 그 나머지의 경우도 일본의 사법침탈을 기념하는 행사의 일환이거나 전시의 정신무장을 독려하는 수단으로 개최된 것이어서 모의재판의 본래적인 의미와는 다소 거리가 있는 것이었다.

3. 법학교 학생들의 모의재판극

1930년대에 들어서면서부터는 이른바 '모의재판극'이 개최되기 시작한다. 그 최초의 예는 1931년 12월 대구 일신학원一新學園의 학부형들이 학교건물 확장을 위해 법조계의 원조로 개최한 모의재판극이다. 당시《동아

20「辯護는 이렇게-昨日, 辯護士會에서 模擬裁判」,《매일신보》, 1942년 11월 1일.

일보》 보도를 보면 이때 변호사들과 병원장 등이 직접 출연하여 대구 극장에서 배심제도 모의재판극을 개최했으며, 「누가 죽엇나」와 「덕희의 죽음」이라는 작품이 이틀에 걸쳐 공연되었음을 알 수 있다.[21] 당시 신문이 이 공연을 모의재판극이라고 부른 것은 그것이 이전 변호사단체가 주도했던 모의재판과는 달리 특정한 작품들을 각색해 무대에 올렸기 때문으로 짐작되는데, 이후 학생들이 중심이 되어 법리적 문제를 제기할 만한 문학작품이나 실제사건을 극화한 것들은 모두 모의재판극이라고 일컬어지고 있다.

《매일신보》, 《동아일보》, 《조선일보》 등 당시 신문을 보면, 학생들이 중심이 되어 개최했던 모의재판극은 1933년 평양 해외학우협회가 주최한 것을 필두로 1940년대 초까지 무려 12차례나 공연되었던 것으로 확인되는데, 당시 언론보도를 참조하여 그 주체와 공연장소 및 작품을 도표로 정리하면 다음과 같다.

〈표 6-1〉 학생들이 중심이 되어 진행되었던 모의재판극

연번	공연일자	주최	공연장소	주제(레퍼토리)	비고
1	1933.1.16.	평양 해외학우협회	白善行기념관	早婚의 弊	
2	1933.12.4.	보성전문학생회	공회당	文書僞造 및 殺人事件	
3	1933.12.17.	보성전문학생회	開城 高麗청년회관	부산 마리아 살인사건	고려청년회관 기금 마련
4	1934.7.28.	中央大學 평남학우회	白善行기념관	『불멸의 함성』 중 魚溶 삽화	
5	1935.7.29.	中央大學 평남학우회	白善行기념관	가족제도의 폐해 법률과 윤리의 차이	
6	1935.7.31.	中央大學 평남학우회	진남포	가족제도의 폐해 법률과 윤리의 차이	
7	1936.7.30.	中央大學 평남학우회	白善行기념관	방화사기범 사건	기부

21 「一新學園 動靜 模擬裁判劇」, 《동아일보》, 1931년 12월 18일.

8	1937.6.29.	보성전문학생회 연극부	府民館 대강당	장충단 본처살인사건	공연 여부 확인 불능
9	1939.1.31.	京城法政學校 학생회	府民館	「嬰兒殺害」 「法律의 轍」	
10	1940.1.30. ~1.31.	京城法政學校 학생회	府民館	「때의 판정」 「殺弟囚」	
11	1940.12.11. ~12.12.	京城法政學校 학생회	府民館	「데릴사위」 「갱생」	
12	1940.12.28.	京城法政學校 학생회	開城座	〃	
13	1940.12.29.	京城法政學校 학생회	평양 金天代座	〃	

위 표에서도 알 수 있듯이, 모의재판극은 평양 해외학우협회와 일본 주오中央대학 평남학우회 및 법학교로 명성이 높았던 서울의 보성전문학교 학생회와 경성법정학교 학생회가 중심이 되어 개최했다. 또한 법학교 학생 주최의 모의재판극은 주로 서울에서, 그리고 유학생 주최의 모의재판극은 주로 평양과 진남포에서 열렸는데, 예외적으로 개성의 고려청년회관 건립기금 마련을 위해 열린 보성전문 학생회의 개성 공연처럼 기금을 마련하기 위해 협조하기도 하고, 신문사의 후원으로 같은 레퍼토리를 장소를 옮겨 공연했던 경우도 있었다.[22]

평양 해외학우협회는 평양에 거주하는 해외유학생으로 전문학교 이상 정도의 졸업생들이 중심이 되어 조직된 단체로, 지역에서 농촌구제책 좌담회를 개최하거나 평양여자상업학교를 경영하는 등 사회사업을 하던 단체였다.[23] 일본 주오대학교 평남학우회도 성격이 그와 유사한 단체로 보인다. 그리고 이들이 공연한 모의재판 주제가 조선의 가족제도의 폐해와 같은 것이라는 점을 볼 때, 이들의 모의재판극은 일종의 사회계몽 활동의 일환이었던 것으로 판단된다. 1933년 평양 해외학우협회가 주최한 「조

22 1940년 12월 29일 경성법정학교 학생회의 평양 금천대좌 공연이 그런 경우로 보인다.
23 《동아일보》 1932년 7월 13일 자 및 1935년 2월 11일 자 기사 참조.

1934년 7월 28일 평양 백선행 기념관에서 열린 주오대학 평남학우회의 모의재판극을 보도한 1934년 8월 2일 자《조선일보》보도. 사진은 모의재판 개정 광경으로, 기사는 "관중 천여 명이 쇄도한 가운데에서 장래 조선의 일군들인 중대학생들이 법복을 입고 위의당당하게 재판장, 배석판사, 검사, 혹은 변호사로 화신해가지고 철두철미 긴장한 가운데에서 공판을 진행하여 만장의 갈채를 바덧다."라고 보도하고 있다. 당시 모의재판극을 보도한 모든 언론의 기사는 이처럼 법정을 재현한 무대와 몰려든 관중을 찍은 커다란 사진을 게재했다.

혼早婚의 폐弊」는 11살에 부모의 강요로 결혼한 김정일이라는 인물의 고민, 신여성과의 연애, 그리고 그로 인한 본처의 자살 사건을 소재로 하고 있는데, 당시 신문들은 조선가정에서 흔하게 볼 수 있는 이런 조혼의 폐해에 대해 가정부인들이 지대한 관심을 보였다고 보도하고 있다.[24]

법학교 학생들의 모의재판극은 특정한 형사사건이라든가 문학작품을 소재로 하고 있다는 점에서 앞의 모의재판과 구별되는데, 보성전문학교 학생회는 형사사건을, 경성법정학교 학생회는 희곡작품을 모의재판극의

24 「家庭婦人 關心 莫大, 盛況 이룬 模擬裁判」,《동아일보》1933년 1월 19일 및 같은 날짜《조선일보》기사 참조. 또한 당시 언론들은 이 모의재판 공연이 얼마나 성황을 이루었는가를 다수의 관객이 모인 극장 사진과 함께 커다랗게 보도하고 있는데, 이 점은 언론사 측에서도 이 재판극의 사회계몽적 성격을 인식하고 그것을 일반에게 널리 홍보하려는 의도를 갖고 있었다는 점을 보여준다.

재료로 사용했음을 알 수 있다.[25] 보성전문학교 학생회가 모의재판극에 올린 사건은 문서위조 및 살인사건과 부산 마리아 살인사건, 그리고 장충단 본처살인사건 등이다. 문서위조 및 살인사건과 장충단 본처살인사건은 그 내용으로 보아 동일한 사건으로 보인다. 남편이 다른 여자와 관계를 맺었다는 고백을 들은 후 협의이혼계를 낸 아내가 이후 장충단 소나무 숲에서 목을 매고 죽었는데, 그것이 과연 자살인지 아니면 남편과 내연녀가 공모하여 협의이혼서류를 위조하고 살인을 했는가 하는 것이 재판극의 핵심으로 소개되어 있는데,[26] 실제 사건이라기보다는 법리적 재미를 위해 각색한 이야기로 보인다.

보성전문학교 학생회의 모의재판극 중 관심을 끄는 것은 고려청년회관 건설지 매입비용 조달을 위해 1933년 12월 17일 개성에서 개최한 공연이다. 당시《매일신보》의 보도를 보면 이날 재판극의 주제는 "사건 발생 3개년에 입하야 범인의 정체를 포착치 못하고 점차 미궁으로 들어간다는 저 유명한 부산 마리아 암살사건"[27]으로 되어 있는데, 이 사건은 1931년 7월 31일 초량 철도국 관사에서 일어난 조선인 하녀 마리아(본명 변홍례) 참살사건이다. 이 사건은 부산 초량의 철도국 관리인 다카하시 마사키大橋正己의 부인 히사코大橋久子가 철도국 초량배급소 직원인 이노우에井上라는 일본인과 정을 통하는 것을 마리아에게 들키자, 자신의 음행이 남편에게 알려질 것을 두려워하여 남편이 출장 간 사이 이노우에를 사주하여 마리아를 비단허리띠로 목을 조르고 음부陰部에 자상刺傷을 입혀 참혹하게 살해한 사건이다. 이 사건은 수사 초기 검찰이 히사코에게 혐의를 두지 않

25 평남학우회도 1934년 당시 이태준이《조선중앙일보》에 연재하고 있던『불멸의 함성』중 어용魚瑢이라는 청년의 강도사건을 소재로 모의재판극을 개최하기로 했다는 기사가 있는데, 이 공연이 열렸는지의 여부는 확실치 않다. 어용 사건에 대해서는 제5장을 참고하라.

26「公會堂 法廷에 公開되는 大公判」,《동아일보》, 1933년 12월 3일 참조.

27《매일신보》, 1933년 12월 16일.

고 방면해 오랫동안 미궁에 빠졌다가 한참 뒤에 종범인 이노우에가 잡히는 바람에 진상이 드러났으나, 그마저 증거부족으로 무죄 방면되는 것으로 종결된다.[28]

이 사건은 1934년 8월 6일 대구 복심법원에서 두 사람이 무죄로 판결받기까지 무려 3년여를 끈 사건으로, 수사 당시는 물론 공판 당시에도 대중의 비상한 관심을 끌었다.[29] 《매일신보》의 보도에 의하면 보성전문학교 학생회는 바로 이 사건을 소재로 1933년 12월 17일 모의재판극을 열기로 했다는 것인데, 공교롭게도 그 시점은 부산지방법원 제2호 형사법정에서 히사코와 이노우에 두 사람이 아직 공판을 받고 있던 중이었다.[30] 그런데 이렇게 공판이 진행 중인 실제 형사사건을 모의재판에 올리는 것이 가능했을까? 추측컨대 이 모의재판극은 열리지 않았던 것으로 보인다. 정작 보성전문학교 학생회가 이 사건을 무대에 올릴 예정이라고 보도했던 《매일신보》는 이에 대한 후속보도를 하지 않았으며, 《동아일보》도 1933년 12월 17일에 이 모의재판극을 보도하면서 이것이 12월 4일 경성 공회당에서 열렸던 모의재판극과 동일한 내용이라고 보도하고 있기 때문이다.[31] 따라서 보성전문학교 학생회가 마리아 살인사건을 취급한다는 《매일신보》의 보도는 잘못된 것이거나, 아니면 해당 기획이 어떤 외부적 요인에 의해 취소되었을 가능성이 높다. 하지만 보성전문학교 학생회가 시사적인 형사사건

---

28 이 사건은 《매일신보》 기사를 통해 거의 전 과정이 보도되었는데, 전봉관의 『경성기담』(살림, 2006), 81~108쪽에 자세히 정리되어 있다.

29 《별건곤》의 기사에 의하면, 1933년 12월 14일 부산지방법원 제2호 법정에서 열린 공판에는 방청권 한 장이 20원씩에 매매될 만큼 대혼잡을 이루었다고 한다. 당시 모의재판극의 입장료가 성인 30전 정도였다는 사실과 비교해보면 일반의 관심이 어느 정도였는지를 짐작할 수 있다. 《별건곤》, 1934년 1월호, 「축쇄 사회면」 참조.

30 《동아일보》의 보도에 의하면 이 공판은 1933년 12월 14일부터 3일간 열렸다.

31 그 기사엔 "경성공회당에서 보성전문학교 학생회 주최와 본사 학예부 후원으로 열렸든 제1회 모의재판은 매우 좋은 성적을 거두엇든바 법률의 일반화의 견지에서 개성 인사에게도 보일 필요가 있다 하여 …(중략)…"라고 적혀 있다. 《동아일보》, 1933년 12월 17일.

에 관심을 가졌던 것만은 분명해 보인다.

모의재판극에 대한 대중의 관심은 또 당시 신문이 마리아사건과 같은 사건의 공판과정을 생생하게 보도했기 때문에 더 높아졌던 것으로도 생각된다. 가령 《조선중앙일보》는 이 사건의 공판이 시작된 직후부터 거의 매일 공판정의 진행상황을 사진과 함께 보도했는데, 거기에는 다음과 같이 심문 장면이 자세히 나와 있기 때문이다.

> 여기까지 와서 裁判長은 부산서에 드러온 二回째의 投書는 被告 井上의 것으로 감정의 결과 알려진 것이지만 이것으로 정상에 대한 혐의가 기플 것인데 이런 것만으로 정상이 마리아를 죽인 것으로 단정을 나릴 수는 업다고 신중한 의견을 披瀝한 뒤 계속하야
>
> 문　증인의 처와 정상과는 친밀한 것 가튼데 그것은 단순 정상이 소비부에 잇엇다는 리유 뿐인가
>
> 답　정상이 화가를 다리고 왓기는 햇지만 각별히 나와 친밀한 것도 아니고 처는 소비부에 물건 사러 가서 갓갑게 한 것 갓소
>
> 문　송별회석상에서 정상이 부인의 손을 잡앗다는 것은 참말인가
>
> 답　각별히 눈에 거슬릴 만한 정도의 부자연한 행동이 아니엇소
>
> 문　정상이 경성으로 전근된 것은 증인의 힘인가?
>
> 답　나는 전연 모르오[32]

《조선중앙일보》는 1933년 12월 18일, 2면의 3분의 1을 할애해 재판관이 히사코의 남편을 심문하는 위 장면을 길게 보도하고 있는데, 히사코의 경우도 이와 크게 다르지 않다. 대부분 위처럼 재판관과 피고인(참고인)의 문답을 날 것 그대로 요약하고 있는 것이다. 이처럼 《조선중앙일보》는 마

32 《조선중앙일보》, 1933년 12월 18일.

치 한 편의 연극대본처럼 공판과정을 중계하듯 보도하고 있는데, 세간의 관심을 끄는 형사사건에 대한 이런 형식의 보도는 당시 법정 장면이나 법률-이야기legal story에 대한 일반의 관심이 지대했음을 알려준다.[33]

경성법정학교 학생회는 신축교사 축성을 기념하기 위해 1939년 1월 31일 서울 부민관에서 제1회 모의재판극을 공연하고, 이후 1940년 12월까지 세 차례의 공연을 더 한 뒤 평양에서까지 공연을 한다. 그런데 이 경성법정학교 학생회의 모의재판극은 앞서 살펴본 보성전문학교 학생회의 모의공연과는 달리 모두 특정 문학작품들을 원작으로 하고 있다는 점에서 특징적이다. 이들이 무대에 올린 작품들은 「영아살해嬰児殺し」와 「법률法律의 철轍」, 「때의 판정」과 「살제수殺弟囚」, 「데릴사위」와 「갱생」 등 모두 여섯 편인데, 이 중에서 원작자가 확인되는 작품은 제1회 공연작인 「영아살해」와 「법률의 철」 두 편뿐이다.[34] 먼저 이 작품들을 검토해보기로 한다.

「영아살해」는 일본의 대정기부터 소화기까지 활발한 창작활동을 했던 일본의 소설가이자 극작가인 야마모토 유조山本有三(1887~1974)가 1920년에 발표한 1막짜리 희곡작품이다.[35] 일본의 한 시골 군을 무대로 한 이 희곡작품의 내용은 다음과 같다. 주재소 순사로 있는 고야마小山가 퇴근하고 돌아왔을 때 스기하라 아사彬原あさ라는 30세의 여자 막일꾼이 찾아온다. 그녀는 고야마에게 아이가 낳자마자 죽었는데도 출생계를 내야 하느냐고 묻는데, 이후 고야마의 추궁에 차라리 아이를 고통 없이 보내주는 것이 낫다고 생각해 아이를 죽였노라고 실토를 하게 된다. 고야마는 아사의

---

33 당시 라디오 방송에서 이런 법정 장면을 각색하여 방송한 것도 이런 관심의 한 반영이라 할 만하다. 1933년 12월 3일 자 JODK의 프로예고에서는 셰익스피어의 『베니스의 상인』의 법정 장면이 유치진 각색으로 방송된다는 보도를 볼 수 있다.

34 이것은 《동아일보》 1939년 1월 28일의 보도에도 나와 있다.

35 당시 야마모토 유조는 조선에 어느 정도 알려져 있었던 작가다. 《삼천리》에는 그의 장편소설 『여자의 일생』이 신문소설의 좋은 예로 언급되어 있기도 하고 그와 이광수의 친분도 언급되어 있다. 「文壇歸去來」, 《삼천리》, 1934년 6월호 및 「文壇雜話」, 《삼천리》, 1932년 12월호 참조.

영아살해가 노인을 모시고 있고 또 하루하루 살아가기 위해 출산 전날까지도 일을 나가지 않으면 안 되었던 가난 때문에 빚어진 일임을 알지만, 끝내 아사를 본서로 데리고 가고, 고야마의 딸 츠기는 그 모습을 가만히 바라본다.[36]

이 작품은 발표된 지 1년 뒤인 1921년에 오사카에서 연극으로 상연되었을 뿐만 아니라, 1924년에는 유명한 '쇼치쿠松竹키네마'에서 영화로 만들어졌으며, 1930년에도 영화화되었다. 《조선신문》 1924년 6월 11일에 실린 광고를 참조하면, 1924년에 만들어진 영화는 경성의 대정관大正舘에서 개봉되었던 것으로 보인다.[37] 야마모토 유조는 1932년부터 1933년까지 《아사히신문》에 연재한 장편『여자의 일생女の一生』에서도 당시 일본에서 불법으로 되어 있던 낙태사건을 중요한 사건으로 취급했는데, 1936년에는 어느 유명 여배우의 낙태사건 공판에서 검사가 유조의 이 소설을 인용하여 논고함으로써 사회적 관심이 높아졌다고 한다.[38] 그런데 당시 영아살해는 조선에서도 빈번히 일어나고 있었다.[39] 이런 정황을 볼 때 유조의 「영아살해」는 그것이 당시 일반인들 사이에서도 어느 정도 화제성을 지니고 있었기 때문에 모의재판극의 주제로 채택되었던 것으로 볼 수 있다.

「법률의 철」은 영국의 소설가 존 골즈워디John Galsworthy의 4막짜리 희곡『정의Justice』를 번역한 작품이다. 법률사무소에 근무하는 젊은 사무원

36 야마모토 유조에 관한 작가정보는 김환기의『야마모토 유조의 문학과 휴머니즘』(역락출판사, 2001)을 참조했으며, 극의 내용은 1927년 신조사에서 나온『산본유조희곡집』을 참조했다.

37 광고에는 원작자 및 주연배우의 이름과 더불어 "社會大悲劇, 人間苦의 最極端"이라는 광고문구가 쓰여 있다.

38 장경학,『법과 문학』, 교육과학사, 1995, 356~356쪽 참조. 이 책은 '법과 문학' 분야에서 자주 거론되는 문학작품들을 소개하고 그 법리적 논점들을 소개하고 있는 책인데, 유조의『여자의 일생』을 중요한 텍스트로 소개하고 있다. 이는 저자가 일본 교토대학 법학과에서 공부한 사람이기 때문으로 생각된다. 참고로 이 책은 국내에서 처음으로 선보인『법과 문학』관련 책이다.

39 《매일신보》 1930년 9월 12일 자 사설은 당시 연이어 벌어졌던 영아살해 사건을 언급하면서 식민지 사회의 모순을 고발하는 동시에 비인간적인 참학의 근절을 촉구하고 있다.

윌리엄 팔더는 루스 하니윌이라는 유부녀와 사랑에 빠진다. 그는 남편에게 학대받으며 사는 그녀를 구하기 위해 수표를 위조한 죄로 체포되고, 젊은 사내를 범죄자로 만들지 말아달라는 변호사의 노력에도 불구하고 감옥에 수감된다. 감옥에서 그는 자신이 끔찍한 법체계의 희생양이라는 사실을 깨닫고 수감동료들 또한 많은 이가 그렇다는 것을 깨닫는다. 이후 그는 루스의 탄원으로 가출옥되지만, 자신이 사랑하는 그녀마저 매춘의 길로 나설 수밖에 없었다는 소식을 듣고 또 사법당국마저 보고서를 제출하지 않았다는 이유로 그를 다시 투옥시키려 하자 스스로 계단에서 굴러서 자살하고 만다.[40]

이상이 『정의』의 줄거리인데, 이는 골즈워디 자신이 여러 차례에 걸쳐 감옥을 방문했던 경험으로부터 쓰인 것으로서, 특히 독방감금의 영향을 거론함으로써 영국의 행형체계를 강하게 고발한 것으로 평가받고 있다.[41] 또한 이 작품에서 골즈워디가 팔더의 인도주의적인 관점에서는 옳은 일이 비인간적인 법의 맹목적이고 완고한 시각에서는 편파적이라는 것을 보여주었으며, 또한 죄수들을 갱생시킬 어떤 후속조치도 취해지지 않은 법의 결함을 보여주고 있다는 평가도 있다.[42] 이 작품은 1921년 키쿠치 칸 菊池寬에 의해 「법률의 철」이라는 제목으로 번역되었는데, 경성법정학교 학생회가 모의재판극에 올린 작품은 바로 이 작품인 것으로 보인다.

이처럼 「영아살해」와 「법률의 철」은 모두 개인들의 피치 못할 범죄행위와 그에 대해 맹목적인 잣대를 들이대는 법 사이의 괴리와 충돌을 다루고 있다는 공통점을 갖고 있는데, 바로 이 점에서 법학교 학생들의 모의재판극의 좋은 소재가 될 수 있었던 것이라고 판단된다. 즉, 당시 법학생들은

---

40 줄거리 요약은 https://en.wikipedia.org/wiki/Justice_(play)를 참조했다.

41 Eric Gillett, "Introduction", John Galsworthy, *Ten Best Plays*, Duckworth, 1976, xii.

42 http://www.online-literature.com/john-galsworthy/justice/

이런 모의재판을 통해 법의 존재이유와 법리에 대한 이해를 넓히는 기회를 가졌던 것이라고 판단되는데, 이 점은 당시 보성전문학교 학생으로서 모의재판극에 관여했고 훗날 작가로 활동한 이근영李根榮의 다음과 같은 발언에서도 확인할 수 있다.

> 그런데 모의재판에 含有하고 잇는 효과의 한 가지를 특히 말하고저 하는 것은 재판형식을 통한 法律的 解決이다. 즉 우리는 생활하는 데 있어서 법률적 拘束을 부단히 받아오며 때로는 법률의 忌諱에 걸리어 법률의 裁斷을 받게 된다.
> 그러면 법률의 裁斷이 진정한 우리의 생활에 대해서 어느 정도의 명확성을 가지고 잇으며 또 우리 生活의 變遷에 伴해서 여하히 변천되는가를 알리고저 하는 것이 모의재판의 한 가지 효과이다. …(중략)… 요컨대 법률적 재단이 우리 생활현상과 합치되는 때도 잇지만 합치되지 않는 때도 잇는 것이다. 이 합치되지 않는 데 잇어서 우리는 단순한 차이 관계만을 看取할 것이 아니고 거기에 現出된 歷史性을 沒却해서는 아니된다.[43]

이근영은 기본적으로 모의재판이 "예술과 법률 연극과 법률의 접근을 본격적으로 기획하려는 형식"[44]임을 강조하는데, 이는 모의재판극이 문학과 법이라는 두 개의 사회적 제도 내지는 장르의 혼성임을 인식한 것으로서 의미가 있다. 또한 그는 법과 길항하는 인간의 이야기가 필연적으로 법리의 상대성 내지는 역사성에 대한 이해를 동반하거나 추동하게 된다는 것을 분명히 알고 있었다. 결론적으로 말하면 이것은, 식민지시대의 모의재판극은 학생들이 겨냥했든 안 했든 보는 관중들로 하여금 법의 존재 이유에 대해 근본적인 질문을 하도록 자극한 특별한 형식이었다는 것을 반

43 이근영, 「모의재판에 대한 管見, 제일회 공연을 앞두고(하)」, 《동아일보》, 1933년 12월 3일.
44 이근영, 「모의재판에 대한 管見, 제일회 공연을 앞두고(상)」, 《동아일보》, 1933년 12월 2일.

증하는 것이다.

그러나 「영아살해」나 「법률의 철」과 같이 법리적 문제를 제기한 문학 작품들을 중심으로 연행되었던 모의재판극은 시대적 상황으로 인해 바로 위축되고 만다. 경성법정학교 학생들은 제2회 공연 때부터 「때의 판정」, 「살제수」, 「데릴사위」, 「갱생」 등 네 편의 모의재판극을 무대에 올리는데, 이 재판극들은 그때그때 필요에 의해 만들어진 각본에 의한 재판극으로 보인다.[45] 그런데 경성법정학교 학생회의 제2회 모의재판극이 끝난 뒤《동아일보》에 실린 관극평에는 다음과 같은 내용이 나와 있다.

> 이러하므로 민중으로 하야금 법에 대한 관념을 시정하고 이에 愛着을 갖게 하자면 법이라는 것이 어떠한 것인가—그 성질과 내용과를 정당히 이해시키지 않고서는 안 된다는 의미에서 근래 '법의 민중화'라는 것이 그 줄기 당국으로부터 부르짖은바 되어 잇는 이때 同학생회의 이번 모임과 같은 학생들의 열정적인 재판극은 실로 상술한 바와 같은 의미에 잇어서 일반민중에게 補益되는바 만헛다고 생각되매 실무자적 입장에 잇는 한 사람으로 충심으로 찬동의 意를 표하는 바이다.
>
> …(중략)…
>
> 그리고 또 하나는 그 取題가 시국에 매우 적합하엿다는 것이다. 첫째한, 『時の裁き』 일막 이장의 전시통제경제체제의 時局의 表白性이며 둘째 것인, 「살제수」의 골육상쟁하는 세태인심에 대한 警戒美이며 매우 조타고 생각한다.[46]

45 이 중에서 「살제수」는 오스트리아의 작가 아서 슈니츨러Arthur Schnitzler의 희곡 「눈 먼 동생 Der blinde Geronimo und sein Bruder」의 각색으로 추정된다. 1938년 2월 10일 자《동아일보》에는 동아일보사 주최의 연극콩쿨대회에서 극예술연구회가 슈니츨러 원작의 이 작품을 공연할 예정이라는 사고가 실려 있는데, 각본은 야마모토 유조, 번안은 유치진으로 되어 있다. 이 작품의 내용은 눈 먼 동생이 형이 자신의 돈을 빼돌린다고 의심하자 형이 그 의심을 풀기 위해 여관에 든 손님의 돈을 훔쳐 동생에게 전하고 곧바로 헌병에게 붙잡히게 된다는 것인데, 이런 내용은 「살제수」라는 제목과 어느 정도 부합하고 있다.

46 KK生, 「觀劇記-法政學生會 主催 模擬裁判劇(上)」, 《동아일보》, 1940년 2월 3일.

위 글의 필자는 법에 대한 일반 사람들의 태도가 그릇된 것임을 역설하고 나서 위와 같은 논의를 하고 있는데, "전시통제경제체제의 시국의 표백성"의 측면에서 「때의 판정」이라는 작품을 긍정적으로 평가하고 있다. 필자 스스로도 "실무자"라고 밝히고 있는 점에서 이 글은 홍보용으로 집필되었을 가능성이 농후한데, 이를 보면 경성법정학교의 제2회 모의재판극은 식민지 사법당국에 의해 간섭을 받았던 것으로 추측된다. 이런 사정은 같은 해 12월의 제3회 모의재판극 보도기사에서도 추측할 수 있다. 《매일신보》는 경성법정학교 학생들이 무대에 올리는 두 편의 작품의 줄거리를 다음과 같이 요약해서 제시하고 있다.

> 1. 갱생
>
> 밀수를 하다가 전과자라는 숙명을 걸머진 아들을 가진 가정이 잇다. 그러나 전과자라는 락인으로 말미암아 고향에 도라온 아들은 내 고향 내 부모 내 안해와 가까히 할 수 업는 것이 오늘의 풍속이다. 여기에 전과자의 슬픔이 잇고 다시 어둠에로의 유혹이 잇슬 쌘이다. 사회는 짜뜻한 손을 내밀어 전과자를 마지하고 그에게 새로운 희망을 주지 안흐면 안 될 의무가 잇다.
>
> 2. 데릴사위
>
> 4년 동안 소와 같이 일하여 온 것도 주인의 쌀을 안해로서 마지하게 된다는 〈데릴사위〉의 영예에서엿다. 그러나 그것이 아주 숢으로 돌아갈 째 데릴사위는 성난 소와 같은 분노를 참지 못하고 주인을 살해한다. 여기에 이 가련한 데릴사위를 단죄하는 법의 소리가 잇다. 그를 동정하고 비난하는 사회의 소리가 잇다.[47]

이 모의재판극이 열린 지 4일 뒤 《매일신보》에 실린 극평을 참조하면,

47 「학생극단의 이채 - 대인기인 법정교의 모의재판극」, 《매일신보》, 1940년 12월 10일.

「갱생」과 「데릴사위」는 모두 창작 작품인 것으로 보인다.[48] 「데릴사위」는 위 기사에서도 알 수 있듯이, 혼인을 조건으로 남자가 처가에 미리 들어가 일정 기간 노동력을 제공하는 데릴사위제도를 소재로 한 것임을 알 수 있다. 조선의 독특한 데릴사위제도는 일제강점기에도 관성적으로 유지되었었는데, 데릴사위의 노동에 대한 보상과 그 계약의 이행 여부를 두고 당사자들 간의 갈등이 끊이지 않고 벌어지고 있었다.[49] 이러한 갈등은 일제가 데릴사위제도를 포함한 친족 간의 상속 문제를 조선의 관습법에 맡겨두었기 때문에 빚어진 것인데, 1930년대 초부터 법조계에서 이의 시정을 요구했음에도 불구하고 변화가 없었다.[50] 그러다가 1939년 총독부는 〈조선민사령〉 중 데릴사위를 처가에 들이는 〈서양자제도壻養子制度〉 개정안을 발표하여 그동안 조선의 관습에 맡겼던 혼인상속을 법제화하기로 하는데, 그것은 일본식 씨제도氏制度와 더불어 사법상의 내선일체를 구현하기 위한 한 방책이었던 것이다.[51] 이를 보면 경성법정학교 학생들의 공연은 이런 시대적 분위기로부터 그 명분과 일정한 시의성을 확보했으리라고 생각된다.

전과자에게 새로운 희망을 주어야 한다는 주제를 담은 「갱생」은 「데릴

48 김용태, 「모의재판극평」, 《매일신보》, 1940년 12월 15일.

49 당시 언론보도를 보면 데릴사위와 장인장모가 서로를 구타하거나 살해한 사건이 자주 일어났음을 알 수 있다. 「데릴사위가 장인 구타코 폭행죄로 잡혀」(《중앙일보》, 1932년 3월 29일), 「데릴사위 10년에 깨어진 원앙의 꿈」(《동아일보》, 1933년 6월 3일), 「데릴사위가 장모를 구타」(《동아일보》, 1934년 8월 31일), 「데릴사위 갓다가 파혼당코 제소」(《동아일보》, 1935년 5월 22일) 등의 기사를 참조하기 바란다. 1936년 1월 《조선중앙일보》 신춘문예 당선작인 남궁만의 「데릴사위」 또한 데릴사위로 들어가 5년 동안이나 일한 주인공이 결혼을 못하게 되자 빚어지는 싸움을 그리고 있는데, 그 과정에서 법의 문제를 언급하고 있어 주목할 만하다. 김유정의 「봄봄」 또한 이런 문제의식의 소산으로 볼 수 있다.

50 대표적으로 변호사 이인李仁이 이런 주장을 한 바 있다. 이인, 「法律戰線에서의 우리의 最小要求, 辯護士大會의 提案解說」, 《동광》, 1932년 1월호 참조.

51 1939년 총독부는 이런 내용을 포함하는 개정안을 1940년 2월부터 실시한다는 것을 부령으로 발표한다. 《동아일보》, 1939년 12월 28일 참조.

사위」 같은 작품과는 조금 달라 보인다. 전과자에 대한 사회적 편견을 교정해야 한다는 문제의식은 충분히 모의재판극의 주제가 될 수 있지만, 위 기사처럼 사회가 그들을 따뜻하게 받아들이지 않으면 안 된다는 주제를 전면에 내세운 것이 조금 돌연하기 때문이다. 이런 면에서 「갱생」은 새로운 법리의 탐색이라는 취지보다는 계몽의 목적에서 구성된 작품으로까지 생각되는데, 당시의 정황을 보면 그럴 가능성은 충분하다. 이 모의재판극 기사가 보도되기 닷새 전인 1940년 12월 5일 《매일신보》에는 전과자의 갱생의 문제를 전시하의 인적 자원의 동원과 관련시킨 기사가 실리는데, 그 기사는 전시 "노력勞力 부족을 모면하는 것이 절대로 필요한 상태에서 內鮮滿을 一貫한 勞務動員計畫이 착착 실시되고 잇스나 그래도 노무자가 부족하야 생산력 확충에 지장이" 많다고 하면서 뒤이어 다음과 같이 보도하고 있다.

> 이 문제에 대해서 유한노력遊閑勞力을 리용하자는 것도 한 큰 주장으로 되어 잇거니와 특히 사회적으로 숨어사는 영어囹圄의 몸과 또는 전과자라는 낙인이 찍혀 잇기 째문에 사회적 활동을 하지 못하는 사람이 만흠으로 위선 이러한 사람들을 시국적으로 활용해 쓰자고 해서 이번 내지에서는 사법성에 보호국을 짜로 두고 이러한 전과자 해방운동에 전력을 다하기로 하얏다.
>
> 이번 보호국 설치에 짜러 종래 사회적으로 교섭이 업든 전과자들로 하야금 불명예스러운 전과자라는 것을 호적으로부터 지워버리며 기타 랭대와 멸시를 바더오든 그들을 우대하야 훌륭한 총후의 산업전사로 거룩한 봉사를 하게 할 터인데 조선에서도 여기에 보조를 가치하야 이 방면에 특수한 사업을 해보리라고 한다.[52]

52 「司法保護에 新基軸－前科者의 陋名抹殺」, 《매일신보》, 1940년 12월 5일.

일본은 1939년 9월 전시하 인적 자원의 확보를 위해 사법보호사업 전체를 사법대신에게 직속시켰는데, 위 기사는 일본의 사법보호사업의 연장선상에서 조선에서도 전과자의 갱생이 노동자원의 확보라는 측면에서 기획되었다는 것을 알려준다. 신문에는 또 일본의 사례를 따라 조선에서도 전과자들을 사회인으로 지도하고자 보호국을 설치할 예정이라는 총독부 행형과장의 담화가 실려 있다. 그리고 이보다 앞서 《매일신보》 같은 해 9월 8일 자 사설에서는 조선에서의 사법보호시행령 촉진 소식을 전하면서 "개전의 희망이 잇는 전과자는 되도록 보호하야 갱생의 길을 개척하야 주는 것이 사회정책상 당연한 일임은 말할 것도 업다. 더구나 신동아건설사업은 전도가 아즉도 요원한 바가 잇서 물적 인적 자원이 금후로 막대하게 요구될 터"라고 하면서 법령의 실시를 촉구하고 있다.[53] 이런 사실을 감안하면 「갱생」은 전시체제에 돌입한 식민지 사법당국이 노력동원의 차원에서 추진했던 사법보호사업의 일환으로 사업을 홍보하기 위해 기획되었을 가능성이 높다. 김용태가 "「갱생」 같은 연극은 그야말로 엉망진창이엇다. 어디서 웅변을 하는지 신파를 하는지 늙은 목사의 설교를 하는지 간승奸僧의 꾀임말하는 장면인지 분간하기 어려웟다."[54]고 혹평하고 있는 것도 이런 정황을 반증하는 것으로 보인다.[55]

경성법정학교 학생들의 제3회 모의재판극은 이렇게 이질적인 두 편의 극으로 구성되었는데, 살펴본 것처럼 그것은 학생들의 자율적 선택의 결

53 「司法保護事業 實施令의 促進」, 《매일신보》, 1940년 9월 8일.

54 김용태, 앞의 글. 또한 1940년 12월 28일 자 《매일신보》도 학생들의 모의재판을 보도하면서 그것이 "비상시국에 제하야 특별법이 속출하는 이때 존법정신을 양양하고 법의 민중화를 긔코저" 개최되었다고 적고 있어 이런 추정을 뒷받침하고 있다.

55 1941년 8월 2일 자 《매일신보》에는 〈피고석에서 지원병으로! 뉘우치는 청년을 갱생시킨 온정판溫情判〉이라는 제목 아래, 횡령죄로 1년 징역을 언도받은 부천의 한 청년이 육군지원병 훈소생 모집에도 응시하야 합격한 후 "국가의 간성인 당당한 제국 군인이 될 지원병으로 입소케된 극적 장면이 법정에서 벌어졌"다는 기사를 싣고 있는데, 경성법정학교 학생회의 모의재판극 「갱생」의 줄거리 또한 이런 이야기와 크게 다르지 않았을 것으로 판단된다.

과라기보다는 일제 사법당국의 강요에 의해 어쩔 수 없이 그렇게 된 결과로 보인다. 즉, 전시체제를 준비하던 식민지 통치당국에 의해 학생들의 모의재판극은 원래 취지와는 다르게 점차 시책홍보용 극을 공연할 수밖에 없게 되었다고 볼 수 있는 것이다. 시대적 정황상 이것은 불가피했었으리라고 생각되는데, 경성법정학교 학생들의 모의재판극은 이후 평양의 일본인 극장인 금천대좌金天代座에서 한 차례 더 열리는 것을 마지막으로 조선에서는 더 이상 개최되지 못하고 마는 것이다.

4. 맺음말

지금까지 식민지 조선에서 연행되었던 모의재판극을 살펴보았다. 모의재판극은 모의재판의 형식을 그대로 극으로 만든 것인 만큼 연극의 일종, 그것도 전문연극인이 아닌 조선의 법학생들이 중심이 된 학생극의 일종이라고 할 수 있다.[56] 그것은 제1회 보성전문학교 학생회의 모의재판극에 관여했던 작가 이근영이 학생들의 모의재판극을 "예술과 법률 연극과 법률의 접근을 본격적으로 기획하려는 형식"[57]이라고 규정한 것에서도 확인할 수 있다. 물론 모의재판극에 참여했던 모든 학생이 이런 인식을 공유했었는지는 알 수 없지만, 최소한 모의재판극이 법적 존재로서의 인간의 삶을 탐구하는 특별한 문학형식이라는 인식만큼은 공유하고 있었으리라고 생각된다. 모의재판극 무대에 올려진 야마모토 유조의 「영아살해」나 골즈워디의 「법률의 철」 같은 작품들이 당시 문학계에서는 거의 거론된 적이 없는 특별한 희곡작품들이라는 점도 이를 뒷받침한다.

56 1940년 12월 10일 자《매일신보》는 경성법정학교의 모의재판극을 보도하면서 그것을 학생극단의 침체를 깨뜨리기 위한 노력의 일환으로 보도하고 있다.

57 이근영, 「모의재판에 대한 管見, 제일회 공연을 앞두고(상)」, 《동아일보》, 1933년 12월 2일.

이런 점에서 식민지 법학생들의 모의재판극은 법과 문학이 만난 의미 있는 문학적 현상이라고 말할 수 있다. 즉, 법적 존재로서의 인간의 조건을 묻는 작품을 특별히 선정하고 그것을 대중적 호소력이 강한 연극의 형식을 빌려 공연한 모의재판극은, 인간 삶의 조건으로서의 법과 문학의 본질을 새롭게 생각할 수 있는 기회를 제공했을 것이라고 생각된다.[58] 또한 조혼과 데릴사위제도와 같은 관습적인 삶의 방식이 모의재판의 주제가 되었다는 사실로부터 당시 청중들이 전근대적인 관습과 근대법의 중간에 놓인 자신들의 삶의 문제성을 인식했을 가능성이 있는데, 앞서 살펴본 언론에 보도된 모의재판극에 대한 과도한 관심은 이런 맥락에서 이해된다. 하지만 식민지 조선의 법학교 학생들의 모의재판극은 1940년대 초 전시 탄압의 분위기 속에서 일제의 시책홍보의 수단으로 전락하게 되면서 역사에서 사라지고 만다.

58 당시 언론을 통해 소개되었던 외국의 모의재판 소식도 대중에게 일정한 자극을 제공했을 것으로 생각된다. 1923년《개벽》에는 소련 모스크바에서 트로츠키와 루나찰스키가 보는 앞에서 열린 신에 대한 모의재판 소식이 간략히 보고되어 있으며, 1935년《동아일보》 지상에는 뉴욕에서 열린 히틀러에 대한 모의재판 소식이 상세히 보고되어 있다.「전능의 신을 피고로 - 5천명의 모의재판」,《개벽》, 1923년 9월;「뉴육紐育의 모의재판 - 히틀러 단두대에」,《동아일보》, 1934년 4월 8일 참조.

제7장
일제 말기 징용체험과 그 소설화
박완의 『제삼노예』

1. 징용수기의 소개

이 장에서는 일제 말기에 징용으로 홋카이도의 공사현장에 끌려갔던 한 노동자의 체험을 담고 있는 『제삼노예第三奴隷』라는 작품을 고찰하려고 한다. 1949년 5월 26일 청수사青樹社에서 발행된 이 작품은 같은 해 6월 3일 자《자유신문》신간소개란에 소개까지 되었지만 아직까지 학계에 보고된 바가 없다.[1] 책표지에는 '소설'이라고 명기되어 있으나 속표지에는 '어느 노동자의 수기'라는 부제가 붙어 있다. 책 말미의 '후감後感'에서

1 이 책은 서강대학교 도서관에 있는 것이 유일본이라고 판단된다. 작가가 新天地社에 증정한 도서인데, 도서관 측에서 PDF파일로 제공하고 있어 분명치는 않으나 판형은 국판으로 보이며, 본문 분량은 187쪽이다. 특히 작품이 끝나는 지점에는 "간혹 오자誤字가 있사오니 제위의 넓은 양해를 바랍니다."라는 출판사 측의 사고社告가 나와 있는데, 실제로 급하게 만드느라고 그랬는지 여러 군데 오자가 보인다. 작품 본문을 인용하면서 분명한 오식은 바로잡고, 이상한 단어는 맥락에 맞는다고 판단되는 단어를 괄호 속에 넣어 병기했으며, 인용할 때는 이 책의 쪽수만 밝힌다.

저자는 자신이 이 원고를 처음 썼을 당시의 제목이 '어느 노동자의 수기'였고, "본래는 그때의 그 일기문체험의 기록원문을 그대로 발표하려고 하였"('후감', 1~2쪽)던 것이라고 밝히고 있다. 이를 반영하듯 작품 속 주인공은 자신이 징용에 끌려간 이후의 일들을 시간순서대로 정확한 날짜를 밝혀가며 서술하고 있는데, 이 점에서 이 작품은 작가가 징용체험을 일기로 기록한 것을 뼈대로 약간의 문학적 변용을 가한 수기로 보는 편이 타당하다고 생각된다.[2]

저자 박완이 어떤 사람인지 별도의 인적 사항은 나와 있지 않다. 하지만 소설 내용과 '후감'을 토대로 하면 최소한의 정보를 확인할 수 있다. 작품에서 그는 나이 스무 살의 청년으로, 징용 전에는 목공장 직공으로 일하고 있다가, "그들이 말하는 것을 듣고 호기심에 따라나"(9~10쪽)서 경성을 떠난 뒤 이레 만인 1942년 6월 27일 일본 탄광에 도착했다고 적고 있다. 그가 배속된 곳은 북규슈北九州 마루셋부丸漱府에 있는 스미토모住友 광산의 침전지沈澱池 공사 현장인데, 이후 상황변화에 따라 홋카이도北海道 아사히가와旭川 다이세쓰산大雪山 기슭의 난류지 공사장으로 옮겨간다. 1943년 6월 26일경 그는 동료와 함께 공사현장을 탈출하지만 결국은 이와미자와岩見澤역에서 십장들에게 붙잡혀 돌아온다. 작품은 1943년 9월 13일 충청도에서 온 한 인부의 죽음을 계기로 노동자들이 십장들에게 맞서는 것으로 끝을 맺고 있는데, 그가 탈출에 성공하여 조국으로 돌아온 것인지 아니면 징용으로 끌려가 다른 노동자들처럼 2년 계약기간을 채우고 귀국했는지는 알 수 없다. 하지만 후기에서 밝히고 있는 것처럼, 해방을 전후한 시기에는 함경북도 금생金生탄광에서 일하면서 자신의 체험을 글로 쓰고 있었던 것

2 '제삼노예'는 당시 이근영이 펴낸 장편소설의 제목이기도 하다. 이 작품은 1949년 4월 서울 아문각雅文閣에서 간행되었는데, 한 달 뒤에 박완의 책이 같은 제목으로 출간된 것 사이에 어떤 연관이 있는지는 알 수 없다.

만은 분명하다.[3]

『제삼노예』는 몇 가지 점에서 검토할 만한 가치가 있다. 우선, 이 작품은 해방을 맞아 자유롭게 산출된, 식민지 치하의 삶을 기록한 개인의 체험수기의 하나로서 가치를 지닌다. 해방기는 일제강점기에 위축되었던 전문작가들의 문학적 활동이 본격화됨과 아울러 일제하에서 고난을 겪었던 일반인들의 체험수기가 산출된 시기인데, 알려진 것처럼 실제로 무기를 들고 일본군과 맞서 싸웠던 김학철金學鐵의 글이라든가, 하준수河準洙의 「신판임거정-학병거부자의 수기」(《신천지》, 1945, 4~6월) 같은 글들이 그것이다.[4] 이들의 체험수기류는 전문작가들의 작품만큼 학계의 관심을 끌지는 못했지만, 작가들이 포착하거나 해석한 식민지 현실과는 다른 각도에서 식민지 치하에서의 삶이 어땠는가를 생생하게 그리고 있다. 이런 글들이 소설을 비롯한 문학작품들과 조응하면서 해방기 문학의 영역을 넓히는 데 일조하고 있음은 두말할 나위가 없는데, 아쉽게도 이런 자료는 그다지 많이 남아 있지 않다.[5] 그런 점에서 『제삼노예』는 일제 말기에 징용에 끌려간 노동자들의 감정과 의식을 확인할 수 있는 좋은 증거가 된다.[6]

---

3 참고로 1946년 1월 1일 자 《자유신문》의 「탁치반대 총동원위원회 의결」이란 기사 하단의 해당 위원회의 중앙상무위원 명단에 '박완'이라는 이름이 나와 있다. 같이 언급된 다른 인물들로는 홍명희와 박헌영 등이 있는데, 연령상으로 보아 이 책의 저자로 보기는 힘들 것 같다.

4 학병들의 체험수기에 대해서는 김윤식의 『일제 말기 한국인 학병세대의 체험적 글쓰기론』(서울대출판부, 2007)이 좋은 참조가 된다.

5 한기형은 "일제시대에 대한 문학적 객관화, 혹은 체험의 객관화에 해방 이후 남한 사회는 매우 소극적이었"다고 지적하면서, 오기영의 수기 『사슬이 풀린 뒤』(1948)를 검토한 바 있다. 그는 또한 자신의 작업을 "한국의 현대소설사가 자신의 문학적 토양과 서사적 배경인 역사경험에 대해 어떻게 대응해왔는가를 돌이켜 보는 것"이라고 규정하는데, 이 책은 이와 어느 정도 문제의식을 공유한다. 한기형, 「해방 직후 수기문학의 한 양상」, 《상허학보》 제9호, 2002, 253~277쪽 참조.

6 당시 북규슈 탄광으로 끌려간 경험을 담은 또 다른 수기로 이흥섭의 『아버지가 건넌 바다-일제하 징용 노동자 육필수기』(도서출판 광주, 1990)가 있어 소개한다. 이 책은 1944년 5월 황해도 곡산에서 강제징용 당해 북규슈 사가현의 탄광으로 끌려간 작가가 1970년대에 일본에서 발표한 수기인데, 징용현장 또한 『제삼노예』의 현장과 같은 스미토모 가라스 광산으로 서로 상통하는 대목이 적잖다. 필요한 부분은 논의과정에서 적절하게 참조할 것이다.

두 번째로 이 작품은 일본의 탄광에 끌려간 노동자가 자신의 체험을 문학적으로 형상화한 결과라는 점에서 관심의 대상이 되기에 족하다. 일제 말기에 작가로서는 유일하게 징용에 끌려갔던 안회남이 해방 뒤 돌아와 자신의 탄광 체험을 토대로 일련의 작품들을 발표했다는 것은 널리 알려진 사실이다.[7] 하지만 안회남의 작품은 단편 위주로 되어 있어서 징용생활의 전체상을 그리는 데에는 어느 정도 한계가 있는데, 이 점에서 『제삼노예』는 안회남의 소설과 비교하여 전문작가가 아닌 일반 노동자가 자신의 사실적 체험을 비교적 긴 장편소설의 형태로 어떻게 형상화했는지를 알 수 있는 좋은 자료가 된다.

이와 관련하여 이 작품에 상당수의 일본인 작가와 조선인 작가가 실명 그대로 언급되거나 등장하고 있는 것 또한 주목할 만한 사항이다. 이 작품에는 한 일본인의 입을 통해 일본의 사회운동가 가가와 토요히코賀川豊彦를 비롯해서, 고바야시 다키지小林多喜二, 나카니시 이노스케中西伊之助, 가네코 요분金子洋文과 같은 작가들과 그들의 작품이 거론되고 있는데, 이는 원래 수기형태로 집필된 이 작품이 소설로 전환되는 과정에서 일정한 계기를 제공하고 있다. 그중에서도 특히 고바야시 다키지의 『게 가공선蟹工船』은 이 작품과 긴밀한 상관관계를 맺고 있는데, 이 점 또한 본론에서 거론될 것이다. 또 일제 말기에 일본 곳곳을 돌면서 조선인 노동자들을 대상으로 하여 강연을 했던 친일작가 장혁주도 실명으로 등장하고 있다. 이 작품이 체험수기를 바탕으로 한 것이라는 점을 감안하면 작가와 장혁주의 만남은 거의 사실로 보이는데, 여기에서는 이 점도 염두에 두면서 『제삼노

7 안회남은 1944년 9월 충남 연기군에서 북규슈 사가현의 다치가와立川 탄광으로 끌려갔다가 1945년 9월 귀국한다. 귀국 후 그는 「쌀」과 「탄광」을 비롯한 일련의 탄광소설을 발표한다. 안회남의 생애와 문학활동에 대해서는 김경수, 「한 신변소설가의 삶-안회남」, 『한국 현대소설의 형성과 모색』, 소나무, 2014, 112~157쪽.

예』의 체험수기적 사실성과 소설로서의 형상화의 측면을 살펴보고자 한다.

2. 징용체험에 대한 사실적 증언

『제삼노예』는 일제 말기에 징용으로 일본에 끌려간 한 노동자가 그곳의 노동현장에서 겪은 체험담을 담고 있다. 작품은 작가인 주인공이 일행들과 함께 기차를 타고 경성역을 떠나 부산과 하코다테函館를 거쳐 다시 기차와 자동차를 이용해 마루셋부에 있는 스미토모 광산에 도착하기까지의 전 과정을 거의 순차적으로 제시하는 것으로부터 시작한다. 이 과정에서 그는 자신과 함께 그곳으로 끌려간 동료인물들을 본명이나 별명으로 소개한다. 대학물을 먹은 탓에 동료들에게 소설과 사회과학 이야기를 즐겨 해주는 '백과사전', 갑부의 아들이고 키가 큰 '꺽쇠', 일자무식으로 방랑생활을 한 적이 있다고 소개되는 '백룡'이란 인물과, "누구나 다 경성 시내에서 너저분하게 볼 수 있는", "손에 갈퀴를 쥐고, 한편 어깨에는 치롱을 둘러 멘 즉 쓰레기 통을 뒤지고 다니는"(29쪽) '검사원' 등이 그런 예들이다. 인물들의 소개에서 흥미로운 것은 갑부의 아들인 '꺽쇠'가 "그의 작은 아버지가 대판에서 큰 철공장을 경영하고 있"어서 "이곳으로 오는 도중에서 도망할 계획으로 모집패에 꼈"(28쪽)다고 이야기되는 대목이다. 주인공은 석 달 뒤에 '꺽쇠'가 귀국했다는 소식을 전하면서, 부모가 죽었다거나 병에 걸린 사람도 귀국을 못하는 판국에 꺽쇠가 귀국했다는 것은 "필경 특권적인 권세 밑에서 돈으로 해결시킨 것이 분명할까 나는 생각한다."(100쪽)라고 말하는데, 이를 보면 당시 징용자 가운데에는 징용을 이용하여 집을 떠나려 했던 사람들도 있었던 것이 분명하다.

이렇게 끌려온 징용노동자들은 열악한 식사와 잠자리가 제공되는 공사현장에 감금되다시피 한 상황에서 본격적으로 노동력을 착취당한다.[8] 도망을 방지하기 위해 휴대품 일체를 압수당하는 것은 물론, 용변마저도 외부에서 그 모습이 십장들에 의해 관찰되도록 개방된 상태에서 해결하며, 십장들이 잠을 잘 때에는 숙소에 자물쇠가 채워진 상태에서 지내야 했다. 작가는 작중의 한 인물의 입을 빌려 그런 숙소를 "허가 없는 감옥"(34쪽)이라고 부르고 있는데, 현장의 일본인들이 계약을 맺고 일하러 온 조선인 노무자들을 이런 감시하에 두는 것은 작업현장이 열악하고 노동의 강도가 세서 탈출하는 일이 빈번하게 벌어졌기 때문이다. 그들의 탈출을 막기 위해서 현장의 일본인 관리자들은 보관이라는 명분하에 신사양복과 돈, 주머니칼, 시계, 북해도 지도 등의 물품을 압수하는데, 이 과정에서 일본인 관리자들은 조선인 십장들을 적절하게 이용한다. 특히 북해도 지도를 가지고 온 삼룡이가 십장에게 뺨을 맞는 대목은 이러한 모습을 단적으로 보여준다.

주인공 일행은 도착한 지 나흘째 아침부터 작업현장으로 투입된다. 그들의 작업은 침전지의 제방을 쌓는 것으로, 즉 광산개발로 인해 나오는 광니수鑛泥水가 인근의 농지로 침투하여 논밭과 양식장에 영향을 주지 못하게 둑을 쌓는 것이었다. 2인 1조로 난장판(土取場)에 배속되어, 곡괭이꾼들이 산 위에서 땅에 박힌 바위나 돌을 쪼개어 굴러 떨어뜨리면 중턱 부근에서 그렇게 굴러 내려오는 흙과 바위를 삽을 이용해 '도로꼬'〔손트럭(手押車)〕에 담아, 레일을 이용해 아래로 내려가 토매장土埋場에 부리는 것이 그

8 참고로 그 음식 수준이 어떠했는지를 인용하면 다음과 같다. "잘 씻지도 못한 감자를 껍질 채 숭덩숭덩 크게 쓸어서 삶아가지고 밥과 버무린 것과 같이 밥통에는 감자밥이 꼬드밥(고두밥?)처럼 또근또근(뜨끈뜨끈?) 되어 있다. 먹어보니 실상은 멱국 한 가지뿐이다. 말먹이 통같이 둥글고 얕은 국통 안에는 뽀얀 뜨물 같은 국물뿐이다. 국자로 저으면 심줄 묽은 멱 나부랭이와 이름도 알기 드문 물고기의 뼈가 뜨는 것이다. 이런 멱국에다 감자밥을 마니 마치 뜨물 찌끄럭지 같다."(68쪽)

가 맡은 일이다. 위에서 굴러 내려오는 작은 돌멩이라도 맞으면 생명이 위험한 것은 물론이지만, 십장들은 조금이라도 지체하면 일꾼들의 등짝을 회초리로 때리면서 열두 대의 트럭을 경쟁시켜가면서 작업을 독려하는 것이다. 이때의 심정을 그는 다음과 같이 적고 있다.

> …… 마음먹고 앞 도로꼬를 쫓아가는 데도 한 일정한 거리를 둔 체 조금도 가까워지지는 않는다. 나는 머리를 들고 앞에서 달려가는 도로꼬꾼들의 뒷모습을 바라보면 …… (우리들이 저것을 못 쫓아가 회초리 맛을 봐!) 이렇게 마음 드는 한편 …… (망할 자식들 뭘 먹갔다구 저렇게 뛰는 거야!) 가쁜 마음 속에서 이렇게 부르짖으며 생각하니 마음은 한층 더 급해져서 가슴이 빠개지는 것 같고 좁은 가슴 속에서는 호흡이 재다 못해 복장이 터질 것같이 날뛴다.
>
> …(중략)…
>
> 나는 숨이 탁 막혀 가슴 안에 그 무엇 한 줄기가 끊어지는 것 같고 눈앞이 캄캄했다 환했다 하며 그저 비틀거리며 남과 같이 삽을 들 용기가 없다. 몰이꾼이 회초리로 재촉하는 바람에 남들은 도착하자마자 가쁜 숨도 돌릴 새 없이 일하기 시작한다. (53~54쪽)

이런 작업현장에서 트럭이 탈선되는 사고가 나도 십장들은 인부의 부상 따위에는 아랑곳하지 않고 폭력을 행사한다. 작업현장의 이런 비인간성을 목격한 그는 도저히 견디지 못하게 되자 차라리 스스로 다치자고 생각하기도 하고 또 실제로 큰 돌에 손가락이 으스러져 부상을 당하기도 한다(80쪽). 하지만 병원은커녕 '함바飯場'에서 치료를 받으면서 다소 강도가 낮은 현장으로 투입되지만 결국 손가락 병신이 된다. 그런 몸으로도 징용노동자들은 비가 오나 눈이 오나 지친 몸을 이끌고 노동을 계속해나갈 수밖에 없는데, 그 결과로 그들이 받는 임금은 터무니없을 정도다. 그는 작품에서 자신의 임금 계산표를 직접 제시하며 설명한다(83쪽).

8月分　計算表

1人當 賃金　1圓 80錢
29日分　39圓 30錢

消費金

科目	個別額	金額
食費	1人當　60錢	28日間　17圓 40錢
寢具代	〃　5錢	31日間　1圓 55錢
술	1合　15錢	4合　60錢
地下袋	1足　1圓 20錢	11足　13圓 20錢
집신	1足　15錢	40足　6圓 15錢

賃 金 計	39圓 30錢
消 費 金	38圓 90錢
差引殘金	40錢

작가는 회사 측이 현장에 오면 "아사히 지카다비[9] 한 켤레를 배당한다는 약속을 하고 왔으나 그것은 주지 않고"(45쪽) 재생다비를 청구하라고 했다고 말한다. 재생다비는 "바닥은 재생 고무바닥이고 등은 대마푸대로 얽은 엉성한"(45쪽) 것으로 설명되는데, 위 임금표에 표시된 "地下袋"가 바로 재생다비다. 한 달에 열한 켤레를 사용하고 있는 것으로 보아 험한 현장에서 금방 닳아 없어졌다는 것을 알 수 있는데, 이를 두고 "아사히 지카다비 한 켤레 가지면 아무리 못 신어도 두 달 반 가량 신는데 가격이 똑같은 재생다비는 잘 신어야 사오일 밖에 더 못 신는다."(84쪽)라고 말하고 있는 것을 보면, 노동자의 소비금을 높여 임금지불을 최소화하려는 교활한 술책이라고 해석된다.

이를 통해 "결국 벌이는 일하는 것과 먹는 것이 벌이"(84쪽)이며 일본인

9 '지카다비地下足袋'는 일본 버선 모양으로 생긴 노동자용 작업화를 일컫는다.

들이 자신들을 착취한다는 것을 인식하게 된 주인공은, '백과사전'과 함께 스트라이크를 일으키려고 공작을 준비한다. 식자층인 '백과사전'으로부터 소비에트의 노동제도라든가 스트라이크와 관련된 역사적 지식을 교육받는 것이 그것인데, 하지만 십장들에게 발각되어 '백과사전'은 일본인 감독에게 채찍을 맞고 기절한다. 일본인 감독이 '백과사전'에게 휘두른 채찍은 "쇠×"이라고 하여 특별하게 언급되는데, 이는 이홍섭의 『아버지가 건넌 바다』에도 등장하는 것으로 이른바 "쇠좆매"라고 하는 것이다. 『아버지가 건넌 바다』에는 "이 매는 소의 성기, 바로 그것과 같이 굳지도 않고 심하게 물렁거리지도 않으면서 아무리 단단한 것을 두들겨 패도 부러지지 않는 물건이었다. 그 매의 재료는 생고무였다. 우리가 비국민이라는 소리를 들으면서 욕지거리를 먹는 일은 고사하고 어떤 일을 저질러 쇠좆매를 맞는 일은 정말 견디기 어려운 일이었다."고 설명되어 있고, 당시 조선 사람들이 가장 두려워했던 것이라고도 적혀 있다.[10]

작품에서 이러저러한 일로 조선인 노동자들이 일본인과 조선인 십장들에게 맞는 장면은 여러 차례 나온다. 특히 그 폭력의 강도는 노동현장을 탈출하다가 붙잡혀온 자들에게는 더 심해지는데, 그런 무자비한 사형私刑이 다른 노동자들에게 두려움을 심어줘 아예 도망갈 생각을 품지 못하도록 하려는 의도에서 행해졌음은 두말할 나위도 없다. 작품 후반부에 '꼬마'와 함께 탈출을 감행하다가 붙잡히는 주인공 또한 새로 들어온 노동자들이 보는 앞에서 위와 같은 폭력을 고스란히 당하게 된다. 특히 '노랭이'로 불리는 일본인 현장 책임자 사가와佐川가 탈출하다 붙잡힌 노동자에게 린치를 가하는 장면은 아래와 같이 묘사되어 있다.

10 이홍섭, 앞의 책, 31-32쪽.

"웃통 벗겨라!"

노랭이가 십장들에게 이렇게 분부의 소리를 지른다. 그것이 신혼지 웃통을 벗기자마자 호스로 내리 갈긴다. 나는 마음이 뜨끔하여 소름이 쪽 끼치고 속이 지르르하고 몸이 떨리기 시작한다. 무지무지한 호스가 잔등을 칭! 감기고 나면 벌건 핏줄이 뒤를 이어 터질 듯이 불끈 하곤 한다. 호스가 잔등을 갈길 때마다 몸은 꿈틀꿈틀하면서 입에선

"아! …… 아! ……"

하고 소리를 벼락같이 지른다. 그래도 그들은 죽어라하고 팬다. 나는 자기도 모르게 눈물이 눈에서 글썽거린다.

'저것들이 사람인가!'

나의 마음속에서 이렇게 부르짖는다. 나뿐만 아니라 여기 있는 일꾼들은 모두 이런 심정일 것이다.

탈출자는 신경이 마비된 듯이 진땀이 지르르한 무서운 얼굴이 파랗게 지르고 눈은 벌떡 뒤집혀서 눈동자의 흰자위만 보이고 기절해 자빠진다. (71~72쪽)

현장을 탈출한 조선인들이 다시 붙잡혀 돌아오는 것은 현장 사무실 측이 인근의 농부들을 매수해두었기 때문이다. 주인공은 이에 대해, "이 근방 지리를 잘 모르는 탈출인이 산속을 헤매다 못해 배고파 죽을 지경이면 밥을 구하기 위하여 농가로 찾아간다 한다. 그러면 농부는 위로와 동정적으로 맞이하고 하얀 쌀밥 한 상을 그럴듯하게 차려 놓고 서슴지 말고 다 먹으라고 권한다. 그리고는 입술에 침을 바르고 뒤로 빠져서 현장 사무실로 밀고를 하는 악질 농배들도 있다 한다."(67쪽)고 자신이 들은 바를 전하고 있는데, 아마 일정 부분은 사실일 것이다.

작품에서 주인공은 탄광에 도착한 지 1년 후인 1943년 6월에 아사히가와旭川 인근의 히가시가와무라東川村로 옮겨진다. 그 이유는 일제가 전쟁이 치열해지자 광산에서 일하던 광부들을 모두 군수공장이나 전시에 필

요한 공사장으로 이동시켰기 때문이다(112쪽). 그 바람에 침전지 공사는 중지되고, 주인공 일행은 그곳에 부설되었던 선로를 뜯거나 집을 허물어 버린 후 대설산에서 내려오는 찬물을 논농사에 적합하도록 식히기 위한 아사히가와 인근의 난류지暖流池 공사에 투입되는 것이다. 그곳에서 그는 작업 도중 홧김에 십장을 때려 곤욕을 치른 뒤, 한 번 탈출했다가 잡혀온 경험이 있는 '꼬마'와 짝을 이루어 작업을 하면서 탈출할 궁리를 하게 된다. 그래서 어느 날 파수 보는 십장이 조는 틈을 타 꼬마와 함께 대설산 기슭으로 탈출하지만, 며칠 못 가 이와미자와역에서 십장들에게 붙잡혀 돌아와 호되게 매를 맞는다.

『제삼노예』는 이후 이렇게 잡혀온 주인공이 다시 난류지 공사장에서 일하면서 겪는 사건들로 채워져 있다. 장혁주의 위문강연을 듣는 것이라든지, 문학작품을 쓰기 위해 직접 체험을 하려고 자발적으로 노동현장으로 들어온 일본인과의 만남, 전투 중에 일본군의 포로가 되어 징용현장으로 끌려온 중국인 포로들과의 교감 같은 것들이 그것이다. 그리고 작품은 충청도에서 온 길주라는 사람이 조선인 십장에게 삽으로 맞아 죽게 되자, '백과사전'이 노동자들을 선동하는 발언을 하여 십장에게 맞고, 그것을 본 '꼬마'와 '삼용이'가 십장에게 달려들면서 함께 있던 노동자들이 십장들을 닥치는 대로 때리는 등 집단행동에 나서는 것으로 결말을 맺는다.

이렇듯 이 작품은 작가 자신이 일본에서 겪었던 징용체험을 꼼꼼하게 서술하고 있는데, 주요한 사건이 일어난 구체적인 날짜가 밝혀져 있는 것이라든가 숙소와 공사현장의 운영체계에 대한 면밀한 관찰로 볼 때 거의 사실로 판단된다. 임금계산표의 제시 또한 본인이 기록을 위해 별도로 몰래 보관하지 않았으면 불가능한 자료로 보이며, 그의 경험이 같은 시기에 징용을 겪었던 이홍섭의 기억 내용과 겹치는 것도 이를 뒷받침한다. 이를 종합해보면 박완의 이 체험수기는 식민지시대 일본으로 징용당한 노동자들의 삶을 증언하고 있는 개인수기로서 소중한 가치를 지니고 있다고 말할 수 있을 것이다.

3. 소설로의 변형과정과 상호텍스트

앞서도 말했지만, 작가는 책의 말미에 덧붙인 '후감'에서 "나는 본래 그때의 그 일기문체험의 기록원문을 그대로 발표하려고 하였으나, ─ 모파상의 수법식으로 대장편의 요소를 불과 200혈頁도 못 되는 데에다 집어넣어 본 것이다."('후감' 1~2쪽)라고 밝힘으로써 수기에 일종의 소설적 변용이 가해졌다는 것을 밝히고 있다. 또한 작가는 그 동기에 대해서 "일면 연결성에 있어서도 정체성停滯性을 느끼게 된 것이며 표현에 있어서도 부자연스러운 감을 느끼게 된 것" 같은 면이라고 말하고 있는데, 여기서는 그 소설적 변용과정에서 보이는 특성에 대해 살펴보고자 한다.

먼저 이 작품에 나와 있는 친일작가 장혁주의 등장부터 살펴보기로 하자. 이 작품의 주인공이 아사히가와의 난류장에서 장혁주의 위문강연을 들었다는 것은 앞서 말한 바와 같다. 장혁주(1905~1997)는 대구출생으로 1932년 일본잡지《가이조改造》 현상공모에 「아귀도餓鬼道」가 차석으로 당선되어 작품 활동을 한 작가로서 일본명은 노구치 미노루野口稔, 필명은 노구치 가쿠추野口赫宙다. 그는 1936년 동경으로 이주하여 일본의 2차 황군위문단 일원으로 북지전선北支戰線의 상황 시찰에도 나섰으며, 1942년부터는 일제에 적극적으로 협력했는데, 시라카와 유타카白川豊에 의하면 그는 이 시기에 "'내지'의 광산이나 탄광시찰, 만주, 북지방면으로 개척촌 시찰에 나가 그 보고문을 썼다."고 한다.[11] 『제삼노예』에서 주인공이 장혁

11 장혁주의 행적에 대해서는 시라카와 유타카白川豊, 『장혁주 연구』, 동국대학교출판부, 2010, 25~27쪽 참조.

주의 강연을 듣게 되는 시점은 1943년 6월 하순으로 되어 있는데, 구체적인 확인은 할 수 없지만, 장혁주가 1942년에서 1944년에 걸쳐 일본의 탄광 지역을 시찰했으며 또 보고나 좌담을 통해 그 경험을 밝히고 있는 것을 보면, 이는 실제로 있었던 일로 보인다. 보고의 내용 또한 그렇다. 작품에서 장혁주는 조선인 노동자들 앞에서 다음과 같은 내용의 발언을 하는 것으로 되어 있다.

"이렇게 고생을 해가면서 나라를 위하여 싸워주는 데 대하여 나는 여러 형제들에게 무어라고 감사를 올려야 좋을지 모릅니다. 물론 여러분들도 고향에는 부모도 있고 처자도 있겠지요. …… 그런 그리운 고향을 떠나 이곳까지 와서 밤낮을 가리지 않고 싸워주는 데에 사실 나로서는 머리가 숙여집니다. 여러분의 고생들도 저 멀리 해양에서 또는 대륙에서 지금쯤 눈이 내리는 천도千島에서 싸우고 있는 병정을 생각하면 아무것도 아니겠지요. …… 그러나 우리가 왜 이렇게 싸우지 않으면 안 되느냐 하는 것은 — 우리들의 자손을 위해서 또는 대동아공영권大東亞共榮圈을 위해섭니다. 우리는 어떻게 해서라도 이 대동아 전쟁을 이기지 않으면 안 됩니다. 이미 여러분도 알고 있을 것이지만 앵글로 색슨족은 즉 영미는 아지아를 침략하려고 하였던 것입니다. 이것을 알게 된 우리 지도자들은 십억十億의 아지아 민족을 위해서 야마토민족大和民族의 본의本義를 나탄시킨(나타낸) 것입니다. — 이 전쟁은 이러한 데서부터 일어난 것입니다. 어디까지 정의를 위해서 이겨야 됩니다. …… 이기도록 싸워야 됩니다.

…(중략)…

…… 물론 나도 국민으로서의 한 사람이지만 여러분과 같은 산업전사가 못됨을 유감으로 생각합니다. 나이가 문제지요. …… 이십 세 전후였으면 하는 생각이 납니다. 그러면 씩씩하니 굴속에 들어가서 암마해머를 잡을 수가 있고 또는 여러분과 같이 삽을 쥐고 하나의 산업전사로의 의무를 달성할 수가 있는 것을. …(중략)… 또한 이렇게 훌륭하신 조장을 갖게 된 여러분들을 보면 나로서도 마음이 끌리는 것입니다. 나는 약 한 달가량 여러분들과 같이 일하고 있는 — 혹은

광산에서, 탄광에서 또는 공사장에서—수십 군데를 다니며 보았지만 이곳 조장같이 너그러운 주인은 처음 본 것 같습니다." (143~144쪽)

위와 같은 장혁주의 발언에 대해 작가는 "저것이 문학간가?"—"장혁주란 저런 인물인가?"(145쪽)라고 생각한다. 그리고 장혁주가 자신들을 핍박하는 조장들을 추켜올리는 것에 대해 아니꼬워했다고 말한다. 시라카와는 이 시기 장혁주가 언론에 발표한 시찰 보고문에 대해 그 내용이 "광산노동이 상상했던 것과 달리 그리 고역은 아닌 것 같다라든가, 관리상에 특별한 문제는 없다는 등 표면적인 관찰에 그쳤"으며, 장혁주가 "완전히 관리자의 목소리로 발언했다."[12]고 말하고 있는데, 위 인용문은 시라카와의 그런 해석을 뒷받침하기라도 하듯 내용 면에서 유사하다.

『제삼노예』의 작가가 장혁주의 강연을 들으면서 "저것이 문학간가?"라고 회의하는 대목은 특별한 주목을 요한다. 그는 마루셋부의 침전지 공사장 사무실에서 훔쳐온《북해도 산업신문》에 실린 장혁주의 위문 기사를 보고 '백과사전'이 "출세했다"고 비아냥거리자, 그에게 장혁주가 어떤 사람인지를 묻는다. 즉, 작가는 장혁주가 누구인지를 그때까지 몰랐던 것이다. 게다가 그가 징용에 응하기 전에 목공일을 하던 스무 살의 노동자였다는 것을 감안하면, 그가 장혁주의 강연을 듣고 "저것이 문학간가?"라고 작가의 존재성에 대해 자문하는 모습은 어딘가 과장된 듯한 느낌이 든다.[13]

그런데 『제삼노예』에는 장혁주와 관련된 이런 정보 말고도 문학과 관

12 시라카와 유타카, 위의 책, 175쪽.

13 작품에서 그는 백과사전이 들려준 장혁주에 대한 정보를 다음과 같이 전하는데, 이 대목도 실은 너무 깊이 들어간 감이 있다. 그 부분은 다음과 같다. "백과사전은 장혁주에 대한 이야기를 일일이 다 나에게 들려주었다. 장혁주는 대구출신이라는 것과 그 작품 『삼곡선』의 내용과 일어日語로 쓴 작품들의 내용을 나에게 이야기하여주었다. 그에 대한 이야기를 결론적으로 말하면 그는 일선일체日鮮一體론을 떠들고 그의 작품 전반을 통하여 보면 부르주아지를 위한 문학 즉 말기개인주의末期個人主義는 문학사상에 남을 만한 존재라는 것이었다."(118쪽)

련된 예사롭지 않은 삽화가 또 나온다. 아사히가와에서 '꼬마'와 짝을 이루어 일을 하던 무렵 그는 노촌勞村이라는 일본인과 알게 된다.[14] 그런데 오로지 문학적 수업을 위해 6개월 기한으로 자원해서 들어왔다고 하면서 밝히는 그의 내력이 이채롭다. 즉, 그는 가가와 토요히코賀川豊彦의 문하생 노릇을 하면서 대학 예과를 졸업했으며, 그 뒤에는 스스미 치요堤千代와 함께 가네코 요분金子洋文의 문하생 노릇을 하다가 츠키치 소극장築地小劇場 심사부에서 각본심사를 했다고 말한다. 노촌이 거론한 세 작가는 모두 실존인물들이다. 가가와 토요히코(1888~1960)는 일본 대정기大正期와 소화기昭和期에 활동했던 기독교 사회운동가이며, 가네코 요분(1894~1985)은 1921년 사회주의사상 문예잡지인《씨 뿌리는 사람 種蒔く人》을 창간한 일본 프롤레타리아 작가이고, 스스미 치요(1917~1955) 역시 일본의 소설가다. 그리고 츠키치 소극장 또한 1924년 설립되어 일본의 신극운동을 주도한 극장이다.

일제 말기 일본의 프롤레타리아 작가지망생들이 노동자들의 현실을 소설화하기 위해 어느 정도나 노동현장으로 자원해 갔는지는 모르지만 그런 사례는 있으리라고 추정된다. 노촌이라는 인물도 그 실존 여부는 확인할 수 없으나 그런 부류의 인물이었을 것으로 생각된다. 물론 위에 요약된 그의 문학수업의 구체적 경력 같은 것은 논외로 하고서다. 한편 작가는 노촌이 위와 같이 자신의 경력을 말하며 "진정한 작가는 붓을 꺾이는 한이 있더라도 진리眞理를 탐구해서 확고히 세운 작가의 세계관을 전환시킬 수는 없다는 것을 이야기했다."(150쪽)고 하면서 뒤이은 대화를 다음과 같이 제시한다.

14 이 이름도 다분히 의도적으로 붙인 것으로 보인다.

"이곳 노동자를 모델로 작품 하나 쓰지—걸작이 될 걸."

나는 그에게 이렇게 말했다. 그는 고개를 약간 기울이며

"쓴 것 있어.—소림다희이小林多喜二의 가니고셍蟹工船."

"가니고생?"

나는 이렇게 말을 받으며 의심했다.

"응, 걸작이야—소림다희이小林多喜二를 보더라도 알아—진정한 사상을 위해서 죽었지 …… 작가란 그래야 돼."

하고 그는 담배를 종이에 말아 피며 또 말을 이어

"그들의 문화운동을 보면, …… 아니 …… 우리 노동자들을 위해서 붓을 쥐는 프로 작가들을 보면 종족種族이나 계급階級차별은 없어. 다만 프롤레타리아의 해방을 위함이야—부르작가인 중서이지조中西伊之助의 『赭土에 芽하는 것』 작품을 보더라도 알아. 침략侵略당한 당신네들의 비참한 생활상을 그린 것이지. 침략이란 대개 자본 확대에서 일어나. 즉 공통共通된 운명을 타개打開하는 데에는 종족도 가리지 않기 때문에 중서이지조中西伊之助의 작품 같은 것도 나왔거든. 그래 어느 나라를 막론하고 ××××××는 ×××××××× 손을 잡고 공통된 운명을 타개해야 돼.—자본이라는 것은 전쟁도 조발(도발?)할 수 있고 노동자를 착취하는 유일한 기개(기계?)도 될 수 있는 거야. 이러한 ××과 진땀을 흘려 목구멍에 불칠(풀칠?)을 하는 노동자들과는 ××과 ×격이야. 타협이라는 것은 성립할 수 없어. 이러니까 ××××××는 어느 누구를 막론하고 ××××××× 자기들의 운명을 개척해야 돼."

그는 말을 더듬더듬해가며 시국상으로 보아 어마어마한 말을 이렇게 했다. 이 말을 듣고 있던 나는 언젠가 백과사전에게 들은 이야기가 되풀이 친다. (150~151쪽)

장혁주의 경우도 그렇지만, 문학의 재료를 얻기 위해 자발적으로 일본 내의 노동현장을 찾은 노촌이라는 일본인이 실제 일본문학사에 등장하는 인물들과 밀접한 관계를 맺고 있는 것으로 설정되고 있고, 또 위와 같이

프롤레타리아문학에 대한 비교적 해박한 지식 위에서 자신의 신념을 조리 있게 풀어 설명하고 있는 대목은 다소 작위적으로 보인다. 그리고 그런 일본인에게 주인공이 확신을 가지고 노동자를 모델로 소설을 쓰면 걸작이 될 것이라고 말하는 대목도, 문학가의 존재에 대해 깊이 자문하는 모습과 마찬가지로 돌연한 감이 있다. 따라서 이런 현상은 결국 작가가 이 작품을 수기에서 소설 형식으로 바꾸는 과정에서 의도적으로 추가한 부분으로 보는 게 온당해 보인다.

그런데 이 대목에서 또 하나 눈여겨보아야 할 것은 노촌이 노동자를 모델로 한 소설로 고바야시 다키지의 『게 가공선蟹工船』(1929)과 나카니시 이노스케中西伊之助의 『적토에 삭트는 것赭土に芽ぐむもの』(1922)을 들고 있다는 점이다. 나카니시 이노스케(1887~1958)는 《평양일일신문》의 기자로 일본 기업의 노동자학대를 폭로한 죄로 감옥에 수감된 적도 있는데, 출감 후에 쓴 소설이 바로 『적토에 삭트는 것』이다.[15] 한 연구를 참조하면, 그 내용은 조선인 농민과 일본인 신문기자를 등장시켜, 일본인 주인공이 조선인 노동자의 처형 직전의 모습을 보고 충격을 받고 민중을 위해 싸울 것을 맹세하며 방랑의 길을 떠나는 것이라고 한다.[16] 또한 『게 가공선』은 일본 프롤레타리아 문학운동의 대표적인 작가로 평가받는 고바야시 다키지(1903~1933)가 일본에서 벌어진 실제사건을 바탕으로 하여 쓴 작품으로, 캄차카 영해까지 올라가 게를 잡아 통조림을 만드는 게 가공선에서 벌어지는 사건을 소재로 쓴 소설이다.[17] 이 배의 노동자들은 계절노동자로 고

---

15 나카니시 이노스케는 1925년 서울에서 강연회를 갖고, 조선 문인들과도 교류를 갖는 등 조선 프롤레타리아 예술동맹과도 긴밀하게 연관되어 있는데, 그의 이런 행적에 대해서는 권영민의 「나까니시 이노스께와 1920년대의 한국 계급문단」, 《외국문학》, 겨울호, 1991, 108~122쪽을 참조하라.

16 나카니시 이노스케의 작품에 대해서는 이수경, 『한일 교류의 기억: 근대 이후의 한일교류사』, 내일을 여는 지식, 2010, 249~250쪽 참조.

17 고바야시 다키지는 오타루小樽에서 일어난 공산당 대탄압사건을 소재로 한 작품 「1928년 3

용된 사람들로서 학생, 농민, 어부 등을 망라하고 있다. 이들은 열악한 환경과 감독의 폭력을 견디는 과정에서 계급적 각성을 하게 되고, 급기야 각기병을 앓던 어부의 죽음을 계기로 태업을 감행하지만, 회사와 결탁한 일본 구축함의 수병들에게 주동자 전원이 체포된다. 하지만 작품은 그것을 목도한 나머지 노동자들이 다시 한 번 전원이 희생자가 될 각오로 새롭게 파업의 의지를 굳히는 것으로 마무리되고 있다.

이처럼 『게 가공선』은 농민과 어민, 막일꾼과 속아서 끌려온 동경의 학생 등을 총망라한 노동자들이 게 가공선이라는 극한의 노동현장에서 서서히 자신들의 계급적 지위를 깨닫고 힘을 결집해 나아가는 과정을 그리고 있는데, 『제삼노예』에는 『게 가공선』의 그런 내용이 어느 정도 참조가 되고 있다. 『게 가공선』의 초반부에는 게잡이 배에 지원한 어부 일행 가운데 이른바 "'타코蛸'로 팔려간 적이 있는 사람"(17쪽)이 있다고 소개되어 있는데, 『제삼노예』에 등장하는 일본인 감독 사가와가 젊었을 적에 바로 그 '타코' 생활을 한 인물로 소개된다. 그리고 그 대목에서 주인공은 '백과사전'으로부터 그 말이 어디서 유래되었는가를 상세하게 듣게 된다. 그 부분은 아래와 같이 서술되어 있다.

북해도에서는 이러한 곳에서 일하고 있는 노동자들을 타코 즉 문어라고 부르

월 15일」을 발표한 바 있으며, 공산당에 입당하여 극심한 탄압을 받던 중 검거되어 츠키치서署에서 고문으로 사망한다. 『게 가공선』은 1929년《戰旗》에 연재된 중편소설이다. 당시 일본의 북양어업은 소련과 대립하면서 국가적 산업으로 장려되었다. 이 작품은 게 가공선에 관한 면밀한 조사에 바탕을 두고, 가혹한 노동조건에 고생하는 노동자들의 식민지적 착취의 실태와 그것을 둘러싼 국제적 · 경제적 관계를 묘사한 작품으로, 일본 프롤레타리아 문학의 대표작으로 평가받고 있다. 三好行建 外, 『日本文學史辭典』, 講談社, 1977, 295~296쪽 참조. 고바야시의 사망소식이 전해진 직후 백철白鐵은 「小林多喜二의 夭折을 弔함」이라는 글을 발표하여 『게 가공선』이 "일본 프롤레타리아 문학사를 통하여 실로 거대한 역할을 한 문제적 작품"이라고 조사를 쓴 바 있다(《조선일보》, 1933년 2월 25일). 『게 가공선』의 내용 및 인용은 한국어판 『게 가공선』(서은혜 옮김, 창비, 2012)을 참조했다. 인용도 마찬가지다.

고 지금 우리들이 있는 함바집을 가리켜 강고쿠베야監獄部屋라고 부른다. 왜 타코라는 숭악한 별명을 얻게 됐느냐 하면 원래 그들 노동자들은 주선옥周旋屋을 거쳐 이런 곳으로 팔려오기 때문이다. 그들은 농촌에서 또는 어촌에서 뼈가 빠지게 일을 해도 겨우 목구멍에 풀칠을 하다못해 몇 푼의 돈을 변통하여 가지고 도회오타루小樽 아사히가와旭川 삿뽀로札幌에 나와 일자리를 구하러 방황하다 보니 벌거숭이가 되어버린다. 그러면 고향에도 못 가고 이곳저곳 싸돌면 그래도 빈털터리에게 아양을 떨며 끌어들이는 계집들이 있다. 그 계집들은 주선옥 주인에게 매수된 화류계집들이다. 빈털터리는 일시주색에 탐혹하여 자기 몸을 주선옥에게 잡히고 하룻밤을 진탕만탕 술을 먹고 계집을 농락한 것이 실상인즉 자기 몸을 농마 값으로 팔아 육 개월 동안을 노예생활을 하지 않으면 아니 될 까닭으로 타코라는 별명을 얻게 된 것이었다. 그 주선옥 주인들은 자본가인 조장組長들과는 친밀한 관계를 맺고 있다. 주선옥 주인은 계집들을 시켜 될 수 있는 데까지 빚을 많이 지우도록 하는 것이 그들의 유일한 수단적 작용이다. 즉 그런 마수에 걸려 노동자들은 철도시설鐵道施設 제방堤防 기타 여러 가지의 토목공사土木工事 하는 일터로 규정된 기간의 자유自由를 뺏기고 끌려가는 것이었다. (31쪽)

『제삼노예』에 등장하는 징용노동자들이 일자무식의 방랑생활자, 쓰레기통을 뒤지는 인물, 목공일을 했던 주인공 등을 망라하고 있음은 앞서 말한 바 있거니와, 사실상 이들은 『게 가공선』에 등장하는 인물들의 다양한 구성과 크게 다르지 않으며 처한 상황 또한 마찬가지다. 따라서 『제삼노예』에서 북해도의 타코에 대해 위와 같이 상세한 서술을 하고 있는 것은, 작품의 작가가 자신들과 같은 징용노동자들의 운명을 사후에 형상화함에 있어서 일정 부분 『게 가공선』에 소개되고 있는 '타코'와 같은 일본 노동자들의 그것과 동일시한 결과라고도 볼 수 있다. 그리고 이를 증명이라도 하듯, '타코'의 운명을 서술하는 대목에서 두 작품은 거의 동일한 비유를 사용한다. 예컨대 다음과 같은 대목이 그렇다.

> 홋카이도에서는 어느 철도의 침목이고 간에 그것들 하나하나가 말 그대로 시퍼렇게 부어오른 노동자의 '주검'이었다. 축항 매립에는 각기병 걸린 막 노동자가 산 채로 '제물'처럼 매장되었다. (『게 가공선』, 63~64쪽)

> 그 피투성이가 되어 죽은 신체는 토매장土埋場의 흙속에 넣고 그냥 묻어버리는 것이었다. 그러한 관계로 북해도에서는 어느 철도의 침목枕木이라도 그 매개에는 노동자의 피거든(피 묻은?) 사지四肢가 하나씩 붙어 있다. (『제삼노예』, 32쪽)

이처럼 『제삼노예』가 소설로 형상화되는 데 있어서 『게 가공선』이 하나의 모델이 되었을 가능성은 매우 높다.[18] 인물구성의 유사성 말고도 이 두 작품은, 노동자들이 현장의 혹독한 노동착취를 경험하면서 문제의식을 공유하고, 그 연장선상에서 집단행동으로 나아가는 과정을 밟아간다는 점에서도 유사하다. 즉, 『게 가공선』에서 학생과 말더듬이 두 인물에 의해 노동자들의 의식이 각성하는 과정과 『제삼노예』에서 역시 대학을 다닌 것으로 그려지는 '백과사전'에 의한 교양교육을 통해 계급적 각성이 이루어지는 과정이 병행하고 있으며, 그렇게 각성된 노동자들이 동료 노동자의 죽음을 계기로 집단행동에 나서는 대목에서도 두 작품은 서로 상통하고 있기 때문이다. 물론 전자에서는 노동자들의 파업이 일본 해군에 의해 좌절되고, 후자에서는 노동자들이 궐기하는 것으로 끝을 맺는 정도의 차이는 있다.

자본가에 대한 적의와 프롤레타리아의 연대라는 주제의 측면에서도 두 작품은 겹친다. 『게 가공선』에서는 캄차카 근해에서 조업하던 중 폭풍우를 만난 러시아 사람들을 등장시켜 프롤레타리아 혁명의 정당성이 강조

18 이외에 『제삼노예』에 '백과사전'이 소포로 도스토옙스키의 『위대한 분노의 서』라는 책을 전달받는 장면(96쪽)이 등장하고, 『게 가공선』에도 배에 탄 학생이 도스토옙스키의 『죽음의 집의 기록』을 언급하면서, 그에 비하면 게 가공선에서의 생활도 별것 아니라고 말하는 장면이 등장하는 것(58쪽)도 우연은 아니라고 생각된다.

되고 있는가 하면(48~51쪽), 배의 수리를 위해 일본 육지에 다녀온 어부들에 의해 '적화선전' 삐라가 반입되어 게 가공선의 노동자들이 호기심을 보이는 대목이 그려져 있다. 즉, 사회주의 혁명에 성공한 소련이 일종의 모델로서 그려지고 있는 것과 비례하여 자본가를 적대시하는 계급의식이 선명히 그려져 있는데, 정도는 다르지만 『제삼노예』 또한 '백과사전'의 입을 통해 자본주의 사회에 대한 반감이 교화 차원에서 피력되고 있다. 서로 상통하는 두 작품의 해당 부분을 예로 들면 다음과 같다.

> "알겠지, 설령 돈 있는 놈이 돈을 내서 만들었으니 배가 있다고 치더라도 말야, 선원이나 화부가 없으면 움직이겠나? 올 여름 내내 여기서 일을 하는데 도대체 얼마나 돈은 받나? 그런데 부자는 이 배 한척으로 순전히 손에 쥐는 것만 사오십만 엔을 차지한단 말야.—자, 그러면 그 돈이 어디서 나오는 거야? 무에서 유는 생길 수 없다.—알겠는가? …(중략)…
>
> 선원이나 화부 없이 배는 못 움직여.—노동자가 안 움직이면 땡전 한 푼도 부자들 주머니엔 안 들어간다고. 아까 말한 것처럼 배를 사고, 도구를 채워넣고, 채비하는 데 드는 돈도 역시 다른 노동자가 피땀을 쥐어짜서 벌어준 것이지—우리들한테서 착취해간 돈이라구.—부자들과 우리는 부모자식인거야……" (『게 가공선』, 113~114쪽)

> "그러나 지금 세상에는 금전이면 그만이야. 과거에 일본에서 일어났던 적기사건赤旗事件을 봐도 알아.—자본가의 자식만 살 수가 있었거든. 그러나 그 법들은 모두 가면이야. 원래 법이란 공동형체共同形體와 객관客觀에서만 성립되는 것이—그 범주範疇를 떠나선 안 돼!—모두가 돈이라는 괴물이 왜곡歪曲시키는 거야. …… 돈 …… 돈 ……"
>
> "…… 자 봐. 인간이 돈을 만들었건만 현 사회에 이어서는 돈이 인간을 지배하거든. 따라서 법도 지배하거든. 그러니까—이것도 돈이 지배할 거야—사실 우리가 진정 질서 있는 세계를 보자면 돈이 없는 세계여야 돼."

"돈이 없다니? 그럼 원시시대같이?"

"—내 말의 골자는 세계가 공동체共同體로 뭉쳐 한 덩어리가 돼야 한단 말이야……." (『제삼노예』, 24~25쪽)

위 인용문에서 보는 것처럼, 두 작품은 자본가에 대한 적의와 도래할 새로운 세계에 대한 전망에 있어서 거의 공통된다. 단지 차이가 있다면 『게 가공선』에서는 그런 내용이 전지적 작가의 주석에 의해 전달되고 있는 데 반해, 『제삼노예』에서는 그것이 '백과사전'이라는 대학을 중퇴한 식자층 인물에 의해 전달되고 있다는 정도다.

따라서 인물설정 및 이야기의 결말을 향해가는 단선적인 전개과정, 그리고 주제의식의 표출 등 여러 측면에서 볼 때, 『제삼노예』는 고바야시 다키지의 『게 가공선』을 모델로 하여 쓰인 것이 틀림없어 보인다. 그리고 일차적으로 그것은 작가 박완에게 고바야시 다키지의 소설이 자신의 징용체험을 담아내기에 적합한 문법으로 받아들여졌기 때문일 것이다. 그리고 어쩌면, 다키지가 작품의 후기에서 자신의 작품을 "식민지에서의 자본주의 침략사의 한 페이지"(131쪽)라고 밝히고 있으며, 본문에서 일본 제국의 자본주의가 홋카이도 노동자들을 혹사하는 것을 조선이나 타이완 같은 식민지 경영과 같은 맥락에서 서술하고 있는 것[19]도, 자신의 식민지 체험을 남기고자 한 작가에게 일정한 전망을 제공했을 가능성도 있다.

19 고바야시 다키지는 다음과 같이 말한다. "내지에서는 노동자가 시건방져서 억지가 통하지 않게 되고 시장도 거의 다 개척되어서 막막해지자 자본가들은 '홋까이도오, 사할린으로!' 하며 갈퀴손을 뻗쳤다. 거기서 그들은 조선이나 타이완 같은 식민지에서와 똑같이 그야말로 지독하게 '혹사'할 수 있었다. 하지만 그 누구도 뭐라고 말하지 못한다는 사실을, 자본가들은 너무나 잘 알고 있었다."(62쪽)

4. 맺음말

지금까지 박완의 징용체험 소설 『제삼노예』를 대상으로, 그 체험수기적 성격과 소설적 변용과정의 특이성을 중심으로 살펴보았다. 작가 자신의 말을 비롯해 작품 내의 여러 정황을 종합해볼 때, 이 작품은 일제 말기 징용에 응해 북규슈로 끌려간 한 젊은 노동자의 체험을 바탕으로 한 소설이다. 살펴본 내용에서도 확인할 수 있듯이, 이 작품은 한 젊은 노동자의 자기각성의 이야기로서 손색이 없으며, 더 나아가 여러 조선인 노동자가 '백과사전'의 도움을 받아 집단행동에 나서게 되는 저항의 이야기로도 어느 정도 안정감과 설득력을 확보하고 있다.

일제강점기 말기에 일제의 군수산업현장에 끌려간 징용노동자의 체험수기는 그것 자체로도 귀한 시대적 증언이지만, 이 작품은 그런 체험을 소설적으로 변용시킨 작품이라는 점에서 더 큰 의의를 갖는다. 그것은 식민지치하에서 징용을 체험했던 젊은이가 해방 후의 현실에서 자신의 끔찍했던 체험을 어떻게 문학적으로 형상화할 수 있었는지를 보여주는 하나의 사례이기 때문이다. 살펴본 것처럼, 이 작품의 작가는 자신의 경험을 소설로 녹여내는 과정에서 일본의 프롤레타리아 작가인 고바야시 다키지의 유명한 소설인 『게 가공선』을 모델로 하여 이야기를 전개하고 있는데, 이것은 주목할 만하다. 왜냐하면 작가가 작품의 '후감'에서, "변변치 못한 拙作이나마 사회에 내놓게 되니 나는 가슴이 빠개지는 것같이 기쁩니다. 이것도 끊임없이 나를 가르쳐 주신 여러 선생님의 후의와 배움의 모임을 같이 하여주는 여러 동지들이 있었음에 있는 것을 다시 한 번 생각하며 사의를 표합니다."(2쪽)라고 밝히고 있는 데서도 알 수 있듯이, 이는 작가가 해방을 전후한 시기에 사회주의적 이념의 세례를 받는 과정에서 겪은 문학적 체험의 영향일 가능성이 높기 때문이다. 이어지는 다음과 같은 진술 또한 이를 뒷받침한다.

어디까지 문학의 본질이 객관적인 견지에서 인민을 사랑하고 또는 세계 사조를 해석하는 것이라면 이 「제삼노예」는 주관적 전형에 불과할 것이다. 그러나 다소 안심된다고 생각되는 점은 이 「제삼노예」는 주관적 형태에 있으면서도 하나의 객관적이라는 것이다. 즉 주관을 위한 주관이 아니고 객관적에 입각한 주관이기 때문이다. (후감, 1쪽)

이 「제삼노예」라는 이름을 얻게 된 동기는 사적 견지에서 온 것이다. 즉 제국주의국가나 자본주의국가에 있어서 노동을 하고 있는 노동자들의 人苦費는 人權費가 아니고 하나의 상품에 불과하기 때문에 — 그것은 근대적으로 형태만 변화된 하나의 노예가 된다는 것이다. 그러기 때문에 …… (후감, 2쪽)

위와 같은 진술을 보면, 작가 박완이 사회주의를 지향하는 어떤 모임에서 어느 정도 이념교육과 문학수업을 받았다고 추측할 수 있다. 그가 말하는 위와 같은 문학론의 원천이 무엇인지는 확인할 수 없지만, 최소한 『제삼노예』에 사회주의 이념에 대한 동조가 일정 부분 나타난 것이 단순히 고바야시 다키지 작품의 영향만은 아니며, 작가 본인이 해방 후에 자신을 정립하는 과정에서 학습을 통해 습득한 사회주의 이념의 영향을 받았을 가능성은 충분하다고 할 수 있다. 문학의 본질을 인민에 대한 사랑과 연관시키는 대전제가 그렇다. 해방기에 노동자계급이 민족해방운동의 전위부대로 강조되었던 것을 감안하면,[20] 실제 체험을 바탕으로 노동자들의 각성과정을 그리고 있는 이 작품은 해방기 문학의 특수한 성취이자, 동시에 한국문학의 다양한 모색의 과정을 단적으로 보여주는 좋은 예라고 할 수 있다.

---

20 해방기에 조선문학동맹 서울시 지부가 펴낸 기관지《우리문학》에는 노동자가 새로운 인간형으로 강조되고 있는 글이 많다. 대표적인 글로는 김영석金永錫의 「새로운 인간타이프로서의 노동자」(《우리문학》, 1947년 5월), 나한羅漢의 「민족문학의 인민적 성격」(《우리문학》, 1947년 5월), 김기림의 「共委와 人民文學」(《우리문학》, 1947년 8월) 등을 들 수 있다.

제8장

대항적 법률이야기로서의 이병주 소설

1. 이병주의 소설과 법에 대한 관심

소설은, 그것이 그려내는 사회적 현실이 특정한 법질서가 구속력을 발휘하는 현실이라는 점에서 필연적으로 동시대의 법질서를 문제 삼을 수밖에 없다. 소설은 다양한 방식으로 이 작업을 수행한다. 그것은 인간의 범죄행위에 대한 법적 징치의 정당성을 문제 삼음으로써 법리 자체를 문제 삼기도 하고, 인간 사이의 갈등에서 빚어지는 사적 차원의 원한과 복수를 어떻게 법적으로 처결할 것인가를 묻기도 하며, 인간의 사적인 욕망의 실현에 법이 어느 정도로 관여해야 하는지를 인권의 차원에서 공론화하기도 한다. 즉, 소설은 기존의 법질서와 법리에 의문을 제기함으로써 법이 소설과 마찬가지로 일종의 허구fiction에 불과하다는 사실을 일깨우는 동시에, 소설과 법의 대항적 성격을 통해 인간의 삶을 규율하는 법에 대한 인식의 전환을 요구하는 것이다.

나림那林 이병주李炳注(1921~1992)가 문제적으로 떠오르는 것은 바로 이런 맥락에서다. 이병주는 『지리산』(1978)과 『산하』(1985), 『그해 오월』(1985)과 같은 실록 대하소설의 작가로 알려져 있지만, 한편으로는 한국 현대소설 작가 가운데 소설이라는 허구를 통해 우리 사회의 법적 허구를 본격적으로 문제 삼은 최초의 작가이기 때문이다. 《부산일보》에 연재한 최초의 장편소설 『내일 없는 그날』(1954)에서부터 개인적인 원한을 법제도의 틀 내에서 어떻게 해결할 것인가 하는 문제를 그린 이병주는, 이후 작가로서 본격적인 활동을 알린 대표적 작품인 「소설·알렉산드리아」(1965)를 통해 이런 문제의식을 본격적으로 탐구해 나아간다. 즉, 그는 한반도와는 동떨어진 지중해의 알렉산드리아에서 벌어진 나치 앞잡이에 대한 복수의 행위를 법적으로 어떻게 심판할 것인가 하는 가상의 이야기를 통해 이 문제에 깊이 천착했던 것이다. 그리고 이후에 발표한 일련의 작품에서도 그는 사형제도의 문제라든가 사적인 복수의 정당성과 그에 대한 법적 처벌 사이의 본질적인 관계, 그리고 법의 존재론을 둘러싼 다양한 생각들을 피력한다.

이병주가 소설을 통해 당대 사회의 법적 허구를 의심하고 또 그것에 도전한 것은 일차적으로 이병주 자신이 군사정권하에서 특별법에 의해 투옥되었던 경험과 무관하지 않다. 그는 1960년 분단상황을 극복하기 위한 방편으로 이른바 중립통일론을 개진한 바 있는데, 그로 인해 쿠데타에 성공한 군사정권하에서 10년형을 선고받고 2년 7개월 동안 복역했던 것이다.[1] 그래서 그의 초기소설에는 소급법에 의해 헌법에 보장된 사상의 자유를 침해당한 그의 개인적 경험이 짙게 투영되어 있다. 뿐만 아니라 그는 일제강점기에 학병으로 전쟁터에 끌려갔던 학병세대의 일원이기도 한데,

1 황호덕, 「끝나지 않는 전쟁의 산하, 끝낼 수 없는 겹쳐 읽기」, 《사이間, SAI》 제10호, 2011, 17~19쪽 참조.

민족적 정체성과 법적 정체성이 일치하지 않았던 그런 역사적 경험 또한 그가 법에 대해 근본적으로 회의하게 된 계기가 되었을 가능성이 높다.

이 글은 이런 맥락에서 이병주의 초기소설들을 대상으로 이병주가 법적 정의正義에 대해 지녔던 생각을 살펴보고, 그것이 법과 불가분의 관계를 맺고 있는 소설의 장르성에 대한 어떤 인식으로 이어졌는지, 그리고 그 결과 그만의 어떤 소설적 문법이 형성되었는지 등을 살펴보고자 한다.[2] 이병주에 관한 논의는 그동안 『관부연락선』이나 『지리산』과 같은 역사소설을 중심으로 이루어졌다가 점차 '학병세대의 문학'으로서 새롭게 조명되고 있는 것이 사실이다.[3] 하지만 그런 논의조차도 많은 부분은 작가론을 겨냥하고 있는 게 일반적인 경향이며, 앞서 말한 바와 같은 그만의 특유의 방법론 내지는 접근법에 대해서는 논의가 그리 활발하게 이루어지고 있지 않은 편이다.[4] 소설과 법의 상관성을 다소 원론적인 차원에서 탐색하고 있는 이병주의 소설에 대한 문학법리학적 해석의 필요성은 바로 이 점에서 제기된다.

2 이병주 연구의 이런 방향은 일찍이 예견된 바 있다. 안경환은 "이 땅의 모든 문인이 예외 없이 법에 대한 냉소로 일관할 때, 이병주만이 한 걸음 더 나서서 법과 법률가에 대한 따뜻한 충고를 아끼지 않았다"라고 말하면서, 향후 이병주가 "법과 문학의 선구자"로 평가받게 될 것이라고 말한 바 있다. 안경환, 「이병주의 상해」, 《문예운동》 제71호, 2011, 14~15쪽. 이 글에서는 『이병주전집』(한길사, 2006)을 저본으로 하며, 전집에 수록되지 않은 작품은 최초 수록 작품집을 저본으로 한다. 인용할 때에는 작품명은 본문에 밝히고 도서명과 면수를 밝혀 적는다.

3 이병주의 학병세대로서의 정체성과 글쓰기에 대해서는 김윤식의 『일제말기 한국인 학병세대의 체험적 글쓰기론』(서울대출판부, 2007)과 『한일학병세대의 빛과 어둠』(문학사상사, 2012)이 선구적인 장을 열었다. 그리고 학병문학 전반에 관한 보다 최근의 논의로는 조영일의 『학병서사연구』(서강대학교 대학원 박사학위논문, 2015)가 있다.

4 황호덕의 「끝나지 않는 전쟁의 산하, 끝낼 수 없는 겹쳐 읽기」(《사이間, SAI》 제10호)는 이병주의 현실이해의 방법론으로서 독서편력을 검토하고 있으며, 노현주의 「정치 부재의 시대와 정치적 개인」(《현대문학이론연구》 제49집)은 이병주의 소설을 정치소설로서 주목한다. 이른바 법적 정의와 관련하여 그의 소설을 해석하고 있는 논문으로는 이광호의 「이병주 소설에 나타난 테러리즘의 문제」(《어문연구》 제41권 제2호), 이호규의 「이병주 초기 소설의 자유주의적 성격 연구」(《현대문학의 연구》 제45집)를 들 수 있다.

2. 대항적 법률이야기의 창조

이병주의 법에 대한 남다른 관심은 작가로서 그의 존재를 알린 「소설 · 알렉산드리아」에서부터 드러난다. 이 작품은 지중해에 있는 유서 깊은 도시 알렉산드리아를 무대로 하여, 그곳에서 벌어진 나치 학살자에 대한 복수극의 전말과 그에 대한 법정의 판결을 그리고 있다. 작품의 화자인 프린스 김은 클라리넷 연주에 일가견이 있는 인물인데, 우연한 기회에 프랑스 선원 마르셀을 알게 되어 급기야 알렉산드리아로 가게 되고, 그곳 카바레 '안드로메다'의 연주자로 일하게 된다. 그곳에서 그는 독일군의 공습으로 가족을 잃고 복수의 일념에 사로잡힌 스페인 출신의 무희 사라 안젤을 알게 되고 또 독일인 한스 셀러와도 사귀게 된다. 한스는 유대인을 숨겨준 죄로 죽임을 당한 동생의 복수를 위해 히틀러의 앞잡이였던 엔드레드라는 자를 추적하고 있는데, 이 사실을 알게 된 사라가 한스의 계획에 동참한다. 그리하여 두 사람은 독일 쇼단의 공연을 기획해 알렉산드리아에 숨어 살던 엔드레드를 '안드로메다'로 불러들이는 데 성공한다. 사라의 공연이 끝난 후 한스는 계획대로 엔드레드를 별실로 유인하여 술자리를 갖는다. 그리고 그 자리에서 한스는 엔드레드가 자신의 동생 요한을 고문 끝에 죽인 자라는 사실을 확인하고 그를 추궁하게 되는데, 그 순간 테이블이 뒤집혀지고 사라의 권총이 발사되는 바람에 엔드레드는 죽고 만다.

이상이 작품의 핵심 사건으로서, 작품은 뒤이어 사라와 한스가 재판에 회부되어 추방판결을 받는 것으로 마무리된다. 하지만 「소설 · 알렉산드리아」는 한스와 사라의 복수 이야기만으로 이루어져 있지 않다. 소설은 또한 신문사설란에 중립통일론을 피력한 죄로 감옥에 갇혀 있는 프린스 김의 형의 옥중서한을 수시로 제시하고 있기 때문이다. 그리고 그 편지는 군사정변 후 소급법에 의해 투옥된 형의 감옥에서의 사색과, 사상의 자유라든지 사형제로 대표되는 법의 정당성 등에 대한 사념을 지속적으로 보여주고 있다. 따라서 「소설 · 알렉산드리아」는 프린스 김과 수감된 그의 형의 서신교환의 이야기 속에 한스와 사라의 범죄에 대한 공판과정이 하나의 내부이야기로 끼워져 있는 작품이라고도 할 수 있다.[5]

이 작품에 대한 초기의 비평이 한스와 사라의 사건으로 대표되는 알렉산드리아와 프린스 김의 형이 수감되어 있는 한국의 관계에 착목한 것은 그런 점에서 자연스럽다. 이 작품이 "어디까지나 우리의 오늘을 다루고 있으며 이 작품의 진정한 주인공은 사라도 한스도 아니고 수인囚人인 형이다."[6]라고 읽어낸 유종호의 견해가 대표적이다. 하지만 이 작품이 법의 문제를 정면으로 건드리고 있다는 측면은 간과되었다. 이병주에 대한 본격적인 작가론을 쓴 이보영조차도, 이 작품에 대해 "이병주 문학의 가장 큰 특질, 정치와 인간의 갈등관계에서 작가를 딜레마에 빠지게 하는 문제에 대한 관심을 보여주었다."라고 평가하면서도, 작품에 설정된 알렉산드리아와 한국이라는 두 공간의 대조를 "코스모폴리타니즘과 후진국 민족주의와의 갈등의 반영"[7] 정도로 보고, 그 "나치당원과 그 적수와의 대립관계는 중심사건이 못 되며", 그런 만큼 "한국의 독자에게는 공소하게 들린다."[8]라고 한계를 긋고 있는 것이다.

따라서 문학법리학적 관점에서 이 작품의 주제를 설명하기 위해서는 이 작품에 설정된 이 두 이야기-줄기story-line의 관계가 적절하게 해석되어야 하는데, 이 점을 최초로 읽어낸 사람은 이재선이다. 이재선은 1960년대 이래 한국 소설이 보인 감옥의 상상력을 설명하는 자리에서 이병주의

---

5 이 작품은 화자 - 주인공인 프린스 김이 사라와 한스가 법정의 판결을 받고 알렉산드리아를 떠난 이후 시점에서 사건을 회고하는 방식으로 구성되어 있다는 점에서 액자소설이라 할 수 있다. 일반적으로 액자소설에서는 내부이야기가 의미론적으로 더 높은 수준에 놓인다.

6 유종호, 「作壇時感 - 이병주 작 〈알렉산드리아〉」, 《조선일보》, 1965년 6월 8일.

7 이보영, 「역사적 상황과 윤리-이병주론(상)」, 《현대문학》, 1977년 2월, 323쪽.

8 이보영은 이 작품에서 주인공 형의 중립통일론이나 사형폐지론에 대한 사색 내용에 사건적, 사색적인 발전이 없다는 점을 지적한다. 이보영, 위의 글, 323~325쪽 참조.

이 소설이 "법률의 이름을 빌려 사람이 사람을 교살"하는 한국의 사형제도와 알렉산드리아의 판결조치를 대비시키고 있음을 지적하면서, 그것이 "법과 인간의 상충관계에 대해" 일정한 시사점을 지니고 있다고 해석했다.[9] 이재선의 논의에 뒤이어 김경민도 이 작품이 법제도의 한계와 모순을 정면으로 건드리고 있는 작품임을 지적한다. 김경민은 「소설 · 알렉산드리아」에서 대비적으로 그려지고 있는 프린스 김의 형의 투옥이 소급법에 의한 처벌인 반면에 나치에 의해 가족을 잃은 한스와 사라의 복수극은 법이 보장해주지 않는 인권의 문제임에 주목해, 그것들이 각각 '법의 과잉' 상황과 '법의 부재' 상황을 의미하는 것으로 읽어낸다. 그는 다음과 같이 말한다.

> '법의 과잉' 상황과 '법의 부재' 상황 모두 법제도의 한계와 모순을 여실히 드러내주는 상황들이다. 이러한 모순과 한계는 "법률만이 모든 것을 처리하고, 법에 위배한 일체의 처리는 그것이 인정에 패반悖反됨이 없고, 공의에 어긋나는 점이 없음에도 부당하다고 생각하는" 일종의 "법률의 오만"에서 비롯된 것이다. "법률의 오만"이 가장 단적으로 드러나는 것은 사형제도이다. 사형은 판결의 오판을 절대 부정하는 법률의 오만한 태도가 있기에 가능한 형벌이다.[10]

김경민은 이런 시각에서 이 작품이 "반공법을 비롯해 박정희 정권이 제정하고 운용하는 많은 법이 결국 "인간을 위한 법 운용이 아니라 법률을 위한 법 운용"이었다는 것을 비판하고자 한 것이다."[11]라고 말한다. 실제로 이 작품에서 감옥에 갇혀 있는 것으로 그려지는 프린스 김의 형은, 실

9 이재선, 『현대 한국소설사 1945-1990』, 민음사, 1991, 178쪽.
10 김경민, 「60년대 문학의 대항적 인권담론 형성」, 《어문연구》 2012년 여름호, 281쪽.
11 김경민, 위의 글, 282쪽.

제로 「조국의 부재」(1960)라는 논설을 쓴 작가 자신을 모델로 한 것이다.[12] 이를 감안하면 이 작품이 5·16 군사정변 이후 소급법으로 자신을 단죄한 박정희 정권에 대한 비판의 성격을 갖는 것은 분명하다. 작품이 한스와 사라의 사건이 완결된 이후 프린스 김의 회상으로 이루어진 것 자체가, 알렉산드리아 법정과 같은 판결을 기대할 수 없는 당시 한국의 엄혹한 현실을 강조하고 있기 때문이다.

하지만 이 작품의 의미를 그렇게만 좁힐 필요는 없어 보인다. 김경민이 말한 것처럼 '법의 과잉'과 '법의 부재'는 결국 법의 본질적 한계를 일컫는 것이기 때문이다. 그 본질적 한계란 법이 절대적인 것이 아니고 사회가 그것을 어떻게 받아들이느냐에 따라 좌우되는 허구의 일종이라고 하는 것이다. 이 점은 작품에서 프린스 김의 형이 단순히 사상을 피력한 것만으로도 실형을 언도받는 데 반해, 한스와 사라는 살인사건에 직접 연루되었으면서도 오히려 추방판결을 받고 자유의 몸이 되는 사건의 대조를 통해 분명하게 드러난다. 특히 이 과정에서 작가는 해당 사건을 담당한 검사의 논고와 두 사람의 변호인의 변론 요지를 직접 제시하고 있는데, 이런 대조적 제시 또한 법의 허구성을 드러내는 데 일조하고 있다. 공동체의 유지를 위해 개인의 복수를 금하는 법률의 존재를 우선해야 한다는 검사의 논고(『소설·알렉산드리아』, 108~111쪽)와 개인의 원한을 법이 처리하지 못해 개인적 복수가 이루어지는 경우 그에 대한 모랄이 허용되어야 한다는 변호인의 법리(『소설·알렉산드리아』, 111~116쪽)의 충돌은, 결국 법이라는 것이 문학작품과 마찬가지로 해석을 요하는 허구적 텍스트의 일종임을 분명하게 보여주는 것이다.

이와 유사한 법리적 문제제기는 「철학적 살인」(1976)에서도 반복된다.

12 이는 다음 절에서 구체적으로 논의될 것이다.

이 작품의 주인공은 대기업의 부장으로 있는 민태기란 인물인데, 그는 어느 날 아내 김향숙이 자신도 잘 알고 있는 고광식이라는 대학동창과 한 호텔방으로 들어갔다는 익명의 제보를 받는다. 두 사람의 밀회장면을 포착하려던 노력이 허사가 되자, 그는 고광식이 미국에서 무역을 하고 있다는 점에 힌트를 얻어 회사 중역을 가장해 어떤 중국음식점에서 그와 만나기로 하고 아내까지도 그 자리에 합석하도록 일을 꾸민다. 그렇게 해서 셋이 만난 자리에서, 그는 고광태와 아내에게 아직도 서로 사랑하고 있는지를 묻고, 만일 그렇다면 자신이 깨끗이 물러나겠다고 말한다. 그 말을 들은 아내 김향숙이 갑작스런 충격으로 기절하자, 그는 고광식에게 진정으로 사랑한다면 김향숙을 데리고 병원으로 가라고 말한다. 하지만 고광식이 자신에게도 아내가 있다면서 주저하는 모습을 보이자, 민태기는 고광식의 머리를 벽에 부딪게 하고, 다시 "결정적인 살의를"(『그 테러리스트를 위한 만사』, 186쪽) 가지고 화분을 내려쳐 그를 죽인다.

작품은 이 사건으로 재판에 회부된 민태기의 입장과 그 사건에 대한 검사와 판사의 논고를 각각 제시하는데, 이런 제시방법 또한 「소설 · 알렉산드리아」와 유사하다. 재판정에서 민태기는 "어떤 법률도 도덕도 사랑을 넘어설 순 없다. 사랑 이상의 가치가 이 세상에 있다고 나는 생각하지 않는다. 남편을 가진 여자가, 아내를 가진 사내가 사랑에 겨워 남의 눈을 피해 밀회를 한다고 할 때 법률은 이를 벌할 수 있을지 모르나 인간성의 재판에선 이를 용서할 것이다. …(중략)… 장난으로 사랑을 유린하는 놈은 용서할 수 없다. 나는 감정적으로 그놈을 죽인 것이 아니라 나의 철학에 의해 그놈을 죽였다."(188~189쪽)라고 진술한다. 이런 민태기의 태도에 검사와 판사 또한 고심을 거듭한다. 민태기의 살인이 한마디로 오쟁이를 진 남편의 복수극이라면 문제는 간단하겠지만, 그는 위와 같은 입장에서 "인간성의 법정"을 상정하고 자신의 행동을 스스로 정의했기 때문이다. 이런 민태기의 살인행위에 대해 검사는 10년을 구형하고 판사는 5년을 선고한다.

그런데 작품은 그 과정에서 사건을 맡은 담당 판사가 민태기의 형량을 가급적 적게 하기 위해 유리한 판례를 뒤지는 중에 일본에서 벌어진 한 사건에 주목했음을 보여준다. 그 사건은 한 목수가 고용주가 자신의 아내와 간통하자 그녀와 이혼하고 새로 결혼을 했는데, 그 고용주가 또 자신의 새 아내와 정을 통했고, 또다시 그 여자와 헤어져 세 번째 아내를 맞았으나 그 고용주가 그녀마저 농락한 것이었다. 이에 분노를 느낀 목수는 자신을 피해 숨어버린 그 고용주를 찾아 3년 동안 전국을 헤맨 끝에 고용주를 발견하여 죽이는데, 고베 법정이 그에게 무죄를 선고한 사건이 바로 그것이다. 고베 재판소의 무죄판결 이유는, 법률이 개인의 개인에 대한 복수를 금하는 것이 원칙이지만, 그리고 일본의 경우는 간통죄가 없어 아내를 빼앗긴 남편의 울분을 풀어줄 합법적인 수단이 없지만, 세 번씩이나 동일인에게 남자로서의 면목을 짓밟힌 경우라면 가해자의 인간성을 무시할 수 없을 뿐만 아니라 피해자에게도 동정의 여지가 있다는 것으로 요약된다.

「철학적 살인」에서 제시되는 고베 재판소의 판례는 사실이기보다는 작가가 소설을 위해 창안해낸 허구의 판례로 보인다. 그러나 그 판례의 의미는 「소설 · 알렉산드리아」에서 나오는 한스와 사라의 살인사건의 본질과 정확하게 일치한다. 특정 개인의 원한을 법이 해결해주지 못하는 경우에 개인이 저지르는 복수를 어떻게 단죄할 것인가 하는 딜레마가 바로 문제의 본질이기 때문이다. 위 작품들에서 확인할 수 있듯이, 이병주가 이 근본적인 딜레마를 제시하기 위해 활용한 방법은 일종의 모형이야기를 축조하는 것이다. 그 모형이야기는 실제 법정에서 이루어지는 법률-이야기legal-story와 대립되는 가상의 법률이야기라고 할 만한 것으로, 실제 법률이야기와는 다른 각도에서 새로운 법리논쟁의 단초가 되어준다.[13] 맥락은 다소 다르지만 이병주는 「거년의 곡」(1981)과 같은 작품에서도 이런 모형이야기를 만들어 도덕률과 법률의 어느 접점에 놓여 있는 인간의 행위에 법이 관여하는 것이 정당한 것인가 하는 문제를 탐구한다. 즉, 「거년의 곡」에서 이병주는 함께 청평호수에서 배를 타다가 사고로 죽은 남학생의 죽음에 대한 생존 여학생의 증언과, 그 여학생이 일종의 미필적 고의를 가지고 살인을 했다고 추정한 허 검사의 이야기를 대립시키고 있다.

작가가 이런 모형이야기를 만드는 것은 "세계에 대한 (대안적) 모델을 제공"하기 위해서다. 내러티브 일반의 효용성을 법률이야기와 대립시켜 설명하는 제롬 브루너는 이런 문학적 모형이야기에 대해 다음과 같이 설명한다.

> 어떤 작가나 극작가든, 자신의 작업이 가능성을 상상하고 탐험하는 것이라고 말할 것이다. 하지만 그렇게 하기 위해서는 먼저 친밀한 현실을 창조하지 않으면 안 된다. 그들의 사명은 그렇게 창조된 현실로부터 벗어나는 것, 그로부터의 상상된 일탈이 그럴듯해 보일 만큼 충분히 이질적인 것으로 만드는 것이다. …(중략)… 문학적 내러티브의 도전은 겉으로 보이는 실제 세계의 현실성을 감소시키지 않으면서 가능성을 여는 것이다. 내러티브는 관습적인 문학 장르에 그려져 있는 상황의 현실성을 존중하면서도 그것을 변주하는 것이다.[14]

이런 논리에서 브루너는, 문학이 재현해내는 그런 이야기란 결국은 독자를 "세계를 이야기 자체로서 보는 것이 아니라, 이야기 속에 구현된 것으로서 보도록 하는 초청"이며, 그런 "공통의 이야기를 공유하는 것은 하나의 해석의 공동체를 창조하는 것으로, 그것은 문화적 결속을 촉진할 뿐

13 이런 의미에서 이 모형이야기는 '의사-법률이야기pseudo-legal story'라고 할 수 있으며, 동시에 허구적 판례라고 할 만하다. 그리고 이 허구적 판례는 실제 법률-이야기들이 환원되는 참조점이 아니라 그것의 대척점으로 기능한다.

14 Jerome Bruner, *Making Stories: Law, Literature, Life*, Harvard U. P., 2005, p. 48.

만 아니라 법 자체의 체계를 발전시키는 위대한 계기"[15]를 마련하는 것이라고 말한다. 브루너의 논의는 이병주가 초기소설에서 구성하고 있는 모형이야기의 의사-법률이야기 혹은 대항적 법률이야기counter-legal story로서의 성격과 위상을 그대로 설명해준다. 이런 모형이야기(그리고 그것을 포괄하는 작품 전체)의 구축을 통해 이병주의 소설이 전하는 메시지는 너무도 분명하다. 그것은 법이 그 자체로 일관되고 완전한 연역적 체계이지만, 더 근본적으로는 어떤 사회를 유지하기 위해 요구되는 사회적 허구의 일종이며, 그런 만큼 법리 자체에 대한 회의가 있을 수 있고 또 그것이 반드시 필요하다고 하는 것이다. 이병주는 이처럼 현실적으로 구속력을 갖는 법리 자체에 대한 끝없는 반성을 자신의 소설을 통해 촉구한 것인데, 이 점에서 그는 법적 허구와 맞서는 문학적 허구의 본질적으로 대항적인 성격을 인식한 거의 최초의 작가였다고 할 수 있다.

3. 법적 정의에 대한 문제제기

제도로서의 법이 사회를 유지하는 데 필요한 사회적 허구 가운데 하나라는 인식은 법적 정의의 확립을 위해서도 긴요하다. 법이 인간의 삶을 규율하는 유일하고도 절대적인 것으로 받아들여지게 되면, 그것은 사회적 존재이자 역사적 존재로서의 인간 삶의 복합적인 국면을 해석하지 못하는 맹목의 폭력이 되기 십상이다. 그렇게 되면 법은 더 이상 정의를 주장할 수 없게 되는데, 이병주는 자신의 소설을 통해 자신이 살아온 한국의 법현실을 문제 삼는다. 이병주가 「소설 · 알렉산드리아」에서 프린스 김의 형을 통해 문제 삼고 있는 사형제도는 법의 이런 맹목과 오만을 보여주는 단적

15 Jerome Bruner, 위의 책, p. 25.

인 예들 가운데 하나인데, 사형제도에 대한 그의 생각은 아래와 같이 표현되어 있다.

> 아무리 법률이 잘 정비되어 있고 신중하게 재판이 진행되었다고 해도, 판결은 언제나 오판의 부분을 포함하고 있는 것이다. 천의 살인사건, 만의 살인사건이 있어도, 경험과 사람의 성품까지를 고려에 넣을 때 각각 다른 사건이다. 천 가지 만 가지로 다른 사건을 불과 열 개도 되지 않는 경화된 법조문으로 다루려고 하면 법관의 양심 문제는 고사하고, 필연적으로 오판의 부분이 생겨나지 않을 수 없는 것이다. 최선을 다해도 오판의 부분이 남는다는 법관의 고민이 진지하다면 극단의 형만은 삼가야 할 것이 아닌가. (『소설 · 알렉산드리아』, 99쪽)

이병주의 자전적 소설 가운데 그의 감옥체험이 선명히 드러나 있는 작품인 「겨울밤」(1974)을 참조하면, 그가 사형제도에 대해 진지하게 고민하게 된 계기는 감옥에서 접한 고등학교 교사시절 제자인 조용수趙鏞洙의 사형집행 소식이었던 것으로 판단된다. 4 · 19혁명 이후 혁신세력의 단합을 꾀하고자 《민족일보》를 창간한 조용수는, 이듬해 군사정변으로 정권을 잡은 군부에 의해 연행되어 북한을 이롭게 했다는 죄목으로 사형을 선고받고 불과 두 달 뒤에 형장의 이슬로 사라진 실존인물이다.[16] 굳이 이런 외적 사실을 참조하지 않더라도 이병주에게 조용수의 사형집행은, "법률조문 하나로 살아 있는 사람을 교수대에 매달 수도 있"(『예낭풍물지』, 162쪽)는 법의 맹목을 고스란히 각인시켜준 사건이었던 것으로 판단된다. 따라서 어떤 면에서 이런 법률만능주의란 사실상 나치가 범한 유대인 학살과 다를 것이 전혀 없는 것이다.

이병주는 사형제도로 대표되는 이런 법률의 오만에 대해 나름대로의

16 하지만 조용수는 2008년 1월 16일 법원 재심 결과 무죄판결을 받고 명예를 회복한다.

대안을 제시한다. "죄인이 스스로의 죄를 속죄할 수 있도록 생명을 허용해 주는 것이 옳지 않을까. 꼭 그렇게 안 되겠다면 흉악범 외의 죄인에 대해선 사형을 적용하지 않는 배려만이라도 있을 수 없을까. 그 죄인에게 부모가 생존해 계실 땐 그 죄인의 사형집행을 부모가 돌아가고 난 후로 연기시키는 배려라도 있을 수 없을까."(『소설 · 알렉산드리아』, 97쪽)라는 의견이 그것이다. 「겨년의 곡」을 참조하면, 사형제도에 대한 그의 이런 반대는 "아들이 극악범이라고 해도 그 이유로써 모성에 결정적인 충격을 주어선 안 되기 때문"(『허망의 정열』, 19쪽)이라고 설명된다. 이렇듯 여러 작품에서 이병주는 형사법상의 사형제도에 대해 어떤 식으로든 보완이 이루어져야 한다고 역설하고 있다.

법적 정의와 관련하여 이병주가 제기하는 또 하나의 문제는 이른바 소급법의 정당성이다. 앞서 언급한 것처럼 「소설 · 알렉산드리아」에서 한국의 감옥에 갇혀 있는 것으로 그려지는 프린스 김의 형은, 군사정변 이후 소급법에 의해 투옥된 작가 자신의 소설적 형상이다. 4 · 19혁명 직후 이병주가 쓴 논설의 주지는 다음과 같다.

> 이북을 이남화한 통일을 최선이라 하고, 이남이 이북화된 통일을 최악이라 할 때, 중립화 통일론은 차선의 방법이 되는 것이다. 통일이 문제가 아니고 통일하는 방식이 문제란 말을 왕왕 권위 측의 의견으로서 듣는다. 방식은 국민의 총의에 따를 따름이다. 통일에 관한 한 언론과 결사에 최대의 자유를 보장한 연후에 국민의 진의를 투표 형식으로 물어보면 되는 문제다. 결정적인 안을 내세울 수 없을 때 민중의 의사를 물어볼 수 있다는 데 민주정치의 묘체가 있고, 이 주의에 대한 신앙 없이 어떠한 정치 이념도 용납할 수 없는 것이다.[17]

17 이병주, 「조국의 부재」, 《새벽》 1960년 12월호, 32~38쪽 참조.

죄형법정주의에서 파생된 원칙으로 형벌불소급의 원칙은 아주 보편적인 것이다. 범죄자의 처벌은 법률로 미리 정하고 있는 내용에 따라 이루어져야 하며, 행위를 할 당시의 법률에 의해야 한다. 자신의 행위가 미래에 제정될 법에 의해 규율될 수도 있다고 하면, 어느 누구라도 정상적인 행위를 할 수 없으며, 사상의 표현은 더더욱 원천봉쇄될 수밖에 없다. 인권과 법적 안정성을 보장하기 위한 이런 형벌불소급의 원칙은 대한민국 헌법 제13조에도 규정되어 있다. 그런데 군사정변을 일으킨 군사정권은 이런 원칙을 무시한 채 소급법에 의해 위와 같은 논설을 쓴 이병주를 처벌한 것이다.[18] 그 상황을 몸소 겪은 이병주는 「마술사」(1968)라는 작품에서 다음과 같은 생각을 내보인다.

> 그런데 죄인이란 무엇일까. 범죄란 무엇일까. 대영백과사전은 '범죄 …… 형법위반 총칭'이라고 되어 있다는 것이고 제임스 스티븐은 '그것을 범하는 사람이 법에 의해 처벌되어야 하는 행위, 또는 부작위'라고 말했고 유식한 토머스 홉스는 '범죄란 법률이 금하는 짓을 하는 것'이라고 말하고 있다는데, 나는 이것을 납득할 수가 없다. 형법 어느 페이지를 찾아보아도 나의 죄는 없다는 얘기였고 그 밖에 어떤 법률에도 나의 죄는 목록에조차 오르지 않고 있다는 변호사의 얘기였으니까. 그런데도 나는 십 년의 징역을 선고받았다. 법률이 아마 뒤쫓아 온 모양이었다. 그러니까 대영백과사전도 스티븐도 홉스도 나를 납득시키지 못했다. 나는 스스로 나를 납득시키는 말을 만들어야 했다. "죄인이란 권력자가 '너는 죄인이다.' 하면 그렇게 되어버리는 사람이다." (『마술사』, 135쪽)

법조문에 범죄로 규정되어 있지 않은 행위를 했는데도 죄인이 되어버린 자신을 어떻게든 납득시켜야 했다는 그의 술회는 당시 그가 법 앞에

18 황호덕, 앞의 글, 17~19쪽 참조.

서 느낀 좌절이 어느 정도였는지를 역설적으로 보여준다. 아마 이런 좌절의 극단적인 형태는, 「겨울밤」에서 영문도 모르는 채 붙잡혀와 기소 여부도 알지 못한 채 판결 전날 두려움에 숨을 거두는 두용규라는 인물에게서 확인할 수 있다. 하지만 「겨울밤」과 그 속편인 「내 마음은 돌이 아니다」(1975)의 주인공이라 할 수 있는 노정필의 운명에서 우리는 다시 한 번 소급법이 아무렇지도 않게 발효되는 현실을 만난다. 이른바 〈사회안전법〉의 공포公布와 소급적용이 바로 그것이다.

이 두 편의 연작소설은 사상범 노정필의 운명을 그리고 있다. 경남 만석꾼의 아들로 동경유학까지 한 노정필은 일제강점기에 사상운동을 했던 지식인으로, 해방 직후 인민위원장을 한 혐의로 무기형을 선고받았으나 20년을 복역한 뒤 석방된 인물이다. 석방된 후 그는 이른바 불견不見, 불청不聽, 불언不言의 '삼불주의'로 일관하면서 한동안 세상과 담을 쌓고 지내지만, 시간이 흐름에 따라 소설가인 서술자와 교제하면서 점차 마음을 열고 한국 사회를 받아들이게 된다. 하지만 어느 날 정치권에서 〈사회안전법〉이 거론되고 있다는 사실을 서술자로부터 듣게 된 그는 일제강점기 때 〈보호관찰법〉이란 법률이 있었다는 사실을 일깨우면서 현 정부가 그런 법률의 본을 따르지 않는 것이 이상하다고 생각했다고 말하고(『철학적 살인』, 213쪽), 결국은 1975년 7월 16일 〈사회안전법〉이 통과된 직후 생을 마감한다.

〈사회안전법〉은 특정범죄를 다시 범할 위험성을 예방하는 한편 사회복귀를 위한 교육개선이 필요하다고 인정되는 자에 대해 보안처분을 함으로써 국가안전과 사회안녕을 유지하기 위해 제정한 법률(법률 제2769호)이다. 보안처분 대상자는 ① 형법상의 내란·외환죄, ② 군형법상의 반란·이적죄, ③ 국가보안법상의 반국가단체구성죄, 목적수행죄, 자진지원·금품수수죄, 잠입·탈출죄, 찬양·고무죄, 회합·통신죄, 편의제공죄를 지어 금고禁錮 이상의 형을 받고 그 집행을 받은 사실이 있는 자들로 규정했다. 특히 보안처분은 검사의 청구에 의해 법무부장관이 보안처분심의위원회의 의결을 거쳐 결정하고 기간은 2년이며 무기한 갱신할 수 있었다. 보호감호와 보안처분은 엄연한 형벌임에도 불구하고 행정처분으로 이루어지므로 "헌법상의 삼권분립 원칙과 당사자의 정당한 재판을 받을 권리(사법절차적 기본권)를 침해하는 위헌"일 뿐만 아니라, 전향서도 "양심의 자유를 침해하는 '심정형법'의 성격을 가지며, 수감자의 대부분이 원형기를 마치고 사회생활을 하던 사람이 재구금되었다는 점에서 전형적인 소급법이었다."[19]는 평가를 받고 있다.

「내 마음은 돌이 아니다」에 등장하는 주인공 소설가와 노정필은 모두 이 〈사회안전법〉의 희생자들인데, 작가의 작의가 어디에 있는지는 여기에서 선명히 드러난다. 또한 이 작품은 노정필의 죽음을 접한 주인공이 폭염을 뚫고 신고를 하기 위해 관할파출소를 향해 걷는 것으로 끝을 내고 있는데, 이런 결말 장면은 당시 〈사회안전법〉의 냉혹함과 아울러 비인간적인 법망의 촘촘함으로 인해 인간 개개인이 얼마나 비참한 존재로 전락하게 되는지를 상징적으로 보여준다. 이렇듯 이 작품은 이병주가 「조국의 부재」라는 글에서 예견한, 분단 상황에서 자행될 수 있는 정치적 억압의 가능성이 그대로 현실이 되었음을 증거하고 있는 것이다. 「소설·알렉산드리아」에도 그와 관련된 대목이 나와 있지만, 이병주는 「조국의 부재」에서 분단 현실 또한 조국의 부재에 일조한다는 것을 지적한 후 다음과 같이 말한 바 있다.

19 배종대, 「사회안전법 및 보안관찰법에 관한 비판적 고찰」, 《법과 사회》 제1호, 1989, 44쪽. 사회안전법은 지금도 그 위력을 발휘하고 있다. 1989년 5월 29일 국회에서 〈사회안전법〉이 폐지되고 〈보안관찰법〉이 대체 입법되었지만, 〈사회안전법〉에 있던 주거제한처분과 보안관찰처분은 그대로 남겨두어 계속적인 감시를 가능하게 했기 때문이다. 김한주, 「신체의 자유」, 대한변호사협회 편, 『1989년도 인권보고서』, 1990, 42쪽 참조.

권력을 장악한 자, 이에 妄執하는 자가 이 권력에 도전하는 자를 제압하기 위해서 삼팔선을 이용한다.

뭣보다도 이 조건에 魔性이 있다. 삼팔선이란 인위적인 경계 저편에 거대한 敵勢力을 두고 있기 때문에 실질적으로 이것의 위협이 신경을 과민케도 하지만 터무니없는 사건을 그럴듯하게 조작할 수 있는 바탕도 되는 것이다.

사실 반공국시를 빙자하고 삼팔선을 國繞 사태에의 과민한 일반의 위생관념에 편승해서 이승만 정권은 못하는 짓이 없었다.

…(중략)…

사정이 이와 같을 때 삼팔선은 우리들에게 있어서 이중의 부담이다. 분단된 사실로서의 부담. 거게서 비롯한 정신적 고통으로서의 부담.[20]

권력자들이 남북 분단의 현실에서 "반공국시를 빙자"해 일반의 삶을 임의대로 쥐락펴락할 수 있다는 예견은, 그것이 권력에 의한 법의 농단을 지시하고 있다는 점에서 아감벤Giorgio Agamben이 말한 "예외상태"의 항존 가능성을 상기시킨다.[21] 또한 같은 글에서 이병주는 "간첩이 아닌 이상, 五列이 아닌 이상 파괴분자가 아닌 이상 그 실증이 없는 이상 민주적 제 권리를 완전히 정유[sic. 향유] 하도록 하는 철저한 보장이 있어야만 조국이 있는 것이다."[22]라고 말하는데, 위 작품에서 주인공이 느끼는 절망감과 노정필의 예견은 그런 꿈이 실현 불가능한 것이었다는 것을 알려준다. 결국 소급법으로서의 〈사회안전법〉은, 군사정변으로 권력을 잡은 정권이 법을

---

20 이병주, 「조국의 부재」, 《새벽》 1960년 12월호, 35쪽.

21 "예외상태"란 "심각한 국내 갈등에 대한 국가 권력의 직접적 대응"을 의미한다. 아감벤은 "예외상태를 통해 정치적 반대자뿐 아니라 어떠한 이유에서건 정치 체제에 통합시킬 수 없는 모든 범주의 시민들을 육체적으로 말살시킬 수 있는 (합)법적 내전을 수립한 체제"를 현대의 전체주의 체제라고 말한다. 또한 아감벤은 "예외상태는 본질적으로 텅 빈 공간", "법과 아무 관계도 맺지 않은 인간의 행동이 삶과 아무 관계도 맺지 않은 규범 앞에 놓이게 되는 공간"이라고 정의한다. 이병주의 진단은 이와 일맥상통한다. 조르조 아감벤, 김향 옮김, 『예외상태』, 새물결, 2009, 15쪽, 163~164쪽 참조.

22 이병주, 「조국의 부재」, 《새벽》 1960년 12월호, 35쪽.

어떻게 농단하는가를 단적으로 보여주는 예인 것이다.

이병주가 이후의 작품에서 분단 현실에서 행해지는 냉혹한 법 집행과 그로 인해 희생된 개인들의 운명을 그린 것도 이런 맥락에서 이해된다. 「삐에로와 국화」(1977)는 아마 그중 가장 대표적인 작품일 것이다. 이 작품은 임수명이라는 한 남파간첩의 이야기인데, 작품은 그의 국선변호를 맡은 강신중이라는 변호사에 의해 서술된다. 자신이 국선변호를 맡게 된 사건의 심문조서를 읽고 구치감에서 죄인을 만난 강신중은 면회 직후 그가 간첩이 아닐 수도 있다는 직감을 갖는다. 그리하여 강 변호사는 간첩이라는 자백 외에 아무 증거가 없다는 것을 근거로 그를 변호하려고 하는데, 정작 누군가의 신고로 붙잡힌 간첩 임수명은 스스로 불리한 증언을 하고 재판정에서까지 '김일성 만세'를 외쳐 결국은 사형을 선고받는다.

그런데 사형을 선고받은 직후 임수명은 자신을 찾아온 강신중 변호사에게, 자신을 고발한 주영숙이라는 사람에게 국화꽃을 전해달라고 부탁한다. 그리고 사형대로 끌려가기 직전에는 간수에게 자신의 본명이 박복영이라는 사실을 강신중 변호사에게 전해달라고 말한다. 임수명의 사형이 집행된 후 강신중 변호사는 그의 부탁을 들어주기 위해 친구인 소설가 Y와 함께 주영숙의 집을 찾아 꽃을 전달하는데, 그 자리에서 주영숙은 사형된 간첩 임수명의 본명이 박복영이라는 말을 듣고는 충격에 빠져 꽃을 마당에 내동댕이친다. 전후사정을 생략하고 요점만 간추리면, 간첩 박복영은 남파된 이후 자신이 수행해야 할 임무가 사라지고 북으로 돌아갈 길마저 막혀버리자, 전처인 주영숙에게 자신을 신고하라는 편지를 보내 그녀가 간첩신고 포상금을 받도록 한 후, 자신은 형장의 이슬로 사라진 것이다.

이런 남파간첩 임수명의 이야기는 그 자체로 분단된 현실이 초래한 비극적인 삶의 극단적인 사례일 것이다. 하지만 한편으로 이 작품은, 본인이 간첩이라는 자백 외에는 어떤 구체적인 증거가 없음에도 불구하고 개전의 정을 표하지 않고 재판정에서 '김일성 만세'를 불렀다는 이유로 남파간첩을 사형에 처한 당시 법의 맹목을 비판하고 있다. 이병주의 다른 소설에서도 이런 설정은 반복되어 나타난다. 「거년의 곡」의 여주인공 또한 "경계해야 할 것은 집권자가 법을 편리주의적으로 운영하는 태도"임을 분명히 지적한 바 있고, 한 걸음 더 나아가 "법의 정의를 체현體現할 수 있는 용기 있고 투철한 견식을 가진 법관의 존재"야말로 그런 폐단을 막는 요새라고 말한 바 있다. 하지만 그런 법관의 존재와 이성적 재판의 가능성은 「소설·알렉산드리아」와 같은 허구 속에서나 가능했을 뿐, 군사정권이 법을 유린했던 당시의 실제 현실에서는 기대할 수 없는 것이었다. 그렇기 때문에 「삐에로와 국화」의 강신중 변호사는 스스로를 '삐에로'라고 자조하고 있는 것이다.

서대문 형무소 근처에서 우연히 주운 작은 쥘부채를 통해 사상범에게 가혹한 법의 현실을 고발하고 있는 「쥘부채」(1969) 또한 사상범에게 특히 가혹했던 당시의 법현실을 고발한다. 작품의 화자 동식은 어느 겨울날 우연히 길가에서 쥘부채 하나를 줍는다. 그리고 거기에 적힌 한글 이름 두頭문자를 토대로, 쥘부채에 언급된 인물들이 1950년 22세의 나이에 〈비상조치법〉 위반으로 무기형을 선고받고 17년을 복역하다가 병사한 신명숙이라는 여성과, 역시 같은 죄목으로 사형당한 그녀의 애인 강덕기라는 사실을 밝혀낸다. 그리하여 죽은 애인에 대한 간절한 사랑을 담아 만든 이 쥘부채의 이야기를 통해 이병주는, 〈국가보안법〉이나 〈반공법〉을 위반한 죄인에게는 사면이나 감형 조치가 이루어지지 않는 가혹한 현실을 고발한다. 청춘의 나이에 영어囹圄의 몸이 되어 끝내 감옥에서 숨진 신명숙의 삶을 두고 동식은 "내가 살아온 세상! 이건 장난이 아닌가!"(『소설·알렉산드리아』, 194쪽)라고 외친다. 하지만 그가 살아가고 있는 세상 또한 확대된 감옥과 다름없다. 쥘부채에 적혀 있는 두 사상범의 인연을 추적한 동식 또한 곧바로 경찰서에 연행되어 조사를 받게 되기 때문이다. 조사를 마치고 나온 동식은 자신이 살아가고 있는 서울을 다음과 같이 조망하게 되는데, 그 서술 또한 여러모로 의미심장하다.

> 청명한 날, 동식은 다시 안산鞍山에 올랐다. 강덕기가 처형을 당하고 신명숙이 17년의 청춘을 묻은 서대문 교도소가 장난감처럼 눈 아래 보였다. 그러나 그날의 감상으로선 서울의 시가가 그 장난감 같은 서대문 교도소를 주축으로 짜여져 있는 것이었다. 그 교도소를 주축으로 눈에 보이지 않는 신경의 그물이 온 시가를 감싸고 있는 것 같은 느낌조차 있었다. (『소설·알렉산드리아』, 「쥘부채」, 221쪽)

동식의 위와 같은 느낌은 분단 상황에서 반공을 기치로 내건 군사정권 치하의 현실이, 일종의 일망감시장치로 작동하는 원형감옥(panopticon)과 다를 바 없다는 것을 우리에게 알려준다. 「내 마음은 돌이 아니다」에서 〈사회안전법〉 발효 후 자발적으로 신고를 하기 위해 파출소를 향해 걸어가는 주인공의 모습 또한 이런 원형감옥에서 감시의 대상으로 전락한 자의 자의식을 극화한 것이다. 그런 측면에서 일반인들은 상상도 할 수 없는 정치범(간첩)의 비극적 삶을 그리고 있는 「쥘부채」는, 「삐에로와 국화」처럼 권력집단이 분단의 상황을 이유로 일반인들에게 가한 "정신적 고통"이 얼마나 끔찍한 것이었는지를 보여주는 증거라고 할 수 있다.[23]

23 이병주는 자신이 법에 대해 알레르기 증세를 갖게 된 계기를 회고하는 자리에서도 당시 우리나라의 비정상적인 사법현실을 지적한 바 있다. 즉, 일사부재리, 법률불소급의 원칙 같은 "인류의 노력이 수천 년 누적된 위에 쟁취할 수 있었던 성과"들이 우리나라에서 예사로 무시되고 있으며, 또한 정치범과 사상범이 피고자인 경우에는 지나칠 정도로 법관들의 확대해석이 횡행하고 있다는 것이다. 이병주, 「법과 알레르기」, 《신동아》 1967년 8월호; 『백지의 유혹』, 남강출판사, 1973, 234~236쪽 참조.

4. 작가-인물과 소설의 위상

법적 정의의 탐구와 관련하여 이병주의 소설에서 또 하나 눈여겨봐야 할 점은 그가 작품의 초점화자로 작가-인물을 즐겨 택한다는 점이다. 「삐에로와 국화」를 포함해서 「추풍사」, 「여사록」, 「그 테러리스트를 위한 만사」, 「겨울밤」, 「내 마음은 돌이 아니다」 같은 작품이 그렇다. 또한 그런 작품 대부분에서 그 작가-인물은 누가 보더라도 작품을 쓴 실제 작가 이병주라는 사실이 분명하게 드러난다.[24] 작가가 스스로를 허구의 주인공으로 드러내어 실제 삶에 대한 사념을 진솔하게 드러낸다는 점에서 그의 소설은 이른바 '자성소설自省小說'이라고도 할 만하다. 그러니까 그의 소설들은 "작가가 허구의 인물을 주인공으로 내세우지 않고 작가인 자기 스스로를 인물로 설정하고, 허구의 맥락을 단지 '삽화' 정도로 최소화시키는 가운데 경험 현실의 사실성을 최대한도로 유지하면서, 그 속에서 작가라고 하는 자신의 사회적 실존을 전경화하거나 아니면 글쓰기 자체에 대한 자의식을 드러내는 작품"[25]인 것이다. 이런 자성소설은 기본적으로 "실제 세계에서의 사회적 삶과 소설의 세계 사이의 구분을 문제 삼고 소설과 삶을 연관지으려는 공통의 목적을 지향"[26]하는데, 앞서 살펴본 것처럼 이병주의 소설은 법적 허구와 소설적 허구를 대립시킴으로써 이런 성격을 분명히 드러내고 있다.

작가-인물과 더불어 법률가나 정치범, 또는 사상가 등을 함께 등장시켜 법이나 정치현실에 대한 대화를 진행하는 것도 이병주만의 독특한 방법

24 노현주는 이병주의 이런 작품들을 '자기반영적 텍스트'라고 명명하면서, 사소설을 전유하므로 얻어진 그런 특성이 "정치 담론이 매우 사실적으로 그려지는 독특한 텍스트의 형태"를 창조하고 있다고 지적한다. 노현주, 앞의 글, 78쪽, 85쪽 참조.

25 김경수, 『현대소설의 유형』, 솔출판사, 1997, 55쪽.

26 김경수, 위의 책, 58쪽.

론[27]인데, 소설가와 법률가가 짝을 이룬다는 것 자체도 그가 법으로 대표되는 현실질서와 소설로 대표되는 문학적 상상력의 관계를 겨냥하고 있다는 것을 보여준다. 그 단적인 예는 바로 「삐에로와 국화」다. 남파간첩 임수명을 통해 군사정권 시절의 법집행의 비정함을 그린 이 작품이 변호사 강신중을 초점화자로 하고 있음은 앞서 지적한 바 있다. 그런데 이 작품에서 간첩 임수명의 개인사가 드러나 일관된 이야기가 구축되는 데에는 강신중 변호사 말고도 그의 친구인 소설가 Y 역시 어느 정도 역할을 담당한다. 간첩 임수명의 형이 소설가 Y의 선배로 설정되어 있어 강신중 변호사는 임수명의 가족사를 알게 되고 그것이 작품을 진행시키는 중요한 계기가 되고 있는 것이다. 작품 초반부터 강신중 변호사의 대화 상대자로 등장한 소설가 Y는 작품 후반 강신중 변호사가 주영숙을 방문하는 자리에까지 동행한다. 두 사람은 주영숙이 전남편의 존재에 충격을 받아 꽃을 내동댕이치는 것을 목격한 직후 술자리에서 임수명 사건을 평가하는데, 그 대목에서 다음과 같은 대화를 나눈다.

> "옛날의 소설가는 말이다. 현실이 너무 평범하고 권태로우니까, 그 밀도를 짙게 얘길 꾸밀 수가 있었던 거라. 그러나 요즘은 달라. 현실이 너무나 복잡하구 괴기하거든. 그대로 써내 놓으면 독자에게 독을 멕이는 결과가 되는 거여. 그러니 현대의 작가는 현실을 희석할 줄을 알아야 해. 이를테면 물을 타서 독을 완화시키는 거라고. 옛날 작가들과 역으로 가는 작업을 가야 한다, 이 말이여. 그런데 그 물을 타는 작업이 이만저만 어려운 게 아냐."
>
> "삐에로 노릇하는 변호사보다도 더 어려운가?"
>
> "삐에로는 국화꽃을 안고 가면 되지만 작가는 그 국화꽃의 의미를 제시해야

27 이보영은 이병주의 「겨울밤」을 해석하면서 "방법론적 소설"이라는 용어를 쓰고 있는데, 맥락상 대립되는 인물들이 대화를 통해 답을 찾아가는 과정을 그렇게 표현한 것으로 보인다. 이보영, 앞의 글, 326쪽 참조.

할 것이 아닌가. 물을 타지 않고 어떻게 그 의미를 전하지? 그런데 어떻게 물을 타야 할지 그걸 모르겠어." (『그 테러리스트를 위한 만사』, 257쪽)

소설은 근대적 제도에 의해 영위되는 현실을 바탕으로, 그 세계에서 도출 가능하거나 있을 법한 가능세계를 창조함으로써 현실의 외연을 넓히는 기능을 담당한다. 그러나 근대적 제도의 예측가능성과 보편적 상식이 통하지 않는 상황에서는 가능세계의 탐색이라는 것 자체가 무의미해져 버린다. 위 대화에서 소설가 Y가 하고 있는 말도 이와 크게 다르지 않다. 현실이 오히려 괴기스러워 그것을 당의정으로 포장하거나 희석시키지 않으면 안 된다는 그의 말은, 그것이 소설 장르의 본질을 거스르는 역방향의 상상력을 요구하는 것이어서 쉽지 않다는 것이다. 「겨울밤」에서 주인공과 노정필 사이에서 벌어진 기록과 문학에 관한 작은 논의 또한 이런 현실과 무관하지 않은데, 앞서도 말했듯 이병주의 '실록소설'의 위상은 이런 각도에서 재조명되어야 한다. 「변명」(1972)에 나와 있는, "역사가 생명을 얻자면 섭리의 힘을 빌릴 것이 아니라 소설의 힘, 문학의 힘을 빌려야 된다."(『마술사』, 105쪽)라는 인식 또한 소설과 법 현실의 관계에 대한 그의 고뇌의 산물임이 분명하기 때문이다.[28]

이병주가 창조하고 있는 제반 법률 이야기들은 그것이 작가-인물과 변호사-인물 혹은 작가와 사상범 사이의 대화의 소재가 됨으로써 우리 시대의 삶을 규정하고 있는 법리라는 것이 허구의 일종임을 강하게 일깨운다. 그리고 그 과정에서 서로 다른 인물들의 입장은 그것 자체가 대안적 법리로서 부상하는데, 「소설 · 알렉산드리아」에서 제시되는 신문사설들의 대비나 검사와 변호사의 대립적인 견해라든가, 「철학적 살인」에서 인용되는

28 이렇게 보면 『지리산』을 위시한 그의 대표적인 대하소설들은 우리 시대의 법적 정의에 대한 그의 문제 제기의 연장선상에 놓여 있다고도 말할 수 있다.

일본 고베 재판소의 판결사례도 결국은 이런 대안적 법리의 연장선상에 있는 것이다. 이를 통해 이병주는 법이라는 것이 자기완결성을 끊임없이 회의하지 않으면 안 되는 것이며, 그것이야말로 허구로서의 문학과 법의 본질이라는 것을 드러내고 있다.

이병주의 소설이 소설 형식 면에서 확보한 독특한 위상과 의미는 바로 이 점에서 찾을 수 있다. 법이 한 사회의 제도적 허구의 일환이라는 점, 그리고 그런 만큼 소설이라는 대항적 허구를 참조하면서 스스로를 갱신하지 않는 한 그 법은 맹목일 수밖에 없으며, 그런 시대를 살아가는 사람들의 삶은 근본적으로 부조리한 것이 될 수밖에 없다는 인식을, 그는 자신의 소설을 통해서 선명하게 증거하고 있는 것이다. 그리고 법으로 대표되는 실제 현실과 소설 장르로 대표되는 문학적 허구의 길항은 이병주 초기소설의 기본적인 인식으로서, 『지리산』과 같은 그의 대표적인 대하역사소설도 궁극적으로는 정의란 무엇인가를 묻는 문학법리학적 탐구의 연장선상에 놓여 있다는 것을 알려준다.

제9장

1970년대 노동수기와 근로기준법

1. 1970년대 노동수기의 출현

노동수기勞動手記란 노동현장에서 일하는 노동자들이 자신이 일하는 노동현장에서 경험한 노동자로서의 삶을 직접 쓴 글을 일컫는다. 이 노동수기들은 1970년대 중반부터 월간《대화》와 같은 진보적인 잡지를 통해 발표되는데, 석정남의『어느 여공의 일기』(1976년 11~12월), 유동우의『어느 돌멩이의 외침』(1977년 1~3월), 송효순의『서울로 가는 길』(1982) 같은 것들이 대표적이다. 특히 이 수기들은 거개가 1970년대 산업화시대에 성장우선주의라는 국가정책으로 인해 일방적으로 억압당했던 노동자들이 노동자로서 자신들의 권리에 눈뜨고 그것을 지키기 위해 분투한 노력을 사실 그대로 그리고 있다는 점에서 발표 당시 사회에 많은 충격을 주었다.

1980년대 이른바 민족·민중문학논의에서 이 노동수기들이 중요하게 논의된 것은 바로 이런 이유 때문이었다. 즉, 이 수기들은 "인간해방의 총

과정을 형상화함으로써 개별적이고 주관적인 직접적 체험의 단순한 재생산에 그치지 않고 사회적 총체적 인식을 가능케 하는 탁월한 문학적 양식"[1] 으로서, 그 성취는 곧 "하나의 문학혁명"[2]이라고까지 평가받았던 것이다. 하지만 대부분의 논의가 1970년대 지식인소설의 위기론과 연결되어 개진된 까닭에, 이에 대한 논의는 수기류의 미학적 문제점을 어떻게 보완하여 그것을 민족문학의 자양으로 삼을 수 있을 것인가 하는 방향으로 수렴되었다.[3]

2000년대 초중반에 들어서는 노동수기에 대한 학문적 연구가 이루어졌는데, 이때의 논의는 해당 텍스트들의 담론분석에 집중되었다.[4] 이정희는 1980년대에 출간된 노동수기에 대한 페미니즘적 해석을 통해, "가족주의 이데올로기가 노동현장에서 쉽게 착취 이데올로기로 변질되었"으며, 모든 여성을 미래의 '현모양처'로 상정하는 사회 분위기 속에서 여성 노동자들의 이성애가 침묵당했다는 것, 그리고 "노동현장 속의 여성의 몸은 생산의 수단이자 권력의 통제 대상"이 되었다는 논의를 펼친 바 있다.[5] 김원 또한 이정희의 논의를 이어받으면서 1970년대 여공들의 정체성을 살핀 뒤에, "1970년대 여성담론은 여성을 국가와 민족의 발전에 공헌하는 적극적

---

1 현준만, 「노동문학의 현재적 의미」, 백낙청, 염무웅 편, 『한국문학의 현단계 IV』, 창작과비평사, 1985, 123쪽.

2 김명인, 「지식인문학의 위기와 새로운 민족문학의 구상」, 『희망의 문학』, 풀빛, 1990, 39쪽.

3 임헌영과 황광수의 논의가 그렇다. 임헌영, 「노동문학의 새 방향」, 『노동의 문학 문학의 새벽』, 자유실천문인협의회 편, 1985, 31~37쪽 및 황광수, 「노동문제의 소설적 표현」, 백낙청, 염무웅 편, 앞의 책, 100~105쪽 참조.

4 물론 사회학적 관심은 1980년대 중반 문학계의 관심과 동시적으로 개진된 적이 있다. 최재현은 이 수기들을 대상으로 전기적 방법의 가능성을 논의한 바 있고, 김진균은 수기를 통한 역사구조적 이해와 인간중심적 이해의 가능성을 타진한다. 김병걸, 채광석 편, 『민중, 노동 그리고 문학』(지양사, 1985)에 수록된 최재현, 「일하는 이들의 삶의 이야기」 및 김진균, 「최근의 현장수기에 대하여」 참조.

5 이정희, 「훈육되는 몸, 저항하는 몸-1970년대 초반의 여성 노동 수기를 중심으로」, 《페미니즘연구》 제3호, 2003, 161~177쪽 참조.

인 동원의 대상으로 변형시키는 효과를 낳았"으며, 그로 인해 "국가-사회에 동원된 여공들은 남성의 보조적인 '무성적 노동력'으로만 의미화되었다."고 해석한다.[6] "한국의 경우, …(중략)… 한국적인 근대화를 위하여 신성한 모성성, 여성다움과 여성성, 건강한 성도덕 담론 등을 이용하여 여성노동의 단기성과 저임금 구조를 유지하고자 하였다."[7]는 정현백의 논의 또한 이와 일맥상통한다. 한편 신병현은 1970년대 발표된 이 노동수기들을 "거의 대부분 야학이나 민조노조운동 주변에서 당시의 비판적 지식인들의 영향하에서 생산된 것들"로 보고 그 담론적 특징을 분석한다. 그리하여 이 텍스트들이 당대의 지배담론 및 그에 맞섰던 저항적 지식인들의 대항담론들과 접합하여 "대항적 글쓰기로 재맥락화되고 있"으며, 또한 언어적 측면에서는 "회고체의 의식적 글짓기로서 증언적이고, 서사적이며, 장르 혼합적 성격을 띠고 있었다."[8]고 해석하고 있다.

이런 담론분석의 결과는 그것이 노동수기의 복합적인 주제적 특징과 담론적(형식적) 성격을 규명하고 있다는 점에서 이전의 논의를 한 차원 심화시킨 것이라고 할 수 있다. 김원은 이 시기 민주노조에 참여했던 노동자들의 수기가 "산업화 시기 한국 기층사회와 노동자의 세계관에 대한 많은 정보를 제공해주고 있"고, "노동자들이 정부, 고용주 그리고 노동자 사이에 처한 조건들을 보여준다"고 평하면서, 그것들을 "일종의 집단전기"[9]라고까지 말한다. 그리고 신병현은 위와 같은 담론분석을 토대로 "70년대 노동자들의 생애사life histories 보고나 생활 글들은 자기 자신을 인지가능한

6 김원, 「여공의 정체성과 욕망: 1970년대 '여공담론'의 비판적 연구」, 《사회과학연구》 제12집, 2004, 61쪽.

7 정현백, 「자서전을 통해서 본 여성노동자의 삶과 심성세계: 20세기 전환기 독일과 1970, 80년대 한국의 비교를 중심으로」, 《여성과 역사》 제1권 제1호, 2004년 12월, 33쪽.

8 신병현, 「70년대 지배적인 담론구성체들과 노동자들의 글쓰기」, 《산업노동연구》 제12권 제1호, 2006, 213쪽.

9 김원, 『그녀들의 反역사: 여공, 1970』, 이매진, 2005, 112쪽.

형태로 공공적으로 혹은 타인에게 제시하는 방식으로서 고유한 텍스트적 실천성을 갖고 있다."[10] 고 말한다. 이런 지적은 노동수기가 그동안 좁게 이해되어 왔던 협의의 문학 개념에 대한 근본적인 재고를 요청한 문학적 사건이라는 점과, 그런 생애이야기의 생산과 유통이 어느 정도 사회적 의미를 지녔다는 것을 단적으로 알려준다.

2010년대 들어 새롭게 개진되고 있는 문학계에서의 논의 또한 대체로 초기에 이루어진 평단에서의 논의와 그 뒤를 이은 담론분석의 성과와 일맥상통하고 있다. 노동자들이 노동수기의 서술을 통해 "노동의 의미를 일반화하는 공론장 속으로 진입할 수 있었다."[11] 는 김성환의 논의와 노동자의 자기재현에 외부의 노동담론이 영향을 끼쳤다는 권경미의 논의[12] 는 어떤 면에서는 신병현의 고찰을 부연 설명한 것으로 볼 수 있다. 또한 한영민은 노동수기를 "기존 사회에서 가장 열악했던 리터러시의 소유자로 여겨지는 존재만이 쓸 수 있는 새로운 장르의 탄생"으로 보고, 노동자들이 그것을 매개로 "그동안 암묵적으로 통용되고 있었던 기존 문학의 경계에 대해 질문하기 시작했다."[13] 고 지적하는데, 노동수기의 출현이 갖는 문학사적 해석 역시 김명인과 신병현의 논의와 연결되어 있다.

이처럼 노동수기에 대한 기존의 연구는 그것의 발생과 문학사적 위상 및 그 장르적 특성과 그것이 드러내는 여러 담론적 특성에 이르기까지 다양하게 이루어지고 있다. 이 글에서는 노동수기에 대한 이런 의미 있는 연구의 연장선상에서, 1970년대 노동수기가 법에 무지했던 노동자들이 자신들의

---

10 신병현, 앞의 글, 218~219쪽.

11 김성환, 「1970년대 노동수기와 노동의 의미」, 《한국현대문학연구》 제37호, 2012년 8월, 369쪽.

12 권경미, 「노동운동 담론과 만들어진/상상된 노동자-1970년대 노동자수기를 중심으로」, 《현대소설연구》 제54호, 2013년 겨울.

13 한영인, 「글 쓰는 노동자들의 시대-1980년대 노동자 '생활글' 다시 읽기」, 《대동문화연구》 제86집, 2014, 23~24쪽.

인권과 법적 지위를 자각해 나아가는 개인적이면서도 집단적인 이야기라는 점에 주목하고자 한다. 즉, 1970년대 노동수기들을 〈근로기준법〉에 대한 인식을 통한, 그리고 그것의 사회적 실현을 위해 고투한 성장의 이야기로 자리매김하고자 한다. 이미 이 노동수기들은 연구자에 따라 "집단수기"(김원), "노동자들의 성장서사"(권경미), "노동자 '생활글'"(한영인)[14] 등으로 다양하게 정의되었는데, 성장과정이 다른 여러 노동자의 개별적인 수기가 집단적인(공통적인) 성장의 이야기로 수렴될 수 있는 것은 바로 법에 대한 인식과 상관성 때문이라는 것이 이 글의 주된 문제의식이다.

2. 노동법에 대한 인식과 노조설립을 위한 투쟁

1970년대의 대표적인 노동수기인 석정남의 『공장의 불빛』, 유동우의 『어느 돌멩이의 외침』, 송효순의 『서울로 가는 길』[15]은 1970년대에 노동자로서 일했던 저자들의 체험수기다. 『공장의 불빛』은 1975년 3월 동일방직 직포과에 여공으로 입사한 저자 석정남이 노조활동을 하면서 겪게 되는 투쟁의 이야기다. 이 책에는 산업선교회 산하의 클럽활동을 하면서 그녀가 노동법에 대해 알게 되어 노조설립에 나서게 되는 과정, 사 측의 집요한 노조분열책동에 맞선 집단적 저항과 해고, 그리고 그 이후 명동성당에서의 단식농성을 통해 부당해고를 사회문제화시킨 과정과 부당노동행위 구제신청과 같은 법적 소송의 전말이 그려져 있다. 『어느 돌멩이의 외침』

14 권경미, 앞의 글, 145쪽 및 한영인, 앞의 글, 23쪽.

15 이 글에서 대상으로 삼은 텍스트는 단행본으로 출간된 석정남의 『공장의 불빛』(일월서각, 1984), 유동우의 『어느 돌멩이의 외침』(청년사, 1984), 송효순의 『서울로 가는 길』(형성사, 1982) 등 세 편이다. 석정남과 유동우의 글은 처음에 《대화》에 연재되었던 것을 가필하여 책으로 엮은 것으로 연재본과는 조금 다르지만, 이 글이 그들이 스스로 노동자임을 자각해가는 과정에 초점을 맞추고 있는 만큼 세부적인 차이와 글의 성격(회고적/평가적 시점)은 크게 문제가 되지 않는다고 생각한다.

은 한국수출산업공단 제4단지 부평공단 내의 삼원섬유주식회사에서 '요꼬'(섬유 스웨터를 짜는 직공)로 취직한 저자가, 스스로 노동관계법을 공부하면서 우여곡절 끝에 노조를 설립했으나 사 측의 방해와 상급노조의 결탁에 의해 부당하게 해고되고, 법적으로도 패배하게 된 과정을 그리고 있다. 『서울로 가는 길』 역시 가난으로 인해 초등학교를 마치고 나이까지 속여가며 화학회사에 입사한 저자가 겪는 비인간적인 노동실태, 산업선교회를 통해 노동자의 인권과 노동조합법에 대해 눈떠가는 과정, 그리고 동료들과 함께 어용노조를 정상화하려고 했으나 오히려 사 측의 악랄한 방해로 지방으로 전출되어 일하다가 해고되는 과정을 그리고 있다.

이렇듯 이 세 편의 노동수기 공통적으로 시골에서 서울로 올라온 저자들이 노동자로서 스스로를 인식해가고, 자신들의 인권을 보장받기 위해 노조설립에 투신하지만 끝내 공장에서 해고되는 과정을 그리고 있다. 그리고 그 과정에서 그려지는 노조설립을 방해하려는 사 측의 집요한 책동과 그들에 포섭된 변절한들의 치사한 행동, 그리고 노동자를 위해 일해야 할 노동부 관료들의 무성의와 상급노조의 부패상도 놀랄 만큼 동일하다. 그것은 근본적으로는 수출입국의 기치를 내걸고 산업화를 독려했던 독재정권이 빠른 경제성장을 위해 법에 규정된바 노동자들의 합법적 노조활동을 탄압했기 때문이다.[16] 이런 악조건은 처음부터 이들 세대를 규정지었던 구조적 모순의 현실이었다. 바로 그렇기 때문에 이들의 이야기는 그런

16 당시 노동자들이 처했던 구조적 억압의 조건에 대해서는 정현백의 다음과 같은 지적이 도움이 된다. "그것은 바로 저개발 사회구성체에서 강렬하게 작용하는 자본주의적 생산양식과 전前자본주의적 노동관계의 결합이다. 그러나 여기에서 생기는 문제점은 이와 같은 두 개의 생산양식이 상호 병존하는 관계에 있는 것이 아니라, 이들이 수직적으로 위계구조를 이루면서 하나의 지배적 생산양식(자본주의)이 다른 것(전자본주의적인 고립부문)의 자율성을 파괴하고 그것들의 구체적 활동을 재조정하면서 그 위에 군림한다는 것이다." 정현백, 「여성노동자의 의식과 노동세계-1970년대 노동자수기 분석을 중심으로」, 『노동운동과 노동자문화』, 한길사, 1991, 402쪽.

현실 속에서 자신들이 법적으로 보호받을 권리가 있는 노동자이며 인권을 지닌 인간이라는 것을 자각하고 인권을 회복하기 위해 실천해 나아가는 사회화 과정의 이야기가 된다. 이때 이들의 사회화 과정에서 가장 핵심적인 역할을 하는 것이 노동법, 특히 〈근로기준법〉에 대한 인식이다.[17]

『공장의 불빛』의 석정남은 입사하자마자 일일 3교대로 야간작업까지 있는 공장일에 힘들게 적응하던 중 친구의 권유로 도시산업선교회의 작은 소모임에 가입하게 되는 것을 계기로 비로소 노동법에 대해 알게 된다. 처음에 그녀는 산업선교회의 목사로부터 어느 공장의 노조결성과 노동자들의 투쟁 이야기를 들었을 때에는, "좀 더 아름답고 고상한 얘기도 할 수 있을 텐데 왜 저렇게 비참하고 지저분하고 괴로운 이야기를 하는 걸까 이해할 수가 없었"(23쪽)지만 모임활동에서 노동법을 공부하게 되면서 비로소 노동법이란 것이 있다는 것을 알게 된다.[18]

> 이렇게 시작한 클럽활동을 통하여 연봉과 나는 다른 부서의 분위기도 알게 되었고 우리회사에 노동조합이 있다는 것도 알게 되었다. 노동법에는 노동3권이 있다는 것이다. 즉, 단결권과 단체교섭권, 단체행동권이 그것인데, 유신 헌법에 의하여 노동2권, 즉 단체교섭권과 단체행동권이 묶여 있다는 것이다. 월차

---

17 이들의 개인적 각성의 계기를 마련해주는 도시산업선교 또한 함께 거론되어야 할 것이다. 도시산업선교는 1970년대 이후 개신교가 사회구조적 차원에서 박탈당하고 억압받는 자들을 위한 봉사활동으로 개진한 산업선교운동이다. 개신교계는 1957년부터 이른바 노동자 개인의 구원을 미끼로 노동자에 대한 이데올로기적 통제 중심의 "공장목회"를 시작했는데, 노동자들이 이런 선교방식에 식상한 태도를 보여 효율성이 떨어지고 1968년 방콕에서 열린 아시아기독교협의회에서 사회구원을 강조한 선교방침이 제시되는데, 이것을 계기로 적극적인 노동자 선교운동으로 전환하여 독재정권과 맞서 노동운동을 지원했던 것이 도시산업선교운동이다. 이에 대해서는 장석만, 「한국 개신교의 또다른 모색-기독교조선복음교회와 도시산업선교회」, 《역사비평》 2005년 봄호, 103~122쪽 참조.

18 그 계기는 회사의 노조대의원인 모임의 한 명의 여성이 "…(중략)… 우리는 공장에 다니는 사람들, 즉 노동자입니다. 그러니까 우리에게 직접적으로 필요한 노동법을 먼저 배우는 게 좋겠어요. 우리 노동자들을 위해 노동법이 있는 건데, 우리가 그걸 모르고 있다면 이거야말로 부끄러운 일이 아니겠습니까?"(26쪽)라고 노동법을 공부하자고 권유하면서부터다.

생리휴가와 8시간 노동제 등에 대해서도 배웠다. 무엇보다 중요한 것은 노동조합에 대해서 알게 된 것이다. 노동조합의 힘은 다름 아닌 노동자들 즉 우리들 한 사람 한 사람의 참여와 힘으로 움직여진다고 한다. 그런데 다른 부서는 단결이 잘 되어 있는데 우리 직포과에는 노조에 참여하는 사람이 한 명도 없다는 것이다. 어떻게 하면 우리 직포과도 정방이나 와인다처럼 노동조합을 중심으로 한 마음 한 뜻이 되어 서로 믿고 서로 돕는 분위기로 바꾸어 놓을 수 있을까? (『공장의 불빛』, 27쪽)

석정남은 이처럼 노동법과 노동조합의 의미를 알게 되기는 하나 그것을 확신하고 있는 것은 아니어서 회사 측의 회유에 넘어가 산업선교회를 탈퇴하기도 한다. 하지만 회사 측의 노조탄압으로 인해 동료들이 농성하는 것을 보고는 다시 합류하고, 나체시위사건과 이른바 '똥물사건' 등을 겪으면서 진정한 노동자로 거듭난다. 그리하여 동일방직 문제를 공론화하기 위한 게릴라성 시위와 명동성당의 단식농성 등에 적극적으로 가담하기도 하지만, 결국엔 회사로부터 해고된다. 석정남은 사 측의 부당해고에 맞서 경기도 지방노동위원회에 자신들을 해고한 회사를 상대로 '해고 예고, 예외 인정 신청 재심 청구'를 내고 그것이 기각되자 다시 중앙노동위원회에 재심을 신청하고, 또 그것이 기각되자 경기도 지방노동위원회에 부당노동행위 구제신청을 하는 등 지루한 법적 투쟁을 해나간다. 이 과정에서 석정남은 노동법에 대해 이전보다 확고한 인식을 갖기에 이른다.

국제 경쟁력이라든가 하는 따위의 어려운 경제학에 대해서 노동자들은 잘 알지 못한다. 그러나 정부가 소수 기업주를 우선적으로 보호하기 위하여 법적인 특혜를 베풀고 있다는 것은 경험을 통하여 겪어왔다. 노동자의 기본적인 노동3권의 보류가 그것이다. 돈과 권력이 없는 노동자들의 무기는 무엇인가. 두말할 필요도 없이 우리들의 머릿수, 즉 단결된 힘이 그것이다. 만인 앞에 평등한 법은 가난하고 못 배운 노동자들도 국민의 한 사람으로서 보호해야 한다는 원칙 아래 단결권과 단체 교섭권, 단체 행동권을 주었던 것이다. 그러나 정치를 한다는 높은 어른들은 노동자들의 유일한 의사 표시인 노동3권 중 가장 중요한 단체교섭권과 단체행동권을 죽여버린 것이다. 물론 영원한 죽음은 아니다. 일시적인 마취상태라고는 하지만 이렇게까지 노동자를 억압하고 기업주의 이익을 보호해야 할 까닭은 무엇인가. (『공장의 불빛』, 131~132쪽)

석정남이 위 인용문에서 언급하고 있는 노동3권의 보류는 1971년 12월 27일 제정된 〈국가보위에 관한 특별조치법〉 제9조(단체교섭권 등의 규제)에 의해 "비상사태하에서 근로자의 단체교섭권 또는 단체행동권의 행사는 미리 주무관청에 조정을 신청하여야 하며, 그 조정결정에 따라야 한다."고 규정된 사실을 일컫는다.[19] 이처럼 『공장의 불빛』은, 다른 공장 노동자들의 투쟁을 남의 이야기로 간주했던 한 여성이, 자신을 지켜주는 노동법의 존재를 확인하고 중요성을 인식하는 것은 물론 노동법에 의거해 회사 측의 부당해고에 맞서 노동자로서의 권리를 지키기 위해 지속적인 법적 투쟁을 벌여나가는 주체로 거듭나는 과정을 사실적으로 증언하고 있다.

삼원섬유의 노동자로 노조 설립에서 와해까지 전 과정을 서술하고 있는 『어느 돌멩이의 외침』 또한 이와 다르지 않다. 석정남과 마찬가지로 가난 때문에 어린 나이에 상경하여 이런저런 일들을 해왔던 유동우는 1973년 한국수출산업공단 제4단지 부평공단에 있는 삼원섬유에 취직한다. 이 회

---

19 국가법령정보시스템(www.law.go.kr) 참조. 이는 유동우가 일했던 삼원섬유의 노조설립과정에서도 언급되는 것으로, 사실상 1970년대 노동자들의 권리를 부정했던 대표적인 악법이다. 당시 지학순 주교는 명동성당에서 열린 노동절 기념 신구교 연합 특별 미사에서, 이 특별조치법이 노동자의 권익을 근본적으로 불법화하고 있으며, 1년 전에 제정된 〈외국인투자 기업체의 노동조합 및 노동쟁의에 관한 임시특례법〉이 또한 외국인 기업 내에서의 노동쟁의와 노조결성을 불가능하게 만드는 악법이라고 정부를 강하게 비판한다. 지학순, 「노동자의 인권을 보장하라」, 《대화》, 1977년 10월, 100~107쪽 참조.

사는 일본자본에 의해 운영되던 공장으로 노조가 없었고, 사 측의 상금제도를 통한 임금착취와 폭행 등의 인권유린이 자행되던 곳이었다. 유동우는 같은 공장에서 일하는 여성들이 "철야 노동까지 하면서도 그 임금만으로는 살 수가 없어 술집으로 팔려가고 가진 자 편에 선 자들로부터 폭행을 당해야 하는"(『어느 돌멩이의 외침』, 58쪽) 현실에 분개하면서 스스로 노동관계법을 연구하기 시작한다.

> 이때부터 나는 열심히 노동관계법을 연구하면서 한편으로는 현장동료들과 더불어 모임을 만들기 시작하였다. 그동안 내가 읽고 열심히 연구해 온 근로기준법을 놓고 이런 법이 있어 근로자의 최저근로조건을 보호하고 있는데도 우리는 법에 보장된 최소한의 권리조차 찾지 못하고 있다면서 우리의 의식이 각성되어야 하는 것을 역설하였다.
>
> 처음에는 회사에서 눈치를 채지 못하게 은밀히 이 일을 추진해 나가지 않으면 안 되었다. 현장동료들 중에서 신뢰할 만한 사람을 중심으로 3~4일에 한 번씩 우리 방에 모여 근로기준법을 공부하였다. 나 역시 그랬지만 근로기준법이 있는지 없는지도 몰랐던 그들인지라 같이 공부하면서 우리도 법에 의한 권익을 찾을 수 있다고 주장하여도 그들은 그 법은 우리에게는 적용될 수 없는 것이라면서 회의적인 반응만을 보일 뿐이었다. (『어느 돌멩이의 외침』, 59~60쪽)

1970년대 현실에서 노동자들이 자신이 법인격을 가진 주체라는 사실을 인식하기란 쉽지 않았다. 당시 대부분의 노동자들은 대부분 가난으로 인해 초등학교를 마치자마자 생활현장으로 뛰어들 수밖에 없었으므로 법과 인권과 같은 것을 배울 기회가 없었으며, 설령 그런 교육프로그램이 있었다고 해도 당시 독재정권하의 노동당국이 그런 교육을 적극적으로 제공하지는 않았을 것이기 때문이다. 따라서 노동수기의 작가들이 사회현실에 눈뜨는 과정에서 노동법이 있다 하더라도 자신들에게는 적용될 수 없을 것이라고 처음에는 모두 회의적인 반응을 보인 것은 어쩌면 당연한 것이었을지도 모른다. 더 나아가 이들은 그런 노동법마저도 회사 측의 감시를 피해 몰래 숨어서 학습해야 했는데, 이런 현실은 당시 정부가 노동법 자체를 얼마나 금기시했는지를 단적으로 보여준다. 그런 의미에서 이 수기에 등장하는 노동자들이 자신들의 권리를 보장하고 있는 법이 있다는 것을 알고 그것을 공부하는 위의 장면은 그것 자체로 숭고한 의미를 지니고 있는 놀라운 장면이라 할 수 있다.

이런 움직임에 회사는 계약기간을 3개월 미만으로 하는 근로계약서 작성을 요구하는 등 다시 편법을 사용하지만, 이제 〈근로기준법〉 공부를 통해 자신들이 얼마나 부당하게 취급되어 왔는지를 깨닫게 된 노동자들에게 그것은 더 이상 통하지 않는다. 그리하여 유동우와 그의 동료들은 사측에 맞서 자신들의 권익을 힘들게 지켜가며, 외국인 투자기업에서는 노동조합이 불가능하다는 통념에 맞서 노동조합을 설립하는 데 성공한다. 하지만 그럴수록 사 측의 노조파괴공작은 더욱 집요해져서 끝내 노조원들이 해고되는 사태가 벌어지게 되는데, 그 해결책을 모색하는 과정에서 유동우는 법 자체의 효력에 대해 회의하기도 한다.

> 그런데 이 네 가지 위반사항에 대한 법칙규정을 살펴보던 우리는 놀라운 사실을 발견하게 되었다. 그것은 우리가 문제를 삼으려던 임금삭감에 대해서 법 22조에 "근로조건을 저하시킬 수 없다."라고만 규정되어 있을 뿐 거기에 대한 아무런 벌칙규정이 없다는 사실이었고, 나머지 법 45조, 47조, 48조의 위반에 대한 벌칙도 제111조에 "10만원 이하의 벌금에 처한다."라고만 되어 있는 사실이었다.
>
> 수백 명의 근로자들을 고용하고 있는 기업주들이 주휴유급을 하루만 안 주어도 수십만 원 내지 수백만 원의 부당 이익을 보는데 이것을 위반해 보았자

겨우 수만 원의 벌금으로 메울 수 있다는 법의 취약성을 보고 근로기준법조차 과연 누구를 위한 법인지 의심이 가지 않을 수 없었다. (『어느 돌멩이의 외침』, 114~115쪽)

초등학교밖에 졸업하지 못한 까닭에 "한글로 된 근로기준법 책자를 구해다가"(『어느 돌멩이의 외침』, 72쪽) 동료들과 함께 공부한 유동우는, 사 측에 맞서 노동조합을 설립하게 되는 과정을 겪으면서 위와 같이 〈근로기준법〉의 취약점에 대해서도 인식하게 된다. 유동우의 이런 변화는 법에 대한 그의 이해가 점차 심화되어가고 있다는 것을 알려준다. 뿐만 아니라 그는 나중에 회사가 노조 상부 조직원과 결탁하여 자신을 노조분회에서 제명한 데 대해서도 노동법과 헌법의 조문을 하나하나 열거해가면서 스스로를 방어하는데, 이것은 유동우가 노동자로서 자신의 권리와 인권에 대해서 생각할 때에도 끊임없이 법을 참조할 만큼 성숙했다는 것을 보여주는 것이다.

헌법 제16조는 "모든 국민은 종교의 자유를 가진다."라고 되어 있고, 노동조합법 제 11조에는 "조합원은 어떠한 경우에도 인종, 종교, 성별, 정당 또는 신분에 의한 차별 대우를 받지 아니한다."고 되어 있으며 근로기준법 제5조에는 "사용자는 근로자에 대하여 남녀의 차별적 대우를 하지 못하며 국적, 신앙 또는 사회적 신분을 이유로 근로조건에 대한 차별적 대우를 하지 못한다."라고 규정되어 있는 것이다.

그리고 다섯 번째가 내적으로 노동조합 이외의 모호한 써클을 만들어 집단행동을 통해 조합의 운영을 방해했다는 것인데 그 모호한 써클이란 바로 그룹활동을 말한다. 그러나 이 그룹활동은 조합원의 의식화를 위해 장려하고 보호했으면 했지 문제 삼을 바는 못 되는 것으로 더 이상 논란의 여지가 없는 문제이다. (『어느 돌멩이의 외침』, 182~183쪽)

법이 해석방법에 따라 다양한 해석이 가능한 텍스트인 까닭에, 전문 법률 종사자가 아닌 일반인이 법리를 따지는 일은 쉽지 않고 또 그럴 기회도 많지 않다. 그런데 유동우는 자신이 알고 있는 법조문들을 참조해가면서 자신이 노조 분회에서 제명된 이유들을 검토하고, 경기도 지방노동위원회의 최종 판결문이 어떻게 모순되는지를 밝혀낸다. 이렇게 『어느 돌멩이의 외침』은 법에 대해 알지 못했던 선량한 한 개인이, 노동법에 대한 인식을 통해 자신의 법적 권리를 자각하고, 또 그것을 통해 자신이 법인격을 지닌 주체임을 인식해가는 과정을 사실적으로 보여주고 있다.

『서울로 가는 길』에 그려진 송효순의 성장담 또한 앞서 살펴본 두 사람의 이야기와 유사하다. 역시 가난으로 인해 초등학교를 마치자마자 고용살이를 해야 했던 그녀는, 1973년 외할머니를 따라 상경하여 언니의 권유로 화학회사에 들어간다. 취업 이후 그녀는 평일에도 밤 9시 30분까지 잔업을 하고 토요일과 일요일은 철야작업과 특근작업을 하는 등 고된 노동에 시달린다. 게다가 사 측은 이런 노동자들을 경쟁시켜 임금을 줄이고 생산성을 극대화하는 데 혈안이 되어 있다. 입사 때부터 "왜 가난하게 태어나 너무나 어려 공장에서도 받아주지 않는 나이에 공장에 들어가야만 되는가. 남들은 공부를 하는 나인데."(『서울로 가는 길』, 33쪽)라고 생각했던 그녀는, 이후 산업선교회의 소모임에 들어가 그곳 목사들을 통해 비로소 〈노동조합법〉의 존재와 노동자로서의 권리를 알게 된다. 송효순은 "목사님이 오셔서 인간이 가져야 할 최소한의 권리를 말씀하셨을 때 우리들은 그동안 공장에서 너무나 부당하게 대우를 받고 있다는 사실을 깨닫게 되었다."(『서울로 가는 길』, 58쪽)라고 적고 있다. 송효순과 동료 여공들이 목사와의 대화를 통해 노동법의 존재에 대해서 알게 되는 장면은 다음과 같이 서술되어 있다.

"목사님 저희 공장에서는 지난 주에 출근을 하지 않았다고 야단을 맞았습니다. 그리고 산업선교회에 나가면 해고를 시킨다고 하는데 어떻게 된 것인지 알 수가 없습니다."

목사님께서는 깜짝 놀라시며,

"여러분들은 일요일만 정당하게 놀았습니다. 우리나라 근로기준법에 일요일날은 쉬라고 되어 있습니다. 그리고 근로기준법은 우리나라 헌법에 있는 것이고 대통령이 만든 것입니다. 여러분들은 우리나라 헌법을 지킨 죄밖에 없어요. 그리고 회사가 우리나라 헌법을 어긴 것입니다. 처벌을 받아야 한다면 당연히 회사가 처벌을 받아야 하지요."

우리들은 목사님 말씀을 듣고 자신이 생겼다. 그동안에 우리들이 너무 몰랐기 때문에 당한 것이고 우리들이 조금만 더 깨우치고 알았다면 회사에서 그렇게 무시당하지는 않았을 것이라는 생각이 들었다. (『서울로 가는 길』, 64쪽)

일요일 특근을 하지 않고 야유회를 다녀왔다는 이유로 회사로부터 협박을 받은 직후 산업선교회를 찾아간 송효순 일행은, 위와 같은 경험을 통해 자신들을 지켜주는 노동법이 있다는 것을 더욱 실감하게 된다. 그리하여 목사의 지도를 받아 회사 사장과 노동청장 앞으로 직원들의 처우개선을 요구하는 편지와 진정서를 보내는 등 점차 적극적인 활동을 펼친다. 그리고 종로 기독교방송국 강당에서 매주 열리는 금요예배에 참가하여 농민들의 권리와 현실을 알게 되고, 동일방직 노동자들이 당한 '똥물사건'을 통해 노동자들의 인권에 눈뜬다. 하지만 그에 대한 대가로 그녀는 어용노조를 정상화하려 했다는 이유로 사 측에 밉보여, 출퇴근 자체가 불가능한 오산공장으로 전출되고 급기야는 공장에서 해고되기에 이른다. 그러나 그럴수록 그녀의 노동자로서의 의식은 점점 강화된다. 회사 측은 노조활동에 적극적인 직공들을 회유하려고 행한 직원교육시간에 반성의 글을 쓸 것을 강요하는데, 그녀는 그 글짓기 시간을 역으로 노동자의식을 다지는 자성의 계기로 전환시킨다.

> 나는 회사와 나의 관계를 알아야 한다. 나는 회사에 노동력을 팔아서 돈을 벌어야 하고 회사는 자본을 투자하여 공장을 세워서 우리의 노동력을 산다. 그것은 서로 계약을 해서 이루어지는 것이다. 나는 이 회사에 일을 하러 왔지 이렇게 식당에 앉아서 놀기 위해 온 것이 아니다. 그런데 회사는 우리 노동자에게 너무도 부당하게 대하고 있다. 일하는 품삯을 제대로 주지도 않는다. 노동력을 팔아서 생존을 이어가는 우리에게서 회사는 자꾸만 빼앗아 가려고 한다. 지금은 부당하게 생각하고 있지만 나는 눌림을 당하면 당하는 대로 떳떳하다. 오히려 관리자들이 불쌍하다. 먹고 살아야 한다는 것 때문에 상사에게 잘 보이려고 자꾸만 우리를 괴롭힌다. (『서울로 가는 길』, 150~151쪽)

정도는 다르지만 송효순의 위와 같은 인식은, 앞서 살펴본 석정남과 유동우의 경우처럼 그녀가 합리적인 법리적 사고를 할 수 있을 정도로 개인적으로 성숙했음을 보여준다. 하지만 해고를 당한 송효순은 계엄령하에서도 목사들의 도움을 받아 관계요로에 진정서를 제출하는 등 법적인 구제의 길을 모색하지만 성공하지 못한다. 그 과정에서 송효순은 "노동자 문제는 노동자가 해결할 수밖에 없"(『서울로 가는 길』, 206쪽)다는 인식을 더욱 굳히게 된다. 그리고 송효순의 수기는 자신들이 애써 설립한 노동조합이 결국 간판을 내렸다는 보고와 함께 마무리된다.

살펴본 것처럼 석정남의 『공장의 불빛』, 유동우의 『어느 돌멩이의 외침』, 송효순의 『서울로 가는 길』은, 산업화를 위해 노동자의 권리를 보장한 노동법이 유예되었던 1970년대의 상황에서, 인권유린과 임금착취에 시달리던 노동자들이 산업선교회와 같은 외부 단체들의 도움으로 노동법의 존재를 알게 되고, 노동자의 권익을 회복하기 위해 당시로는 금기시되었던 노동조합을 설립해 나아가는 일련의 과정을 사실적으로 그리고 있는 노동수기다. 그리고 이 수기들은 당시 노동자들의 자기인식과 인권에 대한 각성이 바로 노동법을 매개로 하여 이루어졌다는 것을 단적으로 보여준다.

노동자들의 이런 자기인식의 과정에서 또 한 가지 놓치면 안 될 사실은 노동과 관련된 관공서와 공무원들의 태도다. 살펴본 세 편의 수기의 저자들은 자신들의 권익이 심각하게 침해되거나 해고당했을 때 지방노동위원회나 노동청을 찾아 구제를 요청하지만 제대로 된 도움을 받지 못한다. 그들은 도움은커녕 오히려 진정서를 가져왔다는 이유로 이들을 야단을 치거나 으름장을 놓으며 내친다. 그들의 태도 또한 마치 약속이라도 한 듯 동일하다.

우리가 차별대우 받았던 사실을 얘기하면 "그게 사실이냐?", "정말이냐?", "책임질 수 있느냐?"고 으름장을 놓으며 안 그래도 처음 가보는 행정관청에서 잔뜩 주눅이 들어있던 해고자들을 향하여 못마땅한 표정으로 째려보며 "너희들 누가 여기에 이런 걸 내도록 해 주었느냐."고 따져 묻던 그날의 태도와 표정 …… (『공장의 불빛』, 183쪽)

다음날 나는 오전일을 끝마치고 아프다는 핑계를 대어 조퇴한 뒤 노동청 인천지방사무소 근로감독관심을 찾아갔다. 그러나 애당초 근로감독관실을 찾아간 것이 잘못이었다. 내가 그간의 경위를 설명하고 협조를 구하자 도리어 근로감독관은 "네가 뭘 안다고 근로기준법이니 뭐니 떠드느냐?"고 호통을 치더니 "회사에서 요구하는 대로 도장을 찍어주면 될 게 아니냐"면서 마치 내가 범죄자라도 되는 듯이 다루는 것이었다. 나는 온 몸에 힘이 쭉 빠졌다. 그래도 근로감독관이라면, 하던 기대가 산산조각이 난 것이다. (『어느 돌멩이의 외침』, 65~66쪽)

위 인용문들은 법으로 규정된 노동자들의 근로조건이 노동현장에서 철저히 준수되고 있는지, 노동자의 인권은 법대로 잘 존중되고 있는지를 감시, 감독해야 할 노동관청 및 관계 공무원들이, 자신들의 역할을 제대로 수행하기는커녕 오히려 노동자들을 법적 권리를 박탈당한 인간처럼 대했다는 것을 단적으로 보여준다. 노동자들이 자신들을 대변해주어야 할 노동관청으로부터 오히려 내쫓김을 당해야 하는 이런 상황은, 카프카의 우화소설 「법 앞에서」의 이야기와 유사한 부조리함을 내보인다. 문지기에 의해 법에 들어가는 것이 한없이 유예되는 카프카의 인물처럼, 노동자들은 그들을 노동법에 무지한 상태로 묶어두려는 노동관계 부처와 사 측의 공모로 인해 노동법 안으로 쉽사리 들어갈 수 없었기 때문이다. 이런 의미에서 1970년대 노동자들의 이야기는 카프카 이야기의 가장 세속적이고도 비극적인 판본이라고도 할 수 있다.

살펴본 세 편의 노동수기의 작가들이 동료들과 함께 만들어낸 노동조합은 1980년 신군부가 정권을 장악하게 되면서 다시금 해체되거나 유명무실해진다. 그리고 그로 인해 이 수기의 작가들도 모두 자신들이 몸담았던 공장으로부터 해고되며, 다시 공장으로 돌아가기 위한 그들의 다양한 법적 투쟁도 모두 실패로 끝나고 만다. 이 점을 고려하면 이 노동수기들은 노동자로서 자신들의 인권을 보장해주는 노동법에 의존하여 개인적 성장과 사회화를 이루려 했던 노동자들의 노력이 무참하게 좌절되는 미완의 이야기라고 할 수 있는데, 그것은 그들에게 법에 대한 접근이 용이하지 않았던 당대 현실에서 이미 예정되어 있었던 것이다.

하지만 이들의 좌절은 노동법이 온전하게 작동하지 못한 당대의 불구적 현실을 반영할지언정 이들의 패배라고 볼 수는 없다. 왜냐하면 이들은 위와 같은 경험을 계기로 "우리의 권익은 남이 찾아주는 것이 아니라 바로 우리 자신들의 노력에 의해서만 찾을 수 있다."(『어느 돌멩이의 외침』, 66

쪽)는 자각을 하게 되기 때문이다. 그런 자각 위에서 행해지는 이들의 법적 투쟁의 이야기는, 그것이 유신 치하에서 제 기능을 발휘하지 못하고 유예되어 있었던 노동법이 분명히 살아 있는 실정법이며, 또 그래야 한다는 당위를 일깨워준 적극적 실천의 이야기라는 점에서 의미를 갖는다. 이들의 수기가 노동법을 통한, 혹은 노동법을 향한 사회화의 기록으로서 문학법리학적으로 일정한 의미를 갖는 것은 바로 이런 맥락에서다.

3. 기원으로서의 전태일 이야기와 문학적 연대

『공장의 불빛』, 『어느 돌멩이의 외침』, 『서울로 가는 길』은 노동법의 실천을 향한 노동자들의 각성의 서사라는 공통점 외에 또 하나의 특성을 갖는데, 그것은 바로 이 텍스트들이 맺고 있는 상호텍스트성이다. 특히 『공장의 불빛』과 『서울로 가는 길』의 경우가 그렇다. 『공장의 불빛』의 석정남은 노조 대의원인 순애로부터 동일방직의 노조역사를 듣는 기회에 청계피복의 전태일이 분신자살한 사건이 있었고 그로 인해 노동문제가 사회적 문제로 대두되었다는 사실(『공장의 불빛』, 32쪽)을 알게 된다. 그런데 이후 그녀는 전태일과 어머니 이소선의 이야기를 자신의 어머니에게 곧잘 말했다고 적고 있다. 동일방직 사태를 공론화하기 위해 비밀리에 장충체육관으로 떠나기 전날에도 그녀는 어머니와 함께 외출하여 그 이야기를 꺼낸다. 그리고 『서울로 가는 길』에는 저자 송효순이 기독교회관에서 열리는 금요기도회에서 동일방직의 '똥물사건'을 알게 되는 장면이 나온다. 그 두 장면을 인용하면 다음과 같다.

> 나는 언제부터인가 어머니께 내가 하는 일의 의미를 깨우쳐 드리기 위하여 곧잘 이소선 어머니 이야기를 들려드리곤 하였다. 그럴 때면 어머니께서는 "어

이구, 불쌍해라. 저런 쯧쯧" 하시며 눈물을 흘리시곤 했었다. 진실로 부모 노릇이란 불쌍해하고 눈물만 흘리는 게 아니라 슬픔을 극복하고 어떤 압력과 고통에도 굴하지 않고 자식이 하고자 했던 일을 계속 해주는 것이라며 차근차근 말씀드릴 때마다 어미께서는 내 얘기의 참 뜻을 다 알아들으신 듯 "그렇지, 응, 그렇구말구." 하시며 고개를 잘도 주억거리지만 끝에 가서 하시는 말씀은 "그렇지만 너는 그런 위험한 일에 휩쓸리지 말아라." 하시는 것이다. 오늘도 나는 참된 어머니의 자세에 대하여 열변을 토했다. (『공장의 불빛』, 106쪽)

금요기도회에 한 두 번 참석할 때마다 몰랐던 것을 알게 된다. 농민들이 얼마나 어려움을 당하고 있는가를 농촌출신인 나도 잘 몰랐었다. 농민들이 당연히 찾아야 할 권리가 무엇인지를 조금씩 이해할 수가 있었다. 농산물이 싸니까 돈 없는 나로서는 다행으로만 생각했다. 함평고구마 사건을 듣고, 또 비료값만 오르고 쌀값은 오르지 않는다는 이야기를 듣고 정말 이 사회가 잘못되었구나 하는 것이 느껴졌다. 동일방직에서 있었던 똥사건도 공장안에서만 있었다면 알지 못했을 것이다. 우리 노동자들이 아무리 배가 고프다고 하여도 똥을 먹고 살 수는 없는 노릇이 아닌가. (『서울로 가는 길』, 74쪽)

송효순은 동일방직에서 사 측이 고용한 사람들에 의해 여성노동자들이 똥물세례를 받은 사건에 적잖은 충격을 받는데, 이는 민주노조설립을 위한 초기 투쟁과정에서 이들이 서로의 경험으로부터 자극을 받았다는 것을 알려준다. 그 또 하나의 예가 석정남이 거론하고 있는 전태일 사건이다. 알다시피, 전태일 사건은 1970년 11월 13일 평화피복의 재단사 전태일이 〈근로기준법〉을 준수하라는 유언을 남기고 분신자살한 사건이다. 당시 한국사회에 충격을 던진 이 사건은 같은 섬유공장 노동자인 석정남에게도 남의 일이 아니었다.《대화》에 연재된 그녀의 1975년 11월 10일 자 일기에서, 그녀는 누군가가 대신 쓴 전태일 추모사를 자신이 낭독했다는 것과, 전태일의 친구로부터 전해들은 전태일의 약사를 요약한 후, "뭔가가 몹시 내 마음을 흔들어 놓고 있었다."[20]고 적고 있다. 바로 그런 경험이 있기 때문에 그녀는 위 인용문에서처럼 기회가 닿을 때마다 어머니에게 전태일과 그의 어머니 이소선의 이야기를 할 수 있었고 그럼으로써 자신의 의지를 다잡을 수 있었던 것이다.

『어느 돌멩이의 외침』에는 직접적으로 전태일 사건이 언급되지 않지만 유동우 또한 이 사건을 익히 알고 있었을 것이다.[21] 이런 추정을 하는 것은, 이들의 수기가 기본적으로는 업종을 불문하고 같은 시기 여러 노동현장에서 벌어졌던 노조설립 투쟁의 이야기가 서로 인용되거나 상호 참조되는 관계에 놓여 있다는 것을 말하기 위해서다.[22] 이들의 수기가 일종의 '집단 전기'라고 하는 지적은 이런 점에서도 온당한 지적이라고 생각되는데, 이 상호 참조적 관계에는 YH사건이라든가 해태제과 사건과 같은 노동자에 대한 폭력사건들도 포함되지만, 그 가장 근원에는 전태일의 분신자살 사건이 놓여 있을 것은 의심의 여지가 없다. 전태일은 우리가 살펴본 노동수기의 작가들보다 조금 앞선 시기에, 자신들의 권익을 보호해주는 〈근로기준법〉을 발견하고, 〈근로기준법〉대로 노동자들의 생존권을 보

---

20 석정남, 「불타는 눈물」, 《대화》, 1976년 12월, 214~215쪽.

21 그는 『어느 돌멩이의 외침』에서 삼원섬유의 노조분회장으로 있으면서 1974년 8월 수원 '말씀의 집'에서 이루어지는 5일간의 노동교육에 참여하기도 했다고 적고 있다. 그 노동교육은 《대화》를 펴낸 크리스찬 아카데미가 "노동조합의 바람직한 운영과 발전을 위해 노동자들의 권익을 옹호하는 조합 간부들의 의식개발을 목적으로" 노조 간부들을 대상으로 정기적으로 개최했던 "노동조합 간부 지도력 개발교육"인 것으로 보이는데, 여기서 전태일 사건이 논의의 대상이 되지 않았다고 보기는 어렵다. 이 교육 모임은 1974년 6월과 9월 두 차례에 걸쳐 수원사회교육원에서 5일 동안 개최되었는데, 잡지에는 강원룡 목사와 한완상 교수를 비롯한 당시 진보적 종교인과 지식인들의 강의내용과 참가자들의 토의내용이 요약되어 실려 있다. 하지만 어쩐 일인지 이 해 8월의 교육모임은 나와 있지 않은데, 아마도 이는 유동우의 기억의 착오일 가능성도 있어 보인다. 「노동조합 간부 지도력 개발교육(1), (2)」, 《대화》, 1974년 7월호, 10월호 참조.

22 황광수 또한 이 노동수기들의 유사성이 "한국 공장노동자들이 처한 조건의 유사성을 반영하는 것"으로서, "먼저 나온 작품이 뒤에 나온 것들의 전범이 되었으리라는 상상을 가능하게" 한다고 말한 바 있다. 황광수, 앞의 글, 319쪽.

장할 것을 촉구하면서 〈근로기준법〉을 품에 안고 분신자살함으로써 우리 사회에 충격을 주었던 역사적인 인물이었기 때문이다.[23]

이 점에 관해서는 조영래의 『어느 청년 노동자의 삶과 죽음』에서 그 구체적인 이야기의 형상을 얻은 전태일 이야기의 당대적, 동시대적 소통의 의미를 문제 삼은 신형기의 글이 좋은 참조가 된다. 그는 전태일 이야기가 "비인간화를 강요받는 노동계급이 더 이상 그렇게 살 수 없음을 자각함으로써 계급해방을 위한 투쟁에 나선다는 자발성과 혁명의식의 동학"이라는 주제를 내장하고 있다[24]고 말하면서, "(전태일 이야기의) 진정성을 바탕으로 한 감화는 이 수기(『어느 돌멩이의 외침』- 저자)가 그려내고 있는 어용노조와의 갈등 속에서 노동자의 연대를 차별화해내는 경로였다. 이 경로를 개척해 간 주인공을 앞세운 수기는 순교의 이야기를 전도시키며 또한 이를 연장하는 것이었다."[25]고 해석한다. 그리고 다음과 같이 논의의 차원을 넓힌다.

> 신화(문학)로 쓰인 전태일이야기는 노동자의 현실을 말하는 것이 이를 문학화하는 일임을 보여주었다. 이 문학이 기왕의 세계를 규정해온 여러 언표의 틀

---

23 조영래는 전태일이 〈근로기준법〉의 존재를 발견했을 때의 기쁨을 다음과 같이 적고 있다. "근로기준법의 존재와 그 내용을 알게 되었을 때는 그의 전신에 새로운 희망과 확신과 환희가 벅차올랐다. 근로기준법의 발견은 실로 그의 운명을 좌우한 중대사건 중의 하나였다. 근로기준법은, "근로조건의 기준을 정함으로써 근로자의 기본적 생활을 보장·향상시킴 …… 을 목적으로" 하는 법이라고 그 법 제1조에 못 박혀 있다. 이제껏 '모든 환경으로부터 거부'당하며 살아온 전태일에게는, "근로자의 생활을 보장·향상"시키기 위하여 법률이 마련되었다는 사실 하나만으로도 암흑의 동굴 속에서 한 줄기 광명을 발견한 듯한 놀라운 환희였다." 조영래, 『전태일 평전』, 전태일기념사업회, 2012, 143쪽.

24 신형기, 「전태일의 죽음과 대화적 정체성 형성의 동학」, 《현대문학의 연구》 제52호, 2014년 봄호, 108쪽.

25 신형기, 위의 글, 119쪽. 한편 신형기는 전태일의 죽음 이후 사람들이 '노동자'니 '노동운동'이니 하는 말들을 입에 올리기 시작했다는 『어느 청년 노동자의 삶과 죽음』을 인용하면서, "이 새로운 발언들이 다시 세워져야 할 법의 단초였다면, 서원誓願을 남긴 전태일의 순교는 그들로 하여금 새 법을 말할 수 있게 한 전환의 기점이었다."고 설명하고 있어 흥미롭다. 신형기, 위의 글, 109쪽 참조.

을 충격하는 것인 한 새로운 작가는 새로운 독자를 만들지 않을 수 없었다. 쓰기/읽기의 대화적 관계가 생산하는 역량은 새로운 관계로서의 문학적 공동체를 지향하게 될 터였다. 전태일이야기가 여러 문학들이 쓰이는 기점이 되었음은 이렇게 설명되어야 한다.[26]

전태일 이야기가 앞에서 살펴본 세 편의 수기는 물론 그 뒤에 나온 여러 수기에 대해서도 하나의 '문학적 기점'이 되었다고 하는 신형기의 설명은, 전태일의 분신 이야기는 이후 노동법의 정상적인 작동을 위해 헌신하게 된 여러 노동자 이야기의 '원原-텍스트Ur-text' 역할을 했다는 점을 분명하게 밝히고 있다. 하지만 그가 말하고 있는 "새로운 관계로서의 문학적 공동체"의 영역은, 전태일과 노동수기 저자들의 관계를 넘어서, 노동수기의 저자들과 그들의 글을 접하게 된 일반 독자들의 관계까지를 포괄하는 것으로 이해되어야 한다. 회사에서 해고됨으로써 중도에서 끝이 난 석정남과 유동우, 송효순의 생애 이야기는 또한 "어째서 우리가 이런 미완의 생애 이야기를 (사실로서) 서술할 수밖에 없는가?"라는 질문을 내포하고 있기 때문이다. 그것은, 살펴본 수기의 저자들이 수기의 서문이나 후기를 통해 내보이는, "사회 저변에서 오늘도 우리들처럼 고통을 당하고 있는 노동자들의 실상을 이 사회에 알려야 하겠다는 생각"(『서울로 가는 길』, 208쪽)과, "지금도 저임금, 장시간 노동, 열악한 노동환경, 비인간적인 대우 속에서 고통당하고 있는 이 땅의 수많은 동료 노동자들의 인간다운 삶을 향한 노력에 조금이나마 도움이 되었으면 하는 마음"(『어느 돌멩이의 외침』, 8쪽)의 소산이며, "진실이 거짓 앞에 이토록 무력할 수가 있을까? 그래서는 안 될 것이다."(『공장의 불빛』, 머리말)라는 집필의도에서 확인할 수 있다.

26 신형기, 위의 글, 106쪽.

이 수기들이 일반 독자들에게 가했던 충격은 이런 측면에서 고찰되어야 한다. 이 수기들의 작가이자 주인공들은 공통적으로 가난 때문에 고향을 떠나와 노동자로서 공장이라는 지하세계로 들어가 시련을 겪는 인물들이다. 그러면서 이들은 한편으로는 산업선교회와 같은 외부의 원조자들의 도움을 받으면서, 그리고 다른 한편으로는 회사의 악덕간부 및 내부의 변절한들의 방해를 받아가면서 노동법의 실현이라는 궁극의 목적을 향해 나아간다. 이런 도식은 이들의 성장담이 인류의 오래된 이야기 유형인 탐색담을 반복하고 있다는 것을 알려준다. 하지만 그들의 개인적이거나 집단적 목적(탐색)은 절대 성취되거나 완성되지 않는다. 그것은 이들이 밟아간 삶의 플롯이 허구가 아니라 실제의 그것이기 때문이다. 그런 허구적 플롯을 갖춘 이야기가 사실事實로서 독자에게 주어졌다는 점에서 윤리적 문제가 발생한다. 현실이 완벽한 허구의 플롯을 따라 구축되었다는 사실이, 역설적으로 독자에게 그들이 살고 있는 현실의 문제성을 가장 충격적으로 일깨워주기 때문이다. 따라서 노동자들의 미완의 서사가 필요로 하는 그 부족분不足分은 어쩔 수 없이 독자 측의 반응을 요구할 수밖에 없으며 또 그래야만 비로소 미완의 이야기가 완결되게 되는데, 여기에서 이 수기의 작가와 독자는 윤리적인 책무를 공유하지 않을 수 없게 되는 것이다. 이들의 수기가 게재된 직후《대화》에 실린 아래와 같은 두 편의 독자투고 글은, 노동수기가 암묵적으로 요청한 독자의 책무가 무엇인지를 단적으로 보여준다.

> 가난한 나라에 당신들같이 깨끗하고 아름다운 아가씨들이 그토록 눈물겨운 고생을 겪어야 하는 이 현실이 정말 원망스럽기 그지없습니다. 또한 부끄러워서 나이 먹은 선배로 깊이 머리 숙여 사죄하고 싶습니다. …(중략)… 노조의 투쟁은 그런 세계를 모르는 우리들에게 충격을 주었습니다. 자신들의 권익을 지

키기 위해 그토록 피나는 대결을 하지 않으면 안 되는 당신들의 처지에 심심한 위로와 격려를 보냅니다.[27]

평소 그런 문제에 관심이 없던 바도 아니어서 나름대로 공부도 해봤고 생각도 해봤었지만 지식인(?)이라고 자처하는 사람들이 흔히 빠지기 쉬운 오류 속에서 헤어날 수 없었다. 직접 체험해보지도 않았으면서 그저 간접적인 지식 몇 가지만으로 모든 것을 다 알았다는 듯이 몇몇 동료들과 더불어 찧고 까불다가 종국에 가서는 심한 회의와 환멸 속에 빠져 자포자기 속에 스스로를 동결시켜 버리는 것이다. 이러던 차에 이 수기는 나에게 새로운 의욕을 북돋아 주었다.[28]

위의 인용문은 우리가 살펴본 노동수기에 대한 당시 일반 독자들의 가감 없는 반응이라 할 수 있다. 그들은 자신들과 같은 시대를 살아가는 노동자들이 생존을 위해 얼마나 치열한 투쟁을 하고 있는지를 확인하고 경악했으며, 이웃의 삶에 대한 자신의 무지에 대해 부끄러워했으며, 그래서 주저 없이 노동자들에게 연대의 손을 내밀었던 것이다. 바로 이런 윤리적 독해와 각성의 촉구가 1970년대 노동수기들이 내장하고 있었던 일종의 문학적 표현수행력perlocutionary act이라 할 만한데, 이 점을 감안하면 우리는 노동자들의 노동인권이 억압된 현실이 그들로 하여금 노동수기라는 형식을 발견토록 했다고도 말할 수 있다. 비록 이들 노동수기들이 "1980년대 운동이 지향한 '변혁지향성'이라는 목적을 전파하기 위한 의도가 강했다."[29]

---

27 이인자, 「석정남의 「불타는 눈물」을 읽고」, 《대화》, 1977년 2월호, 237쪽.

28 양재홍, 「그 불굴의 의지와 집념에-유동우의 「어느 돌멩이의 외침」을 읽고」, 《대화》, 1977년 5·6월 합호, 327쪽.

29 김원, 앞의 책, 110쪽. 《대화》의 기획의도 또한 이런 지적을 뒷받침한다. 석정남의 「불타는 눈물」이 처음 연재된 1976년 11월호 편집후기에는 석정남의 글이 "활자로 된 모든 내용물에서 〈현장〉에 관한 것이 모자란다는 느낌이 동기가 되어 종합성, 일반성의 결여를 무릅쓰고 잘 안 보이는, 보이나 잘 다루어지지 않은 구석의 현장을 캐 낸 것"이라는 글이 적혀 있다. 《대화》, 1976년 11월호, 280쪽 참조.

하더라도 말이다.[30]

노동수기는 당시의 문학계에도 일정한 충격을 가하는데, 그것은 1977년 3월《대화》에 실린「비인간화시대와 문학의 역할」이라는 좌담회에서도 확인된다.《대화》편집장이자 시인인 임정남林正男이 사회를 맡고 평론가 염무웅과 김치수가 참여한 이 좌담회에서 임정남은 1960년대 이후의 근대화가 야기한 비인간화의 현실에 대해 제도권 문학이 대처할 수 있는 방법을 강력하게(그리고 의도적으로) 주문하는데, 그 좌담에서 염무웅은 다음과 같은 발언을 하고 있다.

> …(중략)… 우리가 남다른 혜택을 입은 점이 상당히 많은 것 같아요. 우선 문학을 할 만한 소질을 부모들로부터 받은 것도 있고, 뭐 좋은 선배를 만나서 문학적 개안開眼을 하게 된 것도 있다는 점에서 약간의 소질이 있는데도 불구하고 환경이 나빠서 문학을 못하게 된 사람들에 비하면 우리는 교육도 받았고 글도 쓰게 되고 하면서 알게 모르게 많은 혜택을 받은 거죠. 그러면 이런 혜택을 받았으니 이젠 우리보다 못한 소외된 민중들의 삶에 눈길을 돌리자하는 순간 당연히 부끄러움을 느껴야겠지요. 왜냐하면 자기가 살고 있는 현존재와 자기가 요구하고 있는 지향과는 모순이 있기 때문에 부끄러움을 느끼는 것이 당연한데 그런 부끄러움은 한편에 간직한 채 이제 웬만큼 살게 되었으니까 내 형편에 맞는 얘기만 하자 하는 것은 용납할 수 없을 것 같아요.[31]

다소 원론적인 이야기지만, 염무웅의 위와 같은 발언은 앞서 인용한 독

30 이 점에서 이들의 글쓰기는 스스로가 법적 권리를 지닌 주체라는 것을 표현하는 형식이자 동시에 정치적 현실에 개입하는 사회적 형식이라고도 할 수 있다. 그런 점에서 보자면 이들의 노동수기는 스피박이 말하는 '서발턴' 개념에 의해 보다 정치精緻하게, 그리고 보다 정치적으로 해석될 국면이 있는데, 추후 노동수기문학에 대한 해석에서는 이 측면이 중요하게 다루어져야 한다고 생각한다.

31 「비인간화시대와 문학의 역할」,《대화》, 1977년 3월호, 128쪽.

자투고글의 내용과 상통한다. 독자투고글이 개인으로서의 부끄러움과 죄책감을 표현하고 있다면 염무웅의 발언은 문학계에 몸담고 있는 한 사람으로서의 그것을 밝히고 있는 셈인데, 그의 이런 자괴감은 문학가를 꿈꾸었으나 환경 때문에 그러지 못하고 공장노동자가 되어버린 자신을 한탄하는 석정남의 글[32]을 환기시키면서 동시에 그것과 일정하게 조응하고 있는 것이다. 따라서 염무웅의 위와 같은 자기고백은 노동수기의 출현이 전문 문학인들에게 일정한 윤리적 반성을 촉구했다는 증거로 읽히기에 충분하다. 그것이 실제 창작의 측면에서 어떤 변화를 추동했는지를 밝히는 것은 별도로 고찰해야 할 것이지만, 적어도 그것이 문학계 일반에 문학의 윤리가 무엇인지에 대해 진지하게 생각해볼 소중한 계기를 마련해주었다는 것만은 분명해 보인다.

4. 맺음말

지금까지 1970년대 후반의 노동수기들을 대상으로 하여, 노동자들이 자신들의 인권을 발견하고 지켜나가고자 한 이야기들이 법의 문제와 어떻게 관련되었는가를 살펴보았다. 이 노동수기들은 법에 대해 아무것도 몰랐던 노동자들이 단체교섭권과 단체행동권 등 유신정권하에서 유예되어 있었던 자신들의 권리를 되찾기 위해 고군분투한 투쟁의 이야기라는 점에서 특별한 위치를 차지한다. 그들의 노동자로서의 각성이 노동법의 발견으로부터 시작되고 또한 그들의 최종 목적이 사문화되다시피 한 노동법이 현실에서 제 기능을 하도록 하는 것이었다는 점에서 그렇다.

32 석정남은《대화》에 연재한 일기에서 "나는 진정으로 문학가가 되고 싶은데 모든 환경은 너무나 엉뚱하다. 내가 이런 공장구석에서 썩게 될 줄을 그 누가 알았더냐? 문학가, 화가, 내가 문학가나 화가가 될 수 있을까?"라고 적고 있다.《대화》, 1976년 11월호, 184쪽.

이 수기들은 저자 모두가 노동운동에 앞장섰다는 이유로 법의 보호를 받지 못하고 끝내 자신들의 일터에서 억울하게 해고되는 것으로 끝나는 미완의 서사다. 그것은 이들이 업종을 불문하고 유신헌법에 의해 노동자로서의 권익이 심각하게 침해받았던 시기에 노동자가 될 수밖에 없었던 운명 때문이기도 하다. 이들의 성장담은 인접한 회사의 노동운동으로부터 자극을 받고 서로를 비추어가면서 스스로를 정립하고자 했던 이야기라는 점에서 상호 연관되는데, 이런 상호관계의 가장 저변에 〈근로기준법〉을 준수하라는 절규와 함께 1970년대의 노동현실을 일깨우고 분신자살한 전태일 사건이 굳건히 자리하고 있다는 점 또한 예사롭게 볼 일은 아니다.

노동법을 향한 혹은 노동법에 의한 노동자들의 이야기는, 1970년대를 성장의 환경으로 맞아야 했던 세대의 집단적 성장의 이야기로서 의미를 지닌다. 또 그 수기 양식은 어떤 면에서 노동법이 억압되었던 당대의 현실에서 노동자들이 자신들의 성장의 의미를 묻는 과정에서 발생한 자연발생적인 이야기 양식, 즉 자연서사물natural narrative이라고 말할 수 있다. 앞에서 살펴본 이 수기의 저자들은 이 자연서사라는 양식을 통해서, 노동자가 자신이 속한 사회의 일원으로 사회적으로 통합되는 과정에서 자신의 존재를 규정하고 있는 법적 질서에 대한 이해가 관건이라는 사실을 선명하게 일깨우고 있는 것이다. 그런 점에서 이 노동수기들은 1970년대의 문학은 물론 한국 근대소설 전체를 다시 생각해볼 수 있는 계기를 제공한다고도 말할 수 있다. 일반적으로 한 나라의 근대문학적 성취는 교양소설 혹은 형성소설의 수준에 의해서도 평가되기도 하는데, 이런 맥락에서 과연 한국의 교양소설은 어느 정도까지 인물들의 법인격적 성숙을 그려냈는지를 물을 수 있기 때문이다.

제10장

대안적 법으로서의 소설과 소설의 윤리

조세희의 『난장이가 쏘아올린 작은 공』

1. 노동소설의 등장과 법의 문제

앞 장에서 살펴본 것처럼, 1970년대 후반 석정남, 유명우, 김효순 같은 노동자들은 자신들이 노동현장에서 겪었던 구조적인 모순들을 폭로한 노동수기들을 집단적으로 발표했다. 이 노동수기들은 기본적으로 노동법에 규정된 노동자의 인권을 되찾기 위한 처절한 투쟁의 이야기라는 점에서 주목할 만한 가치가 있지만, 역시 앞서 살펴보았듯이 노동자들이 처한 열악한 노동현실을 일반 시민들에게 고발하여 시민들의 연민과 공감을 불러일으켰다는 점에서도 큰 의미가 있다. 그리하여 이런 시민적 공감의 연장선상에서 전문 작가들 또한 노동자와 도시빈민과 같은 하층민들의 존재와 그들의 삶에 관심을 갖게 되는데, 그 대표적인 예가 도시재개발로 인해 살던 집을 빼앗기고 나앉게 된 도시빈민의 운명을 한 난장이 가족을 통해 그리고 있는 조세희의 「난장이가 쏘아올린 작은 공」(1976)이다.

조세희는 이후 이 작품에 이어지는 일련의 작품들을 연작 형태로 발표하는데, 그것을 단행본으로 펴낸 것이 바로『난장이가 쏘아올린 작은 공』(1978)이다.[1] 연작소설집『난장이』가 노동자로서의 영수네 가족의 열악한 근로조건과 노조설립과 같은 노동운동의 당위를 이야기하고 있는 만큼, 출판 직후 이 작품이 노동소설로서 주목받은 것은 아주 자연스러운 일이었다.[2] 하지만『난장이』가 제기하는 문제는 여기서 그치지 않는다. 이 작품이 "도시의 산업화, 사회의 완전한 도시화에 따른 근대적인 공간체험의 문제를 처음으로 건드린"[3] 소설이라는 평가라든가 "근대화 과정에서 소외될 수밖에 없었던 시민 계급의 이념을 드러낸 문학"[4]이라는 견해에서 보듯이, 이 작품은 민중문학과 노동문학의 영역에서만 문제적이었던 것이 아니라 1970년대 소설의 다양한 스펙트럼 내에서도 중요한 위치를 차지하고 있기 때문이다.

특히『난장이』는 법과 관련해서도 여러 가지 의미 있는 문제를 제기하고 있는 문제작이다.『난장이』에서는 집이 철거되는 바람에 은강의 공장 노동자로 전락한 영수가 자신들이 처한 사회적 모순을 인식하고 그것을 바로잡기 위해 끝내는 은강그룹 회장(정확히는 그의 동생)을 죽이는 범죄행위와 그에 대한 법적 심리가 대단원을 이루고 있다. 뿐만 아니라 작품집에 수록된 열두 편의 작품 중 무려 여덟 편의 작품에서 직접 '법'의 문제가 거론되고 있을 만큼 법의 문제에 초점을 맞추고 있다.『난장이』를 법과 관련

1 이 글에서는『난장이가 쏘아올린 작은 공』(문학과지성사, 1978)을 텍스트로 한다. 또 단편「난장이가 쏘아올린 작은 공」은「난장이」로, 연작소설 전체를 가리킬 때는『난장이』로 표현하겠다.

2 이 작품의 내용이 선험적인지 경험적인지에 대해서는 이견이 있지만, 노동소설로서 이 작품이 당대 사회적 모순을 소설화한 성과라는 점에 대해서는 대체로 의견이 일치한다. 염무웅,『민중시대의 문학』, 창작과비평사, 1979, 343~344쪽 및 김우창,『지상의 척도』, 민음사, 1987, 57쪽 참조.

3 이득재,『문학 다시 읽기』, 대구가톨릭대출판부, 1995, 37~48쪽 참조.

4 이현식,「시민문학으로서의『난장이가 쏘아올린 작은 공』」,《문예미학》제5호, 1999, 72쪽.

하여 보다 면밀히 고찰해야 할 필요성은 바로 이 점에서 확인된다.[5] 『난장이』의 출간 직후 이 점에 주목한 논의가 제출되지 않은 것은 아니지만 본격적인 것은 아니었고, 그 후속 논의도 그다지 활발하게 이루어지지 않았다.[6] 그러다가 최근 들어 함돈균과 이명원이 다시 이 문제를 본격적으로 논의하기 시작했는데, 이 글은 이들 논의의 연장선상에서 『난장이』가 법의 문제와 얼마나 긴밀하게 연관되어 있는가를 살핌으로써, 1970년대 중반 우리 소설의 법리적 상상력의 일단을 고찰하고 아울러 그것을 구조화하는 과정에서 제기되는 소설의 윤리적 성격에 대해서도 살펴보고자 한다.[7]

2. 법적 정의에 대한 문제제기

『난장이』에는 두 개의 이야기 줄기story-line가 교직되어 있다. 하나는 산업화 과정에서 집을 잃고 도시빈민으로 전락한 난장이 가족의 생존의 이야기이며, 다른 하나는 지섭과 윤호와 신애, 경훈 등 난장이 가족과는 다른 계층에 속해 있으면서 난장이 가족과 교류하고 공감하면서 그들의 삶에 관여하게 되는 인물들의 이야기다. 먼저 첫 번째 이야기줄기인 난장이 가족의 이야기는 비교적 단순하다. 낙원구 행복동에서 살던 난장이 가족

5 저자는 「소설의 정치학」(《우리말글》 제24권, 2002)에서 『난장이』를 노동문학이라든가 민중문학의 범주를 넘어서 고찰할 필요성 필요성을 언급한 바 있는데, 이 글은 그런 문제의식의 연장선상에 놓여 있다. 참고로 이 글은 그 논문을 대폭 수정한 것임을 밝혀둔다.

6 김우종의 논의가 예외적인데, 그는 이 작품을 법의 모순과 존재이유를 묻는 작품으로서 주목한 바 있다. 김우종, 「생존권을 위한 반항 -「난장이」이 쏘아올린 작은 공」, 《사법행정》 제22권 제3호, 1981년 3월, 72~73쪽 참조.

7 함돈균은 「인민의 원한과 정치적인 것, 그리고 민주주의」(《민족문화연구》 제58호, 2013)에서 「객지」와 『난장이』를 인민의 원한의 정치적 표현으로서 주목하고 있고, 이명원은 「조세희 소설에 나타난 '사랑의 율법'의 성격」(《한민족문화연구》 제54권, 2016)에서 난장이 아버지와 영수 및 영희의 법의식을 비교 고찰하고 있다.

이 도시재개발에 밀려 집을 철거당하게 되는 과정이 하나의 단초상황(「난장이」)으로 제시되고, 뒤이어 가장인 난장이의 죽음 이후 남겨진 가족이 서부 해안가의 공업지대인 은강으로 밀려나 은강그룹의 여러 공장에서 힘겹게 생존하는 과정이 그려진다. 그리고 최종적으로는 독서와 노동현장의 경험을 통해 자신들을 둘러싼 사회의 구조적 모순을 인식하게 된 영수가 그런 모순을 바로잡기 위해 은강그룹의 회장(정확히는 회장의 동생)을 칼로 찔러 죽이고 사형을 당하는 비극적 결말이 그려진다.

법과 관련하여 살펴볼 때 『난장이』에 수록된 다른 모든 작품을 서로 연관 지으면서 동시에 하나로 모으는 것은 바로 영수의 살인행위이다. 영수의 살인행위를 해석할 동기는 물론 어느 정도 그려져 있다. 작품에서 비판적으로 그려지고 있는, 도시빈민들이 처한 극한적 상황과 수출의존적 경제구조로 인해 빚어진 노동현장의 중층적인 모순, 그리고 노동자들을 탄압하는 고용주 측과 중간관리자들의 횡포 및 그것을 용인해주는 법제도의 모순 같은 것들이 그것이다. 하지만 이런 점들을 고려한다고 해도 영수가 은강그룹의 회장 동생을 살해한 행위가 정당화될 수는 없으며 그 범죄의 무게가 덜해지는 것도 아니다. 「내 그물로 오는 가시고기」에서 서술되고 있는 것처럼 경훈과 같은 고용주의 가족의 눈으로 볼 때, 영수의 행위는 "우리(고용주)가 남다른 노력과 자본·경영·경쟁·독점을 통해 누리는 생존을 공박하고, 저희들은 무서운 독물에 중독되어 서서히 죽어간다고 단정"(『난장이』, 223쪽)하고 급기야 살인을 저지른 "악당"의 원한에 사무친 복수에 불과하기 때문이다.

하지만 문제는 그리 간단하지 않다. 영수의 행위를 우발적인 감정에 의한 복수극으로 치부하면 모든 것이 간단해지지만, 영수는 자신의 범행이 우발적인 것이 아니라고 부인하기 때문이다. 영수의 변호를 맡은 변호사는 법정에서 영수의 살인이 사 측이 노조파괴를 방조하는 현실을 참다못해 일어난 우발적인 사건이라고 영수를 옹호하지만, 영수는 다음과 같이 분명하게 그 점을 부정한다.

> 난장이의 큰아들이 고개를 들었다. 그것은 우발적인 살의가 아니었다고 그가 말했다.
>
> "미안합니다."
>
> 변호인이 말했다.
>
> "방금 한 말을 다시 해 주시겠습니까?"
>
> "우발적인 살의가 아니었다고 말했습니다."
>
> 변호사는 난처한 표정을 지었다.
>
> "그렇다면 말입니다, 당시의 심적 상태를 간단히 말해줄 수 있겠습니까?"
>
> "이미 철도 들고, 고생도 많이 해 본 공장 동료들이 일제히 울음을 터뜨려, 엉엉 소리 내어 우는 현장에 저는 서 있어 보았습니다. 웬만한 고생에는 이미 면역이 된 천오백 명이, 그것도 일제히 말입니다. 교육도 받고, 사물에 대한 이해도 깊은 공장 밖 사람들에게 그 이야기를 해 본 적이 있는데, 그럴 수 있을까 좀처럼 믿어지지 않는다는 말들이었습니다. 제가 말해도 사람들은 믿지 않습니다."
>
> "아뇨, 내가 믿겠습니다."
>
> "그분은, 인간을 생각하지 않았습니다."
>
> "그것이 살해 동기입니까?" (『난장이』, 222쪽)

영수는 자신의 행동에 정상참작의 여지가 있음을 강조하려는 변호사의 변호에 대해, 피해자가 "인간을 생각하지 않았"기 때문에 살인을 했노라고 자신의 살해동기를 분명히 말한다. 「클라인씨의 병」에서 영수는 "나는 옳은 일에 의해서가 아니라 기회 · 지원 · 무지 · 잔인 · 행운 · 특혜 등으로 막대한 이윤을 얻는 사람들에 대하여 분노를 참을 수 없었다."(『난장이』, 201~202쪽)라고 고백하고 있고, 더 일찍이는 윤호와 대화를 나누던 중 은강그룹의 경영주를 죽이겠다고 말한 적도 있다(『난장이』, 148쪽). 이를 감안하면 영수가 은강그룹의 경영주를 죽이겠다는 살의를 지녔던 것은 분명해 보이지만, 그렇다 해도 그 동기는 석연치 않다. 또한 윤호와의 대화에서 드러나는 영수의 발언도 자세히 보면 어떤 적의敵意의 표현이라고 보기에는 애매한 구석이 있다.

따라서 영수의 살인의 동기를 이해하자면 조금 다른 시각이 필요하게 되는데, 단적으로 말하면 그것은 법과 세상에 대한 그만의 특유한 인식에서 찾을 수 있다. 작품에서 영수는 영호나 영희 등 주변 인물들과 비교해 볼 때 법으로 유지되는 세상의 이치에 대해 치열하게 회의하고 궁구하는 인물로 그려진다. 「난장이」에서 영수는 집 철거계고장을 받아든 식구들의 의견이 분분할 때, "그들 옆엔 법이 있다."(65쪽)고 분명히 말한다.[8] 또한 윤호와의 대화에서 드러나듯, 은강의 공장에서 조합일을 하면서 "모든 것이 일방적야. 법대로 되는 게 없어. 내내 지기만 했어."(「궤도회전」, 147쪽)라고 자기 경험을 말한 적도 있다. 「은강 노동 가족의 생계비」에서도 그는 자신의 월급이 공정하게 지급되지 않은 것을 보고 노조지부장과 면담하면서 〈근로기준법〉을 거론하지만, 결국은 스스로 해고자 명단에 오르기 전에 은강자동차를 나와 은강방직으로 자리를 옮길 수밖에 없게 된다.

이렇듯 영수는 독학을 통해, 그리고 지섭과 교회목사를 통해 노동자들과 관련된 법지식을 쌓고 노조활동마저 폭력적으로 방해받는 공장에서의 경험을 통해 사회구조를 깨달아가는데, 그런 인식과정에서 한평생 열심히 일하고도 인간다운 생활을 누릴 권리를 가져보지 못했던 아버지가 꿈꾸었던 세상에 대해 곰곰이 생각하기 시작한다.

아버지가 꿈꾼 세상은 모두에게 할 일을 주고, 일한 대가로 먹고 입고, 누구나

8 작품에서 이 말을 누가 했는지는 분명치 않다. 하지만 해당 장이 영수의 시점으로 서술되고 있으므로 맥락상 영수의 발언으로 보는 것이 타당해 보인다.

다 자식을 공부시키며 이웃을 사랑하는 세계였다. 그 세계의 지배 계층은 호화로운 생활을 하지 않을 것이라고 아버지는 말했었다. 인간이 갖는 고통에 대해 그들도 알 권리가 있기 때문이라는 것이었다 …(중략)… 그러나 아버지가 그린 세상도 이상 사회는 아니었다. 사랑을 갖지 않은 사람을 벌하기 위해 법을 제정해야 한다는 것이 문제였다. 법을 가져야 한다면 이 세계와 다를 것이 없다. 내가 그린 세상에서는 누구나 자유로운 이성에 의해 살아갈 수 있다. 나는 아버지가 꿈꾼 세상에서 법률 제정이라는 공식을 빼버렸다. 교육의 수단을 이용해 누구나 고귀한 사랑을 갖도록 한다는 것이 나의 생각이었다. (『난장이』, 163~164쪽)

영수는 이런 생각 끝에 "은강에서 일하는 사람들을 머릿속에서부터 변혁시키고 싶은 욕망"을 갖게 되고, "그들이 살아가는 사람이 갖는 기쁨·평화·공평·행복에 대한 욕망들을 갖기를 바랐"으며, "그들이 위협을 받아야 할 사람은 자신들이 아니라는 것을 깨닫기를"(『난장이』, 168쪽) 바란다. 하지만 노조 지부장 영이와 사용자 측과의 대화에서 단적으로 드러나듯, 이런 일은 난망한 일이다. 법과 세상을 바라보는 시각 차이가 그만큼 크기 때문이다. 그리하여 영수는 이런 노사 간의 대화가 무위로 끝나는 것을 목격한 직후, "사랑을 갖지 않은 사람을 벌하기 위해 법을 제정해야 한다고 믿었"던 아버지의 생각이 옳았다고 판단을 내린다(『난장이』, 180쪽).

『난장이』에 난장이와 그의 아들 영수가 공히 자신들이 꿈꾸는 세계를 규율할 새로운 법을 꿈꾸고 고민하는 장면이 그려진 것은 실로 놀라운 일이다. 그것은 배우지도 못하고 가진 것도 없는 사람도 새로운 법을 꿈꿀 권리가 있다는 것을, 그리고 그런 공상을 통해 자신이 법적 인간이라는 사실을 인식하고 있다는 점을 분명하게 보여주기 때문이다. 그런 의미에서 이 장면은 현대소설사에서 주제론이나 인물론 차원에서 특별히 기억되어야 할 장면이다. 『난장이』 논의에서 오랫동안 간과되어 왔던 이 장면의 중요성은 최근에 발표된 이명원의 논의에서 처음으로 그 본질적 의미와 중요성이 지적되었다. 그는 「잘못은 신에게도 있다」에서 서술되는 난장이 아버지의 유토피아적 비전을 "사랑의 율법"이라고 부르면서, "사랑이 결핍된 상황에 대한 엄격한 '징벌적 태도'를 분명히 하고 있다는 점에서 문제적"이며, 또 "사랑이라는 정언적·도덕적 실천범주"가 "징벌이라는 율법적 가치와 결합되면서, 일종의 사회적 정의justice관념이 강조되고 있"다고 말한다.[9] 그리고 다음과 같이 덧붙인다.

> 오히려 이 부분에서 내가 주목하고자 하는 것은 '법'의 제정, 그러니까 입헌적 의지라 요약될 수 있는 행위의 주체를 지배계급으로부터 풀뿌리 민중의 차원으로 이월시키고자 하는 아버지의 의지가 갖고 있는 중요성이다. 이때 아버지가 강조하고 있는 사랑의 율법은 시민혁명 이후 부르주아 계층의 입헌적 가치의 핵심적 명제인 '소유권'을 '사랑'이라는 이타적 도덕감정으로 대체함으로써, 결과적으로는 현실의 법과 체제에 대한 상징적 부정과 비판의 형식을 띠게 된다.[10]

『난장이』에서 학교교육과 같은 제도권 교육을 받은 경험이 거의 없어 보이는 영수의 아버지와 정규 고등학교 과정도 마치지 못한 영수가 이처럼 대안적 법을 꿈꾸고 설계한다는 것은 다소 돌연하게 보일 수도 있다. 하지만 그들의 삶을 규정하고 있는 법현실이 인간으로서의 최소한의 생존권도 보호해주지 못하는 폭력적 현실이라는 점을 고려하면, 이들이 대안적인 법질서를 상상하는 것은 그다지 개연성이 없는 것은 아니라 판단된다. 비록 추상적인 차원일망정 사회적으로 억압받던 이들이 자신들이 꿈꾸는 세상에서 작동할 새로운 법을 고안했다는 점에서, 『난장이』는 소설이 (대안적인) 법을 만드는 속성law-making quality[11]을 지녔다는 것을 분명

9 이명원, 앞의 글, 242쪽.
10 이명원, 앞의 글, 245쪽.
11 마리아 아리스토데무스Maria Aristodemous는 "법과 문학이 공히 동일한 사회적, 역사적, 그

하게 보여주고 있는 것이다.

물론 작품에서 영수는 그런 법적 인식을 직접적으로 내보이지는 않지만 아버지의 꿈을 곱씹어 생각하면서 자신의 행동의 근거로 삼는다. 그리고 이것은 법정에 증인으로 불려나온 지섭의 입을 통해 명확하게 표현되고, 또 그것은 다시 경영자의 아들인 경훈의 시점으로 전달됨으로써 오히려 객관성을 얻는다.

> 난장이의 큰아들과 자기는 전부터 친교가 있었고, 노동 운동을 하면서도 서로의 생각을 주고받아 잘 아는데 난장이의 큰아들은 결국 자기가 가졌던 이상 때문에 많은 고생을 했고, 그가 지금 피고석에 있던 것도 그가 가졌던 이상이 깨어지며 나타난 반대 현상으로 생각한다고 지섭이 말했다. 지섭은 계속해 난장이의 큰아들이 상대한 것은 어떤 계층 집단이 아니라 바로 인간이었다고 말했다. 자기와 난장이의 큰아들은 처음부터 평범한 상식에 속하는 것이지만 일깨워 분명히 해둔 게 있는데 그것은 노동자와 사용자는 다 같은 하나의 생산자이지 이해를 달리하는 두 등급의 집단은 아니라는 것이었다고 설명했다. 그는 한 마디 한 마디의 말을 또박또박 끊어 정확히 발음하려고 애썼다. (『난장이』, 227~228쪽)

『난장이』에 수록된 여러 작품의 배열순서도 그렇지만, 사건이 일어난 순서를 재구해보아도, 영수가 살인을 한 시점은 그가 이전에 과학자가 보여주었던 클라인씨의 병을 다시 보고난 이후다. 이때는 그가 공장의 노조 구성의 배후로서 블랙리스트에 올라 운신의 폭이 좁아지고 또 오랜만에

리고 문화적 힘들의 산물들이다. 문학이 특정한 사회적 맥락에서 발생한다는 사실, 그것이 우리 사회의 문화의 부분들이라는 사실, 그리고 그것이 다른 사회적 제도들과 긴밀하게 연관되어 있다는 사실은, 문학을 통해 우리가, 법적인 구조를 포함한 우리 사회의 측면들을 연구할 수 있다는 것을 의미한다."라고 말하면서 소설이 그런 성격을 가지고 있다는 것을 역설한다. Maria Aristodemous, *Law & Literature: Journeys from Her to Eternity*, Oxford U. P., 2007, pp. 9~10 참조.

만난 지섭으로부터 자신이 지켜야 할 곳을 지키지 않는다는 질책을 받은 직후였는데, 바로 그 즈음의 어느 날 영수는 다시 찾아간 과학자의 방에서 이전에 과학자가 보여주었던 클라인씨의 병을 보고서 직관적으로 어떤 깨달음을 얻는 것이다. 그 장면은 아래와 같이 서술되어 있다.

> 나는 그 병을 들여다보았다.
>
> "이제 알았어요."
>
> 빠른 목소리로 나는 말했다.
>
> "이 병에서는 안이 곧 밖이고 밖이 곧 안입니다. 안팎이 없기 때문에 내부를 막았다고 할 수 없고, 여기서는 갇힌다는 게 아무 의미가 없습니다. 벽만 따라가면 밖으로 나갈 수 있죠. 따라서 이 세계에서는 갇혔다는 그 자체가 착각예요."
>
> 과학자는 나의 얼굴을 물끄러미 바라보았다.
>
> "그대로야."
>
> 과학자가 말했다.
>
> 그가 〈클라인씨의 병〉을 들고 나를 향해 돌아섰지만 나는 그의 방에 더 이상 머물러 있을 수가 없었다.
>
> 은강 방직 보전반 기사 조수는 빠른 걸음으로 공장을 향해 걸어갔다. (『난장이』, 202쪽)

작품 초반에서부터 자신들과 같은 노동자들은 법 밖의 존재들로, 그리고 공장의 경영자들은 법의 보호를 받는 예외적인 존재들로 줄곧 대립적으로 인식하고 저항에 나섰던 영수는, 바로 위와 같은 특별한 깨우침을 경험한 뒤에 살인을 저지르는 것이다. 따라서 클라인씨의 병을 보고 그가 깨우친 내용은 그의 살인의 이성적인 동기가 되는 셈이다. 그런데 같은 순간 그는 "회사 사람들이 숨을 막아 오기 시작했다. 나는 회사의 높은 사람들이 우리 모두가 한 배에 타고 있다는 것을 깨달아주기를 바랐다. 그들은 안 그랬다. 그들은 그들만의 다른 배를 탔다고 고집했고, 일방적으로 원하기만 했다."(『난장이』, 201쪽)라는 생각을 내보이는데, 이것은 "노동자와 사용자는 다 같은 하나의 생산자이지 이해를 달리하는 두 등급의 집단은 아니"(『난장이』, 227쪽)라는 지섭의 말과 상통한다. 그러니까 영수의 살인행위는, 노동자와 자본가가 한배를 탄 운명공동체라는 사실을, 그리고 더 나아가서는 노동자들도 법적 존재라는 사실을 양자 모두에게 일깨우기 위해 할 수 있는 유일한 선택이었던 것이다.

『난장이』에서 영수가 은강그룹 회장을 죽이기로 결정하고 행동에 옮기는 것은 바로 이런 맥락에서 이해된다. 그러니까 영수의 살인행위는, 주거권을 보장하는 법이라든가 노동자들의 권익을 보장하는 노동법이 엄존함에도 불구하고 그것으로부터 전혀 보호를 받지 못해 스스로를 법 밖의 존재로 인식했던 노동자가,[12] 노동자들도 엄연한 법적 존재이며, 또 1970년대 산업화과정에서 무력화된 노동법을 방패 삼아 자신들을 노동자로부터 구별해왔던 고용주와 자본가들의 운명 또한 본질적으로는 노동자들과 같다고 하는 점을 인식시키기 위해 행한 상징적 폭력인 것이다. 함돈균은 발터 벤야민Walter Benjamin의 논의에 기대어 "법의 폭력이 세계를 뒤엎을 때, 진정한 폭력으로서의 '메시아적인 폭력'은 법의 폭력 상황, 적그리스도적 상황 자체를 '중지'시키는 것일 수밖에 없다."[13]고 말하면서, 영수로 대표되는 "노동자가 실행한 자본계급에 대한 테러"는 "사적 감정이 아니라 정치체를 변혁시키는 '정치적인 것'"[14]이라고 해석하는데, 이 또한 이명원의 논의와 상통한다. 결국 영수의 살인행위는 바로 이런 법에 대한 전향적 인

12 위의 「클라인씨의 병」에서 인용한 인용문에서 1인칭 화자인 영수가 마지막 대목에서 "은강방직 보전반 기사 조수"로 불리는 것도 영수의 위치가 일 개인이 아닌 노동자의 일원으로 바뀌게 된다는 것을 알려준다.

13 함돈균, 앞의 글, 96쪽.

14 함돈균, 앞의 글, 99쪽.

식의 연장선상에 놓여 있는 것인데, 그것이 단순한 개인적 원한에 의한 복수가 아니라 문제적인 사건이 되는 이유는, 그것이 법적 정의를 묻는 사회적 문제제기의 차원을 확보하고 있기 때문이다. 그리고 바로 그것이 이 작품을 한 편의 진지한 소설로 만들고 있는 것이다.

3. 연민과 공감의 확산

『난장이』에는 영수 중심의 난장이 가족의 이야기 외에 그들과는 구별되는 계층에 속한 인물들의 이야기도 그려지는데, 지섭과 신애와 윤호, 그리고 경훈과 경애 및 경훈의 사촌 형 등의 이야기가 그것이다. 신애는 난장이 가족의 이웃으로 난장이 가족에 대한 연민이 강한 주부이며, 난장이 가족의 집 근처에 살던 윤호는 지섭을 통해 난장이 가족을 알게 되고 영수와 교제하게 된다. 그리고 경훈은 영수가 죽이려고 했던 은강그룹 경영주의 아들인데, 그 양상은 각기 다르지만 공통적으로 난장이 가족의 삶과 연관된다. 그중에서도 윤호는 영수와 동년배로 영수와 직접 교제하면서 은강의 노동현실에 눈뜨고, 또 은강방직의 경영주의 손녀와도 관련된다는 점에서 이 연작에서 중요한 비중을 차지한다.

윤호는 부유한 율사律士[15]의 아들인데, 아버지의 강요에 의해 자기 성적보다 높은 A대학 사회계열을 지원했다가 실패하고, 다음 해에는 고급과외 동아리 친구인 인규의 부당한 요구를 듣고는 자신의 답안지에 인규의 이

15 이 작품에서 윤호의 아버지와 윤호가 과외모임에서 만난 은희의 아버지도 율사로 설정되어 있는데, 변호사인지 판검사인지는 분명치 않다. 하지만 부차적인 이 두 인물이 법률가로 설정되어 있다는 것은 영수와 영수 아버지의 법인식과 일정하게 대응하고 있는 것으로 보인다. 또한 「궤도 회전」에는 윤호의 아버지가 "지난 몇 달 동안 남의 나라의 묵은 법을 꺼내 밑줄을 그었다."(『난장이』, 122쪽)라는 서술이 나오는데, 이는 그들이 국가정책과 같은 중요한 일을 결정하는 데 관여하고 있다는 것을 암시하는 것으로 보인다.

름을 적어 넣음으로써 또다시 대학진학에 실패한다. 그가 지섭을 알게 된 계기는 법학과를 다니다 그만둔 지섭을 그의 아버지가 과외교사로 데려왔기 때문이다. 윤호는 지섭에게 호감을 갖게 되어 지섭을 통해 난장이 가족과 알게 되고, 그를 따라 난장이 집을 방문한 날 난장이 가족에게 날아든 철거계고장을 직접 보기도 한다.[16] 그가 지섭으로부터 달나라 이야기를 들은 것도 그날이다. "지상에서는 시간을 터무니없이 낭비하고, 약속과 맹세는 깨어지고, 기도는 받아들여지지 않는다. 눈물도 보람 없이 흘려야 하고, 마음은 억눌리고 희망도 이루어지지 않는다."(『난장이』, 52쪽)는 이야기가 그것이다. 이후 그는 예비고사를 스스로 망치고 아버지가 감춰 둔 총으로 자살을 하려고 하는데, 은희의 등장으로 자살이 좌절되던 바로 그 순간 그는 철거계고장이 날아든 직후 난장이 가족이 조각마루에서 식사하던 장면을 떠올린다.

> 지섭이 그날 난장이네 집에 가서 무슨 일을 했는지 윤호는 몰랐다. 난장이와 그의 식구들은 조각마루에 앉아서 저녁식사를 했다. 그들은 말 한 마디 없었다. 윤호는 지난 이 년 동안 자기가 무엇을 잘못했을까 생각했다. 그러나 아무것도 알아낼 수가 없었다. (『난장이』, 61쪽)

구체적으로 드러나 있지는 않지만, 윤호는 자신의 의사와는 무관하게 법을 공부할 것을 강요하는 아버지에 대한 반감과 지섭을 통해 직접 목격한 난장이 가족의 삶으로부터 일정한 충격을 받은 것으로 유추할 수 있다. 그것은 아마도 자신이 난장이 가족과 동시대를 살아가고 있다는 사실을 어떻게 받아들여야 할 것인가 하는, 자신의 사회적 정체성에 대한 자연스

16 난장이 가족의 불행을 알리는 이 철거계고장은 「난장이」에 공문서 형태 그대로 제시되어 있다. 윤호의 의식의 변화도 이 철거계고장을 보았다는 사실과 일정 부분 연관된다고 할 수 있다.

러운 의문일 것이다. 이후 윤호는 아버지가 자신에 대한 기대를 저버린 후에는 보다 적극적으로 세상을 알아간다. 「궤도 회전」과 「기계도시」는 바로 그 과정을 그리고 있는 이야기다. 그는 난장이의 죽음에 대해 생각하고, 직접 은강에 가서 노동자들이 읽는 '노동수첩'이라는 책자를 받아다 읽기도 한다. 그 책에서 그는 "근로기준법, 근로기준법 시행령, 근로 안전 관리 규칙, 노동조합법, 노동조합법 시행령, 국가 보위에 관한 특별조치법" 등등의 존재를 처음으로 알게 된다. 그리고 더 나아가 영수와 같은 노동자들이 일하는 은강이라는 곳이 공장폐수의 방류와 유독가스와 매연 등으로 인해 얼마나 오염되었는지를 알게 되고, 또 영수를 통해 노동자들을 위해 일해야 할 노조가 사용자들을 위해 봉사하는 어처구니없는 현실을 접하게 된다(『난장이』, 145쪽).

같은 시기 윤호는 또 새로 이사 간 동네에서 은강방직 소유자의 손녀인 경애를 알게 되고, 그녀의 부탁으로 간 성당의 소모임에서 '십대 공원'이라는 주제에 대해 아이들 앞에서 이야기를 해줄 것을 부탁받는다. 윤호는 아이들에게 자신이 알고 있는 난장이 가족의 생애와 그들의 노동현장의 실태를 이야기하고, 십대 공원이라는 주제를 택한 것부터가 부끄러운 일이며, 동시에 그들에게 아무 도움도 주지 못하는 자신들은 모두가 죄인이라고 말한다. 그리고 경애가 은강방직 소유주의 손녀라는 사실을 알고는 경애에게 다음과 같이 말한다.

"그게 모르고 있는 사람들의 죄야. 너의 할아버지는 무서운 힘을 마음대로 휘둘렀어. 지금처럼 많은 사람들이 한 사람의 요구에 따라 일한 적이 이때까지 없었어. 너의 할아버지는 모든 법조항을 무시했어. 강제 근로, 정신·신체 자유의 구속, 상여금과 급여, 해고, 퇴직금, 최저 임금, 근로 시간, 야간 및 휴일 근로, 유급 휴가, 연소자 사용 등, 이들 조항을 어긴 부당 노동 행위 외에도 노조 활동 억압, 직장 폐쇄 협박 등 위법 사례를 다 말할 수 없을 정도야. 난장이 아저씨의 딸이 읽던 책을 보았어. 너의 할아버지가 한 말이 거기 씌어 있었다구. 지금은 분배할 때가 아니고 축적할 때라고 씌어 있었어. 그리고, 너의 할아버지는 돌아갔어. 누구에게 언제 어떻게 나누어 주지? 너의 할아버지는 죽은 난장이 아저씨의 아들딸과 그 어린 동료들에게 주어야 할 것을 다 주지 않았어. 그리고 너는 그걸 몰랐지? …(중략)… 이제 네 죄에서 네가 스스로 벗어나야 돼. 지금까진 너희를 위해서 난장이 아저씨의 아들딸과 그의 어린 동료들이 희생을 당해왔어. 지금부터는 그들을 위해 너희가 희생할 차례야, 알겠니? 집에 돌아가면 어른들에게 말해." (『난장이』, 136쪽)

윤호의 이와 같은 변모는, 그가 영수와 접하면서 노동자들의 처지에 공감하고 그들에게 부끄러움을 느끼고 있으며, 또 그 연장선상에서 노동자들을 억압하는 고용주 측의 처사에 분노하고 있다는 것을 단적으로 보여준다. 윤호가 삼수하는 과정에서 보여준 이런 변화는 다소 돌연한 감이 있지만, 소설적으로 개연성이 없는 것은 아니다. 「난장이」에서 영수는 "햄릿을 읽고 모차르트의 음악을 들으면서 눈물을 흘리는 (교육받은) 사람들이 이웃집에서 받고 있는 인간적 절망에 대해 눈물짓는 능력은 마비당하고, 또 상실당한 것은 아닐까?"(『난장이』, 85쪽)라는 의구심을 공책에 적은 바 있는데, 이로 미루어볼 때 이 대목은 힘없고 가난한 노동자들에 대한 연민과 공감의 확산 가능성을 표현한 것으로 해석된다. 그리고 이에 부응이라도 하듯 경애 또한 "자신은 우리의 경제발전을 위해 큰 업적을 남겼다고 자랑하고는 했으나 국민 생활의 내실화에 기여한 것은 하나도 없다. 그가 죽었을 때 아무도 울지 않았다."(『난장이』, 137쪽)라는, 자신이 쓴 할아버지의 묘비명을 윤호에게 건넴으로써 외견상 윤호에게 동조하는 모습을 보이는데, 이 또한 그런 공감과 연민의 확산을 보여주고 있는 것으로 해석된다.

『난장이』에는 윤호와 경애처럼 영호로 대표되는 노동자들에게 공감과 연민을 표하는 또 한 명의 인물이 등장하는데, 그는 「내 그물로 오는 가시고기」에 등장하는, 영수에게 아버지를 잃은 경훈의 사촌 형이다. 작품에서 영수 및 영수로 대표되는 가난한 노동자들에 대한 공감능력이 전혀 없는 경훈과는 달리, 경훈의 사촌 형은 자신의 아버지를 죽인 영수의 재판과정을 보면서 자신이 미국에서 본 노동자들의 시위를 예로 들면서 영수의 행위에 공감을 표시한다. 경훈의 시선을 통해 전달되는 그의 생각은 다음과 같이 서술된다.

> 그는 그의 아버지를 죽인 자의 계획 살인을 정당방위라고 우겨 주위 사람들을 갑갑하게 만들었다. …(중략)… 미국의 노동자들이 어느 날 갑자기 외치는 소리를 들었다고 그는 말했었다. "한국 섬유 노동자의 임금은 얼마?" 그곳 노동조합 대표가 선창하면 노동자들은 "시간당 19센트!"라고 외쳤다는 것이다. 만여 명의 노동자들이 크게 외치면서 한낮의 광장을 돌 때 사촌은 그들이 우리 제품의 수입을 규제하기 위해 거짓말을 하고 있다고 생각했다는 것이다. 한 달 임금으로 45.6달러를 지급하고 일을 시킬 경영 집단이 있을 것으로는 믿어지지 않았다는 것이다. 그러니까 은강방직에서 올라온 젊은이가 칼을 뺀 것은 당연하다는 사촌의 주장이었다. 우리는 3차원의 세계에 살고 있지만 칼을 품었던 사람과 그의 동료들, 그리고 그들의 식구들은 2차원의 세계에 살고 있다는 말까지 했다. 현실이 한 차원을 빼앗아 버렸다는 것이었다. (『난장이』, 208쪽)

경훈의 사촌 형의 이런 태도는 윤호의 그것과 마찬가지로 영수로 대표되는 노동자들의 현실에 대한 공감이라고 할 수 있는데, 그가 영수에 의해 아버지를 잃은 당사자라는 점에서 그 공감의 의미는 더욱 증폭된다. 그의 이런 태도는 시종일관 은강그룹을 떠맡은 아버지의 전망을 고집하면서 영수와 노동자 계층에 대해 적대적인 경훈에게도 일정한 영향을 미치는 것으로 보인다. 작품에 드러난 것으로만 보면 경훈은 살인자인 영수에 대해 '법'이 지나치게 관대하다는 생각을 가지고 있으며, 자신들이 "인간의 존엄과 가치를 파괴해 버렸고, 법 앞에 평등한 사람들을 사회적 신분에 따라 차별하는 사회적 특수 계급을 인정하였으며, 많은 사람들에게서 인간적인 생활을 할 권리를 빼앗았다."(『난장이』, 225쪽)는 취지의 증언을 한 지섭에게 화를 낼 정도로 자기만의 계층적 사고에 갇혀 있는 인물로 그려진다. 하지만 영수에게 사형판결이 내려진 직후 그가 꾸는 가시고기의 꿈은 이런 그의 생각이 터무니없는 공상에 불과하다는 것을 비유적으로 보여준다. 그 대목은 아래와 같이 서술되어 있다.

> 꿈속에서 그물을 쳤다. 나는 물안경을 쓰고 물속으로 들어가 내 그물로 오는 살찐 고기들이 그물코에 걸리는 것을 보려고 했다. 한 떼의 고기들이 내 그물을 향해 왔다. 그러나 그것은 살찐 고기들이 아니었다. 앙상한 뼈와 가시에 두 눈과 가슴지느러미만 단 큰 가시고기들이었다. 수백 수천 마리의 큰 가시고기들이 뼈와 가시 소리를 내며 와 내 그물에 걸렸다. 나는 무서웠다. 밖으로 나와 그물을 걷어 올렸다. 큰 가시고기들이 수없이 걸려 올라왔다. 그것들이 그물코에서 빠져 나와 수천 수만 줄기의 인광을 뿜어내며 나에게 뛰어올랐다. 가시가 몸에 닿을 때마다 나의 살갗은 찢어졌다. 그렇게 가리가리 찢기는 아픔 속에서 살려달라고 외치다 깼다.(『난장이』, 233쪽)

경훈의 꿈에 등장하는 그물과 가시고기는 각각, 노동자들을 포획의 대상으로 생각하고 있는 경훈으로 대표되는 계층의 계급적 인식과, 노동자들의 생존 자체가 문제가 될 때에 그런 그물을 끊는 폭력으로 맞서게 된다는 것을 의미하며, 이 점에서 영수와 그의 살인행위를 말하고 있는 것으로 보인다. 꿈에서 경훈은 자신에게 달려드는 가시고기의 공격성에 불안감을 느끼는데, 그 불안감은 그의 완고한 의식에 어떤 균열이 생기고 있음을 보여주는 상징적인 장면이라 할 수 있다.[17] 경훈의 꿈은 그가 재판과정에서

17 『난장이』에는 각 에피소드마다 적잖은 환영이 제시되고 있는데, 영희, 영수, 경훈, 신애 등이

목격한 영수와 지섭의 증언, 그리고 아버지를 잃은 당사자이면서도 영수와 노동자 계층 사람들의 의식에 공감한 사촌 형의 대척적인 입장을 접하게 됨으로써 가능했던 것이기 때문이다.

물론 경훈의 경우 그것은 그의 명료한 의식내용은 아니어서 잠재적인(따라서 지극히 소설적인) 것이라는 한계는 존재한다. 하지만 윤호라는 문제적인 인물로부터 시작해 그가 만나는 은희와 경애, 그리고 경훈의 사촌으로까지 확장되고 있는 것이 난장이 가족의 삶에 대한 동시대인들의 이해와 공감이라는 점에서, 경훈이 느끼는 불안감 또한 같은 맥락에서 해석되어도 그다지 이상할 것이 없다. 영수가 클라인씨의 병을 보고 깨달은 내용, 즉 안과 밖이 구별되지 않는 이론적 입체인 클라인씨의 병의 은유는 지섭의 발언에서 일차적으로 분명한 표현을 얻지만, 그것은 그의 인식에만 머물지 않고 이런 맥락으로까지 확장되는 것이다. 그렇게 해서 이런 공감의 이야기줄기는 난장이 가족의 생존의 이야기줄기와 병행하는 것이다.

4. 맺음말

살펴본 것처럼 『난장이』는 영수로 대표되는 노동자 집단의 각성과 절박한 살인행위, 그리고 그에 대한 공감과 연대의 이야기를 교직함으로써 1970년대 현실의 문제성을 형상화하고 있다. 영수의 생애가 윤호를 위시한 인물들의 각성과 공감의 이야기와 긴밀하게 연관되어 있다는 점은, 영수가 안과 밖의 구별이 없는 입체인 클라인씨의 병에서 깨달은 것이 무엇인지를 분명하게 알려준다. 반복해 말하자면 그것은 "노동자와 사용자는 다 같은 하나의 생산자이지 이해를 달리하는 두 등급의 집단은 아니라는

보는 환영이 그것이다. 이 환영들은 인물들이 겪는 두려움, 복수욕, 진실을 외면하고 싶은 욕망 같은 것과 연결된 무의식의 표현으로 볼 수 있다.

것"(『난장이』, 227쪽)이다. 그런데 『난장이』에는 클라인씨의 병과 마찬가지로 역시 안과 밖(겉)이 구별되지 않는 입체인, 뫼비우스의 띠라는 또 다른 상징이 등장한다. 이것은 『난장이』의 서장인 「뫼비우스의 띠」에서 수학교사가 대학진학을 앞둔 학생들에게 제시하는 과제로 주어지는데, 그가 질문을 던지는 맥락은 다음과 같다.

> 내부와 외부를 경계 지을 수 없는 입체, 즉 뫼비우스의 입체를 상상해 보라. 우주는 무한하고 끝이 없어 내부와 외부를 구분할 수 없을 것 같다. 간단한 뫼비우스의 띠에, 많은 진리가 숨어 있는 것이다. 내가 마지막 시간에 왜 굴뚝 이야기나 하고, 띠 이야기를 하는지 제군은 생각해 주리라 믿는다. 차차 알게 되겠지만 인간의 지식은 터무니없이 간사한 역할을 맡을 때가 있다. 제군은 이제 대학에 가 더 많은 것은 배우게 될 것이다. 제군은 결코 제군의 지식이 제군이 입을 이익에 맞추어 쓰여지는 일이 없도록 하라. 나는 제군을 정상적인 학교 교육을 받은 사람, 사물을 옳게 이해할 줄 아는 사람으로 가르치려고 노력했다. 이제 나의 노력이 어떠했나 자신을 테스트해 볼 기회가 온 것 같다. (『난장이』, 23쪽)

위 인용문에서 알 수 있듯이, 수학교사가 학생들에게 뫼비우스의 띠에 대해 상상해보도록 한 것은 학생들로 하여금 세상을 올바르게 읽게 하려는 교육적 목적이 있었기 때문이다.[18] 『난장이』에서 영수와 윤호, 경훈의 이야기는 수학교사에 의해 이와 같은 문제가 제시된 이후의 사건으로 배치되어 있는데, 이를 고려하면 영수와 윤호, 경훈 등의 이야기는 안과 겉이 구별되지 않는 뫼비우스의 띠에 대한 다양한 이해의 수준을 보여주는 삽화들이라고 할 수 있다. 즉, 윤호와 영수가 세상에는 안과 밖의 구별이

---

18 『난장이』에서부터 『침묵의 뿌리』에 이르기까지 조세희 소설이 그 주제 전달에 있어서 일관되게 교육의 방법론에 초점을 맞추고 있다는 점은 이동하에 의해서도 지적된 바 있다. 이동하, 「어두운 시대의 꿈」,《작가세계》 가을호, 1990, 44~45쪽 참조.

없다는 것을 인식한 사례를 보여준다면 경훈의 경우는 그 반대의 사례가 되는 것이다. 그리고 영수와 윤호를 이해하지 못하는 경훈의 시점으로 이야기되는 「내 그물로 오는 가시고기」는, 경훈처럼 자신의 계층적 전망에 안주하고 또 그런 전망에 갇혀 있는 한, 자신이 살고 있는 사회가 안팎의 구별이 없는 운명공동체라는 사실을 절대로 깨달을 수 없다는 것을 암시한다.

『난장이』의 이런 배치는 클라인씨의 병과 뫼비우스의 띠가 의미하는 바에 대한 탐구가, 영수와 윤호를 비롯한 학생들만의 과제가 아니라 이 작품을 읽는 독자 모두의 과제라는 점을 분명히 드러낸다. 그러니까 『난장이』는 1970년대 우리 사회에서 분출되기 시작한 노동자 계층의 정당한 생존에의 요구를 제도권 문학의 영역으로 끌어들이고, 그럼으로써 독자들로 하여금 그들의 삶과 이웃한 자신들의 삶을 근본적으로 되돌아보도록 이끄는 페다고지pedagogy의 역할을 수행한 것이다. "(교육받은) 사람들이 이웃집에서 받고 있는 인간적 절망에 대해 눈물짓는 능력은 마비당하고, 또 상실당한 것은 아닐까?"(『난장이』, 85쪽)라는 영수의 자문은 사실상 난장이 가족들과 동시대를 살고 있는 독자들의 시민적 윤리에 대한 문제제기인 것이다. 그 점에서 『난장이』는 누스바움이 말한바 오늘날과 같은 시민사회에서의 시민의식 함양의 역할을 떠맡은 소설의 존재론적 이유를 직접 증거하고 있다고 말할 수 있다.[19] 즉, 『난장이』는 그 미적 성취만을 따질 단순한 미학적 구조물이 아니라, 부조리한 현실에 대해 시민들의 자발적인 분노와 공감을 촉구하고, 그럼으로써 독자들에게 윤리적 반성을 촉

19 소설을 도덕적 진지성을 지닌 예외적 장르로 간주하고 있는 누스바움은, 소설 독자들이 고대 비극의 관객들처럼 인물들의 곤경에 대해 공감하며 연민을 가지게 된다고 지적하면서, 그리스 시대 비극이 그랬던 것처럼 오늘날 소설은 시민의식의 함양에 필수적인 것이라고 강조한 다. Martha Nussbaum, *Poetic Justice: The Literary Imagination and Public Life*, Beacon Press, 1995, p. 52, 66 참조.

구하는 윤리적 소설의 위상을 확보하고 있는 것이다.[20]

『난장이』가 보여주는 이런 윤리적 전언 내지 대안적 법 제정의 상상력은, 서두에서 말한 것처럼 1970년대 후반 집중적으로 발표된 노동자들의 노동수기와 무관하지 않다. 김명인이 이미 지적한 바 있듯이, 어떤 면에서 『난장이』는 기성 작가들이 노동자들의 수기로 인해 문학의 존재이유를 근본적으로 재고하게 되었으며, 그럼으로써 산업화시대 노동자들의 삶에 대해 공감하고 연대하게 되었음을 보여주는 구체적인 증거라고 할 수 있다.[21] 그리고 1970년대의 노동수기류와 본격문학 사이에 맺어져 있는 이런 긴밀한 상호텍스트성을 고려하면, 『난장이』에서의 영수의 죽음은 어떤 의미에서는 1970년 청계천에서 〈근로기준법〉 화형식을 거행한 후 분신한 전태일의 죽음과 동궤의 것으로 해석될 수도 있는데, 그 점에서 보자면 이 작품은 전태일로 대표되는 노동자들의 절망적 저항행위의 문학적 풀이 내지는 소설적 변용이라고도 평가할 수 있을 것이다. 조세희의 『난장이』의 문학사적 문제성은 바로 이 점에 있다.[22]

---

20 부스는 "어떻게 살아야 하는지 그리고 삶의 방법에 대해 무엇을 믿어야 하는지에 대한 작가의 암시적 판단을 드러내지 않는 이야기는 상상할 수 없다."고 하면서 윤리비평의 부활을 선언한다. 이런 입장에서 그는 "우리로 하여금 윤리적 문제를 진지하게 사고하도록 하고 또 우리를 그런 사고와 분리할 수 없는 갈등의 플롯으로 끌어내는", 그럼으로써 우리로 하여금 윤리적인 성장을 하도록 하는 작품을 윤리비평적으로 의미 있는 작품으로 간주한다. Wayne C. Booth, "Why Ethical Criticism Can Never Be Simple", Todd F. Davis and Kenneth Womack(eds), *Mapping the Ethical Turn*, Virgina U. P., 2001, pp. 23~35 참조.

21 김명인도 노동자 수기류가 당시의 지식인 작가들에게 끼쳤을 문학적 충격에 대해서 거론한 바 있다. 김명인, 『희망의 문학』, 풀빛, 1990, 39쪽 참조.

22 또한 『난장이』 이후 조세희는 「죽어가는 강」을 비롯해 『시간여행』(문학과지성사, 1983)에 수록된 여러 작품에서 문명의 황폐화에 대한 그의 묵시록적 진단을 이야기하는데, 이런 시각 또한 『난장이』에서부터 확고하게 마련되었던 것이다. 그런 의미에서라면 『난장이』(그리고 『시간여행』)는 1990년대 후반부터 본격적으로 개진되기 시작한 한국 문학의 생태학적 상상력의 한 기원이라 불러도 지나치지 않다.

제11장

과학소설의 법리적 기초와 법리소설의 세계
복거일 소설을 중심으로

1. 복거일 소설의 상상력

복거일은 1987년 『비명을 찾아서－경성, 쇼와 62년』이라는 대체역사소설을 발표하면서 창작활동을 시작한 작가다. 대체역사소설이란 역사적인 사건들이 다르게 발생했다면 이후의 역사가 다르게 전개되었으리라는 가정하에 쓰인 소설을 일컫는다. 복거일의 위 작품은 그 부제에서도 알 수 있듯이, 1987년 현재까지도 조선이 일본의 연호 '쇼와昭和'를 쓰는 식민지 상태로 남아 있다는 가정하에 이야기를 풀어가고 있다. 이후에도 그는 『역사속의 나그네』(1991)와 『파란 달 아래』(1992)와 같은 대체역사소설을 발표한다. 그리고 『마법성의 수호자, 나의 끼끗한 들깨』(2001)와 『그라운드 제로』(2007)와 같이 비교적 동시대 현실을 배경으로 한 작품들을 발표한 뒤, 2000년대 후반에 들어서는 자신의 등단작의 영화화를 둘러싸고 벌어진 소송을 소설화한 『보이지 않는 손』(2006)을 발표했으며, 비교적 최근 들어서는 『애틋함의 로마』(2008)나 『내 몸 앞의 삶』(2012)과 같은 과학소설의 영역으로 나아간다. 알다시피 과학소설은 먼 미래의 현실을 배경으로 삼는 공상과학소설을 의미하는데, 본격 작가로서 과학소설을 집중적으로 썼다는 점에서도 복거일은 예외적이라 할 수 있다.

그런데 이미 완료된 과거사를 가정화假定化하고 가깝거나 먼 미래의 세계를 그려내는 복거일의 이런 문학적 실험들은 그 발상법의 측면에서 하나의 공통된 특징을 내보이는데, 법에 대한 관심 및 법이라는 렌즈를 통한 세계인식이 바로 그것이다. 위에서도 말했지만 법에 대한 그의 관심이 직접적으로 드러난 작품은 물론 『보이지 않는 손』이다. 이 작품은 작가가 자신의 등단작 『비명을 찾아서』의 영화화를 둘러싸고 실제 벌어졌던 저작권 분쟁을 소설화한 것인데, 문학작품을 영화를 위해 각색하는 과정에서 원작가의 독창적인 아이디어를 어느 정도까지 법적으로 보호하고 저작권을 인정해주어야 하는가 하는 문제를 취급하고 있다. 저작권 문제는 현대 사회에서도 종종 제기되는 첨예한 법적 쟁점 가운데 하나라는 점에서 이 작품은 시사적이다. 그리고 그의 대체역사소설이나 공상과학소설 또한 허구사회를 지탱하는 법적 토대에 남다른 관심을 보이고 있다.

이 장에서는 복거일이 발표한 일련의 작품에 드러난 법적 인식 및 법리적 상상력을 구명하고자 한다. 즉, 현재사회를 진단하고 과거와 미래세계를 배경으로 한 이야기를 축조함에 있어서 법이 어떤 식으로 그의 소설적 발상법의 근간이 되고 있는지를 해명하고자 하는 것이다. 논의의 편의를 위해 먼저 대체역사소설인 『비명을 찾아서』를 검토하고, 작가 자신이 그것의 연장선상에 놓여 있다고 말한 『애틋함의 로마』와 『내 몸 앞의 삶』[1]과

---

1 이 글에서는 『비명을 찾아서-경성, 쇼우와 62년』(문학과지성사, 1987), 『보이지 않는 손』(문학과지성사, 2006), 『애틋함의 로마』(문학과지성사, 2008), 『내 몸 앞의 삶』(문학과지성사, 2012)을 대상으로 하며 본문에 인용할 때에는 쪽수만 밝힌다. 『비명을 찾아서』의 경우 부제인

같은 과학소설을 검토할 것이다. 그럼으로써 이 글은 대체역사소설과 과학소설이란 것이 법적 허구에 대한 기본적인 인식 없이는 성립할 수 없다는 것을 밝히고자 한다. 그리고 다음 순서로 우리 시대의 법적 현실을 문제 삼고 있는 『보이지 않는 손』을 검토함으로써 법에 대한 그의 관심이 어느 수준까지 도달했는지를 살펴보고자 한다.

2. 대체역사소설의 법률적 기초

복거일의 첫 작품 『비명을 찾아서』는 1987년 현재도 조선이 일제로부터 독립하지 못하고 여전히 식민지 상태에 있다는 가정하에서 쓰인 소설이다. 그의 설명을 빌리면 이 대체역사소설이란 "과거에 있었던 어떤 중요한 사건의 결말이 현재의 역사와 다르게 났다는 가정을 하고 그 뒤의 역사를 재구성하여 작품의 배경으로 삼는"(11쪽) 것이다. 작품에 들어가기 전에 그가 설정한 시대적 배경을 요약하면, 일본은 1910년 조선 병합 이후 국제적으로 괴뢰 만주국을 승인받고, 제2차 세계대전에서 미국과 영국에 우호적인 중립 노선을 취해 번영을 누렸으며, 이후 미국으로부터 마샬군도 Marshall Islands 등 서태평양의 섬들에 대한 통치를 위임받고 조차지租借地인 요동반도 등을 영유하여 미국과 노서아에 이어 세계에서 세 번째로 강대한 나라가 되었다는 것이다. 그리고 중국이 지공군支共軍과 국부군으로 분열되어 있으며 그 틈에 일본이 세운 만주국이 끼어들어 국지전을 벌이고 있다는 설명도 덧붙여져 있다.

이런 국제정세에 대한 상상적 재구성 속에서 그는 1909년 10월 26일 하

'쇼우와'는 어문규범상 '쇼와'로 고쳐서 표기한다. 한편 작가 자신도 설명하고 있듯이 대체역사소설도 과학소설의 일종이다. 하지만 이 글에서는 논의의 편의상 나누어 고찰한다. 복거일 「과학소설의 지형」, 『벗어남으로서의 과학』, 문학과지성사, 2007, 285쪽 참조.

얼빈에서 일어난 안중근 의사의 이토 히로부미伊藤博文 암살이 실패로 돌아갔다고 가정하고, 이후 '조선의 내지화 정책'이 꾸준히 이루어져 조선이 일본에 완전히 동화되었다는 가상의 역사를 상정한다. 작가가 덧붙인 말을 좀 더 참조하면, "조선 총독부에 의해 강력하게 추진된 '국어 상용 운동'으로 조선어는 1940년대 말까지는 조선 반도에서 완전히 사라졌"으며, "아울러 꾸준히 추진된 조선 역사 왜곡 작업에 의해, 특히 '비非 국어(한국어-저자) 서적 폐기 정책'에 힘입어 조선의 역사도 완전히 말살되고 왜곡"된 바람에, "1980년대의 조선인들은 대부분 충량한 '황국 신민'들이 되었고, 자신들이 내지인들로부터 받는 압제와 모멸에도 불구하고 조선이 일본의 식민지라는 사실조차 모르고 있었"(11~13쪽)던 시대가 작품의 배경이 되고 있는 것이다.

이런 배경 속에서 작품은 기노시타 히데요木下英世라는 인물이 자신이 조선인이라는 사실을 알고부터 일제에 의해 지워진 조선역사와 조선어를 알아가는 과정을 그려나가는데, 줄거리를 요약하면 다음과 같다. 시인이자 일본 굴지의 노구찌野口그룹 산하 한도우경금속半島輕金屬에 근무하고 있는 히데요는 자신의 시집출간을 계기로 청주에 있는 큰아버지를 찾았다가, 그로부터 자신이 죽산 박씨의 후손이며, 현재의 이름은 창씨개명의 결과라는 것, 그리고 조선의 역사가 일제에 의해 철저히 지워져 자신이 모르고 있는 것이라는 사실을 알게 된다. 이를 계기로 그는 이후 남몰래 조선어를 공부하기로 마음먹고 교토대학 도서관에서 『삼국사기』와 『조선통사』와 같은 조선 관련 서적을 복사하여 구득하는 데까지는 성공하지만, 귀국 시 이 책들을 소지한 죄로 당국에 체포되어 취조를 받고 전향교육을 받은 뒤 보호관찰 처분으로 풀려난다. 하지만 풀려난 이후 그는 자신이 체포된 동안에 자신의 집안에 드나들던 일본인 헌병소좌인 아오끼가 자신의 아내와 불륜관계를 가진 것은 물론 자신의 딸 게이꼬까지 겁탈하려는 것을 보고는 그를 살해한 뒤, 본래의 자신을 찾기 위해 상해에 있다는 임시 정부를 찾아 나선다.

이상이 『비명을 찾아서』의 줄거리인데, 비록 대체역사이긴 하지만 작품의 상황이 핍진성 있게 그려져 있어 읽는 데 어떤 어색함도 느껴지지 않는다. 식민지 시대의 경성을 밑그림으로 하고 그 위에 1980년대의 서울 풍경이 덧씌워진 작품의 배경도 사실적으로 그려져 있기 때문이다. 혼마찌本町와 오오곤자黃金座, 미쯔꼬시三越백화점과 게이조우역京城驛 등과 가네우라金浦공항과 강가와漢川로 변한 한강 및 고우한도우江畔道로 불리는 강변도로가 그런 예들인데, 이런 공간이 게이난상京南山과 게이호꾸상京北山으로 바뀐 남산과 북악산, 그리고 류우야마龍山와 에이도우라永登浦와 같이 일본식으로 바뀐 지명과 더불어 대체역사의 그럴듯함을 창조하는 것이다. 그리고 이런 공간적 배경 속에서 일제가 식민지 통치를 위해 만들었던 조직이라든가 제도가 여전히 상존하면서 제 기능을 발휘하고 있는 것으로 그려지는데, 현 서울대학의 전신인 게이조우데이다이京城帝大를 비롯한 교육기관이라든가 식민지 시기 법률가를 선발하기 위해 실시했던 고등문관제도의 존재, 그리고 전선사상보국연맹全鮮思想報國聯盟이라든가 국민정신총력연맹國民精神總力聯盟의 존재와 활동 같은 것들이 그것이다.

이런 가상의 현실은 단순히 식민지 시대에 있었던 제반 제도의 연장선상에서만 상상된 것은 아니다. 1987년 현재까지도 조선이 일제의 식민지로 남아 있다는 가정을 그럴듯하게 꾸미려면 그것을 뒷받침할 국내외적 정황 또한 적절하게 허구적으로 배치되어야 하는데, 작품은 이런 측면도 아주 치밀하게 구축하고 있다. 예를 들면 "합이빈哈爾濱사건은 나로 하여금 제국의 만주 진출 이전에 수행되어야 할 일이 남아 있음을 절감케 하였다. 대륙 경영의 전진 기지인 조선에 대한 지배가 확고하지 못한 상태에서 만주 진출에 주력하는 것은 매우 위험하다는 것을 나는 깨달았다. 그래서 나는 조선으로 건너가 조선 반도의 내지화內地化를 적극적으로 추진하기로 결심했다."(102~103쪽)라는 이토 히로부미의 회고록 내용이라든가, "축첩을 한 사람의 83퍼센트가 내지인이고 그들의 첩이 된 여성의 96퍼센트가 조선인이다. 비록 게이조우와 가마야마釜山의 표본 조사에서 나온 것이긴 하지만, 위의 수치는 전 조선에 걸쳐 상당한 타당성을 지닌 것으로 보인다."(51쪽)라는 쇼와 60년의 『일본여성연감』이라는 책의 통계기사, 그리고 "제25차 올림픽 대회를 게이조우에 유치함으로써 일본은 자신의 조선 통치가 성공적이었음을 온 세계에 대해 과시한 것이다. 일본은 1910년의 〈일한 합병 조약〉에 규정된 사항들을 충실히 이행하였고, 가난과 무지에 시달리던 조선 인민들은 일본의 선진국다운 온화하나 확고한 지도 아래 생활수준이 급속히 향상되었다."(200쪽)라는 《뉴욕 타임즈The New York Times》의 기사 같은 것들이 그런 세부들이다.

하지만 이런 정황 배치보다 더 근본적인 것은, 작가가 1987년까지 이어지는 조선의 식민화를 가능케 했던 주요한 근간으로 식민지의 법적인 조치들을 치밀하게 구축하고 있다는 점이다. 기존 논의들은 이 작품의 장르적 성격에 집중한 탓에 이런 측면은 눈여겨보지 않았다.[2] 하지만 가상 역사의 그럴듯함을 구축하기 위해 작가가 마련한 특징적인 장치만 보아도 이는 금방 확인할 수 있다. 예컨대 작가는 작품의 각 장의 모두에 당시의 시대상황을 알 수 있는 다양한 허구적 정보들을 에피그램 형태로 제시하고 있는데, 그중에는 다음과 같은 법률 조문들이 빈번하게 제시되고 있기 때문이다. 그것들 중 몇 예를 들어보면 다음과 같다.

---

2 이 작품에 대한 기존 논의들은 대체역사소설이라는 장르적 성격에 집중하여 그것이 사실적 환상을 어떻게 창조하는가에 집중했다. 이에 대해서는 김현숙의 「복거일 『비명을 찾아서: 경성, 쇼우와 62년』의 의미」, 《현대소설연구》 제1호, 1994 및 이지용, 「한국 대체역사소설의 서사양상 연구」, 단국대학교 대학원, 석사학위논문, 2010를 참조하라.

제4조 제1항 모든 출판물은 국어를 사용함을 원칙으로 한다. 국어를 사용하지 않는 출판물은 학무국장의 허가를 별도로 얻어야 한다.

- 조선총독부 제령制令 제105호 〈출판사업령〉, 다이쇼우 3년 4월 3일 자(80쪽)

제3항 총독은 치안 유지 또는 국민 문화 창달에 필요하다고 인정할 때는, 본령의 제정 이전에 출판된 출판물 중 국어로 되어 있지 않은 것들을 무상으로 수거 · 폐기할 수 있다.

제4항 우기 제3항의 규정을 위반하여 수거에 불응하는 자는 10년 이하의 징역 또는 금고에 처한다.

- 조선총독부 제령 제160호 〈출판사업령 중 일부 개정〉, 다이쇼우 6년 10월 25일 자(80쪽)

제3항 씨氏는 호주(법정 대리인이 있을 때는 법정 대리인)가 이를 정한다.

부칙 1) 본령의 시행 기일은 조선 총독이 정한다.

2) 조선인 호주(법정 대리인이 있을 때는 법정 대리인)는 본령 시행 후 6개월 이내에 새로 씨를 정하고, 부윤府尹 또는 군수郡守에게 이를 제출하여야 한다.

- 조선총독부 제령 제271호 〈조선민사령 중 일부 개정〉, 쇼와 4년 2월 1일 자 (122~123쪽)

제3항 제국의원帝國議院에서 조선을 대표하기 위하여 15인의 귀족원 의원과 45인의 중의원 의원을 선출한다. 전기 귀족원 의원은 칙선勅選으로 하고, 중의원 의원은 조선 각 도와 게이조우부京城府 및 가마야마부釜山府의 협의회에서 3인씩 선출한다.

- 법률 제2015호 〈제국의원법帝國議院法 일부 개정〉, 쇼와 31년 9월 11일 자(287쪽)

제6조 국체를 부인하거나, 사유 재산 제도를 부정하거나, 황실 또는 징고우神宮를 모독하거나, 기타 좌경적 또는 용공적 주장을 하는 서적 또는 출판물을 소지하거나 읽는 자는 10년 이하의 징역에 처한다.

– 조선총독부 제령 제352호 〈조선사상선도령〉, 쇼와 원년 4월 20일 자(383~384쪽)

위에 인용한 가상의 일본 법률 및 조선총독부의 제령들은 모두 허구적인 것들이다. 그리고 그것들은 1987년 현재 자신이 조선인인 것은 알고 있지만 조선어가 존재했다는 사실도, 그리고 조선이라는 나라의 존재도 배운 적 없이 일본인으로 살아가고 있는 히데요의 일상생활을 규율했거나 규율하고 있는 법적 현실이다. 조선 관련 서적 복사본을 국내로 반입하는 것을 금한 〈국가보위법〉과 〈치안유지법〉(411쪽) 또한 마찬가지인데, 이런 구체적 정황은 『비명을 찾아서』의 대체역사를 구축함에 있어서 식민지 체제를 가능케 했던 법적, 제도적인 장치가 최우선적으로 고려되었다는 점을 말해준다. 그러니까 이것은 법질서 및 법치의 현실이 전제되지 않고서는 어떤 허구의 세계도 개연성 있는 가능 세계로 설정될 수 없다는 작가의 세계관을 보여주는 것으로, 이 대체역사소설이 일본 제국주의의 식민 통치가 1980년대까지 유지되었다면 어떤 법적 조치들이 작용했을까 하는 상상력 위에서 집필되었다는 것을 알려준다.

『비명을 찾아서』를 떠받치는 이런 가상의 법적 질서는 물론 우리가 알고 있는 식민통치역사로부터 암시받은 것일 테지만, 동시에 군부독재가 기승을 부렸던 1980년대 이후의 대한민국의 법현실과 정치현실도 일정 부분 참조점이 되고 있다는 점 또한 지적할 필요가 있다. 이 작품에는 도쿄데이다이東京帝大 학생이 고문으로 숨진 사건에 자극받은 게이조우데이다이京城帝大 학생들의 데모사건이 그려지는가 하면, 학교에서의 군사훈련이 "확고한 국가관의 함양이나 국방력의 증강을 위해 도입된 것이 아니고" "예비역 육군 장교들의 일자리를 마련하기 위해 도입한 제도"(182쪽)라는 일본적 현실에 대한 비판적 언설이 역시 인용구로 등장하기도 하는데, 이런 삽화들이 박종철 고문치사사건이라든가, 군사훈련이 필수과목으로 부과되었던 1980년대 현실을 참조한 것임은 의심의 여지가 없다. 이런 점 때문에 이 작품은 1987년 당시의 한국사회에 대한 우화로서도 읽혔던 것인데, 이 작품의 대체역사가 실은 해방 후 우리가 경험했던 현실과 크게 다를 바 없다는 점을 가장 단적으로 보여주는 예는 아마도 다음과 같은 인용구일 것이다.

> 근년에 우리나라에는 문제점이 많은 제도들이 〈비상시국〉이라는 이름 아래 여럿 도입되었습니다. 국민정신총력연맹, 신생활운동본부, 국민의용대, 청년특별연성대靑年特別錬成隊, 애국반상회愛國班常會 등이 그것들로서, 그것들을 시행함으로써 얻는 가시적 이득보다는 국민의 기본권에 대한 제약이라는 부작용이 훨씬 큰 것이 사실입니다. 여기서 중요한 사실은 이들 제도의 대부분이 조선총독부에서 고안하여 조선에서 실시하기 시작한 것들이라는 점입니다. 식민지 통치를 염두에 둔 제도를 제국의 본토에 그대로 도입시켰을 때, 많은 문제들이 발생할 것은 당연합니다. 이제 우리는 일본 제국의 존립에 필수적인 조선의 영유領有와 민주적 사회의 건설이라는 두 명제를 슬기롭게 조화시켜야 합니다.
>
> – 후지와라 미쯔히데藤原光秀, 일본민주당 총재,
> 쇼와 42년 1월 18일 중의원에서의 정책 기조연설에서(308~309쪽)

위 인용문에 언급되고 있는 제도들 중 상당수는 지난 군부독재 정권하에서 정권유지책으로 실제로 거의 같거나 유사한 이름으로 실행되었던 것들이다. 이 점을 고려하면 『비명을 찾아서』가 설정한 대체역사는 우리가 알고 있는 실제 역사와 그다지 괴리된 것으로 볼 수 없다. 해방 후 대한민국 정부가 시행한 몇몇 법과 제도들이 일제가 식민통치에 이미 악용하거나 시행했던 것들이었다는 것은 이미 알려진 사실인데, 1987년 현재 대한민국에서 시행되었던 법들이 일제의 식민지 지배가 연장되었다고 가정하더라도 충분히 제정되었을 법들이라는 설정은 이 책을 읽는 독자들에게 동시대 현실의 문제성에 대해 생각하도록 하는 계기로 작용하기에 충분하다. 그것은 작품에서 히데요가 이토 히로부미가 안중근에게 암살 당했다는 내용을 전해 듣고 느끼는 새로운 현실인식의 방법에 대한 흥분(68~69쪽)과도 상통한다.

이처럼 『비명을 찾아서』는 대체역사라는 기법을 사용해서 식민지시대를 재조명함은 물론 군부독재 정권하의 대한민국의 현실을 새로운 눈으로 보게 해주는데, 반복해 말하지만 그것은 가상의 현실을 이루는 법적 토대는 어떤 것이었을까 하는 상상력의 결과다. 이런 법률적 기초에 대한 고민은 사실상 과거를 배경으로 하는 역사소설의 경우에는 필수적인 것일텐데, 복거일은 이 점을 자신의 대체역사소설을 통해 입증해 보여주고 있는 것이다. 그러니까 그는 역사소설의 핍진성이란 지난 시대를 규율했던 법질서 위에서 비로소 획득된다는 자명한 사실을 다시 한 번 확인시켜주고 있는 것이다.

3. 과학소설과 법의 문제

앞에서 언급했다시피 복거일이 2000년대 후반 들어서 발표한 『애틋함의 로마』나 『내 몸 앞의 삶』은 가깝게는 2029년에서 멀게는 2990년대와 같은 먼 미래를 배경으로 하고 있는 과학소설이다. 일반적으로 과학소설science fiction은 과학기술의 발전이 가져올 미래세계를 그리는 소설로 정의할 수 있는데, 앞서 살펴본 것처럼 과거를 가정화한 대체역사소설에서 공동체의 법현실에 대한 고려가 관건이 된다면 과학소설에 대해서도 같은 논리가 적용될 수 있다는 것은 쉽게 예상할 수 있다. 이에 대해서는 복거일이 과학소설에 대해 쓴 별도의 글이 참조가 되는데, 그는 과학소설 전반에 대해 개괄하고 있는 글에서 과학소설의 기능을 다음과 같이 설명한다.

(문학이 과학과 기술발전이 불러온 문제들에 적극적으로 반응한 이유 중 하나는 – 저자) 문학이 욕망, 본능, 조건반사와 같은 이름들로 불리는 사람의 '드러나지 않은 지식implicit knowledge'을 그리는 데 뛰어나다는 사실이다. 드러나지 않은 지식들은 사람의 의식과 행동에 지향성을 주는 가치 체계를 이루고 다듬는 데서 중심적 역할을 한다. 그러나 그것은 긴 진화의 과정을 거쳐 형성되었으므로, 과학과 기술의 작용을 거의 받지 않았다. 자연히, 그것은 과학으로 대표되는 '드러난 지식explicit knowledge'과 조화되기 어렵고, 둘 사이엔 큰 틈이 존재한다. 과학의 빠른 발전은 둘 사이의 조화를 더욱 어렵게 만들고 둘 사이의 틈을 점점 크게 만든다. 문학은, 특히 과학소설은, 그런 부조화의 틈을 줄이는 데서 작지 않은 몫을 할 수 있다.[3]

위 인용문은 과학소설의 무대가 되는 미래 또한 대체역사와 같은 가능세계의 일종이라는 것을 분명히 알려준다. 뒤이어 그는 앞서 출현했던 '개념적 돌파'라는 말을 다시 사용하면서, "모든 과학소설 작품들은, 크든 작든, 개념적 돌파를 포함"하고 있으며, "그것은 분명히 과학소설의 가장 중요한 특질들 가운데 하나"이며, 그럼으로써 "현재의 추세들이 그냥 이어질 경우 이러이러한 상황이 나올 수 있다."[4]라고 말하는 것이 과학소설의 전언 내지는 예견이라고 말한다. 여기서 그가 말하는 개념적 돌파는 새로운 사회를 상상하는 데 있어서 요구되는 인식론적 전환으로서, 과학소설이 그리는 현실의 개연성을 뒷받침하는 전제라 할 수 있다. 그런데 문제는 그런 미래사회를 그려냄에 있어서, 대체역사의 구축에서와 마찬가지로 그럴듯하게 변화된 법현실에 대한 인식이 매우 중요하다는 점이다.

『애틋함의 로마』에 수록된 구체적인 작품들을 통해 이 점을 확인하도록

---

3 복거일, 『벗어남으로서의 과학』, 문학과지성사, 2007, 272~273쪽.
4 복거일, 위의 책, 273~274쪽.

하자. 먼저 「서울 2029년 겨울」은 2029년이라는 운전자가 필요 없는 자율주행차와 초기로봇이 존재하는 비교적 가까운 미래사회를 배경으로 한다. 작품은 출판사에 근무하는 여주인공이 경찰청 수사연구소에서 일하는 전 애인을 통해 자신의 게놈genome과 동일한 게놈을 가진 생부를 찾아 그와 만나게 되는 과정을 그리고 있는데, 이 과정에서 변화된 사회의 몇몇 법적인 측면들이 확인된다. 자율주행자동차 운행이 합법화된 현실도 그렇지만 무엇보다도 눈에 띄는 것은 가족관계법의 변화다. 작품의 주인공이 여성 동성부부 밑에서 양육되었다는 사실에서 알 수 있듯이, 그 미래사회는 동성결혼이 합법화되고 동성부부가 정자은행을 통해 얻은 정자를 이용해 아이를 얻어 양육할 수 있게 된 사회이며, 인간 유전체인 게놈정보로 혈연관계를 확인하는 것이 불법으로 규정되어 있는 사회인 것이다. 인간 유전자의 염기서열의 비밀이 99퍼센트 이상 밝혀져 있는 현실을 감안하면 이런 이야기는 매우 개연성이 높다고 할 수 있다. 정자은행은 현재도 운영 중이며, 또 그 제공자의 신원을 공개하는 것은 불법으로 되어 있어 있기 때문이다. 이른바 미싱 링크missing link라고 하는 인류 조상의 게놈의 합성이 성공한 시대를 배경으로 정자은행을 통해 우월한 유전자를 선택적으로 임신할 수 있는 시대의 도래와 그로 인한 부부관계의 변화를 그리고 있는 「꿈꾸는 게놈의 노래」도 이런 문제의식을 담고 있다.

한편 먼 미래를 배경으로 한 「애틋함의 로마」라는 작품에서는 오랫동안 과학소설의 소재가 되어왔던 로봇의 존재가 문제적인 것으로 그려진다. 이야기의 배경은 2832년의 목성木星이며 마이크라는 늙은 음유시인이 주인공이다. 그는 이전에 목성에서 벌어졌던 동서전쟁에서 살아남은 몇 안 되는 생존자이다. 이야기의 문제 상황은 다 늙은 그와 젊은 시절의 그를 복제한 복제인간의 만남이다. 전쟁 시기 그가 속한 부대의 소대장은 훗날 죽은 부대원들을 복제할 수 있도록 부대원 전원에게 스캔을 지시했는데,

20여 년의 세월이 흐른 후 국방부 육신화 담당요원이 실수로 살아 있는 그의 스캔을 육신화하는 바람에 나이 든 그가 잘못 스캔된 자신의 젊은 자아와 마주하는 난처한 상황이 벌어진 것이다. 단편이므로 이런 이야기 상황을 가능케 한 과학기술의 구체적인 수준은 그려지지 않지만, 작품에 자연인, 사이보그, 클론, 스캔, 로봇 등 다양한 인간들이 존재하는 시대라는 설명이 나오고 있는 것을 보면 과학발전으로 다양한 인간복제가 이루어지고 있는 시대임을 알 수 있다. 그런데 작품 속에는 주인공 말고도 알로라는 인물이 국방부의 실수로 젊은 시절의 자신이 스캔되는 삽화가 등장하는데, 이 사실을 알게 된 그가 국방부를 상대로 법적 소송을 제기하는 이야기를 통해 역시 법의 문제가 전경화된다. 그 대목은 다음과 같이 서술되어 있다.

> 그러자 알로는 자신의 동의 없이 스캔을 육신화한 국방부를 상대로 소송을 제기했다. 자신의 다른 자아와 갑자기 공존하게 만든 것은 정체성에 대한 폭력이라고.
>
> 스캔의 존재가 정체성에 대한 폭력이라는 알로의 주장은 허튼소리가 아니었다. 자신과 똑같은 존재가 이 세상에 동시에 존재한다면, 갖가지 현실적인 문제가 나올 수밖에 없었다.
>
> 아울러, 풀 길 없는 형이상학적인 문제들도 나왔다. 당장 오리지널과 스캔이 실제로 똑같으냐 하는 물음이 나올 텐데, 그것은 깔끔한 답이 없는 물음이었다. (78쪽)

인간복제는 종교적, 윤리적인 문제를 야기하는 윤리적 난제이며, 그렇기 때문에 많은 과학소설과 과학영화에서 반복적으로 다루어진 주제다. 만일 복제를 통해 특정 개인과 동일한 유전자를 지니고 더 나아가 기억마저 공유하고 있는 제2의 자아가 존재하게 된다면, 원본과 복제 중 누가 법적인 권리와 법인격을 지닌 고유한 존재로 인정받아야 하는지와 같은 문제가 필연적으로 제기될 수밖에 없기 때문이다. 원본과 복제의 공존은 결국 인간 정체성의 혼란을 초래하고 궁극적으로는 법의 안정성을 깨뜨릴 것이 자명한데, 위 인용문에서 알 수 있듯이 이 작품은 그런 현실을 이성적으로 규율할 법리 마련은 먼 미래 시대에도 여전히 쉽지 않은 숙제일 수밖에 없을 것이라는 점을 일깨워주고 있다. 「내 얼굴에 어린 꽃」의 가상의 게니미드 사회에서는 로봇이 "법적으로 '준시민'의 지위를 누렸"(35쪽)다고 서술되기도 하고 또 「기적의 해」라는 작품에서는 사람이 죽으면서 로봇에게 유산을 상속해도 법인격을 갖지 못한 로봇이 자신을 지키기란 쉽지 않았다는 이야기를 하고 있는데, 이런 우회적 설정 또한 결국은 위와 같은 난제의 중요성을 더욱 부각시키고 있는 것이다.

더 나아가 작가는 과학발전으로 인간과 로봇을 구별하는 것이 불가능하게 될지도 모를 미래를 문제 삼기도 한다. 「내 얼굴에 어린 꽃」이라든가 「내 몸의 파편들이 흩어진 길 따라」 같은 작품이 그 예들인데, 전자는 대참사에서 복구된 로봇이 과거의 경험을 담은 기억패널이 다 망가진 상태에서도 참사로 숨진 어린아이의 주검 앞에서 인간과 거의 다름없는 감정의 동요를 경험하는 것을 그리고 있는 작품이며, 후자는 미래사회의 목성에서 예술가로 활동하는 로봇이 자신의 탄생 300주년을 기념해 자신의 구형 CPU를 포함하여 그동안 교체된 자신의 신체 부위 여럿을 전시하고 또 그 부품들로 다시 조립된 자신을 전시하는 이야기를 담고 있다. 작품에서 명시적으로 언급되듯 이런 이야기는 인간의 정체성은 무엇인가라는 철학적이면서도 법적인 물음으로 수렴되는데, 그것이 인간은 물론 인공지능을 주체적으로 적용하는 극도로 인간화된 로봇에게도 그대로 적용된다는 점에서 사태의 심각성이 더해지는 것이다.

단편들에서 반복되는 인간 정체성에 대한 복거일의 이런 문제제기는 이후 『내 몸 앞의 삶』이라는 장편소설로 확장된다. 이 작품은 2074년 북한을 배경으로 25년 동안 중국에서 강제노동에 시달리던 윤세인이라는 인물의 귀국 후의 삶을 그리고 있다. 그는 조국에 돌아와 예전 애인을 만나고 또 그녀가 낳은 자신의 딸을 25년 만에 만나는데, 가난한 상태로 돌아온 바람에 딸의 결혼에 해줄 수 있는 것이 아무것도 없자 당시 불법적으로 이루어지던 육신교환, 즉 돈 많은 노인들이 자신의 육체를 건강한 젊은이의 육체와 맞바꾸는 일을 통해 돈을 마련하기로 한다. 바로 이것이 이 작품이 상정하고 있는 미래사회의 문제적 상황인데, 오늘날의 과학수준을 고려하면 이는 충분히 가능한 이야기다. 그리하여 돈 많은 중국인에게 자신의 육체를 양도하고 자신의 뇌는 늙은 중국인의 몸에 옮겨 심는 수술을 통해, 19세의 나이에 고국을 떠나 44살의 나이로 돌아온 윤세인은 다시금 64세 노인의 몸을 얻게 되는 비극의 주인공이 된다. 그런데 공교롭게도 그의 뇌가 심어진 중국인의 몸은 이미 25년 전 한 중국인이 사들였던 30세의 조선인 리진호의 몸이었다는 점에서 또 한 번의 사건이 반전되는 계기가 마련된다. 육신교환 수술 이후 그는 리진호의 몸이 젊었을 때 살았던 곳을 찾아보고 또 그의 부인이 잘 살고 있는지를 살피는 것도 원래 몸을 소유했던 사람에 대한 도리라는 생각을 하게 된다. 그리하여 육신교환을 중개한 중개인으로부터 리진호라는 사람의 마지막 주소를 얻어 홀로 살고 있는 리진호의 부인을 찾아가는데, 거기서 오랜 세월 동안 리진호를 기다리던 그의 부인을 만나고, 그리고 자신을 남편으로 인식하는 부인과 함께 새로운 삶을 영위하기로 하는 것이다.

『내 몸 앞의 삶』의 줄거리는 주제적 측면에서 인간의 정체성의 관건이 고유한 뇌(기억)의 존재인지 아니면 생식을 할 수 있는 육체인지 하는 문제를 제기하는데, 이것은 앞서 살펴본 단편소설들의 주제와도 연결되어 있는 것이다. 이런 주제의식만으로도 이 작품은 과학소설로서 손색이 없지만 법적인 측면에서도 의미 있는 현실을 구축하고 있다. 즉, 이 작품은 로봇의사들에 의해 육신교환이 한 치의 오차도 없이 완벽하게 시행되는 미래사회를 그리면서도 동시에 자발적인 육체교환을 다루는 법이 없어 그런 수술 작업 자체가 "법의 회색지대에 놓여 있"(89쪽)는 부조리한 현실을 그리고 있는 것이다. 이런 이야기가 과학의 발전을 따르지 못하는 법의 보수성을 다시금 문제 삼는 것임은 새삼 말할 필요도 없다.

이런 점을 종합해보면, 우리는 복거일이 발표한 일련의 과학소설들 또한 그가 이전에 썼던 대체역사소설과 마찬가지로 미래사회를 규율하는 법에 대한 고려 위에서 구축되고 있다는 것을 분명히 알 수 있다. 그러니까 그가 과학소설의 특성으로서 말한바 개념적 돌파가 가능케 하는 미래사회의 상은, 현재 법의 미래형에 대한 합리적인 예측과 불가분리의 관계를 맺고 있는 것이다. 여러 법학자가 과학소설에 관심을 갖는 것도 바로 이 때문인데, 한 논자는 과학소설과 법의 필연적인 관계를 다음과 같이 말한다.

> 과학소설은 가능한 상호작용들과 최악의 시나리오를 상상함으로써 사건들이 발생하기 전에 사건들의 문화적 반응과 생각, 그리고 그에 대한 비판을 허용한다. 하나의 장르로서 과학소설은, 미래와 기술을 둘러싼 문제들에 보다 직접적으로 관심을 집중함으로써, 다른 형식의 영화나 문학보다 이런 종류의 문제들을 다루기가 더 쉽다. 가능한 미래를 강조함으로써, 과학소설은 법으로 하여금 새로운 사건들과 시나리오들을 다루는 다양한 전략들을 고려하도록 해준다.[5]

5 Mitchell Travis, "Making Space: Law and Science Fiction", *Law and Literature*, Cardozo School of Law, Vol. 23, No. 2, p. 248.

위 인용문은 "과학소설은 정치적, 법적 그리고 이념적인 대안들을 탐구하면서, 우리의 현재와 가능한 미래에 대해 주석을 가한다."[6]는 또 다른 해석과도 일맥상통한다. 여기서 우리는 복거일의 과학소설에 설정된 법현실이 단순한 소설적 장치가 아니라, 미래의 법질서가 인간과 세계의 확장을 포괄하는 전향적인 방향으로 조정되어야 한다는 당위의 표현이라는 것을 확인할 수 있다. 동시에 그가 과학소설을 통해 천착해 들어간 인간의 정체성의 확장이나 그 위기는, 사실상 상상된 미래의 전망에서 볼 때 우리는 누구인가라는 현실적인 문제를 제기하고 있는 것이다. 복거일의 과학소설이 이른바 법리적 상상력의 소산이자 그 결과이기도 하다는 것, 그리고 그것이 대체역사소설의 발상법과도 통하고 있다는 것은 이 점에서 더없이 분명해진다.

4. 저작권법에 대한 문제제기

복거일이 2006년에 발표한 장편 『보이지 않는 손』은 앞서 살펴본 『비명을 찾아서』의 영화화 과정에서 제기된 실제 저작권 소송과정을 이야기화한 것이다. 2000년도 초반 한국에서 『로스트 메모리즈』(이시명 감독, 인디컴 제작)라는 영화가 개봉되었는데, 이 영화는 『비명을 찾아서』와 주인공의 인물화며 사건의 세부도 다르고 이야기-현재story-Now[7]도 다소 다르지만, 2009년에도 한국이 여전히 일제의 식민지 상태로 남아 있다고 하는 가정하에 이야기가 전개된다. 그러니까 이 영화는 이야기 전개의 발상 자체가

6 Bruce L. Rockwood, Law, "Literature, and Science Fiction", *Legal Studies Forum*, American Legal Studies Association, Vol. 23. 1999, p. 271.

7 이 용어는 일반적으로 과거시제로 행위가 드러나기 시작하는 순간으로, 독자들이 느끼는 현재 순간을 의미한다. 과학소설의 사건이 발생하는 현재가 그것이다. 시모어 채트먼, 김경수 옮김, 『이야기와 담화-영화와 소설의 서사구조』, 민음사, 1990, 74쪽 참조.

『비명을 찾아서』와 동일한 것이다. 작품은 영화사 측에서 영화제작 단계부터 작가에게 연락을 취해 모종의 양해를 구하고, 또 영화상영 초기에는 영화의 끝 자막에 원작자를 밝힌 정황이 사실 그대로 드러나 있다. 따라서 그것만으로도 이 영화는 복거일의 작품에 의존했다는 것을 인정한 셈인데, 무슨 까닭인지 이후 영화사는 저작권과 관련하여 작가에게 철저히 침묵을 지켰고, 그 때문에 작가는 작가적 자존심을 걸고 영화사를 상대로 저작권 소송을 제기했던 것이다. 작품은 현이립이라는 작가-인물인 주인공이 자신이 제기한 해당 소송과 관련해서 변호사를 만나기 위해 서울로 올라오는 장면으로 시작해서 판결에서 졌다는 연락을 받는 것으로 끝을 맺는다.

이런 외견상의 특징만으로도 이 소설이 한국 소설에서는 보기 힘들게, 현행 저작권법을 직접적으로 문제 삼고 있다는 것이 분명히 드러난다. 법 정신으로 보자면, 저작권법이란 "문학작품들과 다른 문화적 형식들을 그 사용을 제한함으로써 공중에게 유용하게 하기 위해 만들어진 역설적 장치"[8]다. 하지만 이것을 둘러싼 논의는 그리 간단치 않다. 작가의 창조적인 영역을 존중한다고 해도, 도대체 어느 시점까지 그 저작권을 보호해주어야 하는지 그 기간을 정하는 문제는 어떤 논리적인 근거도 마련할 수 없기 때문이다. 한 가지 분명한 것은 한미FTA 체결과정에서도 확인되었듯이, 세계의 추세는 이 권리를 점차 연장하는 경향이 있다는 점 정도다. 그런데 복거일의 이 작품은 작가의 창의성을 어느 수준까지 인정해야 하는가 하는 문제를 제기하고 있는 것인데, 어떻게 보면 이것이 더 본질적인 문제일 가능성이 있다.

먼저 실제 이뤄진 판결을 살펴보면, 복거일이 제기한 이 소송은 원고 패

8 Norma Dawson, "The Law of Literature", John Morison & Christin Bell(eds), *Tall Stories? Reading Law and Literature*, Dartmouth, 1996, p. 246.

로 끝난다. 2002년 12월 18일 자 서울지방법원 서부지원은 원작과 영화가 "배경이나 소재 면에서는 다소 유사성"이 있으나 그것이 "본질적이고 핵심적인 비중을 차지하고 있는 요소라고는 보이지" 않는다고 하면서 해당 영화가 복거일 원작의 저작권을 침해했다고 할 수는 없다는 판결을 내리는 것이다. 그러면서 1999년과 2000년의 대법원 판결을 선례로 들고 있는데, 그 부분을 인용하면 다음과 같다.

> 저작권의 보호 대상은 학문과 예술에 관하여 사람의 정신적 노력에 의하여 얻어진 사상 또는 감정을 말, 문자, 음, 색 등에 의하여 구체적으로 외부에 표현한 창작적인 표현형식이고, 표현되어 있는 내용, 즉 아이디어나 이론 등의 사상 및 감정 그 자체는 설사 그것이 독창성, 신규성이 있다 하더라도 원칙적으로 저작권의 보호 대상이 되지 않는 것이므로, 저작권의 침해 여부를 가리기 위하여 두 저작물 사이에 실질적인 유사성이 있는가의 여부를 판단함에 있어서도 창작적인 표현형식에 해당하는 것만을 가지고 대비하여야 할 것이며, 소설 등에 있어서 추상적인 인물의 유형 혹은 어떤 주제를 다루는 데 있어서 전형적으로 수반되는 사건이나 배경 등은 아이디어의 영역에 속하는 것들로서 저작권법에 의한 보호를 받을 수 없다(대법원 2000. 10. 24. 선고 99다10813 판결, 1999. 11. 26. 선고 98 다46259 판결 등 참조).[9]

우리 사회에 예술작품의 저작권을 둘러싼 법적인 정비가 어느 정도 이루어져 있는 것은 사실이지만, 예상치 않은 여러 변수와 그에 따른 저작권 논쟁이 빈번하게 발생할 정도로 여전히 문제적인 수준에 있다는 것 또한 사실이다. 이를테면 도판의 재사용이라든가 원작의 줄거리를 그대로 따르

9 서울지방법원 서부지원, 사건 2002 가합 984호 손해배상(기) 판결문. 이런 판결은 우리나라의 저작권이 미국법을 따라 어떤 아이디어나 사실이 표현되는 형식form만을 보호하지, 원 아이디어나 사실의 복제를 금지하지 않기 때문에 이루어진 것이다. 리처드 앨런 포스너, 정해룡 옮김, 『표절의 문화와 글쓰기의 윤리』, 산지니, 2009, 37쪽 참조.

는 영화 같은 것이라면 저작권과 관련하여 소송이 제기될 여지가 없겠지만, 이 소설에서 문제 삼고 있는 것처럼 이야기 전개의 전제가 되는 발상법(그러니까 현재까지도 우리나라가 일본의 식민지 상태에 놓여 있으며, 대다수 국민들은 자신들이 한때 조선이라는 독립국의 국민이었다는 기억마저 하지 못하고 있다는)만을 빌려와 그로부터 파생할 수 있는 또 다른 별개의 허구적 이야기를 구성하는 경우, 최초의 발상법을 도입한 원전에 대한 후행 작품의 의존도는 어느 정도인지, 그리고 그럴 경우 쌍방의 권리는 어느 정도까지 상호 인정해야 하는지 등에 관한 사회적 합의는 충분히 마련되어 있지 않기 때문이다.

작가 자신도 이 점을 잘 알고 있다. 그래서 작품에서 현이립이라는 작가로 설정된 그는 작품의 재판과정에서 자신의 소송제기가 자신의 권리침해에 대한 물질적 보상을 의도한 것이 아니며, 오히려 아직 한국 사회에서 "충분히 확립되지 않은" 지적재산권의 보호장치를 마련하는 계기가 되기를 희망하는 마음에서 이루어졌다는 점을 분명히 밝히고 있는 것이다. 그는 "도덕적 감정의 시초는 정의감이었고, 정의감은 재산권과 관련하여 진화했다."(233쪽)고 생각하고 있는 만큼, 자신의 그것이 법적 정의라고 믿고 있기 때문이다. 그래서 그는 자신의 변호사와의 대화에서 다음과 같이 말한다.

"내용을 간단히 말씀드리면, 지적재산권은 종래의 재산권과 본질적으로 다르다는 겁니다. 종래의 재산권이 다루는 재산들은 모두 물질로 구체화가 되었기 때문에, 아무리 혁신적 아이디어에서 나온 물건이라고 해도, 그것을 다른 사람들이 모방해서 제작하는 데 상당한 비용이 듭니다. 그래서 불법 복제에 대한 보호 장치가 어느 정도 있습니다. 그러나 현대의 지적재산권이 다루는 재산들은 대부분 정보의 형태를 하고, 자연히, 복제에 비용이 거의 들지 않습니다. 그래서 종래의 재산권 보호 조치를 지적재산들에 그대로 적용하면, 지적재산을 제대로 보호할 수 없다는 얘깁니다. …(중략)… 정작 중요한 것은 우리가 흔히 아이디어라고 부르는 '밈'이지 그것의 구체적 형태가 아니다. 그래서 저작권법이 보호하려고 애써야 할 것은 아이디어지 그것의 구체적 표현이 아니다. 그런데 저작권법은 '아이디어는 보호 대상이 아니다'라고 규정해놓았다. 따라서 그 불합리한 규정을 고쳐야 한다, 그런 얘깁니다." (27~28쪽)

위와 같은 발언은 앞서 인용한 법인식과는 정반대의 인식으로서 재판정에서도 받아들여지지 않는다. 유감스럽게도 한국의 법현실은 아직 이런 가치를 인정할 만큼 법리적으로나 인식론적으로 전향적이지 못하기 때문이다. 작품에 그려진바 현이립이 경험한 재판정의 에피소드는, 현행법의 선례구속성의 원칙을 단적으로 보여준다. 즉, 법은 많은 경우 개별적 송사로부터 새로운 판례를 확립하려 하기보다는 기존 질서의 안정성을 일차적으로 겨냥하는 보수적인 성격을 띠고 있는 것이다. 그는 자신이 제기한 소송건이 향후 점차 발생할 가능성이 높은 저작권과 관련된 인간의 권리와 자존심에 관한 문제로서 사회적 정의에 대한 해석을 새롭게 확장할 수 있는 계기가 될 것이라고 생각하지만, 그의 이런 판단은 소송을 위임받은 변호사에게만 소극적인 동의를 얻을 뿐 정작 법정에서는 진지하게 받아들여지지 않는다.

이런 일련의 경험을 거치면서 그는 한 사회에 있어 법이란 무엇인지, 그리고 법체계라는 것은 어떤 것이어야 하는지에 대해 근본적으로 고민하기 시작한다. 현이립은 한 잡지에 기고해야 하는 글을 다듬는 과정에서, 법은 한 사회의 유지존속의 근간이자 연역적 추리를 통해 자체의 일관성을 지켜야 하는 체계라는 것, 그리고 더 나아가 법은 자신의 체계 안에서 모든 문제를 연역적으로 풀 수 있을 만큼 완전해야 하며, 자신의 밖에 있는 다른 체계의 도움을 받을 필요가 없어야 한다는 생각들을 재확인하기에 이른다. 그러나 이와 같은 논의를 전개하던 그는, 불현듯 법에 대한 자신의 개인적 탐구가 오래된 법철학 책들에 의존하고 있다는 점을 깨닫고는 좌절하고 만다. 즉, 그는 자신이 참고하고 있는 법철학 책들이 시기적으로도 30여 년 전의 책들인 까닭에 현재 세계 여러 나라에서 이루어지고 있는 법철학 논의의 수준과 폭을 충분히 참고하지 못하고 있다는 한계를 깨닫게 된다. 즉, 그는 서양에서 생산되는 책(지식)을 원하는 때 원하는 만큼 구득할 수 없었던, 새로운 지식에의 갈증이 생길 때 그것을 즉시 해갈할 수 없는 1970년대를 보냈던 자신의 환경적 조건을 상기하고는, 이른바 '주변부 지식인의 비애'라는 것과 직면한다.

현이립이 자신의 문학적 발상법에 대한 법적 권리를 주장하고 그에 관한 새로운 판례를 목표로 하는 것은, 문화적 유전자인 밈meme의 독창성을 인정하는 것이 자신과 같이 한반도라는 주변부에 태어난 주변부 지식인의 비애를 극복할 가능성을 내포하고 있다고 생각하기 때문이다. 여기서 밈이란 용어는 영국의 진화생물학자 리처드 도킨스Richard Dorkins의 용어로서, 유전자의 복제를 통해 생명 현상이 이어지는 것처럼 문화의 전수를 가능하게 하는 궁극의 단위를 말한다. 그는 더 나아가 "문화가 발전할수록 진화에서 문화가 차지하는 몫은 늘어나므로, 밈의 중요성은 점점 커질 터"(208쪽)라고 생각하고, 이런 밈에 대한 권리를 적극적으로 인정하는 것이 그런 변두리적 조건을 극복하는 전향성을 확보하는 한 방편이라고 생각한다. 이 부분은 다음과 같이 서술되어 있다.

물살 센 지식의 비탈에서 그렇게 균형을 지키면서 그가 찾아낸 것은 주변부 지식인의 독특성이었다. 사람은 누구나 독특했다. '독특성은 독특하지 않다'는 얘기가 나올 만큼, 한 사람의 몸에 든 유전자의 조합은, 그가 일란성 쌍둥이가 아니라면, 우주에서 단 하나밖에 없었다. 그리고 그의 경험은 다른 누구와도 같을 수 없었다. 그래서 그의 뇌에 자리 잡은 밈들의 조합도 독특했다. 사람은 누구나 독특하다는 사실, 바로 거기에 모든 사람들이 평등할 수 있는 철학적 기초가 있었다. 주변부에서 자라난 지식인에겐 그만이 볼 수 있는 모습이, 우주와 문명의 모습이, 있었다. 그 모습은 다른 누구의 눈에도 들어오지 않았다. 그리고 그런 조망의 독특성은 그에게 독특한 임무를 내놓았다. 주변부 지식인의 독특성, 바로 그것이 그가 세운 문자였다. (262쪽)

법에 대한 이런 인식이 언급된 장에 뒤이은 장에서, 현이립이 자신이 예전에 재직하던 연구소의 후배 연구원들과 만나 대화를 나누는 자리에서 '개념적 돌파'라고 하는 개념을 풀어 설명하는 것도 이런 인식을 뒷받침한다. 그는 그것을 정약용을 예로 들어 설명하는데, 다산은 신 앞에서 만인이 평등하다고 하는 이념을 핵심으로 하고 있는 서양의 기독교에 대해 잘 알았으면서도 그런 지식을 통해 조선조의 계급사회를 당연시했으며, 나아가서는 중국을 문명의 중심지로 보는 고정관념에 의문을 품지 않았다는 것이다. 즉, 그는 다산은 "끝내 전통적 준거 틀에서 한 걸음도 벗어나지 못"했으며, 허균과 같은 혁신적인 지식인도 예외가 아니었으며, 그들은 기껏해야 "체제 안에서 생각하고 행동한" "테크노크라트"(97쪽)에 불과했다는 것이다.

그가 정약용을 비롯한 조선조 지식인들을 평가하는 데 사용하고 있는 '개념적 돌파'라는 개념은 세계관의 변화 혹은 현실을 보는 인식의 전환을 의미하는 것으로, 검증되지는 않았으나 이성적으로는 충분히 유추할 만한, 그래서 그다음의 연구를 가능하게 하는 이성적이면서도 가설적인 전망 같은 것을 의미한다. 그리고 이것은 법에 대한 그의 생각과 상통한다. 그것은 개개인이 발견하는 밈의 활성화가 우리 문화를 추동시킬 에너지의 원천인 만큼, 그것을 예전의 삶의 제도를 규율했던 법률적 관습(판례)에 의해 정의하고 이해하려 해서는 안 되며, 변화된 현실을 설명하고 조정할 수 있는 새로운 법인식과 그것을 뒷받침할 장치가 필요하다는 메시지를 담고 있기 때문이다. 역동적인 세계의 변화를 따라잡지 못하는 법체계란 일종의 고여 있는 물 같은 것이어서 변화된 세계에서 벌어지는 사람살이의 다양한 관계를 조절하거나 규율하지 못할 것이기 때문이다.

작품에서 언급되는 것처럼 컴퓨터에 저장된 정보를 빼내더라도 절도죄로 볼 수 없다는 대법원 판례(23쪽)에 대한 희화적 언급은 우리나라 법의 인간과 사회에 대한 이해의 수준을 단적으로 보여주는 사례라고 할 수 있다. 그의 변호를 맡은 변호사가 "원래 법은 시대에 뒤지게 마련"(23쪽)이라고 말하는 대목이, 사회의 안정성을 목적으로 하는 법의 보수성에 대한 지적인 동시에 그런 법체계하에서 일할 수밖에 없는 법률가의 자괴감의 표현으로 보이는 것은 이 때문이다. 이런 정황을 감안하면 현이립이 말한바 '개념적 돌파'라는 것이 한 사회가 새로운 전망을 가진 사회로 이동하는 과정에서 요구되는 중요한 인식론적 전환으로서, 법 또한 거기에서 예외가 아니라는 메시지를 어렵지 않게 읽어낼 수 있다. 이것은 물론 법의 관성적인 보수성을 고려치 않은 전향적인 요구일 수 있지만, 최소한 법을 해석하고 적용하는 법률가들이 법제도의 그런 가능성을 외면한다면 그들 또한 조선조의 지식인들과 같은 '테크노크라트'와 다를 바 없다는 인식을 작가는 내보이고 있는 것이다.

예술작품의 저작권과 표절에 관한 논란이 끊이지 않는 현실을 고려할 때, 인간의 상상력이 개개인을 특징짓는 특장의 영역인지 아니면 사회적으로 보호받아야 할 권리의 대상인지, 그리고 권리라면 그것은 과연 어느 정도까지 보호받아야 하는지 등의 문제는 현대사회에서 더욱 첨예한 쟁점이 되고 있다. 또한 그것이 인권의 문제와 결부되면 사정은 더욱 복잡해진다. 『보이지 않는 손』은 바로 이런 저작권법이 급변하고 있는 문화적 현실을 온당하게 반영하고 있는지를 소송 이야기를 통해 그려내고 있다. 그런 의미에서 이 소설은 우리 사회의 특정법의 존재이유를 정면으로 문제

삼은 본격적인 '법리소설'[10]이라 할 만하며, 우리 사회의 법과 문학의 본질적인 상관성을 다시 한 번 역설하고 있는 사례로서 소설사적으로도 특기할 만한 것이라고 할 수 있다.

5. 맺음말

지금까지 살펴본 것처럼 복거일의 소설들은 그것이 동시대 현실을 배경으로 한 것이건 가상의 현실을 배경으로 한 것이건 간에, 소설적 가능세계를 구축하는 데에 법이 중요한 관건이며 또한 소설의 중요한 주제일 수밖에 없다는 것을 분명히 보여주고 있다. 대체역사소설과 공상과학소설에서 복거일은 특정 시대의 가상의 법질서를 구축하는데, 그런 허구적 법질서는 우리 시대 법을 변형하거나 확장한 것이다. 그리고 이런 확장과 변형은 현재 우리 사회를 규율하고 있는 법 또한 고정불변의 것이 아니라 시대적 요구에 따라 언제든지 조정될 수 있는 허구이기 때문에 가능한 것이다. 그가 『보이지 않는 손』에서 우리 사회의 저작권에 관한 새로운 이해를 촉구하고 있는 것은 바로 이런 근거에서인데, 이를 통해 복거일은 법적 허구가 현실세계의 안정성만을 목적으로 해서는 안 되며, 과학기술의 발전과 더불어 빠르게 변모해가고 있는 현실을 따라잡을 수 있는 적극성을 발휘해야 한다는 점을 강조하고 있는 것이다.

복거일의 이런 소설적 탐색은 법과 소설이 맺고 있는 본질적인 상보관계를 일깨우고 있다는 점에서 중요한 의미가 있다. 이것은 『보이지 않는 손』에서 등장하는 "개념적 돌파"라는 용어로서 다시 한 번 설명될 수 있

10 '법리소설'이란 특정한 법리다툼 자체를 주제로 삼는 소설이라고 잠정적으로 정의할 수 있다. 이 작품의 경우 카프카의 널리 알려진 『소송Der Process』이란 작품을 인유하고 있다는 점에서 이런 평가가 가능한데, 이에 대해서는 결론에서 다시 논의할 것이다.

다. 그가 말한바 "개념적 돌파"라는 용어는 "현재의 추세들이 그냥 이어질 경우 이러이러한 상황이 나올 수 있다."는 예견 내지는 전망을 의미하는데, 그 전망은 현재와 미래의 법에 대한 전망과 긴밀하게 연관되어 있기 때문이다. 그는 또한 소설도 그런 개념적 돌파와 무관하지 않다고 말한다. 『보이지 않는 손』에서 그는 미래사회에서 소설은 기껏해야 오늘날 판소리가 차지하는 정도의 위상에 머물 것이라고 예측(125쪽)하는데, 그것은 오늘날의 소설이 관습적인 인간이해를 넘어 세계를 보는 새로운 전망을 마련하고 있지 못하다는 진단을 함축하고 있기 때문이다. 회화와 같은 예술작품이 쿤이 말한바 자연과학계에 있어서의 패러다임으로서 기능한다는 것은 파이퍼Pfeiffer에 의해 이미 지적된 바 있는데,[11] 이 점에서 복거일은 소설 장르도 법과 마찬가지로 "개념적 돌파"를 행할 수 있고 또 의당 그래야 한다는 입장을 견지하고 있는 것으로 보인다.

과학기술의 발전으로 인간에 대한 이해가 보다 문제시되고 있는 오늘날과 같은 시대에 그 본질적 관계에 대한 고찰은 더욱 절실하게 요청되고 있다. 그리고 오늘날과 같은 과학기술 시대에는 법과 소설이 서로를 참조해야 할 필요성이 더욱 커지고 있으며 그것을 통해 스스로를 확충해야 하는 일의 신속성도 더욱 중요해지고 있다. 복거일의 일련의 과학소설과 법리소설은, 법과 문학의 이런 상호성이 우리 사회의 안정성과 존립과도 무관하지 않다는 점을 일깨워주고 있다는 점에서 남다른 중요성을 지니고 있는 것이다.

11 Pfeiffer, The Novel and Society, *PTL* 3, 1978, p. 45 참조.

결론
법리소설에서 생애서사로

지금까지 이 책은 문학법리학이라는 새로운 문학연구의 방법론을 정의하고 한국현대소설사에서 소설(문학)과 법이 의미 있게 상호 교섭한 특징적인 국면들을 중심으로 그 구체적인 양상을 살펴보았다. 개화기의 신소설에서부터 이광수와 김동인, 염상섭으로 대표되는 초기 작가들의 작품 및 1930년대 이태준의 대중소설, 그리고 해방기의 징용체험을 기록한 박완朴完의 소설 및 해방 이후의 이병주와 조세희 및 복거일의 작품이 그런 예들이다. 살펴본 것처럼 근대법과 사법제도에 열렬한 환호를 보인 신소설에서부터 시작된 한국 현대소설은, 비록 단속적이긴 하지만 100년에 걸친 격동의 시간을 거치면서 법과 정의 혹은 인권의 문제 등을 탐구하거나 법리 자체를 본격적인 소설적 주제로 삼아왔다. 근대법과 사법제도가 우리 현실에 어떻게 뿌리를 내렸는지에 관한 개화기 최찬식의 탐구, 근대법과 소설 장르가 어떻게 대척적인 입장에 설 수 있는지에 관한 김동인의 탐구가 우리 소설이 근대법과 관련하여 작동시킨 비교적 소박한 초기적 관심이었다면, 이후 이광수와 염상섭, 이태준과 같은 작가들은 근대적 이야기를 생성하는 공간으로서 법정의 의미를 인식하고 또 변호사라는 근대적 인물을 발견하여 형상화했는가 하면, 더 나아가 일제시대에 소개된 도스토옙스키의 『죄와 벌』의 주제를 조선의 현실에 비추어 변주하는 정도로까지 나아갔다.

식민지 시대 작가들의 이런 관심은 해방 후 작가들에게로 이어져 법에 대한 보다 정면적인 탐구가 이루어지는데, 이병주와 조세희, 복거일의 작업이 그것이다. 이병주는 분단이데올로기가 맹위를 떨치던 1970년대의 현실을 배경으로 동시대 법의 맹목을 대항적 법률이야기를 통해 고발했으며, 조세희는 산업화시대 삶의 터전을 빼앗긴 도시빈민들의 이야기를 통해 소설이 지닌 대안적인 법제정의 권능을 분명히 보여주었다. 소설이 법과 동등한 가능세계의 법을 제정하는 장르일 수 있다는 인식을 보였다는 점에서 조세희의 『난장이가 쏘아올린 작은 공』의 성취는 특별히 기억되어야 한다. 그런가 하면 1980년대 후반 작품활동을 시작한 복거일은 대체역사소설과 과학소설의 세계를 선구적으로 개척했는데, 그의 이런 작업은 가상의 가능세계를 구축하기 위해서는 과거나 미래의 법에 대한 인식이 기초가 되어야 한다는 인식을 분명히 보여주었다. 또한 자신의 작품이 영화화되면서 빚어진 저작권 소송과정을 그대로 소설화하고 있는 『보이지 않는 손』은, 개인의 예술적 창조성의 개념이 급변하는 시대에 저작권의 한계와 그것을 공공적 목적으로 이용하는 범위 같은 것이 법리적으로 심사숙고되어야 한다는 당위성을 내보이고 있다는 점에서 역시 우리 소설이 법과의 교섭을 통해 자신의 장르성을 확충한 예외적인 성취로 판단된다.

이병주와 조세희, 복거일 소설이 법과 관련하여 얻거나 확보한 특별한 소설적 성취를 감안하면, 서론에서 밝힌 것처럼 이들의 작품들은 '법리소설法理小說'이라고 별도의 하위범주를 설정해 적정한 위상을 부여해도 좋을 것이다. 이 책의 마지막 장인 제11장에서 잠정적으로 설명한 바 있듯이, 이 작품들의 소설적 성취가 소설의 장르성, 즉 법의 처방적 세계의 폭을 넓히려는 가능세계를 탐구하는 소설 장르 본연의 존재이유와 상통하고 있음은 너무도 분명한데, 이런 범주에 속하는 작품들이 더 발굴되거나 앞으로 본격적으로 선을 보인다면, 비록 그 용어가 일본 식민주의자들에 의해 만들어졌더라도 우리 소설을 설명하는 용어로 사용해도 별 문제가 없으리라고 생각한다.

본격적인 법리의 탐색이 해방 이후 최근에 이르기까지 비교적 뒤늦게 나타난 것은 법의 주권을 빼앗겼던 역사적 사실과 무관하지 않다. 국권의 상실로 법의 제정 및 집행과 관련된 제반 권리가 식민 통치자들에게 위탁된 상황에서, 식민지 조선인들이 자신들의 삶을 규율하는 통치법에 대해 문제를 제기하기란 애초부터 불가능한 것이었고, 설령 설득력이 있었다고 해도 일본 제국주의자들의 삶과 직결된 것이 아니었으므로 그것은 진지하게 고려될 필요가 없었을 것이기 때문이다. 뿐만 아니라 일제의 검열에 걸려 원본이 사라지고 줄거리만 전해진 윤기정과 최서해의 작품이 말해주듯이, 작가들이 식민지의 법과 정의의 문제에 다가서려 했을 때 식민통치 당국이 자행한 검열의 실태는, 식민지 작가들에게 "공적인 상상력"을 작동시키는 것이 결코 쉽지 않았다는 것을 단적으로 보여준다.

이태준의 소설작업과 법전학생들이 주최했던 모의재판극은 이 점에서 예외적인 성취이자 활로를 뚫은 것으로 기억되어야 할 것이다. 외견상으로 이태준 소설은 남녀의 연애담 내지는 가련한 여인의 일생 이야기라는 통속적인 형식을 취하고 있어 법적인 정의 같은 사회적 맥락에서 이해되지 않았던 것이 사실이다. 하지만 이태준은 「불도 나지 안엇소 도적도 나지 나지 안엇소 아무 일도 업소」(1931)라든가 「법은 그렇지만」(1934)이라는 소설에서 보듯이, 일찍부터 식민지 조선인들의 삶의 고난이 식민지 법에 대한 무지 및 무관심과 연결되어 있다는 사실을 분명히 인식하고 있었다. 이태준은 『청춘무성』이나 『화관』 같은 작품에서 식민지 현실을 규율하는 법과 정의의 문제를 본격적으로 소설화할 수 있었는데, 그것은 그가 당시 소설과 영화로 소개되었던 『죄와 벌』의 이야기를 변용함으로써 가능했던 것이다. 이태준이 일제의 검열을 얼마나 의식했는지는 더 연구해보아야 할 문제이지만, 『죄와 벌』과 「마주르카」 같은 영화를 반복해서 소설에 끌어들인 만큼, 이는 그가 우회적으로라도 식민지의 법과 정의에 대해 고심했음을 보여주는 증거라고 말할 수 있을 것이다.

당시 법전학생들이 중심이 되어 개최했던 모의재판극 또한 가혹한 검열로 인해 식민지 사회의 법과 정의의 문제를 소설화하는 것이 여의치 않았던 현실과 무관하지 않아 보인다. 전문작가들이 창작을 통해 식민지 현실을 고발하고 정의를 요구하는 목소리를 내는 것이 근본적으로 제약된 상황에서, 법전학생들은 법과 정의, 인권이 문제가 되는 사건이나 작품을 무대에 올려 공연함으로써 법과 예술에 대한 일반사람들의 관심을 환기시켰기 때문이다. 이들의 모의재판극이 일제의 전시탄압으로 문학이 위축되었던 1930년대 중후반에 더욱 활성화되었던 것도 이를 반증한다. 또한 이들의 공연을 통해 존 골즈워디John Galsworthy나 야마모토 유조山本有三와 같이, 문단에서 별로 관심을 가지지 않았던 외국의 문제작가들의 사회성 짙은 작품들이 우리 사회에 본격적으로 소개된 것 또한 『죄와 벌』과 마찬가지로 수용사적으로 의미 있는 현상이라고 생각된다.

서론에서 소설을 문학법리학에 적절한 배타적인 장르로 잠정적으로 정의했음에도 불구하고, 이 책에서는 1970년대 노동자로 일했던 노동자들의 수기를 다룬 글을 수록했다. 그것은 제9장에서 살펴본 것처럼, 이들의 글이 비록 소설은 아닐지라도 이들의 체험수기가 우리 사회에서 법적 존재로 성장하는, 혹은 법과 더불어 자아를 인식해가는 이야기로서 매우 소중한 기록이라고 판단했기 때문이다. 또한 이들 노동자들의 수기는 1970년대 〈근로기준법〉을 불태우며 분신한 전태일 열사의 죽음의 이야기적 풀이로서 그 자체로 1970년대의 엄연한 문학적 사건이다. 그리고 이들의 수기는 유신 치하에서 노동자들의 삶에 미처 눈을 돌리지 못했던 기성작가들에게 문학 본연의 존재이유를 되돌아보게 하는 계기를 제공했는데, 조세희의 『난장이가 쏘아올린 작은 공』이 그런 자극에 대한 공감에서 산출된 대표적인 작품임은 물론이다.

일제 강점기 규슈 탄광으로 징용당했던 박완의 소설 또한 체험수기를 바탕으로 하고 있다는 점에서 이와 같은 맥락에서 논의할 수 있을 것이다. 식민지 치하는 물론이거니와 해방 후에까지도 비록 소설화되지는 못했으나 정치적으로 억압받고 육체적으로 핍박받았던 사람들이 생각보다 많았으리라는 것은 분명하다. 오늘날에도 한·일 간에 첨예한 대립을 초래하고 있는 이른바 '위안부'(성노예)들과 징용노동자들의 존재가 그렇고, 이 책에서 검토한 노동자들과 군사독재시절 정권에 의해 조작되었던 수많은 간첩사건의 희생자들이 그런데, 이런 고통 받는 개인들은 2008년의 용산참사사건 및 최근의 세월호사건의 희생자들에 이르기까지 지속적으로 생겨나고 있는 것이 사실이다. 그리고 이들 중 적잖은 사람은 개인적으로 자신이 겪었던 고통의 역사를 개인적인 회고록이나 증언을 통해 남겨놓고 있는바, 비록 소설의 형식을 갖추진 않았다 하더라도 이 글들은 그것이 법에 의한 인권유린의 문제, 소수자 권익의 법제화 요구, 역사적 상처의 문화적 치유를 요구하고 주장하는 이야기라는 점에서 문학법리학이 결코 도외시할 수 없는 '서사적 지위'를 확보하고 있다.

한 연구자는 이런 글들을 생애-서사life-narative로 지칭하면서, "개인적 서술의 현재는, 트라우마적인 과거의 기억의 억압과 그리고 가능한 미래에의 희망이 균형 있게 유지되는 장소, 하나의 받침대가 된다. 공유되어야 할 과거로 되돌아가고 동시에 집단적으로 확립되어야 할 미래를 지향하는, 균형 잡는 행위"[1]로서 그것이 공동체 구축과 무관하지 않고, 한 걸음 더 나아가 인권회복을 위한 행동을 요청하는 프로젝트가 될 수 있다고 말하는데, 이를 감안하면 인권의 문제가 전 세계적인 화두가 되어 있는 오늘날의 생애서사는 법리소설과는 별도로 조만간 문학법리학의 주요한 연구대상이 될 것이라고 생각된다. 그리고 이런 영역의 확장은 문학법리학의 재정의로 이어지게 될 것이다. 이 책에서 살펴본 노동자들의 노동수기는 이 점에서 각별한 의미를 지니는데, 그런 글들의 중요성은 앞으로도 더 많은 자료의 발굴과 해석을 통해 자연스럽게 인식될 것이라고 생각한다.

다시 소설에 대한 논의로 돌아가면, 우리는 법에 대한 우리 소설의 관심이 2000년대에도 지속되고 있는 현상을 목격한다. 그 대표적인 작가로 공지영과 손아람 같은 작가들을 들 수 있다. 1988년 등단한 이후 지속적으로 작품활동을 해온 공지영은 2000년대 들어서면서부터 이런 문제의식을 보이는 일련의 장편소설들을 발표한다.[2] 사형제도의 비인간성을 고발한 『우리들의 행복한 시간』(2005)과 호주제의 문제를 제기한 『즐거운 나의 집』(2007), 그리고 실제 광주 농아학교에서 자행된 성폭력사건을 정면으로 다룬 『도가니』(2009) 같은 작품이 그것이다. 공지영이 발표한 이러한 작품들은 모두 한국 사회를 지탱하고 있는 법적 체계에 대한 의문을 제기했다는 점에서 공통되는데, 특히 가장 최근작인 『도가니』는 작품 발표 이후 여론을 환기시켜 이미 종료된 사건의 재수사를 야기할 정도로 파급력이 컸던

---

1 Kay Schaffer and Sidonie Smith, *Human Rights and Narrative Lives*, Palgrave Mcmillan, 2004, p. 5.

2 이하의 논의는 저자가 2015년에 발표한 「시민사회를 꿈꾸는 상상력의 출현」(《현대문학》, 2015. 1)을 부분적으로 재인용한 것이다.

작품이다.[3]

한 사회가 올바로 기능하기 위해서는 시민들의 준법정신과 법의 존재에 대한 이성적인 이해가 필수적이다. 그러나 그것만으로는 불충분하다. 법이 소설과 마찬가지로 인간의 삶을 규정하고 있는 허구인 한, 법에 대한 이해는 궁극적으로 변화된 사회와 인간적 욕망에 부합하는 방향으로의 끝없는 갱신의 가능성을 모색하는 데까지 나아가지 않으면 안 되기 때문이다. 하지만 앞서 복거일에 관한 장에서 확인한 것처럼 본질적으로 법은 보수적인 까닭에, 급변하는 현실에서 벌어지는 다양한 인간적 갈등을 시의적절하게 조정하지 못한다. 공지영의 작품은 법이 현실을 따라잡지 못함으로써 비롯되는 괴리의 현장을 재현함으로써 법의 허구성에 대한 우리의 전향적인 인식을 촉구한 점에서 의미가 있다. 사형제도가 과연 존속해야 하는가에 대한 문제제기와 이른바 전관예우로 알려져 있는 법조계의 그릇된 관행에 대한 문제제기를 통해, 공지영은 과연 우리 사회가 사법적 정의를 담보하고 있는지를 묻고 있기 때문이다. 이런 물음이 같은 시민사회의 성원인 사회적 약자에 대한 연민으로부터 발원되었음은 두말할 나위가 없다. 또한 『도가니』는 진실을 알고 싶어 하는 독자들을 그 모순투성이의 법정 장면으로 초대함으로써, 스스로 그동안 수용자 역할에 만족해왔던 자신들의 위치를 돌아보고 현실의 부조리에 공분하도록 하는 강력한 호소력을 발휘했던 것이다.

손아람의 『소수의견』(2010) 또한 2000년대 들어 급증하고 있는 법적 정

---

3 공지영의 이 작품은 그것이 기왕에 이루어진 재판기록을 토대로 하고 있다는 점에서 복거일의 경우와 마찬가지로 우리 시대의 법리에 대한 몇 가지 문제를 제기한다. 즉, 공지영의 소설은 창작인가 아닌가, 작가가 공적인 재판기록을 원용하여 소설을 썼다면 작가는 어느 정도나 그런 공문서에 의존한 것이며, 그럴 경우 작가의 창의성은 어느 정도로 평가받아야 하는가와 같은 문제가 그것이다. 그리고 이런 질문은 궁극적으로 저작권의 소재와 비중 문제까지도 야기할 것이다.

의에 대한 문학적 탐구의 연장선상에 놓여 있다. 이 작품은 아현동 재개발 현장에서 벌어진 철거민사망사건을 허구적 소재로 하고 있다는 점에서 용산참사사건에 대한 우회적 고발로서의 성격을 지니고 있기도 하지만, 단지 그런 것만은 아니다. 이 작품은 제목은 물론, 각 장의 소제목도 법률적 용어 일색일 정도로 법의 문제에 초점을 맞추고 있다. 작품의 제목이기도 한 '소수의견'이란 "대법원 등의 합의체 재판부에서 판결을 도출하는 다수 법관의 의견에 반하는 법관의 의견"을 일컫는 말이다. 작품에서 이 용어는 국가배상행위를 바라보는 소수의견을 지칭하고 있지만, 더 근본적으로는 이제 그런 소수의견이 다수의 법 감정으로 전환되어야 한다는 당위를 표현하고 있다. 다시 말하면, 법의 허구성에 대한 사회적 인식을 바탕으로 전향적인 법의식만이 우리의 현실을 건강하게 만들 수 있다는 메시지를 전하고 있는 것이다.

복거일의 『보이지 않는 손』을 위시해서 공지영과 손아람에 이르기까지, 그동안 성역으로 간주되었던 법정이 소설의 이야기-현실로 자주 등장한다는 것은 사회적 허구로서의 우리의 법이 제대로 작동하지 않는다는 작가들의 현실인식을 반영하는 것이라고 할 수 있다(2007년의 주요사건이었던 이른바 석궁사건의 영화화가 갖는 의미 또한 이와 다르지 않을 것이다). 그리고 이런 일련의 작품들은 작가들의 현실탐구가 소박한 리얼리즘의 차원을 넘어 삶을 규율하고 해석하는 사회적 허구 전반에 대한 깊이 있는 탐구로 나아가고 있다는 것을 보여주는 의미 있는 증거들이라고도 할 수 있을 것이다.

공지영과 손아람 같은 작가들의 작업이, 지난 세기 동안 꾸준히 이루어져왔던 작가들의 법에 대한 소설적 탐구를 자양으로 이루어졌다는 것은 너무나 분명하다. 즉, 역시 법리소설이라고 불러도 좋을 이런 작품들은 지난 100년에 걸친 우리 소설사의 전통을 잇는 것으로서, 우리 시대가 요구하는바 소설의 존재의의를 다시 한 번 확인시켜준 좋은 실례인 것이다. 소설은 하나의 미학적 구축물이기 이전에 동시대 인간 삶의 모순을 발견하고 문제를 제기하는 사회적 형식이다. 그럼에도 불구하고 오랜 세월 동안 소설은 미학적인 견지에서만 집중적으로 논의의 대상이 되어왔던 것이 사실이다. 이 책에서 검토한 작품들, 그리고 그에 대한 해석이 보여주듯 문학법리학은 소설에 대한 그런 편향된 시각을 교정하기 위한 방법론이기도 하다. 동시대의 법질서에 대한 작가들의 문제제기가 공감의 폭을 넓히게 되면, 소설은 소설대로 시민사회의 성숙을 견인할 수 있는 문화적 장르로서 그 역할을 재정립하게 될 것이고, 다양한 개인들의 생애-서사는 그것대로 인간적 곤경을 표현하는 특별한 양식으로서 새로운 의미를 부여받게 될 것이다. 그리고 그에 따라 문학법리학 또한 서론에서 말한 것처럼, 우리 시대의 윤리비평적 방법의 하나로서 그 위상이 보다 분명해질 것이다.

참고문헌

1. 기본자료

《대한매일신보》

《독립신문》

《동아일보》

《매일신보》

《제국신문》

《조선일보》

《황성신문》

곽근 편, 『최서해전집 상』, 문학과지성사, 1987.

김동인, 「거지」, 《삼천리》, 1931년 7월.

———, 「법률」, 《영대》, 1924.

———, 「피고」, 《시대일보》, 1924년 3월 31일~4월 1일.

———, 『동인전집』, 홍자출판사, 1964.

朴完,『第三奴隷』, 靑樹社, 1949.
복거일,『내 몸 앞의 삶』, 문학과지성사, 2012.
———,『벗어남으로서의 과학』, 문학과지성사, 2007.
———,『보이지 않는 손』, 문학과지성사, 2006.
———,『비명을 찾아서-경성, 쇼우와 62년』, 문학과지성사, 1987.
———,『애틋함의 로마』, 문학과지성사, 2008.
山本有三,『山本有三戲曲集』, 新潮社, 1927.
서울대학교출판부,『한국신소설전집』, 2003.
석정남,『공장의 불빛』, 일월서각, 1984.
송효순,『서울로 가는 길』, 형성사, 1982.
염상섭,「진주는 주엇스나」,《동아일보》, 1925년 10월 17일~1926년 1월 17일.
———,「횡보문단회상기(2)」,《사상계》, 1962년 12월.
———,『염상섭전집』, 민음사, 1987.
유동우,『어느 돌멩이의 외침』, 청년사, 1984.
이광수,「공화국의 멸망」,《학지광》 제5호, 1915년 3월.
———,『개척자』, 匯東書館, 1922.
———,『이광수전집』, 삼중당, 1962.
이병주,「법과 알레르기」,《신동아》, 1967년 8월.
———,「조국의 부재」,《새벽》, 1960년 12월.
———,『백지의 유혹』, 남강출판사, 1973.
———,『이병주전집』, 한길사, 2006.
이태준,『不滅의 喊聲』,《조선중앙일보》, 1934년 5월 15일~1935년 3월 30일.
———,『靑春茂盛』, 박문서관, 1940.
———,『花冠』, 三文社, 1938.
전광용 외,『한국신소설전집』(재판), 을유문화사, 1969.
조선총독부,『朝鮮の言論と世相-調査資料 第21輯』, 경성 : 大海堂, 1927.
조세희,『난장이가 쏘아올린 작은 공』, 문학과지성사, 1978.

2. 신문, 잡지 기사 및 평론

「家庭婦人 關心 莫大, 盛況 이룬 模擬裁判」,《동아일보》, 1933년 1월 19일.
姜荃, 「道德的根底로부터 現하는 法律觀」,《청춘》 제14호, 1918년 7월.
「公會堂 法廷에 公開되는 大公判」,《동아일보》, 1933년 12월 3일.
김기림, 「共委와 人民文學」,《우리문학》, 1947년 8월.
김동인, 「작품애독연대기」,《삼천리》 제12권 제6호, 1940년 6월.
김명식, 「노서아의 신문학」,《삼천리》 제12권 제7호, 1930년 7월.
김문집, 「『이심』-조선판 『죄와 벌』」,《박문》 제9집, 1939년 7월.
金永錫, 「새로운 인간타이프로서의 노동자」,《우리문학》, 1947년 5월.
金容泰, 「모의재판극평」,《매일신보》, 1940년 12월 15일.
羅漢, 「민족문학의 인민적 성격」,《우리문학》, 1947년 5월.
「내가 조와하는 소설의 주인공이 실재해 잇다면?」,《신여성》, 1933년 2월 설문조사.
노자영, 「무제록」,《삼천리》, 1931년 10월.
「농촌야화회」,《중외일보》, 1927년 8월 21일.
「뉴육紐育의 모의재판-히틀러 단두대에」,《동아일보》, 1934년 4월 8일.
「독자와 기자編輯餘言」,《동광》, 1928년 8월.
「名優 文藝峯과 沈影-京城 永保 그릴에서 演劇 映畵 問答」,《삼천리》, 1938년 8월.
「名優와 연애 장면」,《삼천리》, 1938년 5월.
「文壇歸去來」,《삼천리》, 1934년 6월.
「文壇雜話」,《삼천리》, 1932년 12월.
「문호 도스토예프스키 작의 영화, 죄와 벌」,《삼천리》, 1936년 4월.
박영희, 「숙명과 현실」,《개벽》 제66호, 1926년 2월.
———, 「조선을 지내가는 베너스, 눈에 보이는 대로 생각나는 대로」,《개벽》 제54호, 1924년 12월.
「半島司法保護事業に社會の理解認識を望む」,《京城日報》, 1940년 9월 15일.
「陪審制度の模擬裁判」,《朝鮮新聞》, 1925년 8월 2일.
白鐵, 「小林多喜二의 夭折을 弔함」,《조선일보》, 1933년 2월 25일.
「辯護는 이렇게-昨日, 辯護士會에서 模擬裁判」,《매일신보》, 1942년 11월 1일.

「辯護士의게 告하노라－法律의 本旨는 人權을 保障함에 在하다」,《동아일보》, 1920년 8월 8일.
「비인간화시대와 문학의 역할」,《대화》, 1977년 3월.
「빙고 또 소실-하루 건너 또 불」,《동아일보》, 1925년 4월 8일.
「빙고에 대하야-고양 일 기자」,《동아일보》, 1925년 1월 16일.
「빙고에 화재, 손해 사백 원」,《동아일보》, 1925년 4월 7일.
「司法保護事業 實施令의 促進」,《매일신보》, 1940년 9월 8일.
「사법보호사업역원결정」,《매일신보》, 1934년 9월 2일.
「司法保護에 新機軸-前科者의 陋名抹殺」,《매일신보》, 1940년 12월 5일.
「三百의 祝杯-模擬裁判」,《매일신보》, 1918년 5월 21일.
「세계저명작가 명작 중 일절-「죄와 벌」의 一節, 살인한 대학생이 밀매음녀 앞에 悔過談」,《실생활》, 1933년 2월.
「巡廻農村夜話會」,《동아일보》, 1928년 3월 13일.
心鄕山人, 「泰西名作梗概-죄와 벌」,《조선일보》, 1929년 10월 31일~11월 3일.
심훈, 「연예계 산보, 「홍염」 영화화, 기타」,《동광》 제38호, 1932년 10월.
안석영, 「라스콜리니코프의 소니아」,《신여성》 제17권 제2호, 1933년 2월.
안회남, 「매음소녀 소니아」,《신여성》 제17권 제2호, 1933년 2월.
「여류문장가의 심경타진」,《삼천리》, 1935년 12월.
「여류작가방문기(2)」,《삼천리》, 1936년 11월.
「여류작가회의」,《삼천리》, 1938년 10월.
「沿江氷庫業者 採氷許可申請」,《동아일보》, 1925년 1월 9일.
염상섭, 「쏘니아 예찬—여자천하가 된다면」,《조선일보》, 1929년 9월 22일~10월 2일.
———, 「저수하에서」,《폐허》 제2호, 1921.
오천석, 「더스터예브스키라는 사람과 뎌의 작품과」,《개벽》 제41호, 1923년 11월.
「외래인과 향토인」,《동아일보》, 1924년 6월 6일.
李根榮, 「모의재판에 대한 管見, 제일회 공연을 앞두고」,《동아일보》, 1933년 12월 2~3일.
이상화, 「無産作家와 無産作品」,《개벽》 제66호, 1926년 2월.
이운곡, 「미모자관, 죄와 벌」,《조광》, 1938년 4월.

李仁, 「法律戰線에서의 우리의 最小 要求, 辯護士大會의 提案解說」, 《동광》, 1932년 1월.
「이태리 가려는 王壽福 歌姬」, 《삼천리》, 1939년 6월.
「인권무시-일본인 목욕업자의 조선인에 대한 모욕」, 《동아일보》, 1923년 4월 6일.
「一新學園 動靜 模擬裁判劇」, 《동아일보》, 1931년 12월 18일.
「작품애독연대기」, 《삼천리》, 1940년 6월.
「장편작가 방문기(2), 理想을 語하는 이태준씨」, 《삼천리》, 1939년 1월.
「전능의 신을 피고로-5천명의 모의재판」, 《개벽》, 1923년 9월.
정비석, 「사랑」, 《삼천리》, 1940년 7월.
「朝鮮辯護士界의 今昔制度」, 《半島時論》, 1917년 7월.
「조선변호사협회의 창립-법조계의 단합은 인권옹호의 전제」, 《동아일보》, 1921년 10월 5일.
「朝鮮司法制度의 沿革」, 《매일신보》, 1918년 5월 18일.
趙抱石, 「늦겨본 일 몃 가지」, 《개벽》, 1926년 6월.
최승만, 「노국문호 도스토예프스키씨와 及 그이의 『죄와 벌』」, 《창조》, 1919년 12월.
「축쇄 사회면」, 《별건곤》, 1934년 1월.
「피고석에서 지원병으로! 뉘우치는 청년을 갱생시킨 溫情判」, 《매일신보》, 1941년 8월 2일.
「학생극단의 이채—대인기인 법정교의 모의재판극」, 《매일신보》, 1940년 12월 10일.
韓光鎬, 「法律發生의 原因」, 《법정학계》 제1호, 1907.
許憲, 「爲民者l不可不知法律」, 《법정학계》 제6호, 1907.
「현대여성의 고민을 말한다—이태준, 박순천 양씨兩氏 대담」, 《여성》, 1940년 8월.
花山學人, 「떠스터 에푸스키 原作 『罪와 罰』」, 《동아일보》, 1929년 8월 11~20일.
KK생, 「觀劇記-法政學生會 主催 模擬裁判劇(上)」, 《동아일보》, 1940년 2월 3일.
SS生, 「'더'翁의 비통과 癲癇」, 《조선일보》, 1930년 7월 17일.

3. 국내 논저

검열연구회 편, 『식민지 검열, 제도 · 텍스트 · 실천』, 소명출판사, 2011.
권경미, 「노동운동 담론과 만들어진/상상된 노동자-1970년대 노동자수기를 중심으로」, 《현대소설연구》 제54호, 2013년 겨울.

권보드래, 「신소설의 성性 · 계급 · 국가」, 《여성문학연구》 제20호, 2008.
―――, 「죄, 눈물, 회개-1910년대 번안소설」, 《한국근대문학연구》 제16호, 2007.
권은, 「제국의 외부에서 사유하기: 이태준의 『불멸의 함성』론」, 《현대문학의 연구》 제58집, 2016년 2월.
권영민, 「나까니시 이노스께와 1920년대의 한국 계급문단」, 《외국문학》, 1991년 겨울.
김경민, 「60년대 문학의 대항적 인권담론 형성」, 《어문연구》, 2012년 여름.
김경수, 「강경애 장편소설 재론」, 김인환, 정호웅 편, 『주변에서 글쓰기-상처와 선택』, 민음사, 2006.
―――, 「법과 문학, 문학법리학」, 『현대사회와 인문학적 상상력』, 서강대출판부, 2007.
―――, 「소설의 정치학」, 《우리말글》 제24권, 2002.
―――, 「시민사회를 꿈꾸는 상상력의 출현」, 《현대문학》, 2015년 1월.
―――, 『한국 현대소설의 형성과 모색』, 소나무, 2014.
―――, 『현대소설의 유형』, 솔출판사, 1997.
―――, 「현대소설의 전개와 환상성」, 《국어국문학》, 2004년 9월.
김명인, 『희망의 문학』, 풀빛, 1990.
김병걸, 채광석 편, 『민중, 노동 그리고 문학』, 지양사, 1985.
김병철, 『한국근대번역문학사연구』, 을유문화사, 1975.
김성환, 「1970년대 노동수기와 노동의 의미」, 《한국현대문학연구》 제37호, 2012년 8월.
김우종, 「생존권을 위한 반항-「난장이가 쏘아올린 작은 공」」, 《사법행정》 제22권, 1981년 3월.
김우창, 『지상의 척도』, 민음사, 1987.
김원, 『그녀들의 反역사: 여공, 1970』, 이매진, 2005.
――, 「여공의 정체성과 욕망: 1970년대 '여공담론'의 비판적 연구」, 《사회과학연구》 제12집, 2004.
김윤식, 『김동인 연구』, 민음사, 1987.
―――, 『박영희 연구』, 열음사, 1989.
―――, 『일제말기 한국인 학병세대의 체험적 글쓰기론』, 서울대출판부, 2007.
―――, 『한일학병세대의 빛과 어둠』, 문학사상사, 2012.

김한주, 「신체의 자유」, 대한변호사협회 편, 『1989년도 인권보고서』, 1990.
김행숙, 「법률의 수사학」, 《어문논집》 제50집, 2004.
김현숙, 「복거일 『비명을 찾아서: 경성, 쇼우와 62년』의 의미」, 《현대소설연구》 제1호, 1994.
김환기, 『야마모토 유조의 문학과 휴머니즘』, 역락출판사, 2001.
노현주, 「정치 부재의 시대와 정치적 개인」, 《현대문학이론연구》 제49집, 2012.
다카사키 소지高崎宗司, 『식민지 조선의 일본인들』, 역사비평사, 2006.
도면회, 「갑오개혁 이후 근대적 법령 제정과정」, 《한국문화》 제27집, 2001.
———, 「1894~1905년간 형사재판제도 연구」, 서울대학교 대학원 박사학위논문, 1998.
문준영, 『법원과 검찰의 탄생-사법의 역사로 읽는 대한민국』, 역사비평사, 2010.
민현기, 「일제하 한국소설에 나타난 독립투사의 성격 연구」, 《한국학논집》 제15집, 1988,
배개화, 「이태준의 장편소설과 국가총동원체제비판으로서의 '일상정치'」, 《국어국문학》 제163호, 2013.
배종대, 「사회안전법 및 보안관찰법에 관한 비판적 고찰」, 《법과 사회》 제1호, 1989.
백낙청 · 염무웅 편, 『한국문학의 현단계 Ⅵ』, 창작과비평사, 1985.
서경석 편, 『윤기정 전집』, 도서출판 역락, 2004.
서광제, 「발성영화각본—죄와 벌」, 《호남평론》, 1931년 1~3월.
신병현, 「70년대 지배적인 담론구성체들과 노동자들의 글쓰기」, 《산업노동연구》 제12권 제1호, 2006.
신형기, 「전태일의 죽음과 대화적 정체성 형성의 동학」, 《현대문학의 연구》 제52호, 2014년 봄호.
안경환, 「미국에서의 법과 문학운동」, 《서울대학교법학》 제39권 제2호, 1999.
———, 「이병주의 상해」, 《문예운동》 제71호, 2011.
양재홍, 「그 불굴의 의지와 집념에-유동우의 「어느 돌멩이의 외침」을 읽고」, 《대화》, 1977년 5 · 6월 합호.
염무웅, 『민중시대의 문학』, 창작과비평사, 1979.
유종호, 「作壇時感-이병주 작 〈알렉산드리아〉」, 《조선일보》, 1965년 6월 8일.

이경훈, 「염상섭 문학에 나타난 법의 문제」, 《한국문예비평연구》 제2권, 1998.

이광수, 「今日 我韓靑年과 情育」, 《대한흥학보》 제10호, 1910.

이광호, 「이병주 소설에 나타난 테러리즘의 문제」, 《어문연구》 제41권 제2호, 2013.

이동하, 「어두운 시대의 꿈」, 《작가세계》, 1990년, 가을.

이득재, 『문학 다시 읽기』, 대구가톨릭대출판부, 1995.

이명원, 「조세희 소설에 나타난 '사랑의 율법'의 성격」, 《한민족문화연구》 제54권, 2016.

이명재, 「일제의 검열이 신문학에 끼친 영향」, 《어문연구》 제7·8합집, 1975.

이보영, 『난세의 문학』, 예림기획, 2001.

———, 『동양과 서양』, 신아출판사, 1998.

———, 「역사적 상황과 윤리-이병주론(상)」, 《현대문학》, 1977년 2월.

이상돈·이소영, 『법문학』, 신영사, 2005.

——————, 「법문학비평의 개념, 방법, 이론, 실천」, 《안암법학》 제25권, 2007.

이소영, 「법문학의 가능성에 대한 연구」, 고려대학교 대학원 석사학위논문, 2005.

———, 「포스트모던적 사유의 법학적 수용-법사회사와 법문학의 영역을 중심으로」, 고려대학교 대학원 박사학위논문, 2010.

이수경, 『한일 교류의 기억 : 근대 이후의 한일교류사』, 내일을 여는 지식, 2010.

이인자, 「석정남의 「불타는 눈물」을 읽고」, 《대화》, 1977년 2월호.

이재선, 「일제의 검열과 「만세전」의 개작-식민지시대 문학 해석의 문제」, 권영민 편, 『염상섭 문학연구』, 민음사, 1987.

———, 『현대 한국소설사 1945-1990』, 홍성사, 1979.

이정희, 「훈육되는 몸, 저항하는 몸-1970년대 초반의 여성 노동 수기를 중심으로」, 《페미니즘 연구》 제3호, 2003.

이지용, 「한국 대체역사소설의 서사양상 연구」, 단국대학교 대학원 석사학위논문, 2010.

이지훈, 「김동인 소설에 나타난 식민지 법의 의미 연구」, 《한국현대문학연구》 제42집, 2014.

———, 「신소설에 나타난 법과 일상성의 의미 연구」, 서울대학교 대학교 석사학위논문,

2009.
이행미,「한국 근대문학과 '가족법'적 현실 연구－1920~1940년대 전반기 문학을 중심으로」, 서울대학교 대학원 박사학위논문, 2017.
이현식,「시민문학으로서의『난장이가 쏘아올린 작은 공』」,《문예미학》제5호, 1999.
이호규,「이병주 초기 소설의 자유주의적 성격 연구」,《현대문학의 연구》제45집, 2011.
이홍섭,『아버지가 건넌 바다-일제하 징용 노동자 육필수기』, 도서출판 광주, 1990.
임화,「현대문학의 정신적 기축」,『문학의 논리』, 학예사, 1940.
임헌영,「노동문학의 새 방향」, 자유실천문인협의회,『노동의 문학 문학의 새벽』, 1985.
장경학,『법과 문학』, 교육과학사, 1995.
장석만,「한국 개신교의 또다른 모색-기독교조선복음교회와 도시산업선교회」,《역사비평》2005년 봄호.
전봉관,『경성기담』살림, 2006.
정비석,「사랑」,《삼천리》, 1940년 7월.
정주아,「공공의 적과 불편한 동반자-『군상』연작을 통해 본 1930년대 춘원의 민족운동과 사회주의의 길항관계」,《한국현대문학연구》제40집, 2013년 8월.
정진석,『극비－조선총독부의 언론검열과 탄압』, 커뮤니케이션북스, 2007.
———,『日帝시대 民族紙 押收기사모음』, LG상남언론재단, 1988.
정현백,「여성노동자의 의식과 노동세계-1970년대 노동자수기 분석을 중심으로」,《노동운동과 노동자문화》, 한길사, 1991.
———,「자서전을 통해서 본 여성노동자의 삶과 심성세계: 20세기 전환기 독일과 1970, 80년대 한국의 비교를 중심으로」,《여성과 역사 1》, 2004년 12월.
정혜영,「김동인 문학과 간통」,《한중인문학연구》제17권, 2006.
정호웅,「한국 현대소설에서의 감옥 체험 양상」,《문학사와 비평》제4집, 1997.
조남현,『한국현대문학사상의 발견』, 신구문화사, 2009.
조영래,『전태일 평전』, 전태일기념사업회, 2012년 신판.
조영일,『학병서사연구』, 서강대학교 대학원 박사학위논문, 2015.
조형래,「근대계몽기, 범죄와 신소설」, 동국대학교 대학원 석사학위논문, 2004.
좌담회,「비인간화시대와 문학의 역할」,《대화》제76호, 1977년 3월.

주승택, 「백대진 연구」, 《진단학보》 제80권, 1995.
지학순, 「노동자의 인권을 보장하라」, 《대화》, 1977년 10월.
최경도, 「법을 넘어서: 문학 속의 법의 술어」, 《현대영미소설》 제1집, 2000.
최서해, 「근대노서아문학개관」, 《조선문단》, 1924년 12월
최승일, 「경매競賣」, 《별건곤》, 1926년 12월.
최시한, 『소설분석방법』, 일조각, 2015.
최우석, 「《매일신보》가 그려낸 1919년 감옥의 풍경」, 《향토서울》 제80호, 2012년 2월.
최종고, 「개화기의 한국법문화」, 《한국학보》 제24호, 1998.
———, 「춘원과 법 : 그의 법경험과 법사상」, 《춘원연구학보》 창간호, 2008.
———, 『한국의 서양법수용사』, 박영사, 1982.
최현주, 「신소설의 범죄 서사 연구」, 서강대학교 대학원 박사학위논문, 2003.
최희정, 「이해조의 재판소설 연구」, 서강대학교 대학원 석사학위논문, 2001.
한기형, 「3 · 1운동, '법정서사'의 탈환」, 박헌호, 류준필 편, 『1919년 3월 1일에 묻다』, 성균관대학교 출판부, 2009.
———, 「해방 직후 수기문학의 한 양상」, 《상허학보》 제9호, 2002.
한만수, 「「만세전」에 나타난 감시와 검열」, 《한국문학연구》 제40집, 2011.
———, 「소금의 복자복원과 검열우회로서의 나눠쓰기」, 《한국문학연구》 제31집, 2006.
———, 「이태준의 「패강냉」에 나타난 검열우회에 대하여」, 《상허학보》 제19호, 2007.
———, 「일제시대 문학검열 연구를 위하여」, 『배달말』 제27호, 2000.
한영인, 「글 쓰는 노동자들의 시대-1980년대 노동자 '생활글' 다시 읽기」, 《대동문화연구》 제86집, 2014.
함돈균, 「인민의 원한과 정치적인 것, 그리고 민주주의」, 《민족문화연구》 제58호, 2013.
현준만, 「노동문학의 현재적 의미」, 백낙청, 염무웅 외 편, 『한국문학의 현단계 Ⅳ』, 창작과비평사, 1985.
황광수, 「노동문제의 소설적 표현」, 백낙청 · 염무웅 편, 『한국문학의 현단계 Ⅳ』, 창작과비평사, 1985.
황호덕, 「끝나지 않는 전쟁의 산하, 끝낼 수 없는 겹쳐 읽기」, 《사이間, SAI》 제10호, 2011.

4. 국외논저

게오르그 루카치, 반성완 옮김, 『소설의 이론』, 심설당, 1985.

고바야시 다키지, 서은혜 옮김, 『게 가공선』, 창비, 2012.

리처드 앨런 포스너, 정해룡 옮김, 『표절의 문화와 글쓰기의 윤리』, 산지니, 2009.

린 헌트, 전진성 옮김, 『인권의 발명』, 돌베개, 2009.

시라카와 유카타白川豊, 『장혁주 연구』, 동국대학교출판부, 2010.

시모어 채트먼, 김경수 옮김, 『이야기와 담화-영화와 소설의 서사구조』, 민음사, 1990.

알랭 쉬피오, 박제성 · 배영란 옮김, 『법률적 인간의 출현』, 글항아리, 2015.

조르조 아감벤, 김항 옮김, 『예외상태』, 새물결, 2009.

존 프랭클, 『한국문학에 나타난 외국의 의미』, 소명출판, 2008.

프랑크 에브라르, 최정아 옮김, 『잡사와 문학』, 동문선, 2004.

來栖三郎, 『法とフィクション』, 東京大學出版會, 1999.

三好行建 外, 『日本文學史辭典』, 講談社, 1977.

竹添蝶二, 「鶏と飼主」, 《警務彙報》 제255호, 1927년 7월.

竹添蝶二, 「朝鮮犯罪夜話」, 《警務彙報》 제267호, 1928년 7월.

Binder and Weisberg, *Literary Criticism of Law*, Princeton U. P., 2000.

Bruce L. Rockwood, Law, "Literature, and Science Fiction", *Legal Studies Forum* (American Legal Studies Association), Vol. 23. 1999.

Eric Gillett, "Introduction", John Galsworthy, *Ten Best Plays*, Duckworth, 1976.

Henri Peyre, *French Literary Imagination and Dostoevsky And Other Essays*, Alabama U. P., 1975.

Ian Ward, *Law and Literature: Possibilities and Perspectives*, Cambridge U. P., 1995.

Jerome Bruner, *Making Stories: Law, Literature, Life*, Harvard U. P., 2002.

John Morison & Christin Bell(eds), *Tall Stories? Reading Law and Literature*, Dartmouth, 1996.

Kay Schaffer and Sidonie Smith, *Human Rights and Narrative Lives*, Palgrave Mcmillan, 2004.

Kieran Dolin, *Fiction and the Law: Legal Discourse in Victorian and Modernist*

Literature, Oxford U. P., 2009.

Maria Aristodemou, *Law and Literature: Journeys From Her To Eternity*, Oxford U. P., 2007.

Martha C. Nussbaum, *Poetic Justice: The Literary Imagination and Public Life*, Beacon Press, 1995.

Melanie Williams, *Empty Justice: One Hundred Years of Law and Literature and Philosophy*, Cavendish Publishing Ltd, 2002.

Mitchell Travis, "Making Space: Law and Science Fiction", *Law and Literature* (Cardozo School of Law), Vol. 23, No. 2. 2011.

Paul Schellinget ed, *Encyclopedia of the Novel*, Fitzroy Dearbon Pub., 1998.

Peter Kaye, *Dostoevsky and English Modernism, 1900~1930*, Cambridge U. P., 1999.

Pfeiffer, "The Novel and Society", *PTL* 3, 1978.

Richard Posner, *Law and Literature*, Revived and Enlarged Edition, Harvard U. P., 1988.

Richard Weisberg, "Coming of Age Some More: "Law and Literature" Beyond the Cradle", *Nova Law Review* Vol. 13, 1988.

Stephen K. George(ed), *Ethics, Literature, Theory*, Rowman & Littlefield Pub, 2005.

Theodore Ziolkowski, *German Romanticism and It's Institution*, Princeton U. P., 1990.

Wayne C. Booth, *The Company We Keep: An Ethics of Ficton*, Univ of California Press, 1988.

Wayne C. Booth, "Why Ethical Criticism Can Never Be Simple", Todd F. Davis and Kenneth Womack (eds), *Mapping the Ethical Turn*, Virginia U. P., 2001.

http://www.online-literature.com/john-galsworthy/justice/

https://en.wikipedia.org/wiki/Justice_(play)

찾아보기

ⓛ

ⓢ

◎

ⓩ

ㅊ

한국 현대소설의 문학법리학적 연구

1판 1쇄 펴낸날 2019년 3월 2일

지은이 | 김경수
펴낸이 | 김시연

펴낸곳 | (주)일조각
등록 | 1953년 9월 3일 제300-1953-1호(구 : 제1-298호)
주소 | 03176 서울시 종로구 경희궁길 39
전화 | 02-734-3545 / 02-733-8811(편집부)
02-733-5430 / 02-733-5431(영업부)
팩스 | 02-735-9994(편집부) / 02-738-5857(영업부)
이메일 | ilchokak@hanmail.net
홈페이지 | www.ilchokak.co.kr

ISBN 978-89-337-0757-9 93810
값 32,000원